La banda de los niños

Roberto Saviano

La banda de los niños

Traducción de Juan Carlos Gentile Vitale

EDITORIAL ANAGRAMA

BARCELONA

Título de la edición original:
La paranza dei bambini
© Giangiacomo Feltrinelli Editore
Milán, 2016

Ilustración: «Our Lady of Sorrows», © Regino Gonzales

Primera edición: agosto 2017

Diseño de la colección: Julio Vivas y Estudio A

© De la traducción, Juan Carlos Gentile Vitale, 2017

© Roberto Saviano, 2016

© EDITORIAL ANAGRAMA, S. A., 2017
Pedró de la Creu, 58
08034 Barcelona

ISBN: 978-84-339-7984-7
Depósito Legal: B. 8883-2017

Printed in Spain

Liberdúplex, S. L. U., ctra. BV 2249, km 7,4 - Polígono Torrentfondo
08791 Sant Llorenç d'Hortons

A los muertos culpables.
A su inocencia.

LA BANDA DE LOS NIÑOS

MARAJÁ	Nicolas Fiorillo
BRIATO'	Fabio Capasso
TUCÁN	Massimo Rea
DIENTECITO	Giuseppe Izzo
DRAGÓN	Luigi Striano
LOLLIPOP	Vincenzo Esposito
PICHAFLOJA	Ciro Somma
ESTABADICIENDO	Vincenzo Esposito
DRON	Antonio Starita
BIZCOCHITO	Eduardo Cirillo
CERILLA	Agostino De Rosa

Donde hay niños, existe la Edad de Oro.

NOVALIS

Primera parte
El balandro viene del mar

El término napolitano paranza *viene del mar.*

Quien nace en el mar no conoce un mar sólo. Está ocupado por el mar, mojado, inundado, dominado por el mar. Puede estar lejos de él durante el resto de la existencia, pero siempre estará empapado. Quien nace en el mar sabe que existe el mar del curro, el mar de las llegadas y las partidas, el mar de la descarga de las alcantarillas, el mar que te aísla. Está la cloaca, la vía de escape, el mar barrera infranqueable. Está el mar de noche.

De noche se sale de pesca. Oscuro como boca de lobo. Blasfemias y ninguna plegaria. Silencio. Sólo ruido de motor.

Dos barcas se alejan, pequeñas y mustias, coronadas casi hasta hundirse por las lámparas del mar. Van una a la izquierda, una a la derecha, con las lámparas delante para atraer a los peces. Lámparas. Luces cegadoras, electricidad salina. La luz violenta que atraviesa el agua sin gracia alguna y llega al fondo. Da miedo ver el fondo del mar, es como ver dónde acaba todo. ¿Y es esto? ¿Es este montón de piedras y arena que cubre toda esta inmensidad? ¿Sólo esto?

Paranza es el nombre de las barcas que van a la caza de peces a los que engañar con la luz. El nuevo sol es eléctrico, la luz invade el agua, toma posesión de ella, y los peces la buscan, le tienen confianza. Tienen confianza en la vida, se lanzan bo-

13

quiabiertos guiados por el instinto. Y, mientras, se abre la red que los rodea, veloz; las mallas aprisionan el perímetro del banco, lo envuelven.

Luego la luz se detiene, parece finalmente al alcance de las bocas abiertas. Hasta que los peces empiezan a recibir empujones el uno contra el otro, todos moviendo la aleta, en busca de espacio. Y es como si el agua se convirtiera en un charco. Rebotan, cuando se alejan casi todos chocan, chocan contra algo que no es blando como la arena, pero no es tampoco roca, no es duro. Parece violable, pero no hay manera de superarlo. Se agitan arriba abajo arriba abajo derecha izquierda y de nuevo derecha izquierda, pero cada vez menos, cada vez menos.

Y la luz se apaga. Los peces son izados, el mar para ellos sube repentinamente, como si el fondo se estuviera alzando hacia el cielo. Son sólo las redes, que tiran hacia arriba. Ahogados por el aire, las bocas se entreabren en pequeños círculos desesperados y las branquias, colapsadas, parecen vejigas abiertas. La carrera hacia la luz ha terminado.

EL ENMIERDAMIENTO

−¿Me estás mirando?

−No, para nada.

−¿Y qué miras?

−Oye, hermano, ¡te confundes! Yo no tengo nada que ver contigo.

Renatino estaba entre los otros chicos, hacía rato que lo habían visto en medio de la selva de cuerpos, pero cuando se dio cuenta ya lo habían rodeado entre cuatro. La mirada es territorio, es patria, mirar a alguien es entrar en su casa sin permiso. Observar a alguien es invadirlo. No desviar la mirada es manifestación de poder.

Ocupaban el centro de la plaza. Una plazoleta cerrada entre un círculo de edificios, con una única calle de acceso, un único bar en la esquina y una palmera que, por sí sola, tenía el poder de imprimirle un aire exótico. Aquella planta clavada en pocos metros cuadrados de tierra transformaba la percepción de las fachadas, de las ventanas y de los portales, como si hubiera llegado desde la plaza Bellini con un golpe de viento.

Ninguno pasaba de los dieciséis años. Se acercaron respirándose los alientos. Ya era un desafío. Nariz contra nariz, listo el cabezazo sobre el tabique nasal si no hubiera intervenido Briato'. Había interpuesto su cuerpo, un muro que delimitaba una frontera.

–¡Y aún contesta! ¡Sigues hablando! Joder, y tampoco bajas los ojos.

Renatino no bajaba los ojos por vergüenza, pero si hubiera podido salir de aquella situación con un gesto de sumisión lo habría hecho con gusto. Bajar la cabeza, incluso arrodillarse. Eran muchos contra uno: las reglas de honor cuando se debe pegar a alguien no cuentan. Pegar, *vattere* en napolitano, no es simplemente traducible por «golpear». Como ocurre en las lenguas de la carne, pegar es un verbo que desborda su significado. Te pega tu madre, te golpea la policía, te pega tu padre o tu abuelo, te golpea el maestro de escuela, te pega tu chica si has posado durante demasiado tiempo tu mirada en otra.

Se pega con toda la fuerza que se tiene, con verdadero resentimiento y sin reglas. Y sobre todo se pega con una cierta cercanía ambigua. Se pega a quien se conoce, se golpea a un extraño. Se pega a quien está cerca de ti por territorio, cultura, conocimiento, a quien es parte de tu vida; se golpea a quien no tiene nada que ver contigo.

–Vas poniendo «me gusta» a todas las fotos de Letizia. Vas poniendo comentarios por todas partes, ¿y cuando vengo aquí a la plazoleta también me miras? –lo acusó Nicolas. Y mientras hablaba, con los alfileres negros que tenía en lugar de ojos clavó a Renatino como a un insecto.

–Yo no te estoy mirando, de verdad. Y, de todos modos, si Letizia pone las fotos, significa que puedo poner los comentarios y los «me gusta».

–¿Y en tu opinión, por tanto, no debería pegarte?

–Eh, me estás rompiendo las pelotas, Nicolas.

Nicolas empezó a empujarlo y a zarandearlo: el cuerpo de Renatino tropezaba con los pies que tenía al costado y rebotaba contra los cuerpos delante de Nicolas como sobre los bordes de un billar. Briato' lo lanzó a Dragón, que lo agarró con un solo brazo y lo lanzó contra Tucán. Éste fingió darle en la cabeza, pero luego lo devolvió a Nicolas. El plan era otro.

—¡Eh, pero qué coño estáis haciendo! ¡¡¡Eh!!!

Era la voz de una bestia, es más, de un cachorro asustado. Repetía un solo sonido que le salía como una plegaria implorando salvación:

—¡¡¡Eh!!!

Un sonido seco. Una «e» gutural, simiesca, desesperada. Pedir ayuda es la firma de la propia cobardía, pero esa única letra, que era además la letra final de «ya vale», esperaba que pudiera ser entendida como una súplica, sin la humillación máxima de tener que explicitarla.

A su alrededor, nadie hacía nada, las chicas se marcharon como si estuviera a punto de comenzar un espectáculo al que ellas no querían ni podían asistir. Los demás se quedaron casi fingiendo que no estaban allí, un público que en realidad estaba atentísimo pero dispuesto a jurar, si era interrogado, que había tenido durante todo el tiempo la cara en el iPhone y no se había dado cuenta de nada.

Nicolas echó un vistazo veloz a la plazoleta, luego con un fuerte empujón tiró a Renatino. Él intentó levantarse, pero una patada de Nicolas en pleno pecho lo aplastó de nuevo contra el suelo. Lo rodearon los cuatro enseguida.

Empezó Briato' cogiéndole las piernas por los tobillos. Cada tanto se le escapaba uno, como una anguila que trata de volar a media altura, pero siempre lograba evitar la patada en la cara que Renatino trataba de asestarle desesperadamente. Luego le ciñó las piernas con una cadena, de esas delgadas que se usan para atar las bicicletas al poste.

—¡Está apretada! —dijo después de haber cerrado el candado.

Tucán le aseguró las manos con un par de esposas de metal revestidas de pelo rojo, debía de haberlas encontrado

17

en algún *sex shop,* y le daba puntapiés en los riñones para aplacarlo. Dragón le sujetaba la cabeza con aparente delicadeza, como hacen los enfermeros después de los accidentes cuando ponen un collarín.

Nicolas se bajó los pantalones, le dio la espalda y se agachó sobre el rostro de Renatino. Con un gesto rápido cogió las manos atadas para mantenerlas quietas y empezó a cagarle en la cara.

–¿Qué dices, Dragón?, en tu opinión, ¿un mierda se come la mierda?

–Yo creo que sí.

–Venga, que está saliendo..., buen provecho.

Renatino se debatía y gritaba, pero cuando vio salir la masa marrón se detuvo de repente y lo cerró todo. Cerró los labios, frunció la nariz, contrajo el rostro, lo endureció esperando que se convirtiera en una máscara. Dragón mantuvo la cabeza quieta y sólo la soltó cuando el primer trozo cayó sobre el rostro. Y sólo lo hizo para no correr el riesgo de ensuciarse. La cabeza volvió a moverse, parecía enloquecida, a derecha y a izquierda tratando de remover el trozo de mierda que se le había encaramado entre la nariz y el labio superior. Renatino consiguió hacerlo caer y volvió a gritar su desesperado:

–¡Eh!

–Chavales, llega el segundo trozo..., mantenedlo quieto.

–Joder, Nicolas, has comido mucho...

Dragón volvió a sujetar la cabeza, siempre con ademán de enfermero.

–¡Cabrones! ¡¡¡Eh!!! ¡¡¡Eh!!! ¡¡¡Cabrones!!!

Gritaba, impotente, para luego callarse en cuanto vio salir el segundo trozo del ano de Nicolas. Un piloso ojo oscuro que con dos espasmos partió la serpiente de excremento en dos trozos redondeados.

–Ah, por poco me das, Nico'.

–Dragón, ¿quieres también tú un poco de tiramisú de mierda?

El segundo trozo le cayó sobre los ojos. Renatino sintió que las manos de Dragón lo liberaban y, por tanto, volvió a mover la cabeza histéricamente hasta que le vinieron unos conatos de vómito. Luego Nicolas cogió un borde de la camiseta de Renatino y se limpió el ano, pero con esmero, sin prisa.

Lo dejaron allí.

–Renati', tienes que darle las gracias a mi madre, ¿sabes por qué? Porque me da bien de comer, si comiera las porquerías que cocina esa zorra de tu madre ahora te cagaba diarrea y te dabas una ducha de mierda.

Carcajadas. Carcajadas que quemaban todo el oxígeno en la boca y los ahogaban. Parecidas al rebuzno de Lucignolo. La más banal de las carcajadas ostentadas. Carcajadas de chicos, gamberras, arrogantes, un poco sobreactuadas, para complacer. Quitaron la cadena de los tobillos de Renatino, lo liberaron de las esposas:

–Quédatelas, te las regalo.

Renatino se sentó, apretando aquellas esposas revestidas de peluche. Los otros se alejaron, salieron de la plazoleta vociferando y lanzándose sobre los ciclomotores. Coleópteros móviles, aceleraron sin motivo, frenaron para no chocar el uno contra el otro. Desaparecieron en un instante. Sólo Nicolas mantuvo sus alfileres negros apuntados hasta el final sobre Renatino. El movimiento de aire le desordenaba el pelo rubio que un día u otro, había decidido, se raparía al cero. Luego el ciclomotor sobre el que montaba como pasajero lo llevó lejos de la plazoleta, y fueron sólo siluetas negras.

Forcella es materia de Historia. Materia de carne secular. Materia viva.

Está ahí, en las arrugas de los callejones que la marcan como una cara batida por el viento, el sentido de ese nombre. Forcella. Una ida y una bifurcación. Una incógnita que te señala siempre de dónde partir, pero nunca adónde se llega ni si se llega. Una calle símbolo. De muerte y resurrección. Te acoge con el retrato inmenso de san Jenaro pintado sobre un muro, que desde la fachada de una casa te observa entrar, y con sus ojos que todo lo comprenden te recuerda que nunca es tarde para levantarse, que la destrucción, como la lava, se puede detener.

Forcella es una historia de reinicios. De ciudades nuevas sobre ciudades viejas, y de ciudades nuevas que se volvían viejas. De ciudades bulliciosas y hormigueantes, hechas de toba y traquita. Piedras que han erigido cada muro, trazado cada calle, modificado todo, incluso a las personas que siempre han trabajado con estos materiales. Es más, cultivado. Porque se dice que la traquita se cultiva, como si fuera una hilera de vides que regar. Piedras que se están agotando, porque cultivar la piedra significa consumirla. En Forcella también las piedras están vivas, también ellas respiran.

Los edificios están pegados a los edificios, los balcones se besan de verdad en Forcella. Y con pasión. Incluso cuando en medio pasa una calle. Y si no son las cuerdas de la colada las que los mantienen unidos, son las voces que se estrechan la mano, que se llaman para decirse que aquello que pasa por debajo no es asfalto sino un río atravesado por puentes invisibles.

Cada vez que Nicolas pasaba por delante del Mojón sentía la misma alegría. Se acordaba de cuando, dos años antes, pero parecían siglos, habían ido a robar el árbol de Navidad en la galería Umberto y lo habían llevado allí, derechito, con todas sus bolas relucientes, que ya no eran relucientes dado que no había corriente para alimentarlas. Así había llamado la atención de Letizia, que al salir de casa por la mañana de la antevíspera y doblar la esquina había visto aparecer la punta, como en esos cuentos en que siembras por la tarde y cuando sale el sol, hop, ya ha crecido un árbol que toca el cielo. Aquel día ella lo besó.

Para coger el árbol, había ido de noche con todo el grupo. Habían salido de casa en cuanto los padres se fueron a la cama, y entre diez, sudando lo imposible, se lo habían cargado a sus espaldas de críos, tratando de no hacer ruido, jurando en voz baja. Luego lo habían atado a los ciclomotores: Nicolas y Briato' con Estabadiciendo y Dientecito delante, y los otros diez detrás manteniendo el tronco levantado. Había caído un chaparrón y no había sido fácil atravesar con los ciclomotores los pantanos y los verdaderos ríos de agua vomitados por las alcantarillas. Tenían los ciclomotores, no la edad para conducirlos, pero habían nacido aprendidos, como decían ellos, y conseguían manejarse mejor que los mayores. Pero sobre aquella película de agua no había sido fácil. Se habían detenido varias veces para tomar aliento y ordenar las cuerdas, pero al fin lo habían conseguido. Habían puesto el árbol de pie dentro del barrio, lo habían llevado entre las casas, entre la gente. Donde debía estar. Luego, por la tarde, los agentes de paisano habían ido a buscarlo, pero entonces poco importaba. La empresa estaba cumplida.

Nicolas se dejó el Mojón a las espaldas con una sonrisa y aparcó debajo de la casa de Letizia, quería llevársela al local. Pero ella ya había visto los posts en Facebook: las fotos de Renatino enmierdado, los tweets de los amigos proclamando su humillación. Letizia conocía a Renatino y sabía que le iba detrás. El único pecado que había cometido había sido poner unos «me gusta» en algunas fotos suyas después de que ella aceptara su amistad: una culpa imperdonable a ojos de Nicolas.

Nicolas se había presentado debajo de su casa, pero no había llamado al interfono. El interfono es un instrumento que sólo usan el cartero, la guardia urbana, la policía, la ambulancia, los bomberos, los extraños. Cuando, en cambio, debes llamar a tu novia, tu madre, tu padre, un amigo, la vecina que se considera parte de tu vida, se grita: está todo abierto, expuesto, todo se oye, y si no se oye es mala señal, ha sucedido algo. Nicolas desde abajo se desgañitaba:

—¡Leti! ¡Letizia!

La ventana de la habitación de Letizia no daba a la calle, se asomaba a una especie de patio interior sin luz. La ventana de la calle a la que miraba Nicolas iluminaba un amplio rellano, espacio común de varios pisos. Las personas que pasaban por las escaleras oían esos reclamos y golpeaban a Letizia, sin siquiera esperar a que ella abriera la puerta. Golpeaban y seguían subiendo: era el código. «Te están llamando.» Cuando Letizia al abrir no veía a nadie, sabía que quien la buscaba estaba en la calle. Pero aquel día Nicolas vociferaba tanto que ella lo oía desde su habitación. Acabó asomándose al rellano, harta, y vociferó:

—Márchate. No iré a ninguna parte.

—Venga, baja, muévete.

–No, no bajo.

En la ciudad es así. Todos saben que estás discutiendo. Deben saberlo. Cada insulto, cada voz, cada agudo retumba entre las piedras de los callejones, habituadas a las disputas entre amantes.

–Pero ¿qué te ha hecho Renatino?

Nicolas, entre incrédulo y satisfecho, preguntó:

–¿Te ha llegado la noticia?

En el fondo le bastó oír que su chica estaba informada. Las gestas de un guerrero pasan de boca en boca, son noticia y luego son leyenda. Miraba a Letizia en la ventana y sabía que su empresa seguía resonando, entre enlucidos desconchados, marcos de aluminio, aleros, terrazas, y luego, más arriba, entre las antenas y las parabólicas. Y mientras la miraba, apoyada en el alféizar, con el pelo aún más rizado después de la ducha, recibió un mensaje de Agostino. Un mensaje urgente y sibilino.

La discusión acabó así. Letizia lo vio subir en el escúter y partir a todo gas. Un minotauro: mitad hombre y mitad ruedas. En Nápoles, conducir es adelantar por doquier, no hay barrera, sentido prohibido, isla peatonal. Nicolas iba a reunirse con los otros en el Nuovo Maharaja, el local de Posillipo. Un local imponente con una terraza que daba al golfo. El establecimiento habría podido vivir sólo gracias a esa terraza, que era alquilada para bodas, comuniones y fiestas. Desde niño, Nicolas se había sentido atraído por aquella construcción blanca que se elevaba en el centro de una roca de Posillipo. A Nicolas el Maharaja le gustaba porque era descarado. Estaba atornillado sobre los escollos como una fortaleza inexpugnable, todo era blanco, los marcos, las puertas, hasta las persianas. Miraba al mar con la majestad de un templo griego, con sus columnas inmaculadas que parecían salir directamente del agua y que sostenían sobre las espaldas precisamente la balconada en la que Nicolas imaginaba que paseaban los hombres en los que él quería convertirse.

Nicolas había crecido pasando por al lado, observando la fila de motos y coches aparcados fuera, admirando a las mujeres, los hombres, la elegancia y la ostentación, jurándose que entraría a toda costa. Era su ambición, un sueño que había contagiado a los amigos, que en un momento dado le pusieron ese mote: «Marajá.» Poder entrar en él no en calidad de camarero ni por un favor que alguien te concede, como diciendo: «Date una vuelta y después esfúmate»: él y los demás querían ser clientes, y acaso de los más respetados. ¿Cuántos años necesitaría, se preguntaba Nicolas, para permitirse pasar la tarde y la noche allí dentro? ¿Qué tendría que hacer para lograrlo?

El tiempo aún es tiempo cuando puedes imaginar, e imaginar acaso que ahorrando durante diez años, que ganando un concurso, que con un poco de suerte y poniendo toda la carne en el asador, quizá... Pero el sueldo del padre de Nicolas era el de un profesor de educación física, y la madre tenía una pequeña tienda de planchado. Los caminos trazados para las personas de su sangre habrían requerido un tiempo inadmisible para entrar en el Maharaja. No. Nicolas debía hacerlo de inmediato. A los quince años.

Y todo había sido sencillo. Como son cada vez más sencillas las elecciones importantes de las que no se puede volver atrás. Es la paradoja de cada generación: las elecciones reversibles son aquellas más razonadas, meditadas y sopesadas. Las irreversibles se producen por decisión inmediata, generadas por un arranque de instinto, sufridas sin resistencia. Nicolas hacía lo que hacían todos los de su edad: tardes con el ciclomotor delante de la escuela, los selfies, la obsesión por las zapatillas de gimnasia: para él siempre habían sido la prueba de que era un hombre con los pies en el suelo, sin esas zapatillas no se habría sentido ni siquiera un ser humano. Luego había sucedido que un día de algunos meses antes, a fines de septiembre, Agostino había hablado con Copacabana, un hombre importante de los Striano de Forcella.

Copacabana se había acercado a Agostino porque era pariente suyo: el padre de Agostino era primo hermano suyo.

Agostino había corrido donde sus amigos apenas terminada la escuela. Había llegado con la cara morada, más o menos del mismo color encendido que el pelo. Desde lejos parecía que del cuello hacia arriba se estuviera prendiendo fuego, no por casualidad lo llamaban Cerilla. Casi sin aliento lo contó todo, palabra por palabra. Nunca olvidarían aquel momento.

–¿Habéis entendido quién es?

En realidad, sólo lo habían oído nombrar.

–¡Co-pa-ca-ba-na! –había silabeado–. El jefe de zona de la familia Striano. Dice que necesita una mano, necesita unos chavales. Y que paga bien.

Ninguno se había entusiasmado particularmente. Ni Nicolas ni los otros del grupo reconocían en el criminal al héroe que había sido para los chicos de la calle de antaño. A ellos no les importaba nada cómo se hacía el dinero, lo importante era hacerlo y hacer ostentación de él, lo importante era tener coches, trajes y relojes, ser deseados por las mujeres y envidiados por los hombres.

Sólo Agostino sabía más de la historia de Copacabana, un nombre que le venía de un hotel comprado en las playas del Nuevo Mundo. Una mujer brasileña, hijos brasileños, droga brasileña. Aquello que lo hacía grande era la impresión y la convicción de que estaba en condiciones de alojar a cualquiera en su hotel: de Maradona a George Clooney, de Lady Gaga a Drake, y posteaba fotos con ellos en Facebook. Podía aprovechar la belleza de las cosas que eran suyas para llevar allí a cualquiera. Esto lo había hecho el más relevante entre los miembros de una familia en grandes dificultades como la de los Striano. Copacabana ni siquiera necesitaba mirarles a la cara para decidir que podían trabajar para él. Ahora, desde hacía casi tres años, después del arresto de don Feliciano Striano el Noble, era el único dirigente de Forcella.

Había salido bien parado del proceso contra los Striano. La mayor parte de las imputaciones a la organización se habían producido cuando estaba en Brasil, y había conseguido escapar del delito de asociación, el más peligroso para él y para aquellos como él. Era el primer grado. La fiscalía presentaría recurso. Y, por tanto, Copacabana estaba con el agua al cuello, debía volver a empezar, encontrar chicos frescos a los que confiar parte del negocio y mostrar que había resistido el golpe. Sus muchachos, su banda, los Melenudos, eran buenos pero imprevisibles. Es así cuando llegas demasiado alto demasiado deprisa, o al menos crees haber llegado. El White, su jefe, los tenía a raya, pero no paraba de esnifar. La banda de los Melenudos sólo sabía disparar, no abrir una plaza. Para ese nuevo inicio hacía falta material más maleable. Pero ¿quién? ¿Y cuánto dinero habrían pedido? ¿Cuánto dinero habría debido tener a disposición? El negocio y la propia pasta no se miran a la cara: una cosa es el dinero que invertir, otra es el dinero en el bolsillo. Si Copacabana hubiera vendido sólo una parte del hotel que tenía en Sudamérica, habría podido tener a cincuenta hombres a sueldo, pero era su dinero. Para invertir en la actividad se necesitaba el dinero del clan, y ése faltaba. Forcella estaba en la mira, fiscalías, tertulias televisivas y hasta la política se ocupaban del barrio. Mala señal. Copacabana debía reconstruirlo todo: ya no había nadie que llevara adelante el negocio en Forcella. La organización había explotado.

Entonces había ido donde Agostino: le había metido un ladrillo de hachís debajo de la nariz, así, directamente. Agostino estaba fuera de la escuela y Copacabana le había preguntado:

–Una placa así, ¿en cuánto la colocas?

Colocar el chocolate era el primer paso para convertirse en camello, aunque para ganarse ese título el aprendizaje era largo; colocar el chocolate significaba venderlo a los amigos, a los parientes, a los conocidos. El margen de beneficio era muy reducido, pero prácticamente no había riesgos.

Agostino había soltado:

–Bah, un mes.

–¿Un mes? Esto en una semana se te acaba.

Agostino tenía apenas la edad del ciclomotor, que era lo que le interesaba a Copacabana.

–Tráeme a todos tus amigos que quieran currar un poco. Todos los amigos de Forcella, esos que veo que están delante del local en Posillipo. Basta de estar tocándose las pelotas..., ¿no?

Así había empezado todo. Copacabana les daba una cita en un edificio a la entrada de Forcella, pero no se dejaba encontrar nunca. En su lugar siempre estaba un hombre rápido de palabra pero muy lento de mente, lo llamaban Alvaro porque se parecía a Alvaro Vitali. Tenía unos cincuenta años, pero aparentaba muchos más. Casi analfabeto, había estado más años en el trullo que en la calle: el trullo jovencísimo en los tiempos de Cutolo y de la Nueva Familia, el trullo de la época de las venganzas entre los carteles de la Sanità y Forcella, entre los Mocerino y los Striano. Había escondido las armas, había sido vigilante. Vivía con su madre en un bajo, nunca había hecho carrera, le pagaban cuatro cuartos y le regalaban alguna prostituta eslava con la que se veía obligando a su madre a ir a la casa de los vecinos. Pero era uno de los fiables para Copacabana. Hacía bien los recados: lo acompañaba en el coche, pasaba las placas de chocolate por su cuenta a Agostino y a los demás muchachos.

Alvaro les había hecho ver dónde debían estar. El piso en que tenían el chocolate estaba arriba del todo. Ellos tenían que vender abajo, en el portal. No era como en Scampia, donde había rejas y barreras, nada de eso. Copacabana quería una venta más libre, menos blindada.

Su tarea era sencilla. Llegaban al sitio un poco antes de que comenzara el trasiego, para cortar ellos mismos con el cuchillo los distintos trozos de chocolate. Alvaro se unía a ellos para darles algunos pedazos y pedacitos. Trozos de diez, de quince, de cincuenta. Luego envolvían el hachís con los habituales papeles de aluminio y los tenían listos; la hierba, en cambio, la ponían en bolsas. Los clientes entraban en el portal del edificio con el ciclomotor o a pie, pagaban y se marchaban. La mecánica era segura porque el barrio podía contar con vigilantes a sueldo de Copacabana, y con una cantidad de personas que estando en la calle señalarían a policías, carabineros o guardia financiera, de uniforme o paisano.

Lo hacían después de la escuela, pero a veces ni iban a la escuela, dado que se les pagaba a destajo. Aquellos cincuenta, cien euros por semana marcaban la diferencia. Y tenían un único destino: Foot Locker. Asaltaban ese comercio. Entraban en testudo, como si quisieran abatirlo, y luego, cruzado el umbral, se dispersaban. Agarraban las camisetas en montones de diez, de quince. Tucán se las ponía una sobre otra. Just Do It. Adidas. Nike. Los símbolos desaparecían y eran sustituidos en un segundo. Nicolas había cogido tres pares de Air Jordan a la vez. De tobillo alto, blancas, negras, rojas, bastaba con que estuviera Michael ejecutando un mate con una sola mano. También Briato' se había lanzado sobre las zapatillas de baloncesto, él las quería verdes, con la suela fluorescente, pero nada más cogerlas Lollipop lo había detenido con un:

—¿Verdes? ¿Qué eres, marica?

Y Briato' las había dejado y se había lanzado sobre las camisetas de básquet. Yankees y Red Sox. Cinco por equipo.

Y así, poco a poco, todos los muchachos que se encontraban delante del Nuovo Maharaja habían empezado a colocar chocolate. Dientecito había intentado estar fuera, había durado un par de meses, luego se había puesto a vender un poco en la obra donde trabajaba. Lollipop vendía en el gimnasio. También Briato' se había puesto a currar para Copacabana, habría hecho cualquier cosa que le hubiera pedido Nicolas. El mercado no era gigantesco como lo había sido en los años ochenta y noventa: Secondigliano lo había absorbido todo, luego se había ido a la periferia de Nápoles, a Melito. Pero ahora se estaba desplazando al centro histórico.

Alvaro cada semana los llamaba a todos y les pagaba: cuanto más vendías, más cobrabas. Siempre conseguían sisar algo con algún embrollo fuera de la plaza de trapicheo, partiendo algún trocito o jodiendo a algún amigo rico o particularmente tonto. Pero no en Forcella. Allí el precio era aquél y la cantidad era la determinada. Nicolas hacía pocos turnos porque vendía en las fiestas y también a los alumnos de su padre, pero había empezado de verdad a ganar mucho sólo con la ocupación de su escuela, el Liceo Artístico. Se había puesto a pasar chocolate a todos. En las aulas sin profesores, en el gimnasio, en los pasillos, por las escaleras, en los retretes. Por doquier. Y los precios aumentaban con el aumento de las noches en la escuela. Sólo que le tocaban también las discusiones políticas. Una vez se peleó porque durante una asamblea dijo:

—Para mí Mussolini era alguien serio, pero todos los que se hacen respetar son serios. También el Che Guevara me gusta.

—Tú al Che Guevara no puedes ni nombrarlo —se adelantó uno con el pelo largo y la camisa abierta. Se zarandearon y se empujaron, pero a Nicolas no le importaba nada de aquel pijo de via dei Mille, no estaba ni siquiera en su misma escuela. Qué sabía él de respeto y seriedad. Si eres de via dei Mille el respeto lo tienes por nacimiento. Si eres del bajo Nápoles el respeto lo debes conquistar. El compañero hablaba de categorías morales, pero para Nicolas, que de Mussolini sólo había visto algunas fotos y un par de vídeos en televisión, verdaderamente no existían y le asestó un cabezazo en la nariz, como para decir: te lo explico así, mamón, que la historia no existe. Justos e injustos, buenos y malos. Todos iguales. En el muro de Facebook Nicolas los había alineado: el duce que grita desde una ventana, el rey de los galos que se inclina ante César, Mohamed Alí que ladra contra su adversario tendido en el suelo. Fuertes y débiles. Ésa es la verdadera distinción. Y Nicolas sabía de qué parte estar.

Allí, en aquella privadísima plaza de trapicheo, había conocido a Pichafloja. Mientras se estaban liando unos canutos, estaba ese muchacho que conocía la palabra mágica:

–¡Eh, yo te he visto delante del Nuovo Maharaja!

–Sí, ¿y tú qué sabes? –había respondido Nicolas.

–También yo voy mucho por allí. –Luego había añadido–: Escucha, escucha esta música.

Y había iniciado a Nicolas, que hasta aquel momento sólo escuchaba música pop italiana, en el hip hop americano más duro, el malo, el del vómito incomprensible de palabras en el que de vez en cuando asomaba un *fuck* que ponía orden.

A Nicolas aquel tipo le gustó muchísimo, era descarado pero lo trataba con respeto. Por eso cuando, con el fin de la ocupación, Pichafloja también había empezado a pasar costo en su escuela, a pesar de que no era forcellano, de vez en cuando lo dejaban trabajar en el edificio.

Era inevitable que antes o después los cogieran. Precisamente hacia Navidad hubo una redada. Era el turno de Agostino. Nicolas estaba llegando en aquel momento para hacer el relevo y no se había percatado de nada. Al vigilante lo habían cogido en un santiamén. Los secretas habían fingido detener un coche para controlarlo y luego les habían caído encima mientras intentaban hacer desaparecer el chocolate.

Llamaron al padre de Nicolas, que cuando llegó a la comisaría se quedó contemplando al hijo con una mirada vacía que progresivamente se había llenado de rabia. Nicolas había mirado mucho rato al suelo. Luego, cuando se decidió a levantar la vista, lo hizo sin humildad y su padre le asestó dos bofetadas, un derecho y un revés, potentísimos, de viejo tenista. Nicolas no había pronunciado una sílaba, sólo le habían subido a los ojos dos lágrimas causadas por el dolor, no por el disgusto.

Entonces entró, hecha una furia, la madre. Ocupando todo el umbral de la puerta, los brazos abiertos, las manos en el marco como si tuviera que aguantar el cuartel. El marido se había puesto a un lado para dejarle la escena. Y ella la había cogido, se había acercado a Nicolas, lentamente, con el paso de una fiera. Cuando ya estaba encima de él, como si fuera a abrazarlo, le sopló al oído:

—Qué vergüenza, qué humillación. —Y había continuado—: ¿Con quién te has metido, con quién?

El marido había oído, pero sin entender, y Nicolas se había retraído con un tirón violento, así que el padre le había caído de nuevo encima, aplastándolo contra la pared:

—Aquí está. El camello. Pero ¡¿cómo coño es posible?!

—Camello una mierda —había dicho la madre apartando al marido—. Qué vergüenza.

—Y, en tu opinión —había estallado Nicolas—, ¿mi armario se ha convertido en un escaparate de la Foot Locker así porque sí? ¿Haciendo de empleado de gasolinera los sábados y domingos?

—Menudo gilipollas. Ahora te meterán en el trullo —había dicho la madre.

—¿El trullo? ¿Y qué más?

Y ella le había dado una bofetada más débil que la del padre pero más nítida, más sonora.

–Cállate, hombre. Éste no vuelve a salir, sólo con mi permiso –había dicho ella, y al marido–: Nada de camello, ¿está claro? Ni hay ni habrá ningún camello. Resolvamos esto y vámonos a casa.

–Me cago en todos los santos, me cago –se había limitado a mascullar el padre–. ¡Encima ahora tengo que pagar el abogado!

Nicolas había vuelto a casa escoltado por los padres como si fueran dos carabineros. El padre mantenía la mirada fija hacia delante, clavada en los que los iban a recibir: Letizia y Christian, el hijo menor. Que vieran al desgraciado, que lo vieran bien a la cara. La madre, en cambio, estaba al lado de Nicolas, con los ojos bajos.

Apenas vio a su hermano, Christian había apagado el televisor y se había puesto en pie, salvando la distancia entre el sofá y la puerta en tres pasos, para tenderle la mano como había visto hacer en las películas: mano, brazo y luego hombro con hombro, como dos hermanos. Pero el padre lo había fulminado levantando el mentón. Nicolas se había esforzado por no reírse delante de aquel hermano que lo idolatraba y había pensado que aquella tarde, en el cuarto, satisfaría su curiosidad. Hablarían hasta muy tarde, y luego Nicolas le pasaría la mano por el pelo a cepillo como hacía siempre antes de desearle buenas noches.

También Letizia habría querido abrazarlo, pero para preguntarle: «Pero ¿qué ha pasado? Pero ¿por qué?» Sabía que Nicolas colocaba el chocolate, y aquel colgante que le había regalado para su cumpleaños desde luego algo le había costado, pero no creía que la situación fuera tan grave, aunque en realidad no era grave.

La tarde siguiente había pasado a untarle la crema Nivea en los labios y las mejillas.

–Así se deshincha todo –le decía. Eran estas delicadezas las que habían comenzado a unirlos. Él habría querido comérsela, se lo decía:

–¡Me siento como el vampiro de *Twilight!*

Pero su virginidad era demasiado importante. Aceptaba que debiera decidir ella y, por tanto, se daban panzadas de besos, estrategias laterales de roces, horas escuchando música con un auricular en la cabeza.

De la comisaría los mandaron a todos a casa en libertad vigilada, también a Agostino, que, cogido in fraganti durante el turno, corría el riesgo de llevarse la peor parte. Durante días pasaron el tiempo recordándose qué habían escrito en los chats, porque los móviles se los habían secuestrado. Al final la elección había sido fácil: Alvaro asumiría la culpa. Copacabana maquinó un chivatazo, y los carabineros encontraron en el bajo todo el almacén. También asumió la responsabilidad de haberles dado el chocolate a los chicos. Cuando Copacabana le comunicó que iría a la cárcel, respondió:

–¡No! ¿Otra vez? Vaya mierda.

Sólo eso. A cambio recibiría un pago mensual de calderilla, mil euros. Y antes de ir a Poggioreale, una chica rumana. Pero, había pedido, con ésa se quería casar. Y Copacabana le había respondido sencillamente:

–Veremos qué se puede hacer.

Entretanto ellos se habían procurado unos smartphones nuevos a buen precio, objetos robados, como para volver a mantener unido al grupo. Se habían impuesto no escribir nada de lo ocurrido en el chat que acababan de abrir, sobre todo un pensamiento que todos habían tenido, pero que sólo Estabadiciendo había conseguido poner en palabras:

–Chavales, antes o después Nisida nos espera. Y quizá debamos terminar allí.

Todos sin excepción se habían imaginado al menos una vez el viaje hacia la cárcel de menores en el furgón policial. Atravesar el embarcadero que conecta el islote con la tierra firme. Entrar y salir un año después transformados. Preparados. Hombres.

Para algunos era algo que había que hacer, hasta el punto de dejarse coger por un delito menor. Al fin y al cabo el tiempo, una vez fuera, no faltaría.

Pero en aquel trance habían sido buenos muchachos, habían mantenido los labios cerrados, y, según parecía, de los chats no había emergido nada probatorio. Y, por tanto, Nicolas y Agostino habían obtenido finalmente de Copacabana la invitación para entrar en el Nuovo Maharaja. Pero Nicolas quería algo más, ser presentado al jefe de zona. Agostino había reunido el valor para pedírselo personalmente a Copacabana.

–Claro, quiero conocer a mis niños –había respondido.

Y Nicolas y Agostino habían entrado en el Nuovo Maharaja acompañados directamente por él: Copacabana.

Nicolas lo veía por primera vez. Se lo había imaginado viejo, pero era un hombre que acababa de entrar en la cuarentena. En el coche, en el camino hacia el local, Copacabana contó lo satisfecho que estaba con su trabajo. Los trató como a sus *pony express,* pero con cierta gentileza. Nicolas y Agostino no se habían molestado, su atención estaba absorbida por la velada que les esperaba.

–¿Cómo es? ¿Cómo es por dentro? –preguntaban.

–Es un local –respondía él, pero ellos sabían exactamente cómo era. YouTube los había instruido mostrando eventos y conciertos. Con aquellos «¿Cómo es?» los dos chicos le preguntaban cómo era estar dentro, tener una sala reservada, cómo era estar en el mundo del Nuovo Maharaja. Cómo era pertenecer a aquel mundo.

Copacabana los hizo pasar por una entrada reservada y los condujo a su *privé.* Se habían puesto de punta en blanco, se lo habían anunciado a los padres y a los amigos, como si hubieran sido invitados a la más importante de las cortes. De algún modo era verdad, la Nápoles pija, los guays, se reunían todos allí. El sitio habría podido ser una sinfonía al *kitsch,* un panegírico al mal gusto. No era así. Lograba un equilibrio elegante entre la mejor tradición costera de mayólicas de colores pastel y una cita casi jocosa del Oriente: aquel nombre, Maharaja, Nuovo Maharaja, lo daba una enorme tela en el centro del local, traída de la India, pintada por un inglés que luego había venido a Nápoles. Los bigotes, el corte de los ojos, la barba, las sedas, el sofá mullido y un escudo con unas gemas y una luna vuelta al norte dibujadas encima. La vida de Nicolas había comenzado allí, fascinado por el enorme dibujo del Maharaja.

Durante toda la velada Nicolas y Agostino se llenaron los ojos con las personas presentes, al fondo el chisporroteo de los tapones de las botellas de champán que se abrían continuamente. Todos pasaban por allí. Era un lugar donde la empresa, el deporte, los notarios, los abogados y los jueces hallaban la mesa en que sentarse y conocerse, la copa con que brindar. Era un lugar que te hacía sentirte de inmediato lejos de la taberna, del restaurante típico, del lugar de los mejillones con pimienta y la pizza en familia, del sitio aconsejado por el amigo, del espacio al que se va con la esposa. Un lugar en el que podías encontrar a cualquiera sin necesidad de justificarlo, porque era como cruzarse con él por casualidad en la plaza. Era natural encontrar personas nuevas en el Nuovo Maharaja.

Entretanto Copacabana hablaba y hablaba, y a Nicolas se le aparecía en la cabeza una imagen nítida, que a las formas de la comida y de los huéspedes acicalados sumaba la música de una palabra. Lazarat. Su reclamo exótico.

La hierba albanesa se había convertido en la nueva fuerza. Copacabana atendía de hecho dos actividades: la legal en Río y la ilegal en Tirana.

—Algún día tienes que llevarme —le decía Agostino estirándose para agarrar la enésima copa de vino.

—Es la plantación más grande del mundo, chavales. Hierba por todas partes —respondía Copacabana hablando de Lazarat.

Se había convertido en la plataforma donde recoger la mayor cantidad de hierba posible. Copacabana contaba cómo había logrado obtener importantes compras, pero no estaba claro cómo la transportaba de Albania a Italia así, sin dificultades: las vías por mar y aire desde Albania no eran seguras. Las cargas atravesaban Montenegro, Croacia, Eslovenia y conseguían entrar en Friuli. En sus palabras era todo muy confuso. Agostino, aturdido por el mundo deslumbrante que remolineaba a su alrededor, oía y no oía aquellas historias, Nicolas, en cambio, nunca habría dejado de escucharlas.

Cada carga eran paquetes de dinero, y cuando éste se convertía en un río en crecida no había modo de esconderlo. Unas semanas después de su velada en el Nuovo Maharaja, había comenzado la operación Antimafia, todos los periódicos habían hablado de ella: habían cogido a uno de los contrabandistas de Copacabana y contra él habían dictado una orden de busca y captura. No le quedó más remedio que esconderse. Desapareció quizá en Albania, o consiguió ir a Brasil. No lo volvieron a ver durante meses. La plaza en Forcella agotó las cargas.

Agostino había procurado entender, pero, con Copacabana quién sabía dónde y Alvaro en la cárcel, era imposible.

—Pero la banda del White sigue currando... Que se muera mi madre si el material no le llega —había comentado Lollipop.

Para Nicolas y los suyos dónde ir a buscar la mercancía, cuánta coger, qué tipo de venta hacer, qué turnos observar se había convertido en un problema. Las plazas de la ciudad se las repartían las familias. Era como un mapa rehecho con nombres nuevos, y a cada nombre correspondía una conquista.

—¿Qué hacemos ahora? —había preguntado Nicolas. Estaban en la salita, una tierra de nadie nacida de la unión de bar, estanco, sala de juegos y apuestas. Alojaba a todos. Al que torcía el morro y juraba contra un caballo demasiado lento, al que en un taburete sorbía una taza de café, al que tiraba el dinero del sueldo en las tragaperras. Y luego estaban Nicolas y sus amigos, y también los Melenudos. El White se había pinchado, claramente estaba puesto de cocaína, que ya no hacía pasar por la nariz sino cada vez más a menudo por las venas. Jugaba al futbolín solo contra dos de los suyos, Quiquiriquí y el Salvaje. Saltaba de un eje a otro, parecía un atarantado. Locuacísimo, pero atento a todo, a cada palabra que podía llegar por casualidad a sus oídos. Y había captado aquel «¿Qué hacemos ahora?» de Nicolas.

—¿Queréis currar, chavales? ¡Eh! —había dicho sin dejar de jugar—. Currad haciendo las sustituciones. Os mando yo, currad para alguna otra plaza que necesita...

Habían aceptado de mala gana, pero no podían hacer otra cosa. Después de la salida de escena de Copacabana la plaza de Forcella estaba definitivamente cerrada.

Se habían puesto a trabajar para todos aquellos que tenían agujeros que tapar. Marroquíes arrestados, camellos con fiebre, muchachos poco fiables apartados del servicio. Trabajaban para los Mocerino de la Sanità, para los Pesacane del Cavone, a veces se adentraban hasta Torre Annunziata para echar una mano a los Vitiello. El lugar donde vendían se había vuelto nómada. A veces era la plaza Bellini, otras veces la estación. Los llamaban en el último momento, su móvil en manos de toda la espuma camorrista de la zona. Nicolas se había cansado, poco a poco había dejado de colocar chocolate y estaba más tiempo en casa. Todos aquellos mayores que ellos hacían dinero aunque no valían nada, gente que se había dejado pillar, gente que entraba y salía de Poggioreale: el White proponía un trabajo de mala calidad.

Pero la rueda de la fortuna empezó a girar.

Éste, al menos, era el sentido del mensaje que Agostino había mandado a Nicolas mientras él, debajo de la casa de

Letizia, trataba de hacerle entender que la humillación de Renatino no había sido más que un gesto de amor.

–Chaval, ha vuelto Copacabana a Nápoles –dijo Agostino, en cuanto Nicolas detuvo el escúter junto al suyo y al de Briato'. Estaban parados con los motores encendidos en la última curva que llevaba al Nuovo Maharaja. El local se entreveía también desde allí y cerrado parecía aún más imponente.

–Y es un gilipollas, porque seguro que lo cogen –dijo Briato'.

–No, no, Copacabana ha venido para una cosa demasiado importante.

–¡Hacernos vender el chocolate! –dijo Briato', y miró a Agostino con una sonrisa. La primera del día.

–¡Síi! Va en serio..., os lo juro, ¡vuelve para organizar la boda del Gatazo, que se casa con Viola Striano, chavales!

–¿Lo dices de verdad? –dijo Nicolas.

–Sí. –Y para que no hubiera ninguna duda, añadió–: Que se muera mi madre.

–Y ahora los de San Giovanni mandan en nuestra casa...

–Pero qué tiene que ver –replicó Agostino–. Copacabana está aquí y quiere vernos.

–¿Dónde?

–Aquí, te lo acabo de decir... –dijo señalando el local–. Ahora llegarán también los otros.

El momento de cambiar de vida era aquél. Nicolas lo sabía, sentía que la ocasión llegaría. Y ahí estaba. Hay que responder a la llamada. Es preciso ser fuerte con los fuertes. En realidad no tenía idea de qué pasaría, pero le echaba imaginación.

MALOS PENSAMIENTOS

Copacabana había aparcado en la explanada del local en un Fiorino repleto de artículos de limpieza. Salió apenas le dijeron que los muchachos habían llegado. Los saludó pellizcándoles las mejillas, como a muñecos, y ellos le dejaron hacer. Aquel hombre podía hacerlos volver a lo grande, aunque estuviera tan delgado y pálido, con el pelo largo y la barba desaliñada. Tenía los ojos rojos de los capilares que le dibujaban la esclerótica. La fuga no debía de haber sido un paseo.

—Aquí están mis niños..., vamos, chavales, seguidme, tenéis que hacer teatro..., el resto lo hago yo.

Copacabana abrazó a Oscar, el que mandaba en el Nuovo Maharaja. El padre de su padre lo había comprado cincuenta años antes. Era un panzón al que le agradaban las camisas a medida, con las iniciales bordadas, pero las llevaba rigurosamente una talla pequeña, por eso veías que a los botones les costaba mantenerse cerrados en los ojales. Oscar correspondió tímidamente, casi manteniendo la distancia con Copacabana, para que aquel abrazo no lo viera la persona equivocada.

—Estoy a punto de hacerte un gran honor, Oscarino mío...

—Dime...

–Diego Faella y Viola Striano celebrarán su boda en tu establecimiento..., aquí... –Y abrió las manos para extender el abrazo al local, como si fuera suyo.

Con sólo oír pronunciar aquellos dos apellidos asociados Oscar se puso rojo.

–Copacabana, te quiero pero...

–Ésta no es la respuesta que esperaba...

–Soy amigo de todos, lo sabes, pero como socio mayoritario de este local..., nuestra política es la de mantenernos alejados de...

–¿De?

–De situaciones difíciles.

–Pero sacáis dinero de las situaciones difíciles.

–Nosotros sacamos dinero de todos, pero una boda así... No concluyó la frase, no había necesidad.

–Pero ¿por qué rechazas semejante honor? –dijo Copacabana–. ¿Tienes idea de cuántas bodas vendrán en cadena?

–Luego nos ponen micros.

–Pero ¿qué micros? Aparte de que los camareros no son los tuyos, lo harán estos chavales...

Agostino, Nicolas, Pichafloja, Briato', Lollipop, Dientecito y los otros no esperaban tener que hacer de camareros, no estaban capacitados, nunca lo habían hecho. Pero si Copacabana lo había decidido así, así se haría.

–Ah, Oscar, no sé si has entendido que éstos te ponen así, de inmediato, doscientos mil euros... por esta boda, por esta bonita fiesta...

–Copacabana..., mira, renuncio también a todo ese dinero, pero, de verdad, para nosotros...

Copacabana hizo un gesto como para alejar el aire delante de sí con el dorso de la mano, allí no había nada más que hacer.

–Aquí hemos terminado.

Ofendidísimo, salió de la habitación. Los muchachos tras él como cachorros hambrientos detrás de la madre.

Nicolas y los otros estaban seguros de que sólo era comedia, que volvería atrás aún más cabreado que antes, con los ojos aún más rojos que antes, y le rompería la cara o sacaría una pistola escondida quién sabe dónde para machacarle la rodilla. Nada. Entró en el Fiorino. Desde la ventanilla dijo:

–Os avisaré. Celebraremos esa boda en Sorrento: necesitamos chavales sólo nuestros, ningún camarero de agencia, que a ésos los manda directamente la guardia financiera.

Copacabana se marchó a Sorrento y organizó allí la boda de las dos familias reales. «Eh, celebran una boda galáctica en la costa amalfitana, pero la nuestra, amor, ¡¡¡será aún más hermosa!!!», escribió Nicolas a Letizia, que aún la tenía tomada con él por la historia de Renatino y le respondió, después de una hora: «¿Y quién te dice que me caso contigo?» Nicolas estaba segurísimo de ello. Soñaba con aquella ceremonia, y retomaba el hilo de los mensajes con detalles cada vez más suntuosos, llenos de promesas. Ellos dos se habían unido por amor y nada más, y ahora él tenía que conformarse con las sobras, empezando por entrar por la puerta de servicio en el mundo que contaba, aunque estuviera en decadencia.

Feliciano Striano estaba en chirona. Su hermano estaba en chirona. La hija había decidido casarse con Diego Faella, llamado el Gatazo. Los Faella de San Giovanni a Teduccio eran potentísimos en extorsiones, cemento, votos y distribución de alimentos. Su mercado era enorme. Los *duty free* de los aeropuertos del Este eran suyos. Diego Faella era severísimo, todos debían pagar, incluso los quioscos, los vendedores ambulantes, todos contribuían a las arcas del clan, cada uno según sus ganancias, y eso lo hacía sentirse magnánimo. E incluso amable. La hija de Feliciano Striano, Viola, había conseguido vivir lejos de Nápoles durante muchos años, había ido a la universidad y se había licenciado en Moda. Viola no era su verdadero nombre, se hacía llamar así porque no soportaba el nombre Addolorata, heredado de su abuela, y su versión más tolerable, Dolores, ya era propiedad de un ejército de primas. Así que lo había elegido ella sola. Aún niña, se había presentado ante su madre y había proclamado su nuevo nombre: Viola. Había vuelto a la ciudad después de la decisión de la madre de separarse del padre. Don Feliciano había elegido una nueva esposa, pero la madre de Viola no le había concedido el divorcio –comadre se es y comadre se sigue siendo–, y Viola había ido a apoyarla en los días de la separación. Nunca se había ido de la casa familiar de Forcella, pero don Feliciano se había ido a vivir al lado. La familia es sagrada, pero para Viola lo era aún más, para ella era el ADN que llevas dentro, y no puedes quitarte la sangre de las venas, ¿no? Con eso has nacido, con eso mueres. Pero luego don Feliciano se había arrepentido y entonces había sido ella la que se había divorciado de él como padre. El nombre de Addolorata Striano había sido incluido en el programa de protección. Los carabineros de paisano habían ido a buscarla a su casa con un coche blindado, para conducirla lo más lejos posible de Forcella. Y era allí donde empezó la función: Viola se había puesto a gritar desde el balcón, escupía y juraba contra la escolta. «¡Marchaos! ¡Cabrones sin Dios! ¡Vendidos! ¡Mi padre ha muerto, es más, nunca ha existido, nunca ha sido mi padre! ¡Marchaos!», y así había rechazado el programa de protección, no se había arrepentido y había renegado de padre y tíos. Se había quedado mucho tiempo en casa, diseñando vestidos, bolsos y collares, mientras en el balcón le aterrizaba todo tipo de insulto: sobres llenos de mierda de perros, pájaros muertos, vísceras de palomas. Y luego los cócteles molotov que prendían fuego a las cortinas, pintadas en las paredes de los edificios, el interfono quemado. Nadie creía en sus palabras, y sin embargo ella había resistido. Hasta el día en que a su vida había llegado el Gatazo. Casándose con Viola, Diego Faella la liberaba de golpe de todas aquellas acusaciones que la habían encerrado en una jaula. Y, sobre todo, quedándose con la sangre limpia de la familia, Diego Faella se quedaba con Forcella.

Se contaba que el Gatazo la había cortejado durante mucho tiempo. Viola tenía un cuerpo escultural, los ojos de su padre, de un azul cegador, una nariz importante que durante toda la vida se había preguntado si rehacer o mantener, convenciéndose luego de que precisamente ése era su rasgo distintivo. Viola era una de esas mujeres que saben todo lo que ocurre a su alrededor pero para las que la regla más relevante es fingir que no conocen nada. La boda entre los dos significaba la fusión de dos familias fundamentales. Parecía un matrimonio concertado, como los de los nobles: en el fondo, eran la flor y nata de la aristocracia camorrista y se daban aires como las casas reales que ocupaban las revistas. Viola se estaba sacrificando, quizá; el Gatazo parecía enamorado. Muchos estaban convencidos de que el movimiento ganador para desposarla había sido conseguir hacerla estilista de una empresa bajo el control del clan Faella que confeccionaba bolsos de lujo. Pero los chismes no le importaban, para Viola aquel matrimonio debía ser el triunfo del Amor. Si había elegido sola el nombre, podía también decidir cómo sería su futuro.

Como había anunciado Copacabana, después de pocos días llegó la llamada. Nicolas se lo dijo a su madre:

–Voy a hacer de camarero en una boda. De verdad.

Su madre lo examinó desde abajo de la suave onda de pelo rubio en desorden. Buscaba en aquella frase y dentro de la cara de su hijo aquello que sabía, aquello que no sabía, aquello que podía ser cierto y aquello que no lo era. La puerta del cuarto de Nicolas estaba abierta y ella llegó con aquella mirada a buscar signos en las paredes, en una vieja mochila abandonada en el suelo, en las camisetas apiladas a los pies de la cama. Trataba de sobreponer la noticia («Voy a hacer de camarero») a las barreras que el hijo, después de que los llamaran a la comisaría, no había dejado de levantar. Ella sabía que si aquella vez no había terminado en Nisida, no era desde luego porque fuera inocente. A ella le llegaban las hazañas de Nicolas, y las que no le llegaban las imaginaba con facilidad, no como el marido, que en aquel hijo veía futuro, del bueno, y por eso sólo le preocupaba la mala educación. La madre tenía ojos que trepanaban la carne. Rechazó la sospecha en su corazón y lo estrechó con fuerza.

–¡Bravo, Nicolas!

Él la dejó hacer y ella le posó la cabeza en el hombro. Se estaba abandonando como nunca había hecho. Cerró los ojos y aspiró por la nariz, para oler a aquel hijo que temía perdido pero que ahora volvía con un anuncio que tenía el sabor de la normalidad. Eso le bastó para confiar en que todo volviera a empezar a partir de entonces. Nicolas correspondió como era de prever, pero sin apretar, apoyándole las manos en la espalda. Esperemos que no se ponga a llorar, pensó, tomando el afecto por debilidad.

Se soltaron y la madre no dejó que Nicolas volviera a encerrarse en su cuarto. Se quedaron estudiándose, en silencio, y a la espera de un nuevo movimiento. Para Nicolas aquel abrazo era de los que dan las madres cuando los hijos obedecen, cuando hacen algo que siempre es mejor que nada. Ella pensaba que él le había hecho un regalito, que por una extraña forma de generosidad la había premiado con un poco de normalidad. Pero ¡qué normalidad! Éste tiene pensamientos en la cabeza que me dan miedo. ¿Se cree que no me doy cuenta? Uno por uno, feos, malos, como si tuviera que vengar una afrenta. Y no había habido afrenta. Qué afrenta. Al marido no se le podían decir esos pensamientos. No, a él no.

44

Nicolas intuía en la vastedad que se abre siempre sobre el rostro de una madre aquella inspección, aquel embrollo desordenado, aquella oscilación entre conocimiento y sospecha.

–Mamá, ¿quién te lo iba a decir? Hago de camarero.

E hizo el gesto de sostener un plato entre muñeca y antebrazo, en equilibrio. La hizo sonreír, en el fondo se lo merecía.

–¿Cómo es que me has salido rubio? –dijo ella, conduciendo a otra parte su murmullo interior–. ¿Y tan guapo?

–Te ha salido un camarero guapísimo, mamá.

Y le dio la espalda, pero con la sensación de que la mirada de ella duraba, y, en efecto, duraba.

Filomena, Mena, la madre de Nicolas, había abierto una tienda de planchado-lavandería en via Toledo, hacia la plaza Dante, entre la basílica del Espíritu Santo y via Forno Vecchio.

Antes había una tintorería, con dos propietarios viejecitos que le habían traspasado el negocio y le pedían un alquiler bajísimo. Había puesto un nuevo letrero azul con la inscripción Blue Sky y debajo «Todo limpio como el cielo», y había comenzado la actividad contratando primero a dos rumanas y luego a una pareja de peruanos: él menudo, excelente planchador, un hombrecillo que no hablaba nunca, y ella gruesa y sonriente, que de su compañero y de su silencio se limitaba a comentar: «Escucha mucho.»

Mena había aprendido un poco de sastrería napolitana en su juventud, sabía coser a mano y a máquina, y por tanto entre las ofertas de Blue Sky estaban también las pequeñas reformas, un trabajo «de chinos», se decía, pero tampoco se podía dejar todo el mercado a indios, cingaleses y chinos. El negocio era un tugurio, lleno de máquinas y estantes para poner vestidos y lencería, con una portezuela detrás que se abría sobre el patio oscuro del edificio. La portezuela estaba siempre abierta; en verano, para dejar pasar el aire, en invierno, para respirar un poco. A veces Mena se ponía delante de la entrada, con las manos en las caderas, bien marcadas, el pelo negro peinado demasiado deprisa, y desde allí miraba el tráfico, la gente que pasaba, comenzaba a reconocer a los clientes («Señora, la chaqueta de su marido ha quedado preciosa») y a hacerse reconocer. Mira cuántos hombres solos, se decía, también aquí en Nápoles, como en el Norte, que se hacen lavar, planchar y coser. A la chita callando, vienen, dejan, retiran y se van. Mena estudiaba el mundo de aquella zona que no conocía y en la que, de hecho, era una extraña, Mena de Forcella, pero los propietarios la habían introducido bien, porque no hay oficio si alguien no da garantías. Y ellos daban garantías por ella. No sabía cuánto tiempo continuaría de aquella manera, pero entretanto le gustaba llevar a casa un poco más de dinero, que un profesor de gimnasia no puede verdaderamente mantener a una familia, y su marido era un hombre ciego, por así decir, no veía estas dificultades, no veía qué necesitaban los hijos, no lo veía. Tenía que pensar ella, y proteger a aquel hombre, al que seguía amando profundamente. Cuando estaba en la tienda, con la plancha a vapor resoplando, se perdía mirando las fotos de los hijos que había colgado entre un calendario y una pizarra de corcho con una cascada de recibos ensartados encima. Christian a los tres años. Nicolas a los ocho, y luego una de ahora, con la melena rubia, ¿quién diría que era su hijo? Había que verlo al lado de su padre y entonces se entendía algo. Se ofuscaba ante tanta belleza juvenil, se ofuscaba porque intuía un poco, escuchaba un poco, habría querido saber un poco, y al final se las ingeniaba para saber, no desde luego a través de la escuela, que allí no se entendía nada, y tampoco de Letizia, sino más bien de aquellos delincuentes de sus amiguetes, que Nicolas mantenía lejos de casa pero no lo suficiente para que ella no se hiciera una idea, que no era una idea buena. Él estaba bien con ellos.

Él ponía esa cara que a ella no le daba miedo, pero un día alguien podría decir: «Ése es un chaval con la cara buena y los pensamientos malos.» Sí, pensamientos malos. Y malas compañías. De dónde sacaban toda la ciencia que tenían, que luego, cuando esa ciencia llega, no se sabe echarla. Le venía a la mente una especie de proverbio que le era familiar desde niña: «A quien juega con el burro, no le faltan las coces.» Pero ¿quién era el burro? Veía verdaderamente a su Nicolas al lado del burro del proverbio, y no hacía falta mucho para alejarlo. El burro tiene miedo. Pero quizá, y, mientras, se volvía para arreglar un vestido de seda que había quedado sobre la mesa, soy yo la de los malos pensamientos. Se pasaba la mano por dentro de la cabellera densa y rebelde y escrutaba a Escuchamucho, que pasaba la plancha por una camisa blanca.

–Ten cuidado, que es una camisa de Fusaro.

No era necesario, pero lo dijo igualmente. Y le venía a la mente una tarde de domingo de varios años antes. Entonces había un mal presentimiento que sólo ahora podía unir a los malos pensamientos, al burro y al día de la comisaría. Estaban los cuatro, cerca del mar, no lejos de Villa Pignatelli. Ella llevaba el cochecito con Christian dentro. Hacía calor. El sol encendía las persianas y hurgaba entre palmeras y arbustos, como si tuviera que matar todas las sombras restantes.

Nicolas iba delante a paso rápido, y su padre iba justo detrás. Luego de pronto un silencio amenazador, un segundo de silencio, y los sonidos que lo siguieron. Alguien entra en un local, quizá un restaurante. Se oye un disparo, luego otro. La gente en las aceras se queda paralizada, algunos desaparecen de escena. Y hasta el tráfico, abajo, en el paseo marítimo, parece callar. Se oyen mesas volcadas. Vasos rotos. Eso se oye y Mena le deja el cochecito al marido y coge a Nicolas por el cuello. Siente una especie de fatiga al sujetarlo. Nadie abandona el propio puesto, como en ese juego en que cuando de tocan debes permanecer clavado en el suelo como una estatua.

Luego de la puerta del local sale un tipo chupadísimo con la corbata floja y las gafas oscuras pegadas en la frente. Mira a su alrededor y lo que ve es espacio, y una calle que poco más adelante se dobla en ángulo recto. Parece no tener dudas, afronta de un tirón aquellos pocos metros, gira a la derecha y luego ve un coche aparcado, se recuesta en el suelo y con pequeños pero rapidísimos desplazamientos se mete debajo del coche. El hombre con la pistola sale al sol, da un paso y luego se detiene también él, como están detenidos todos a su alrededor. Pero luego advierte, en la acera opuesta, a un hombre que lo mira y le hace señas, señala ese coche, detrás de la esquina, a poca distancia. Un gesto apenas esbozado, que la inmovilidad general subraya. No busca al que se arrastra por debajo. Incluso se toma una pausa. Acaricia el arma, se agacha sin esfuerzo, baja la pistola al nivel de la calle, paralela al asfalto, la mejilla apoyada en la portezuela, como un médico que ausculta al paciente. Y entonces abre fuego. Dos, tres veces. Y luego más, cambiando continuamente de dirección la boca de la pistola. Mena siente que Nicolas tira hacia delante. Cuando el hombre que ha disparado se esfuma, Nicolas se suelta de Mena y corre hacia el automóvil aparcado.

–Hay sangre, hay sangre –dice en voz alta señalando un reguero que sale de abajo, y entonces se arrodilla y observa lo que los otros no ven. Mena corre para arrancarlo de allí, tirándolo de la camiseta a rayas.

–No hay sangre –dice el padre–, es mermelada.

Nicolas no lo oye, quiere ver al muerto. La madre lo arrastra lejos, con esfuerzo. Siente que su familia se está convirtiendo de repente en la verdadera protagonista de esa escena. La sangre, con la complicidad de la ligera pendiente de la calle, ahora se cuela en regueros. Mena sólo consigue alejar al chico a tirones, pero sin quitarle aquella curiosidad sin miedo, aquel juego.

A veces le viene a la cabeza aquella tarde, y le viene a la cabeza su hijo, a la edad de la foto que tiene colgada en la tienda. Le da algo en el estómago, una mordedura, una tenaza.

¿Qué he hecho? Vuelve a la plancha con furia y le parece que ese aparato, ese negocio, ese trabajo de limpiar, ordenar y doblar también tiene que ver con su obra de madre. Nicolas no tiene miedo, se dice, y tiene miedo de decírselo. Pero es así: lo ve. Esa cara llena de juventud, una cara de cielo, una cara que ya la querría Blue Sky, esa cara no se deja ensombrecer por los malos pensamientos, se los guarda bajo la piel, y sigue dando luz. Durante algún tiempo ha pensado traérselo a la tienda, después de la escuela. Pero qué tienda, pero qué escuela. Incluso se le escapa una sonrisa. Nicolas ocupando el puesto del peruano y doblando una cándida manga de camisa. Piensa que quizá esté bien donde está. Pero ¿dónde está? Y para no dejarse contagiar por el estremecimiento que está llegando a su piel, se vuelve a poner en la puerta del negocio, y se siente bellísima, con los ojos del mundo encima.

LA BODA

El día antes de la boda, todos tuvieron que presentarse para un curso acelerado de hostelería. Copacabana había elegido un maître que había visto docenas de bodas como aquélla, se contaba que estaba presente en Asinara cuando se casó Cutolo, que había sido él quien había cortado el pastel. Gilipolleces, es obvio, pero era un tipo de confianza. Cuando Nicolas y los otros llegaron al restaurante, una manada de motocicletas escupidoras, el maître los esperaba en la puerta de servicio. Tenía una edad que oscilaba entre los cincuenta y los setenta, cadavérico, los pómulos salientes y amarillos. Estaba allí parado, con un traje de Dolce & Gabbana: corbata Slim, pantalones y chaqueta negros, zapatos lustrados, camisa blanquísima. Le iba a la perfección, por favor, pero encima de él parecía un desperdicio.

Bajaron de los ciclomotores haciendo lo que habían hecho en el asiento: gritar y mandarse recíprocamente a tomar por culo. Copacabana les había dicho que los recibiría el maître, y sería él quien les explicaría todo, cómo moverse, qué platos llevar, los tiempos que respetar, el comportamiento. En resumen, sería el general de aquel hatajo de camareros improvisados. Hatajo del que faltaban Bizcochito, que era demasiado pequeño para pasar por camarero, y Dragón, que al ser primo de la novia estaba entre los invitados a la boda. El maître había recibido con anticipación la lista con sus nombres y les proporcionaría los uniformes.

El hombre de Dolce & Gabbana se aclaró la voz –un sonido agudo, incongruente, que hizo volverse a todos–, luego apuntó un dedo huesudo a la puerta de servicio y desapareció en el interior. Tucán estaba a punto de decir algo, pero Nicolas le dio una colleja y siguió al hombre. En fila india, sin decir una palabra, entraron también los demás y se encontraron en las cocinas.

Los novios querían elegancia y sobriedad. Todos debían llevar trajes de D&G, los estilistas preferidos de Viola. El maître, con una vocecita chillona que no ayudaba a concretar más precisamente su edad, entregó los trajes sin sacarlos de la bolsa y les ordenó que fueran al almacén a cambiarse. Cuando regresaron los hizo alinearse contra la pared inmaculada de acero inoxidable que alojaba los fogones y luego sacó la lista.

–Ciro Somma.

Se adelantó Pichafloja. Se había puesto los pantalones del traje como se ponía sus habituales pantalones *oversize* de rapero: bajos de cintura y que se viera el elástico de los calzoncillos Gucci. A Pichafloja le gustaba bailar en la ropa, también para esconder esos kilos de más, pero el maître le hizo entender con el dedo que así no estaba bien, que se subiera el cinturón.

–Vincenzo Esposito.

Lollipop y Estabadiciendo dijeron a coro «Presentes» y levantaron la mano. Estaban juntos en clase desde primaria y cada vez que pasaban lista repetían aquella escenita.

–El del gruyère en la cara –dijo el maître. Estabadiciendo se ruborizó, inflamando aún más el acné que le devastaba las mejillas–. Tú estás bien, pero mantén los hombros derechos. Te ocuparás de retirar los platos, así los invitados no te mirarán a la cara.

Los chicos no estaban acostumbrados, desde luego, a dejarse tratar así, pero Nicolas había repetido que la jornada tenía que ir sobre ruedas. A toda costa. Y por tanto había que soportar también a aquel maître pajillero.

Lollipop sonreía debajo de la barbita, que a pesar de los catorce años le crecía como si ya fuera un hombre. Se había dibujado una línea sutil que salía de la patilla, corría al mentón, luego al labio, y así hasta completar la vuelta. La camisa le iba a la perfección, mérito de las horas que pasaba definiendo los abdominales en el gimnasio, y los pantalones escondían las piernecitas delgadas que no cuidaba como hacía con la parte superior del cuerpo, incluidas las cejas en forma de ala de gaviota.

–Tú, larguirucho –dijo el maître, y señaló a Briato'–. Te ocuparás del pastel, tendrá siete pisos, y necesito a alguien que llegue hasta arriba.

Briato' no conseguía mantener derecha aquella corbatita sobre la curva de la panza, pero el pelo negro estirado hacia atrás con gomina, bien, eso era estupendo.

–Agostino De Rosa.

Cerilla no estaba bien en absoluto. Se había oxigenado el pelo, estaba hecho un asco –cuando Nicolas lo vio se cabreó mucho– y el cuello de la camisa no lograba cubrir el tatuaje que tenía en el pecho: un sol rojo fuego cuyos rayos le llegaban hasta la nuez. El maître lo cogió por el cuello y dio un par de tirones hacia arriba, pero aquellos rayos seguían despuntando. Si hubiera dependido de él, el maître lo habría mandado a casa a patadas, pero Copacabana le había dicho que actuara con delicadeza, así que pasó directamente a los últimos de la lista. Los llamó en bloque, quería hacerse una idea de cómo se movían entre cristal y porcelana.

–Nicolas Fiorillo, Giuseppe Izzo, Antonio Starita y Massimo Rea.

Del grupo se separó un pelotón zarrapastroso. El maître se acercó a los dos más bajos –Dientecito y Dron–, que llevaban los trajes como si fueran pijamas (habían dado vuelta a los puños y los pantalones para que no arrastraran por el suelo), y les dio dos platos por cabeza, uno para cada mano. Luego se dirigió a Tucán, evitó cualquier comentario porque ahora el tiempo escaseaba y le confió una bandeja de plata. Había colocado encima un puñado de copas, que ahora tintineaban. A Nicolas lo estudió un poco más detenidamente, valoró que aquellas espaldas anchas, el físico vigoroso y las piernas bien colocadas podían soportar pesos diversos. Le hizo extender los brazos –el traje se le adhería como una segunda piel– y acomodó dos platos a la derecha y dos a la izquierda, uno sobre el antebrazo y uno sobre la palma. Luego les pidió a los cuatro que dieran una vuelta a la península que dividía en dos partes iguales la cocina. Dientecito y Dron lo hicieron casi corriendo, y el maître los regañó. El gesto debía ser fluido, no estaban en el McDonald's. Tucán se las apañó bien, sólo al final una de las copas cayó de costado, pero sin arrastrar a las demás. Nicolas completó la vuelta bamboleando, como si caminara por una cuerda. Pero al final tampoco él causó daños. El maître se llevó la mano cadavérica al mentón y se lo rascó, luego dijo, resignado:

–Otra vez.

Nicolas apoyó los platos sobre la península y se acercó al maître, que tuvo que alzarse sobre la punta de los pies para sostener la mirada.

–¿Hemos terminado, vejete?

El maître no pestañeó y trepó aún más sobre las puntas. Luego se desplomó con los talones en el suelo.

–Estáis listos –dijo solamente.

Copacabana sabía que se arriesgaba, siendo un fugitivo, participando en una boda tan expuesta, tan llena de invitados: la voz de su regreso se habría difundido en poquísimo tiempo, aunque en semejantes bodas todos eran invitados a dejar los móviles en la mesa de entrada y a utilizarlos sólo en la *phone room.*

Mientras Nicolas se probaba la librea y se entrenaba para servir los platos, se acercó a Copacabana, que estaba supervisando la organización. Se había lavado. El pelo ahora no disparaba hacia todas partes y quizá también se había teñido. La mirada estaba más presente, pero los ojos aún conservaban aquella pátina rojiza.

–Copacaba', ¿no es peligroso... delante de esta gente? Dejarse ver así.

–Aún más peligroso es no dejarse ver, estar escondido. ¿Sabes qué significa?

–Que se muera mi hermano. Ya saben que eres un fugitivo.

–No, Nicolino..., si estás en una boda y ves una silla vacía en una mesa, ¿qué haces?

–Hago sentar a alguien.

–Exacto, ¡sí! Bravo. Esto significa que si mi silla en esta boda está vacía, los de San Giovanni a Teduccio hacen sentar a uno de ellos. Así que dime tú, ¿es más peligroso dejarse ver o esconderse esperando que te vengan a sustituir?

–Te dejas ver para decir a los Faella aquí estoy. Esta zona es mía. Aún estoy.

–Bravo, estás aprendiendo. Vengo con mi mujer y mis hijos, tienen que verlo.

–Para mí es peligroso...

–Mis chavales son todo ojos..., pero me gusta que te preocupes por el tío Copacabana, significa que te pago bien...

Fue entonces cuando comenzó la gran fiesta en el palacio de Sorrento. Nicolas ya la veía ante sus ojos, se trataba de hacer de camareros, de hacer de actores, todos interpretarían sobre aquel escenario iluminado. Había que maquillarse. Mirar de reojo el mundo. Venga, venga, rápido, todos en fila. Había algo de mágico. Y una espera, un sentimiento de espera que sus compadres llevaban en la cara igual que él.

La celebración que siguió a la ceremonia fue fastuosa, Copacabana se jactaba de no haber olvidado nada en la organización. Decía que si era sólo «demasiado» no bastaba, debía superar el «demasiado», porque la abundancia es hermana gemela del bien. ¿Palomas? A docenas. Cada plato debía ser saludado por un vuelo liberador. ¿Entretenimiento musical? Los mejores cantantes melódicos de la provincia, y para cuando se hiciera tarde estaba previsto un cuerpo de baile de samba de veinte miembros. ¿Decoración? El salón debía estar lleno. Y Copacabana esta palabra, «lleno», trataba de pronunciarla siempre cerca de «demasiado». «¡Todo lleno, todo demasiado!» Estatuas, arañas, candelabros, plantas, platos, cuadros y mesas. Flores por doquier, también en los baños, y todas en gradaciones violeta, homenaje a la novia. Y globos que hacer caer del techo después de cada vuelo de palomas. Y un banquete de tartas, pasteles, cinco primeros, cinco segundos, una orgía de comida. Y por último un tapiz de doce metros sacado quién sabe de dónde, que cubría una pared con una escena de *El Buen Gobierno*. Copacabana había decidido colocarlo detrás de los novios como señal de buen auspicio.

Había muchas mesas, Nicolas iba a servir. Todo estaba bajo control. Estaba la mesa del White, Oso Ted, Quiquiriquí, y de todos los muchachos de la banda de Copacabana, que gestionaban las plazas y que estaban aprendiendo a gestionar el estadio. Eran muchos y siempre estaban colocados. Tenían pocos años más que Nicolas y los suyos. Estaba la mesa de Dragón y de su familia. Como primo de la novia, estaba arrellanado disfrutando del espectáculo de sus amigos atareados, sirviendo. Chaqueta torcida, como su nariz de púgil, y nudo de la corbata flojo, desaprobaba cada plato y lo devolvía, alegando motivos de chef con estrellas.

Se produjo también el reencuentro con Alvaro, que había obtenido permiso para asistir a la boda. Un invitado marginal, al que ni siquiera habían asignado mesa. Estaba fuera con otros jugando a las cartas en el capó de los coches. Nicolas le llevaba los platos y él sólo respondía:

–¡Bravo, bravo!

La boda seguía su ritmo. Lento y rápido. Y aún más rápido, y luego lentísimo, melaza que pega y mantiene unidos.

–Ahora llega el ascensor de la sensualidad –susurró Briato' a Nicolas, que estaba saliendo de la cocina con platos.

–Tú eres muy sensual porque estás disfrazado de mujer –susurró también Dron, en la otra oreja de Nicolas. El Marajá alargó el paso y entró en la sala, porque si se hubiera quedado allí se le habría caído al suelo la pasta con salmón y caviar.

La velada aún sería larga. Faltaba el último cantante antes de la entrada de las bailarinas de samba, y un grupo de invitados, de pie en las sillas, gritaba el título de su canción más conocida. De detrás de una cortina, una vez más en tonos violeta, en vez del cantante melódico apareció Alvaro, a la carrera, con el peluquín colgándole de lado. Se precipitó a la mesa de Copacabana:

–¡Los maderos! ¡Fuera, fuera!

Y desapareció por donde había venido, después de haber chocado con uno de los invitados que estaba de pie en la silla, haciéndolo caer al suelo. El efecto cómico murió de inmediato. Una veintena de policías de paisano hizo irrupción desde cuatro accesos distintos para cubrir las vías de fuga. Algo debía de haber fallado en la estructura de avistamiento, quizá una cámara había escapado al control de Copacabana, quizá los carabineros habían recibido un soplo y habían subido por los tejados evitando a los vigilantes. Alvaro debía de haberlos advertido entre una mano y otra de cartas. Mientras los carabineros pasaban entre las mesas y el murmullo de los invitados tenía las de ganar sobre el silencio que había caído después de la irrupción, Copacabana se deslizó hacia el escenario y con la mirada instó al batería a que se alejara para ocupar su puesto. Estaba con las baquetas en la mano observando a los policías que arrestaban a una pareja que pertenecía a los Faella. Tirones, jaleo, amenazas. Como era de prever, el final de siempre: las esposas. La pareja tenía un niño pequeño que confiaron precisamente a la mujer de Copacabana: un beso en la frente del recién nacido y fuera. Se lo pusieron en brazos sin añadir nada. El Gatazo, que hasta aquel momento había permanecido sentado con los brazos cruzados, se levantó de golpe y dijo:

—Un aplauso al inspector, quiere salir en los periódicos, por eso interrumpe mi boda.

Todos aplaudieron, incluso la pareja del bracete con los carabineros intentó un último tirón para ganarse la posibilidad de batir las palmas. Los carabineros iban a tiro fijo, ni siquiera pedían los documentos. Luego cogieron a un par de personas que se habían evadido del arresto domiciliario para acudir a la boda. Mientras tanto Copacabana empezaba a convencerse de que no habían ido a por él, que allí había peces mucho más apetitosos. Posó las baquetas y se permitió respirar tranquilo.

—Pasquale Sarnataro, ¿ahora eres batería?

El inspector se estaba abriendo paso entre los invitados e hizo señas a dos de los suyos de que se acercaran al escenario, ni siquiera fue necesario dar más indicaciones.

Mientras estaba aún paralizado en el suelo, con la rodilla de un carabinero entre los omóplatos, Copacabana se dirigió a Diego Faella:

—Gata', no te preocupes. Para el bautizo de la criatura estoy aquí.

Los muchachos asistieron a la escena petrificados, con las bandejas tambaleándose por el miedo aún en la mano.

—¿Has visto? Ya le he dicho que era una gilipollez dejar que le vieran —dijo Nicolas a Agostino.

La redada había pasado, pero la fiesta seguía. El espectáculo debía continuar, la novia así lo quería. Aquél debía ser su día y no bastarían aquellos arrestos para estropearlo. De manera que Nicolas y los otros reanudaron el servicio como si no pasara nada. Entró finalmente el último cantante y luego las bailarinas. Pero a medianoche acabó todo. El ambiente se había estropeado, y de todos modos los novios debían despertarse temprano. Los esperaba un avión directo a Brasil: Copacabana había pensado también en el viaje de bodas, acomodándolos en su hotel.

Los jóvenes camareros fueron a cambiarse a la cocina, era hora de quitarse aquella ropa y recibir la paga. La habían sudado. Nicolas, por otra parte, estaba particularmente desilusionado. Lujo, cierto. Ostentación, seguro. Poder. Mucho poder. Pero él había esperado bandejas de plata cubiertas de coca y en cambio había tenido que asistir a la ronda de bolsas de cáñamo rescatadas de alguna tienda de anticuario con las que se invitaba a los presentes a hacer una ofrenda para las familias de los encarcelados. Aquellas bolsas tintineaban y crujían, Nicolas lo oía cuando pasaban a su lado, y le entraban ganas de cogerlas y salir corriendo. Aquella tarde, en cambio, no se llevaron al bolsillo ni siquiera calderilla —nada de salario y nada de propinas—, salieron de allí sólo con las bomboneras, un enorme pez globo hecho de paja con espinas y todo. El significado de aquella elección era desconocido para todos. Nicolas decidió llevarla a casa como prueba del trabajo realizado, para aplacar la desconfianza de su padre, que a diferencia de su madre no había creído en aquella historia de trabajar de camarero.

En el fondo era aún temprano, y Nicolas, Dientecito y Briato' se reunieron de nuevo en la salita, que no cerraba nunca, ni siquiera en Navidad. Estaban todos los Melenudos, el White, Carlitos Way, Quiquiriquí, Oso Ted y el Salvaje. También estaba Alvaro, a quien nadie había vuelto a ver después de la redada. Quería despedirse de todos antes de volver a la cárcel.

–Alva', ¿has vuelto para pagarnos el jornal? –dijo Nicolas. Con Copacabana en Poggioreale para ellos las cosas se hacían complicadas, pero quería aquel dinero. Recibieron cien euros por cabeza por doce horas de trabajo. Si hubieran vendido chocolate habrían ganado diez veces más.

–¿Y quién te manda hacer curros honestos? ¿Curros de gilipollas? –dijo el White. Aún estaba colocado, y permanecía abrazado al futbolín.

–Es verdad –respondió Dientecito.

–Currar es de gilipollas.

–Ah, ¿por qué?, ¿nosotros no curramos de la mañana a la noche? –intervino Briato'.

–Estás siempre ahí, en la calle, en los ciclomotores. Pero el nuestro no es un curro –dijo Nicolas–. El trabajo es de gilipollas, y de esclavos. En tres horas de curro ganamos lo que gana mi padre en un mes.

–Bueno, no tanto –dijo el White.

–Así será –prometió Nicolas. Se hablaba más a sí mismo, y en efecto nadie le hizo caso, también porque su atención ahora era toda para el White, que estaba alineando unas rayas ordenadas de coca sobre el borde del futbolín.

–¿Queréis un tiro, chavales? –dijo el White.

Nicolas y sus amigos miraron encantados aquel polvo. No era desde luego la primera vez que lo veían, pero era la primera vez que estaba tan al alcance de la mano. Bastaba un paso, bajar la cabeza y aspirar por la nariz.

–Gracias, broder –dijo Briato'.

Sabía qué debía hacer, y también los otros. En fila, cada uno esperando su turno, tomaron su ración del banquete.

—Venga, Alva', tú también —dijo el White.

—Nononono, ¿qué es esa porquería? Y además tengo que volver.

—Está bien, venga, que te acompañamos nosotros; venga, que es tarde.

Aparcado fuera, el White tenía su SUV negro que parecía recién salido del concesionario. Nicolas, Dientecito y Briato' habían sido invitados a unirse, y habían aceptado contentos. El cansancio había sido barrido por completo por aquel primer tiro de coca, se sentían eufóricos, dispuestos a todo.

El White tenía un brazo en torno a los hombros de Alvaro.

—¿Te gusta este coche?

—¡Sí sí! —respondió Alvaro, y se sentó delante. Detrás se apretaron los muchachos.

El SUV avanzaba seguro. La conducción del White era precisa, impecable a pesar de que iba cargado, o quizá precisamente por eso. El camino que llevaba a Poggioreale serpenteaba entre las luces que a Nicolas le recordaron las estrellas explosionadas que había visto una vez en su libro de ciencias. Luego sucedió.

El coche que frena de golpe y gira en el último momento para entrar en un camino de tierra. Luego otra frenada, aún más decidida, y el coche se para. Los tres de atrás tienen que protegerse con los brazos para no golpearse contra los asientos de delante. Cuando la reculada de sus cuerpos los devuelve atrás, ven en un relámpago el brazo del White que se extiende, la mano empuña una pistola aparecida de la nada y el índice se pliega dos veces. Bum bum. La cabeza de Alvaro parece un globo que estalla: un trozo de cráneo contra la ventanilla, otro contra el parabrisas, y el cuerpo que se afloja como si se le hubiera escapado el alma.

—Eh, ¿por qué? —preguntó Nicolas. En la voz, más que el desconcierto, la urgencia de saber. Dientecito y Briato' aún estaban con las manos sobre las orejas y los ojos como platos mirando directamente a la misma mancha blanda pegada al volante, él, en cambio, ya sabía reaccionar. Él aún tenía cerebro, y trabajaba a mil. Debía entender el motivo de la ejecución de Alvaro, qué infracción lo había conducido a la muerte, y qué significaba que el White los hubiera llevado con él, si era una prueba, un honor o una advertencia.

–Lo he hecho porque me lo ha dicho Copacabana.

Ahora las luces habían cambiado de color, habían tomado una tonalidad violeta, como la de la boda. Para echar una mano con el pasajero, el White habría debido llevarse a los Melenudos, en cambio les había tocado a ellos. ¿Porque eran chavales, menores sin antecedentes, nadie?

–Pero ¿cuándo te lo ha dicho?

–Ha dicho: despídeme de Pierino, el que mejor ha cantado esta tarde. Me lo ha dicho cuando lo han arrestado.

–Pero ¿cuándo te lo ha dicho? –repitió Nicolas. De la respuesta del White le había llegado sólo el sonido.

–Cuando lo han arrestado, te lo acabo de decir. Échame una mano, vamos, quitemos esta mierda de aquí.

La sangre que había impregnado el techo ahora goteaba sobre el asiento ya vacío. Dientecito y Briato' no bajaron las manos ni siquiera cuando el SUV arrancó con un sollozo y cogió de nuevo el camino de ida, hasta la salita. El White condujo seguro como había hecho poco antes, y los muchachos no escucharon sus delirios, sus garantías de que Alvaro tendría un funeral como era debido, no lo tirarían por ahí, y además ahora era preciso reorganizarse, visto que a Copacabana lo habían pillado. Había que replantearlo todo, reajustarlo, y el White hablaba. Hablaba, hablaba, hablaba. No paraba nunca, ni siquiera cuando frenaba en un stop y el cuerpo de Alvaro, en el maletero, golpeaba haciendo un ruido que por una fracción de segundo se superponía a sus palabras.

En la salita se separaron sin despedirse, cada uno con su ciclomotor, cada uno a su casa. Nicolas avanzaba en su Beverly a una velocidad de crucero que le permitía distraerse más de lo habitual. Mantenía el ciclomotor en el centro de la calle con una mano sobre el manillar, mientras con la otra fumaba un porro que le había ofrecido el White antes de desaparecer también él en la noche. ¿Qué ocurriría ahora? ¿Seguirían trapicheando? ¿Para quién? El perfume del mar entraba en las calles y por un momento Nicolas meditó en dejarlo todo e irse a dar un baño en alguna parte. Pero luego los semáforos naranja relampagueantes lo devolvieron a su Beverly y dio gas para superar un cruce vacío. Alvaro no contaba nada, había tenido un mal fin, pero en el fondo su destino estaba marcado, ahora que a Copacabana también lo habían cogido como a un chaval cualquiera, ni siquiera había intentado reaccionar y se había escondido detrás de una batería. Muchas historias, mucha cháchara. Albania, Brasil, dinero a carretadas, bodas de fábula, y luego había terminado como el último de los fracasados, como un bandolero cualquiera. No, Nicolas no tendría ese fin. Mejor morir intentándolo. ¿Era Pichafloja quien se había hecho tatuar aquella frase de 50 Cent en el antebrazo, *Get Rich or Die Tryin'*?

Nicolas dio de nuevo gas y esta vez los humos de la combustión cubrieron los del mar. Respiró hondo y luego decidió que ante todo debía procurarse una pistola.

LA PISTOLA CHINA

Pichafloja se había ofrecido de inmediato para ir a ver a Copacabana a la cárcel. Había demasiadas preguntas que hacer y muchas respuestas que obtener. ¿Qué ocurriría ahora? ¿Quién ocuparía el trono vacante de Forcella? Nicolas se sentía como cuando de pequeño iba a saltar desde las rocas de la playa de Mappatella. Sabía que una vez en el aire ya no tendría miedo, pero las piernas, antes de lanzarse, siempre le temblaban. Y ahora igual, ahora le temblaban las piernas, pero no por miedo. Estaba excitado. Estaba a punto de zambullirse en la vida que siempre había soñado, pero antes tenía que decírselo Copacabana

Cuando Pichafloja volvió de la cárcel, los muchachos se encontraron todos en la salita. Nicolas cortó de inmediato la descripción de la sala, el banco de madera y el vidrio bajo que separaba a duras penas a visitante y preso.

–Hasta el aliento de Copacabana podía sentir. Una cloaca.

Quería oír las palabras, las palabras precisas.

–Pero qué te ha dicho, Picha.

–Te lo he explicado, Marajá. Debemos tener paciencia. Somos todos sus hijos. No debemos preocuparnos.

–¿Y luego qué te ha dicho? –insistió Nicolas.

63

Caminaba por la salita medio vacía. Sólo había un vejete que se había dormido sobre una tragaperras y el camarero estaba en alguna parte de la cocina.

Pichafloja se echó la gorra hacia atrás, como si fuera la visera la que impidiera entender a Nicolas.

–Marajá, ¿cómo tengo que decírtelo? Él estaba allí sentado y me miraba. No os preocupéis, estad tranquilos. Que se muera mi madre si no decía que ya pagaría él el funeral de Alvaro, que era un buen hombre. Luego se ha levantado y me ha dicho que las llaves de Forcella están en nuestras manos, una gilipollez así.

Nicolas se había detenido y ahora ya no le temblaban las piernas.

Nicolas y Tucán se encontraron solos en el funeral de Alvaro. Además de ellos dos estaba una señora vieja, que descubrieron que era la madre, y una en minifalda, con un cuerpo de veinteañera atornillado a un rostro que llevaba las marcas de todos los clientes que había visto pasar. Porque no había duda, aquélla era una de las putas rumanas que Alvaro recibía de Copacabana, y según parece una de las más aficionadas, dado que ahora estaba junto al ataúd con un pañuelo en la mano.

–Giovan Battista, Giovan Battista –repetía la madre, que ahora se apoyaba en la otra mujer, que era, sí, una puta, pero al menos había sentido algo por aquel hijo desgraciado.

–¿Giovan Battista? –dijo Tucán–, nada menos, qué nombre más absurdo y qué fin de mierda.

–El White es un mierda –dijo Nicolas. Y por un momento intentó juntar la imagen del cerebro despachurrado de Alvaro con el último saludo de aquella mujer de piernas firmes.

Lo sentía por Alvaro, aunque no sabía bien por qué. Ni siquiera sabía si aquello que sentía era dolor. Aquel pobrecillo siempre los había tomado en serio, y eso contaba. No esperaron a que la ceremonia terminara y salieron con la cabeza ya en otra parte.

—¿Cuánto tienes en el bolsillo? —preguntó Nicolas.

—Bah, poco. Pero tengo unos trescientos euros en casa.

—Bueno, hoy yo he sacado cuatrocientos euros. Vamos a buscar una pistola.

—¿Y dónde vamos a buscar esa pistola?

Se detuvieron en los peldaños de la iglesia porque aquélla parecía una cuestión importante y debía ser afrontada mirándose a los ojos. Nicolas no tenía en mente una pistola en particular, sólo había hecho un par de búsquedas en internet. Él necesitaba una pipa que extraer en el momento justo.

—Me han dicho que los chinos venden muchas pistolas viejas —dijo.

—Perdóname, los Melenudos están sobrados de armas, ¿por qué no se la pedimos a alguno de ellos?

—No, no podemos. Es gente del Sistema, advertiría de inmediato a Copacabana en la cárcel. En un instante lo sabría todo y nunca nos autorizaría, porque no es nuestro tiempo. En cambio, los chinos no hablan con el Sistema.

—Pero ¿a ellos quién les ha dicho que era tiempo o no era tiempo? Su tiempo se lo han cogido ellos, y nosotros tenemos que coger el nuestro.

Para Nicolas aquella pregunta era una idiotez. La pregunta que hace quien nunca mandará a nadie. El tiempo, como lo entendía Nicolas, se presentaba sólo bajo dos formas, y entre éstas no había términos medios. Tenía siempre en mente una vieja historia del barrio, una de esas que viajan a los confines de la verdad pero que nunca se ponen en cuestión más que para añadir detalles que refuerzan su moraleja. Había un muchacho con dos pies larguísimos. Se le acercaron dos y le preguntaron la hora.

—Las cuatro y media —respondió él.

–¿Qué hora es? –lo apremiaron, y él repitió la respuesta.

–¿Es tu hora de mandar? –le preguntaron antes de cargárselo en plena calle. Una historia sin sentido, pero no para Nicolas, que había aprendido de inmediato la lección. El tiempo. El tiempo instantáneo de la reivindicación del poder y el tiempo alargado detrás de los barrotes para hacerlo durar más. Ahora le tocaba a él saber elegir cómo usar su tiempo, y aquél no era el momento de reivindicar un poder que aún no había construido.

Sin decir palabra, Nicolas se dirigió a su Beverly y Tucán lo siguió para sentarse detrás de él, consciente de que había hablado demasiado. Pasaron por casa para buscar el dinero y luego saltaron hacia Chinatown, hacia Gianturco. Un barrio fantasma, eso le parece Gianturco, naves industriales ruinosas, alguna pequeña fábrica aún activa y almacenes para mercancías chinas pintando de rojo un paisaje que, de otro modo, sabría sólo a gris y rabia rayada sobre paredes resquebrajadas y persianas oxidadas. Gianturco, que suena a nombre de oriente, que suena a amarillo, campo de trigo, es sólo el apellido de un ministro, Emanuele Gianturco, un ministro de la Italia recién unificada, que trabajó en el campo del derecho civil social como garantía de justicia. Un jurista sin nombre de pila que ahora se queda calles de naves abandonadas, hedor químico de refinería. Era un barrio industrial, cuando aún había industria. Pero Nicolas lo había visto siempre así. Había estado alguna vez de niño, cuando aún jugaba al fútbol para el equipo de la Virgen del Salvador. Había empezado a los seis años junto a Briato', uno delantero centro, el otro portero. Pero un día, en un partido de la liga de menores de doce años entre parroquias, el árbitro había favorecido al equipo del Sagrado Corazón. Era ahí donde jugaban los hijos de cuatro concejales municipales. Había habido un penalti y Briato' había conseguido pararlo, pero el árbitro había hecho chutar de nuevo porque Nicolas había entrado en el área antes del pitido. Era verdad, pero ser tan rígido en un partido parroquial... Sólo eran niños, en el fondo sólo era un partido de fútbol. También el segundo penalti Briato' lo había parado, pero Nicolas había entrado de nuevo en el área antes del pitido y el árbitro lo había hecho chutar una vez más. A la tercera todos los ojos estaban en Nicolas, que en esta ocasión no se movió en absoluto. Pero el balón fue a la red.

El padre de Briato', el aparejador Giacomo Capasso, rostro impasible, paso lento, entró en el campo. Con absoluta calma se llevó la mano al bolsillo, sacó una navaja y despanzurró el balón. Con gestos secos, sin nerviosismo aparente, cerró la hoja de la navaja, la guardó en el bolsillo y de repente se encontró al árbitro en el morro maldiciendo con la cara morada. A pesar de que Capasso era más bajo, dominaba la situación. Dijo, autoritario, al árbitro:

–Eres un mierda, no se puede decir nada más.

El balón rasgado en el suelo fue el semáforo verde para una invasión del campo, una invasión en toda regla con muchos padres y niños gritando de rabia. Algunas lágrimas.

A Nicolas y Fabio los cogió de la mano el aparejador y los llevó fuera. Nicolas se sintió seguro, apretado por los dedos que poco antes habían empuñado la navaja. Se sintió, agarrado a aquel hombre, importante.

El padre de Nicolas, en cambio, estaba tenso, disgustado por aquella escena en medio de los niños, en un campito de fútbol parroquial. Pero no supo decirle nada al padre de Fabio Briato'. Cogió a su hijo al borde del campo y ya está. De vuelta en casa, a su mujer le dijo sólo:

–Éste no vuelve a jugar al fútbol.

Nicolas se fue a la cama sin cenar: no por el disgusto de dejar el equipo, como creían los suyos, sino por la vergüenza de que le hubiera tocado en suerte un padre que no sabía hacerse respetar y que, por tanto, no valía nada.

La carrera de futbolista había terminado para Nicolas, y Briato', como en el más clásico de los hermanamientos amistosos, había perdido todas las ganas de ir a los entrenamientos. Siguieron pateando el balón, sin disciplina, y por la calle.

Nicolas y Tucán aparcaron el Beverly delante de un gran almacén chino rebosante de trastos.

Las paredes parecían a punto de explotar por los objetos amontonados que presionaban desde el interior. Estantes colmados de lamparillas, herramientas de bricolaje, artículos de papelería, trajes desparejados, juegos para niños, petardos, paquetes de té y bolsas de galletas descoloridas por el sol, y hasta cafeteras, pañales, marcos, aspiradoras, incluso unos ciclomotores que podías comprar por piezas. Imposible encontrar un criterio racional en aquella yuxtaposición de cosas, aparte del riguroso ahorro de espacio.

–La que han montado estos chinos, se han cogido toda Nápoles, poco nos falta para que tengamos que pagarles el alquiler.

Mientras cantaba la canción de Pino d'Amato, Tucán tocó el ding dong que anunciaba el nuevo cliente.

–Eh, eso es verdad –dijo Nicolas–, antes o después les pagaremos de verdad el alquiler para vivir aquí a los chinos.

–Pero ¿quién te ha dicho que aquí venden armas?

Daban vueltas por los pasillos, entre muchachos chinos que trataban de meter una percha en medio de las que ya no cabían o subían por escaleras tambaleantes para apilar el enésimo paquete de folios.

–He chateado, y me han dicho que hay que venir aquí.

–¿Seguro?

–Sí, venden de todo. Tenemos que preguntar por Han.

–En mi opinión, éstos hacen más dinero que nosotros –dijo Tucán.

–Claro. La gente compra más lamparillas que costo.

–Yo compraría siempre y sólo costo, nada de lamparillas.

–Porque eres un drogata –respondió riendo Nicolas, y le apretó un hombro. Luego se dirigió a un dependiente–: Perdone, ¿está Han?

–¿Qué queréis? –respondió.

Los dos se quedaron mirando al chino y no se percataron de que el hormiguero en que habían entrado se había paralizado. Hasta el dependiente en equilibrio sobre la escalera los observaba desde lo alto con un paquete de papel en la mano.

–¿Qué queréis? –los apremió el chino de antes, y Nicolas estaba a punto de repetir la pregunta cuando una mujer china de mediana edad cuya presencia apenas habían entrevisto detrás de la caja registradora de la entrada se puso a chillarles.

–¡Fuera, fuera, vamos, vamos, fuera!

Ni siquiera se había levantado del taburete sobre el que debía de estar encaramada todo el día cobrando. Desde aquella distancia Nicolas y Tucán sólo veían a una mujer gorda con una camisa de flores que gesticulaba indicándoles que salieran por donde habían entrado.

–Pero ¿qué pasa, señora? –trató de razonar Nicolas mientras ella seguía vociferando «¡Vosotros, fuera!» y los dependientes que antes parecían dispersos por la nave ahora los estaban rodeando.

–Jodidos chinos –comentó Tucán arrastrando a Nicolas–, ves como era una gilipollez buscar información en los chats...

–Chinos de mierda. Que se muera mi madre, cuando mandemos, los echamos –dijo el amigo–. Los echamos a todos. Hay más chinos que hormigas.

Y para vengarse le dio un manotazo a un gato de la suerte que estaba sobre una mesilla falsamente antigua justo al lado de la entrada. El gato salió volando y acabó sobre el lector de precios de una de las cajas, rompiéndolo, pero la mujer enfurecida no parpadeó y continuó gritando en su bucle.

Subieron al Beverly mientras Tucán repetía:

–A mí me parecía una gilipollez.

Y partieron en dirección a Galileo Ferraris. Fuera de Chinatown. Sin ningún resultado.

Pocos metros después una moto se pegó detrás del escúter. Aceleraron, y la moto también dio gas. Empezaron a correr, querían alcanzar el tramo de calle que desemboca en via Garibaldi y perderse en el tráfico. Yincanas, zigzagueos entre autocares y coches, Vespas, transeúntes. Tucán se volvía continuamente para controlar los movimientos de quien los estaba siguiendo e intuir sus intenciones. Era un chino de edad indefinida, no le reconocía la cara, pero no parecía cabreado. En un momento dado empezó a tocar la bocina y a bracear, haciendo señas de que se acercaran. Habían entrado por Arnaldo Lucci y se habían detenido un momento antes de alcanzar la estación central: aquélla era la frontera entre Chinatown y la casba napolitana. Nicolas paró y la moto se le detuvo al lado. Los ojos de los dos estaban clavados en las manos delicadas del chino, no fuera a ser que se le ocurriera sacar alguna navajita o algo peor. Pero no, tendió una mano para presentarse:

–Soy Han.

–¿Ah, eres tú? ¿Y por qué coño mamita nos ha echado del local? –dijo Tucán.

–No es mi madre.

–Ah, bien, si no es tu madre se le parece mucho.

–¿Qué queréis? –preguntó Han, levantando un poco el mentón.

–Sabes qué queremos...

–Entonces tenéis que venir conmigo. ¿Me seguís o no?

–¿Dónde nos llevas?

—A un garaje.

—De acuerdo.

Hicieron una señal con la cabeza y lo siguieron. Había que volver atrás, pero en Nápoles los cambios de sentido pueden costar horas de tránsito.

El chino ni pensó en dar la vuelta a la plaza; ellos, en cambio, aprovecharon el espacio para los peatones entre un bloque de cemento y otro, y desembocaron delante del Hotel Terminus. De allí de nuevo Galileo Ferraris y a la izquierda de nuevo por via Gianturco.

Nicolas y Tucán se percataron de que giraban sobre sí mismos por enésima vez a la izquierda hacia via Brin. Habían dejado a sus espaldas colores y trasiego. Via Brin parecía una calle fantasma. Había anuncios de naves para alquilar por doquier y Han se detuvo delante de una de éstas. Hizo señas con la cabeza de que lo siguieran al interior, mejor entrar la moto. Atravesado el umbral, se encontraron en un patio lleno de talleres, algunos abandonados y derruidos, otros desbordantes de baratijas de todo tipo. Siguieron a Han a un garaje que parecía igual a todos los demás, sólo que estaba ordenadísimo. Había sobre todo juguetes, copias de marcas famosas, falsificaciones más o menos descaradas. Estantes y estantes coloridos de los que se asomaba todo bien de Dios. Sólo algunos años antes un sitio así los habría hecho enloquecer.

—Hemos descubierto que los duendes y Papá Noel son chinos.

Han soltó una carcajada. Era idéntico a todos los demás dependientes del almacén, quizá entre aquellos que los habían rodeado estaba también él, y quizá también en esa ocasión había soltado una buena carcajada delante de aquellos dos que lo estaban buscando.

—¿Cuánto podéis gastar?

Tenían más, pero dispararon bajo:

–Doscientos euros.

–Por doscientos euros no habría puesto en marcha la moto, no hay nada por esa cifra.

–Entonces me parece que tenemos que irnos –dijo Tucán, listo para darse la vuelta y coger la salida.

–Pero si os estiráis un poco mirad qué os puedo ofrecer...

Apartó metralletas de plástico en cajas, muñecos y cubos para el mar, y sacó dos pistolas.

–Ésta se llama Francotte, es un revólver.

Se lo dio en la mano a Nicolas.

–Madre mía, pesa mogollón.

Era una pistola viejísima, 8 mm, lo único bonito era la empuñadura, que era de madera, lisa, muy gastada, parecía una piedra pulida por el agua. Todo lo demás –cañón, gatillo, tambor– era de un gris pálido, lleno de manchas que ni siquiera frotándolas se iban, y luego aquel aire de residuo bélico, no, peor, de pistola usada para rodar viejos westerns, de esas que se encasquillan cada dos por tres. Pero a Nicolas no le importaba. Frotó la culata y luego pasó a palpar el cañón, mientras Han y Tucán seguían riñendo.

–Ésta funciona, eh, me la han traído de Bélgica. Es una pistola belga. Ésta te la puedo dar por mil euros... –estaba diciendo Han.

–Eh, pero parece un Colt –dijo Tucán.

–Bueno, son primos hermanos.

–Pero ¿esto dispara?

–Sí, pero sólo tiene tres balas.

–Quiero probar, si no no la cojo. Y me la dejas en seiscientos.

–Pero ésta no, de verdad, se la doy a un coleccionista y me saco cinco mil euros. Te lo juro –dijo Han.

Tucán lo intentó con amenazas:

–Sí, pero el coleccionista si no se la vendes, no te quema después el almacén o te envía a la poli, ¿verdad?

Han no se alteró y, de cara a Nicolas, dijo:

–¿Te has traído el perro ovejero? ¿Tiene que ladrarme?

Ante lo que Tucán mostró los dientes:

–Sigue así y verás si ladramos, y basta, ¿te crees que no formamos parte del Sistema?

–Luego te vienen a buscar.

–¡¿Quién me viene a buscar?!

A cada frase se acercaban más, por eso Nicolas detuvo la discusión con un seco:

–Eh, Tucán.

–Sí, me habéis cabreado, marchaos o uso esta pistola contra vosotros –dijo Han. Ahora tenía él la sartén por el mango, pero Nicolas no tenía intención de ir más allá y dictó sus condiciones.

–Eh, chino, despacio. Cogemos sólo una, pero tiene que disparar.

–Venga, prueba tú. –Y se la puso en la mano. Nicolas ni siquiera consiguió hacer salir el tambor para cargarla. Lo intentó de nuevo, pero nada–: Pero ¿cómo coño funciona esto?

Y se la dio a Han enfatizando su disgusto.

Han cogió la pistola y disparó un tiro así, sin siquiera prepararse el brazo. Nicolas y Tucán pegaron un salto como cuando se oye un estallido inesperado y ya no responde la conciencia sino sólo los nervios. Se avergonzaron de aquella reacción incontrolada.

El proyectil había decapitado de cuajo una muñeca en un estante alto, dejando inmóvil el tronco rosa. Han confió en que no le pidieran que repitiese el tiro.

–Pero ¿qué hacemos –dijo Tucán– con este trozo de hierro?

–Por ahora es la mejor que tenemos. Cogedla o dejadla.

–Nos la das –concluyó Nicolas–. Pero, dado que es una mierda, nos la das por quinientos euros y ya está.

Nicolas llevó la pistola a casa. La tenía metida en los calzoncillos, con el cañón hacia abajo, caliente.

Caminó por el pasillo de baldosas blancas y verdes con soltura. El padre lo esperaba en el comedor.

–Cenemos. Tu madre vendrá después.

–Valen.

–Pero ¡qué es eso de valen! ¿Cómo hablas?

–Hablo así.

–Escribes mejor que hablas.

El padre, con camisa de cuadros, ocupaba la cabecera. Estaba sentado observando la manera de andar del hijo como si no fuera suyo. El comedor no era grande pero estaba ordenado, era decente, casi de buen gusto: muebles sencillos, la cristalería bien visible detrás de una vitrina, una cerámica de Deruta, recuerdo de un viaje a Umbría, que habitualmente servía para la fruta, manteles con fantasías pesqueras y alfombras descoloridas en el suelo. Sólo habían exagerado con las lámparas y arañas, pero era una cuestión que venía de lejos: un compromiso entre pasado (la araña de gotas) y presente (lámpara de pie). Mena quería mucha luz en aquella casa, él habría preferido menos. Había libros en el pasillo y en una estantería del salón.

–Llama a tu hermano y ven a la mesa.

Nicolas se limitó a alzar el volumen de la voz sin moverse de donde estaba:

–¡Christian!

El padre sufrió un ataque de rabia que Nicolas no tuvo demasiado en cuenta. Bajó un poco el volumen y volvió a llamar por su nombre al hermano. Y el hermano apareció, pantalón corto, camiseta blanca, una gran sonrisa agradecida que le iluminaba la cara, y fue a sentarse de inmediato arrastrando la silla por el suelo.

–Eh, Christian, sabes que tu madre no quiere eso. Levanta la silla.

74

La levantó cuando ya estaba sentado, con él encima, y lo hizo con los ojos fijos en su hermano mayor, que estaba inmóvil como una estatua.

—¿Te quieres sentar, señor Valen? —dijo el padre, y destapó la olla que había llevado a la mesa—. Os he hecho pasta y espinacas.

—¿Espinacas con pasta? ¿Qué es? ¿Nisida?

—¿Y tú qué sabes de lo que se come en Nisida?

—Lo sé.

—Lo sabe —repitió el hermanito.

—Tú tienes que estar callado —dijo el padre, sirviendo, y al otro—: Siéntate, hazme el favor.

Y Nicolas se sentó delante del plato de pasta y espinacas con la pistola del chino metida en los calzoncillos.

—¿Qué has hecho hoy? —preguntó.

—Nada —contestó Nicolas.

—¿Con quién has estado?

—Nadie.

El padre se quedó con el tenedor de pasta a medio camino hacia la boca:

—¿Qué es toda esa nada? ¿Y quiénes son esos nadie?

Lo dijo mirando a Christian, como si buscara su complicidad. Pero mientras recordó que había dejado la carne en el fuego, se levantó y desapareció en la pequeña cocina. Y desde allí se oía que continuaba:

—Nadie. Éste sale con nadie. Aquél no hace nada, habéis entendido: nadie. Y yo trabajo para toda esa nada. —La última frase fue a repetirla al comedor con los bistecs en la bandeja—. Yo he trabajado para toda esa nada.

Nicolas se encogió de hombros, mientras hacía dibujos en el mantel con los dientes del tenedor.

—Ahora come —dijo el padre, porque veía que el pequeño había limpiado el plato y el otro aún no había tocado nada—. Entonces, ¿qué has hecho? ¿Has estado en la escuela? ¿No había nadie en la escuela? ¿Te han preguntado en historia?

Soltaba preguntas y el otro permanecía como quien no entiende el idioma, con una expresión de amable indiferencia.

–Pero come –continuó el padre, y Christian:

–Nico' es mayor.

–¿Mayor de qué, mayor? Tú tienes que estar callado, y tú come –dijo dirigiéndose a Nicolas–. ¿Has entendido que tienes que comer? Vienes a casa, te sientas a la mesa y comes.

–Si como, luego me entra sueño y ya no puedo estudiar –dijo Nicolas.

El padre, alterado, se recompuso:

–Entonces, ¿después estudias?

Nicolas sabía dónde golpear. En la escuela había llamado la atención de varios profesores, pero sobre todo en los trabajos, cuando un título le suscitaba interés, nadie era mejor que él. De Marino, el profesor de letras, se lo había dicho al padre desde la primera vez que se había presentado en recepción:

–Su hijo tiene talento, tiene una manera precisa de ver las cosas y de expresarlas. Cómo decírselo... –había sonreído–, eso es, sabe manejar el sonido del mundo y encontrar la lengua adecuada para contarlo.

Palabras que él se había cosido en el pecho y que incubaba como a un polluelo, se las repetía en cuanto el comportamiento de Nicolas lo impacientaba, lo desanimaba. Y estaba listo para tranquilizarse en cuanto lo veía abstraído, leyendo, estudiando, haciendo sus búsquedas en internet.

–No, no estudio. ¿Para qué voy a estudiar? –Y miró a su alrededor como para barrer nuevas certezas sobre la inconsistencia de aquellas paredes, de aquellos adornos, por no hablar de la foto de su padre en chándal con los muchachos que, una decena de años antes, habían ganado no se sabe ya qué torneo de balonmano. ¿Balonmano? ¿Qué es? Habría debido escribir un trabajo sobre esas miserias de campeonatos para niños bobos, eso sí que habría debido hacerlo. Describir la mierda de los padres, los forúnculos de los jugadores. Le volvió a la mente el objeto duro que tenía en los pantalones, y se tocó.

—¿Y qué te tocas? ¿Qué te tocas?

Al padre le apareció la arruga en la frente de cuando hacía el papel de cabeza de familia.

—Come, ¿has entendido que tienes que comer?

—No, esta tarde no tengo hambre —dijo, y dejó caer sobre el padre una mirada vacía, sin espirales, más terrible que un insulto rebelde. ¿Qué tengo que hacer?, leía en los ojos del padre. No vales nada, profesor, le devolvía el hijo con quieta indiferencia.

—Tú tienes que estudiar, eres bueno. Cuando llegue el momento te pago una escuela seria, un máster. Puedes ir a Inglaterra, a América. Oigo que muchos lo hacen. Sí, sé que sucede. Y cuando vuelven, todos los quieren. Pido un préstamo para eso...

Había alejado el plato pero para no parecer patético se puso a picotear, se llenaba la boca y se ponía a los pies de su hijo adolescente, que ante aquel «una escuela seria» habría querido reírse. No lo hizo, no desde luego por respeto, sino porque estaba echando cuentas, por primera vez, y se perdió imaginando que, si hubiera querido, esa escuela, esa escuela seria, se la habría pagado él, es más, la habría comprado, como hacen los verdaderos capos, y comprado a tocateja, no habría hecho como todos, que se echan encima los gastos del coche, los gastos del ciclomotor, los gastos del televisor. Luego entró en su ángulo de perspectiva su hermanito y finalmente exhibió una sonrisa.

—Papá, tengo que terminar la escuela. Esta escuela de aquí —dijo—. Aunque no sirva para nada.

—Nico', basta con esos nada, con esos nadie. Nosotros

estamos aquí... –Quería cerrar bien aquello, quería comportarse como sabía.

La cena había terminado. El padre llevó a la cocina todo lo que tenía que llevar, lo ordenó todo y, para no quedarse solo dentro de aquel teatro doméstico, trataba de reanudar la conversación.

Christian había comido en silencio, con los ojos en el plato: no veía la hora de encerrarse en el cuarto con su hermano. Nicolas le había hecho un par de guiños con la sonrisa de quien sabe sus asuntos, estaba claro que tenía algo importante que contarle. Una sonrisa que el padre había advertido y le había vuelto a encolerizar:

–Pero ¿quién coño eres, Nicolas? Sólo has causado problemas. Has traído la vergüenza. Has perdido un año. ¿De dónde sale esta arrogancia? Eres demasiado burro. ¡El talento que te ha dado el Padre Eterno lo estás desperdiciando como un gilipollas!

–Ya conozco esa canción, pa.

–Entonces trata de aprenderla de memoria. Así quizá seas menos arrogante.

–¿Qué le vamos a hacer? –respondió. Sin embargo, el padre casi parecía haber intuido algo. Por más que Nicolas pudiera ser hábil para disimular, camuflar y esconder, traía a casa los signos del cambio. Un hecho importante es una cuerda que se te ata alrededor y aprieta más a cada movimiento, frota y lacera, y al final te deja en la piel marcas que todos pueden ver. Y Nicolas llevaba consigo, atada en las caderas, una cuerda todavía anudada al garaje de los chinos en Gianturco. A su primera pistola.

No hay sitio más fácil que el teatro doméstico para fingir que no pasa nada. Y Nicolas fingía que no pasaba nada.

Cuando el padre pensó que había terminado su lección, él se escabulló en el cuarto, seguido de Christian.

–Seguro que te has metido en un lío –dijo sonriendo Christian, con la ansiedad de quien quería saber. Nicolas quería darse el gusto de alargar la espera algunos instantes, y se afanó con el móvil durante más de un minuto, hasta que por la puerta del cuarto se asomó el rostro de la madre, recién llegada a casa. Como si estuvieran cayéndose de sueño, de inmediato los dos se metieron en la cama, con el televisor apagado y un rapidísimo «Hola, ma», única respuesta al tímido intento de ella de entablar una conversación. El silencio que respondía a su pregunta la hizo entender que no oiría nada más.

En cuanto la puerta estuvo nuevamente cerrada, Christian saltó a la cama de su hermano:

–Cuenta, venga.

–¡Mira! –respondió, y sacó la vieja chatarra belga.

–¡Bellísimaaa! –dijo Christian arrancándosela.

–¡Eh, cuidado! ¡Ésta dispara!

Se la pasaron de mano varias veces, la acariciaron.

–¡Ábrela un poco! –le rogó Christian.

Nicolas abrió el tambor del revólver y Christian lo hizo girar. Parecía un niño con su primera pistola de cowboy.

–¿Y ahora qué haces con ella?

–Ahora, con ella, empezamos a currar.

–¿Es decir...?

–Nos damos algún capricho...

–¿Puedo ir también yo cuando lo hagas?

–Ya veremos. Pero, por favor, no debes decírselo a nadie.

–Eh, imagínate, ¿bromeas?

Luego lo abrazó como cada vez que suplicaba un regalo:

–¿Me la dejas esta noche? La meto debajo de la almohada.

–No, esta noche, no –dijo Nicolas, metiendo la pistola en la cama–. Esta noche me la pongo yo debajo de la almohada.

–¡Pero mañana para mí!

–Eh, ok, ¡mañana para ti!

El juego de la guerra.

Nicolas tenía un solo pensamiento: cómo resolver la situación con Letizia. No había nada que hacer, no respondía. Ni al teléfono ni a la ventana: era la primera vez que se comportaba así, que no lo escuchaba mientras él la apaciguaba, le pedía perdón, le juraba todo su amor. Si al menos le hubiera gritado, como había hecho al principio, como hacía siempre cuando se peleaban, al menos lo habría insultado, pero nada, ya no le concedía ni siquiera eso. Y a él le parecía que si ella no estaba cerca, los días eran incompletos. Sin sus mensajes de WhatsApp, sin su dulzura, se sentía vacío. Quería las caricias de Letizia. Las que se merece el que curra.

Era el momento de tener una buena idea, y para comenzar fue a ver a Cecilia, la mejor amiga de Letizia.

–Déjame estar –fue su primera reacción cuando lo vio–. Déjame estar, son cosas vuestras.

–No, venga, Ceci'. Tú sólo tienes que hacerme un favor.

–No te hago ningún favor.

–No, de verdad, sólo un favor. –Y la obligó a escucharlo, obstruyéndole el acceso al portal de casa–. Tienes que hacer que pueda ver el vehículo de Letizia fuera de su casa, su ciclomotor, porque le tengo que hacer algo. En casa lo tiene dentro del garaje, así que no puedo entrar. –Podía hacerlo perfectamente, pero no era una buena idea forzar el garaje de la familia de Letizia.

—No, no, imposible. Ni hablar, Nico'. —Y cruzó los brazos.

—Pídeme algo, pídeme algo y te lo doy, si me haces ese favor.

—No... Letizia, de verdad, es decir..., has hecho algo demasiado asqueroso con Renatino, de verdad que has sido un cerdo.

—Pero ¡qué tiene que ver! Cuando uno quiere a una persona mucho, pero muchísimo, a esa persona no debe acercarse nadie.

—Sí, pero no así —dijo Cecilia.

—Tú dime qué quieres, pero hazme ese favor.

Cecilia parecía irreductible, sin precio a su negativa. En realidad, sólo estaba sopesando la propuesta.

—Dos entradas para el concierto.

—De acuerdo.

—¿No quieres saber de quién?

—De quien sea, tengo un montón de compañeros en la reventa.

—Ok, entonces quiero ir al concierto de Benji y Fede.

—¿Quién coño son?

—Venga, ¿no conoces a Benji y Fede?

—Vale, me importa un pimiento, las entradas son tuyas. Entonces ¿cuándo lo haces?

—Mañana por la tarde viene a verme.

—De acuerdo. Mándame un mensaje, tipo «todo en orden», y yo entiendo.

Se pasó todo el día buscando a alguien que le pudiera conseguir los globos más caros en venta, chateaba con todos.

Marajá

Chavales, globos,
pero no de esos que se encuentran
en el mercado. Bonitos, chavales,
que en cada globo
esté escrito I love you.

Dientecito

Nicolas, pero ¿dónde
coño los encontramos?

Marajá

Échame una mano.

Al día siguiente llegaron hasta Caivano, donde Dron había descubierto en internet un negocio que abastecía fiestas importantes, *parties* temáticas y también algunas películas y vídeos musicales. Gastó doscientos euros en globos y una especie de bombona transportable para inflarlos con helio.

Cuando le llegó el mensaje de Cecilia, ya estaban apostados cerca de casa, y pusieron a trabajar los bíceps para inflar bolsas y bolsas de globos. Y uno, dos, tres, diez. Él, Nicolas, Pichafloja, Dientecito y Briato' inflaban y luego los ataban con una cinta roja y los anudaban al ciclomotor. Cuando estuvo lleno de globos que tiraban hacia el cielo, el ciclomotor quedó anclado en el suelo sólo por el caballete, con las ruedas levantadas algunos centímetros del suelo.

Mandó un mensaje a Cecilia:

–Hazla bajar.

Luego se escondieron detrás de una furgoneta de mudanzas aparcada al otro lado de la calle.

–Tengo que bajar un momento, Leti' –dijo Cecilia, recogiéndose con un elástico el pelo largo hasta el trasero y levantándose del silloncito.

–¿Por qué?

–Tengo que bajar un momento. Tengo que hacer un recado.

–¿Así, de repente? No me habías dicho nada. Venga, quedémonos en casa. –Letizia estaba medio acostada en la cama de la amiga, con ojos desganados. Sólo balanceaba las piernas, primero una y luego la otra, y parecía que en aquel momento cadencioso se concentrara toda su vitalidad.

Hacía días que estaba así, por eso aunque Cecilia tenía un poco de envidia de aquella historia, ya no soportaba a su amiga en aquel estado, y ahora esperaba que las cosas entre ella y Nicolas se arreglaran:

–No, no, tengo que bajar un momento. Es algo demasiado urgente. Y luego vamos, que es bueno también para ti, damos un paseo, venga.

Tardó algunos minutos, pero al fin la convenció. Apenas estuvieron fuera del portal, Letizia vio el festival de globos y en un instante comprendió. De pronto, se encontró delante a Nicolas, como si hubiera aparecido por arte de magia, y finalmente le dirigió la palabra:

–Eh, eres un cabrón –dijo riendo.

Nicolas se le acercó:

–Amor, quitemos este caballete y empecemos a volar.

–Nico', no lo sé –dijo Letizia–. Has hecho un montón de tonterías.

–Es verdad, amor, me equivoco mucho, me equivoco siempre. Pero me equivoco por ti.

–Eh, por mí, todo excusas, eres violento.

–Soy violento, soy un zurullo. Me puedes acusar de todo. Lo hago porque cuando pienso en ti es una especie de fuego. Pero, en vez de consumirme, quemo más y me hago más fuerte. No puedo hacer nada. Si alguien te mira, lo quiero castigar, es más fuerte que yo. Es como si te consumiera.

—Pero es imposible, eres demasiado celoso. —Resistía con las palabras, pero con las manos le acarició las mejillas.

—Trataré de cambiar. Te lo juro. Cada cosa que hago, la hago pensando en que quiero casarme contigo. A tu lado quiero ser el mejor hombre que hayas conocido, pero verdaderamente el mejor.

Aprovechó el gesto de ella para sujetarle las manos, dar vuelta a las palmas y besarlas.

—Pero el mejor no se comporta así —rebatió ella haciendo morros y procurando soltarse las manos.

Nicolas se las llevó un momento al corazón, luego las dejó ir despacio.

—Si me he equivocado, me he equivocado porque quería protegerte.

Letizia tenía encima los ojos de Nicolas, pero también los de Pichafloja, de Dientecito, de Briato', de Cecilia y de la gente del barrio: abandonó toda resistencia y lo abrazó entre aplausos.

—Bravo, han hecho las paces —dijo Pichafloja. Después de lo cual Dientecito se disparó en la boca el helio de los globos y empezó a hablar con aquella voz quejosa, y todos los demás hicieron lo mismo. Y aquellas voces tan ridículas parecían mucho más apropiadas que las voces impostadas que trataban de tener.

Luego Nicolas se abrió paso entre los globos del ciclomotor, levantó a Letizia y se la apoyó casi en el regazo, quitó el caballete y dijo:

—Vuela, venga, vuela.

—No necesito globos para volar —Letizia lo abrazaba—, me bastas tú.

Entonces Nicolas sacó una navaja y lentamente cortó las cintas de los globos. Amarillos, rosa, rojos, azules: uno

84

tras otro subían al cielo llenándolo de colores, mientras Letizia los seguía con la mirada finalmente alegre, llena de asombro.

—¡Espere, espere! ¿Nos los da a nosotros?

Algunos niños de seis, siete años se habían acercado a Nicolas, atraídos por los globos más bonitos que habían visto nunca.

Se habían dirigido a él tratándolo de «usted» y eso le gustaba.

—Que se muera mi hermano, sólo faltaría.

Y empezó a cortar las cintas para atarlas a las muñecas de los niños. Letizia lo miraba con admiración y Nicolas acentuaba las caricias y con los ojos buscaba más niños a los que hacer aquel regalo.

Nicolas se presentó delante del Nuovo Maharaja, donde encontró a Agostino.

–Nada, Nico', no nos dejan entrar, no nos dejan pasar.

Junto a él Dientecito asentía, triste, por un instante habían tocado el cielo con las manos y ahora los habían devuelto a patadas a la tierra. Lollipop, en cambio, recién salido del gimnasio, con el pelo aún mojado, parecía excitado.

–¿Cómo? Pero qué cabrones.

–Sí, dicen que sin Copacabana no están seguros de que paguemos. Y, de todos modos, su reservado se lo han dado a otro.

–¡Joder, han ido deprisa! Recién arrestado, ya sustituido –dijo Nicolas. Miraba a su alrededor, como para encontrar una puerta de servicio, cualquier resquicio por el que poder entrar.

Agostino se acercó:

–¿Qué hacemos, Marajá? Nos están enmierdando la cara. Los otros están trabajando y nosotros no... Siempre los sustitutos. Somos siempre los suplentes, y los otros siempre los profesores.

Había que entender cómo reorganizarse. Y le correspondía a Nicolas entenderlo, él era el jefe.

—Tenemos que cometer un atraco —dijo, tajante.

No era una propuesta, era una constatación. El tono era el de las decisiones definitivas. Lollipop puso los ojos en blanco.

—¿Un atraco? —dijo Agostino.

—Sí, un atraco.

—¿Con qué, con la polla en la mano? —dijo Dientecito, al que aquel farol del atraco había despertado del torpor.

—Yo tengo una pistola —dijo Nicolas, y mostró el viejo trasto belga.

Al verla Agostino estalló en una carcajada:

—¿Y qué es esa pipa?

—¡Virgen santa, pero qué es! ¡El western! ¿Ahora te has convertido en cowboy? —añadió Dientecito.

—Esto tenemos y con esto curramos. Cojamos los cascos integrales y vamos.

Nicolas estaba con las manos hundidas en los bolsillos. A la espera. Porque aquélla era también una prueba. ¿Quién se echaría atrás?

—¿Y tú tienes cascos integrales? Yo no —dijo Agostino. Era una trola, tenía casco integral e incluso nuevo, pero necesitaba una excusa cualquiera para ganar tiempo, para entender si Nicolas estaba diciendo una gilipollez o no.

—Yo lo tengo —dijo Dientecito.

—Yo también —confirmó Lollipop.

—Cerilla, tú ponte una bufanda, un fular de tu madre... —dijo Nicolas.

—Necesitamos un bate. Nos hacemos un supermercado —propuso Dientecito.

—Pero ¿vamos así? Sin saber nada, sin haber hecho ni siquiera un control —dijo Agostino. Ahora la aguja de la balanza pendía hacia el atraco.

—Vaya, ¿control? Pero ¿qué te crees? ¿Que estamos en *Point Break?* Vamos, entramos máximo cinco minutos, cogemos la

87

recaudación y nos largamos. Total, ahora están cerrando. Luego nos vamos de allí y nos hacemos dos estancos cerca de la estación.

Nicolas les dio cita a los tres al lado de su casa una hora después. Ciclomotor y cascos, ésa era la consigna, él llevaría el bate. Algunos años antes se había apasionado por el béisbol y había comenzado a coleccionar gorras. No entendía nada de las reglas y una vez había visto un partido por internet, pero se había cansado de inmediato. Pero la fascinación de aquel mundo tan americano no había disminuido y una vez había mangado un bate que en Mondo Convenienza se habían olvidado de etiquetar. Nunca lo había usado, pero le gustaba, lo encontraba agresivo, malo en su sencillez, idéntico al que tenía Al Capone en *Los intocables*.

Ya sabía a quién confiarlo, y cuando Agostino vio que se lo ofrecían no parpadeó, sabía que le tocaría a él. Había expresado demasiadas dudas.

Agostino estaba detrás en el ciclomotor de Lollipop, que para la ocasión exhibía un casco integral de la Shark que a saber dónde lo había conseguido. Nicolas en cambio llevaba a Dientecito, ambos con cascos que hacía tiempo que habían perdido el color original, sustituido por arañazos y abolladuras.

Dieron gas en dirección al supermercado. Habían elegido un viejo Crai, lejos de Forcella, así, si la cosa iba mal, no se quemarían demasiado. El supermercado estaba a punto de cerrar y precisamente por eso había un coche de seguridad privada delante.

–¡Eh, qué cabrones! –dijo Nicolas. Acariciaba la culata gastada de la pistola, había descubierto que lo relajaba. Eso no lo había previsto. Un error que no volvería a repetir.

–¡Eh, te dije que hay que hacer controles, gilipollas! Vamos directamente al estanco, venga –dijo Agostino, tomándose una pequeña revancha, y dio un manotazo sobre la espalda de Lollipop, que al instante abrió el gas del ciclomotor y levantó el brazo para comunicar que él sabía dónde ir. El destino era un estanco como hay un millón en Italia. Un par de escaparates tapizados de rasca y gana y de hojas A4 que confirmaban que sí, precisamente allí, la semana anterior se habían ganado veinte mil euros y más del doble el año anterior, como si la suerte hubiera elegido aquel sitio para dar salida a todas sus posibilidades. Delante, ni siquiera uno de los habituales vagos que tientan la fortuna a poco precio, la acera estaba desierta. Era el momento justo. Aparcaron los ciclomotores vueltos hacia la vía de escape que, por instinto, habían considerado la más segura: un cruce transitado coronado por un paso elevado. Irían en zigzag entre los demás ciclomotores escudándose en los automóviles.

Nicolas casi no esperó a que los otros bajaran de los asientos: entró con la pistola apuntada:

–Cabrón, pon el dinero aquí dentro.

El estanquero, un hombre bajo con una camiseta sucia, estaba acomodando los cigarrillos en el estante detrás del mostrador y no oyó más que una voz atenuada por el casco. De las palabras de Nicolas no había entendido nada, pero había bastado el tono para que se volviera con las manos levantadas al cielo. Era un hombre que pasaba por mucho la edad de jubilación y aquella escena debía de haberla vivido muchas otras veces. Nicolas se asomó sobre el mostrador y le clavó la pistola en la sien.

–Muévete, pon la pasta, pon la pasta –dijo Nicolas, y le lanzó una bolsa de plástico que le había mangado a su madre después de limpiarla de las recetas del médico que guardaba dentro.

–Despacio, despacio, despacio –dijo el estanquero–, despacio, todo en orden.

Sabía que la conducta adecuada debía ser un término

medio entre la colaboración y la resolución. Demasiada pasividad y aquellos pensarían que les estaba tomando el pelo. Demasiada agresividad y decidirían que aquél sería su último día. Con el mismo resultado: una bala en el cerebro.

Nicolas se adelantó aún más, hasta apoyar la boca de la pistola en la frente del estanquero, que bajó los brazos y aferró la bolsa. En aquel momento entró Agostino con el bate de béisbol cargado detrás de la espalda para coger energía para un swing desde fuera del campo.

−¡Entonces a quién tengo que romperle la cabeza!

Entró también Dientecito. Había traído la mochila de la escuela y ahora se dedicaba a los chicles, caramelos, plumas, arramblaba con todo lo que encontraba, mientras Nicolas seguía con los ojos al estanquero, que llenaba la bolsa abarquillando billetes de diez y de veinte.

−¡Deprisa, chavales! −gritó Lollipop desde fuera. Era el más pequeño de los cuatro y a él correspondía el papel de vigilante. Nicolas hizo girar la pistola como para decir al estanquero que se apresurara, y en efecto él agarró cuanto quedaba en la caja y luego volvió a levantar las manos.

−Te has olvidado de los rasca y gana −dijo Nicolas.

El estanquero bajó de nuevo los brazos, pero ahora en vez de seguir la orden de Nicolas utilizó las manos para señalar la bolsa y hacerle entender que quizá lo que había allí dentro era suficiente. Ahora podía marcharse.

−¡Dame todos los rasca y gana, mamón, dame todos los rasca y gana! −gritó Nicolas. Agostino y Dientecito lo miraban en silencio. Ante el grito de Lollipop ya se habían encaminado a la salida y no entendían por qué Nicolas perdía el tiempo con los rasca y gana. Aquella bolsa llena de dinero parecía suficiente también para ellos. Pero no para Nicolas. Para él la actitud del estanquero era un ultraje y, arrancándole el sobre de la mano, con la culata de la pistola lo hizo desplomarse en el suelo. Luego se volvió hacia los otros dos y dijo−: Fuera.

—¡Eh, estás totalmente loco, Nico'! —le gritó Agostino mientras corrían apareados en el tráfico.

—Y ahora, chavales, hagámonos un bar —le respondió Nicolas.

El bar parecía la fotocopia del estanco. Dos escaparates pringosos, pero cubiertos de publicidad de conos de helado que estaban de moda una década antes: un local anónimo, frecuentado siempre por las mismas personas. Estaba a punto de cerrar, la persiana estaba medio bajada. También esta vez fue Nicolas quien entró primero. Había puesto debajo del asiento la bolsa del atraco al estanco y había sacado una bolsa de basura de un canasto vacío. El barman y dos camareros estaban colocando las sillas sobre las mesas y casi no se percataron de que Nicolas y Dientecito, que había convencido a Agostino para que le cediera el bate, habían entrado.

—Dadnos toda la pasta, dadnos toda la pasta, poned toda la pasta aquí dentro —gritó Nicolas, y lanzó la bolsa de basura a los pies de los camareros. Esta vez no había sacado la pistola porque la adrenalina que le bombeaba en las venas y la última imagen del estanquero caído le confirmaban que nada podía salir mal. Pero el más joven de los camareros, un muchachito con la cara picada por el acné que tenía quizá un par de años más que Nicolas, dio una patada insolente a la bolsa y la hizo acabar debajo de una de las mesas. Nicolas se llevó la mano detrás de la espalda —si querían acabar agujereados, a él le iba más que bien—, pero a Dientecito aquel bate le quemaba en las manos. Comenzó con las tazas para el café alineadas y listas para el desayuno de la mañana siguiente. Las hizo añicos con un solo golpe, haciendo volar astillas por doquier, incluso sobre Nicolas, que por instinto retiró la mano y se la llevó al rostro, aunque tenía el casco. Luego fue el turno de las bebidas alcohólicas. Un escupitajo ambarino partió de una botella de Jägermeister y acabó en plena frente del joven camarero que había cogido a patadas la bolsa.

—Ahora destrozo la caja, pero, que se muera mi madre, la próxima es una cabeza —dijo Dientecito. Apuntaba el bate por turno sobre los camareros, como para decidir qué cráneo destriparía primero. Nicolas pensó que más tarde ajustaría cuentas con Dientecito. Pero no era el momento, y para cargar la mano finalmente decidió extraer la pistola.

El camarero picado de acné cayó de rodillas y recuperó la bolsa, mientras su colega se apresuró a llegar a la caja y pulsar el botón de apertura. La jornada debía de haber ido bien porque Nicolas vio varios billetes de cincuenta. Entretanto, Agostino, atraído por todo aquel follón, se había metido en el bar y en otra mochila había empezado a meter botellas de whisky y vodka salvadas de la furia de Dientecito.

—Chavales, otra vez, estáis aquí desde hace un minuto y medio. ¡Qué coño es esta lentitud...!

El alarido de Lollipop llamó a los tres muchachos al orden y en un segundo estuvieron todos fuera. De nuevo sobre el ciclomotor, de nuevo en medio del tráfico. Cada uno perdido en sus pensamientos. Había sido todo tan fácil, tan rápido, como un buen orgasmo. Sólo Nicolas tenía otra cosa en la cabeza y, mientras con la mano derecha maniobraba el manillar para esquivar un Punto que había decidido frenar quién sabe por qué, con la izquierda escribía un mensaje para Letizia:

—Buenas noches, Panterita mía.

Cuando se despertó, con los ojos aún empastados y en los oídos los ruidos del día anterior, lo primero que hizo Nicolas fue comprobar el teléfono. Letizia le había respondido como esperaba, y también le había mandado una secuencia de corazoncitos.

Llegó a la escuela cuando eran las diez, y dado que ya iba

con retraso consideró que media hora más o menos no cambiaría nada y se refugió en el baño para liarse un porro. En la tercera hora, si recordaba bien, tendría a De Marino. Era el único al que soportaba. O al menos no le resultaba indiferente. Lo que explicaba le importaba un pito, pero le reconocía la tenacidad. No se resignaba a que no lo escucharan y procuraba llegar al fondo de los muchachos que tenía enfrente. Nicolas lo respetaba por eso, aunque sabía que Valerio De Marino no salvaría a nadie.

Sonó el timbre. Ruido de puertas que se abren y pisadas en los pasillos. El retrete en el que se había escondido sería tomado por asalto dentro de poco, así que Nicolas tiró el resto del porro en el váter y fue a sentarse en su pupitre. El profesor De Marino entró mirando la clase y no como hacían los otros, para quienes el aula era sólo una pieza de la cadena de montaje. Cuanto antes se acaba el turno, antes se vuelve a casa.

Esperó a que llegaran todos y luego cogió un libro en la mano, que tenía enrollado como si fuera algo sin importancia. Estaba sentado en el aula y con aquel libro se tamborileaba una rodilla.

Nicolas lo observaba, despreocupado del hecho de que también De Marino lo estaba observando.

–Fiorillo, es inútil que te interrogue, ¿eh?

–Inútil, profesor. Tengo un dolor de cabeza que me muero.

–Pero ¿al menos sabes qué estamos estudiando?

–Sí, claro.

–Mmm. Mira que no te pregunto: entonces dime qué estamos estudiando. Te hago una buena pregunta, porque a una buena pregunta se responde, a una pregunta severa se escapa. ¿O no?

–Como usted quiera –dijo Nicolas, y se encogió de hombros.

—¿Qué es lo que más te gusta de las cosas que hablamos?
Nicolas sabía verdaderamente de qué estaban hablando.
—Me gusta Maquiavelo.
—¿Por qué?
—Porque te enseña a mandar.

PANDILLA

Nicolas debía encontrar el modo de ganar ahora que, con el arresto de Copacabana, las plazas estaban quietas. Miraba a su alrededor, trataba de entender por dónde volver a comenzar. Copacabana sabía que era preciso hacer circular el dinero, que no había tiempo. Don Feliciano se había arrepentido y lo estaba largando todo. La elección de un sustituto como jefe de zona correspondía, después de la boda de Viola Striano con el Gatazo, precisamente a este último, que habría debido hablar de ello con Copacabana. Pero no lo estaba haciendo.

A Copacabana no le llegaban los mensajes a la cárcel, los capos callaban y callaban también sus mujeres. ¿Qué estaba sucediendo? Él no quería saber nada de las extorsiones. Los caminos son dos: o extorsiones o abrir plazas de hierba y de coca. O las tiendas no pagan y se quedan la plaza o pagan y no quieren ver otros comercios cerca. Estaban convencidos de eso.

Después de los atracos, Nicolas, Agostino y Briato' pensaban hacer su primera extorsión con el viejo trozo de chatarra.

—¡La hacemos! —dijo Briato'—. Nicolas, ¡que se muera mi madre, la hacemos!

Estaban en la salita, se jugaban al vídeo póker la calderi-

lla del atraco y entretanto hacían planes. Dientecito y Bizcochito preferían escuchar por el momento.

–Los vendedores ambulantes... Todos los vendedores
ambulantes que están en el Corso Umberto I tienen que pagarnos a nosotros –continuó Briato'–, les metemos la pipa
en la boca a todos esos jodidos marroquíes y negros y hacemos que nos den diez, quince euros al día.

–¿Y qué hay que hacer? –preguntó Agostino.

–Luego está el campo de fútbol, seguro que todos los
que pagaban a Copacabana –dijo Nicolas.

–No, en mi opinión, no le pagaban a Copacabana en el
campo de fútbol.

–Pues entonces nosotros atracamos a los aparcacoches
después del partido.

–Sí, pero, chavales, si no juntamos el dinero, si no hacemos las cosas juntos, ¡somos siempre los subordinados de alguien! ¡¿Queréis entenderlo de una vez?!

–A mí me está bien así. Por ahora curremos, luego ya vemos –dijo Agostino, e introdujo dos euros en el vídeo póker;
luego, pulsando el botón de inicio, añadió–: Eso ha dicho
Copacabana.

–¿Qué ha dicho? ¿Te ha hablado? –saltó Nicolas.

–No, no es que me haya hablado... Pero la mujer, la brasileña, ha dicho que hasta que el Gatazo no decida junto con
él, no se hace nada; por tanto, nosotros nos buscamos la vida
y él no puede decirnos nada, nosotros nos estamos ganando
el jornal.

–Eh, sí, ahora el Gatazo –dijo Dientecito– le tiene que
preguntar a él... ¡A él se la trae floja, el Gatazo decide él y
punto! Si don Feliciano aún mandase, esto no habría pasado.
¿Cómo es posible que en Nápoles no se sepa quién manda?

Pegó un golpe a la máquina, que en pocos minutos, entre chisme y chisme, se había tragado treinta euros, y se sentó en una silla de plástico.

—Ese mierda de don Feliciano —dijo Nicolas— nos ha dejado solos. Cuanto menos lo nombremos, mejor.

—No siempre ha sido un mierda —intervino Dientecito.

—Déjalo estar —dijo Agostino, que se apoyó con los codos en la mesa para liar un porro en silencio, y en silencio lo hicieron rular. El olor de la marihuana era siempre el mejor, los hacía sentirse de inmediato en estado de gracia. Dientecito echaba fuera el humo por el agujero de los incisivos partidos, fumaba siempre así y a veces con aquel truco hasta había ligado. Cuando le tocó a Bizcochito, aspiró ávidamente, luego, pasándoselo a Agostino, se adelantó:

—En mi opinión, el Marajá tiene razón. Debemos estar juntos... No es posible que cada uno vaya por su lado.

El tormento de Agostino era que estar juntos significaba también ponerse a favor de alguien y en contra de algún otro. En cambio, trabajar día a día, para ellos, quería decir como máximo hacer enfadar a alguien y luego pedirle perdón, dándole una parte de lo que se estaba ganando o como máximo recibir una paliza. Empezar a juntarse, a organizarse, significaba, además, tener un jefe, y Agostino sabía que no sería él. Sabía también que en ese caso debería decidir con el primo hermano de su padre qué hacer y que, por tanto, su destino sería necesariamente convertirse en infame o fiel, y ninguna de las dos alternativas le atraía.

Como para reforzar su afirmación, Bizcochito sacó del bolsillo un montón de billetes, arrugados como envoltorios de caramelos.

—¿Cómo coño tienes todo ese dinero? —le dijo Dientecito con los ojos fuera de las órbitas.

Bizcochito lo fulminó:

—Los buenos chicos no llevan cartera. ¿Te has olvidado de Lefty?

—Joder, tío, aquí sí que te la ha clavado, ¿eh? —dijo Nicolas dándole un capón a Dientecito.

–Pero Lefty lo lleva atado con un clip, así verdaderamente da asco, todo arrugado.

–Chavales –dijo Nicolas–, ¿quién se acuerda de cómo llama Lefty al dólar?

–Lechuga –dijo Agostino, apagando la colilla del porro directamente sobre la mesa.

–Exactamente –confirmó Nicolas, y llegó al meollo–: ¿Y cómo has conseguido esta lechuga, Bizcochito?

–Con mis compañeros Oreste y Rinuccio.

–Pero ¿quién coño son? –preguntó, alerta, porque cada nombre desconocido era un posible enemigo.

–¡Oreste! –repitió él levantando sólo un poco la voz, como si estuviera delante de un centenario duro de oído.

–¿Oreste Teletubbie?

–¡Sí!

–¡Pero si tiene ocho años! ¿Es decir, tú, Teletubbie y...?

–¡Y Rinuccio!

–¡¿Rinuccio, el hermano de Carlitos Way de los Melenudos?! ¿Rinuccio Meón?

–¡Exacto, él! –exclamó como para decir: «Eh, ¡finalmente lo has entendido!»

–¿Bien...? ¿Cómo los habéis conseguido? –Nicolas lo observaba con esos ojos suyos negros que prendían fuego, entre incrédulo e interesado. ¿Cómo habían podido esos mocosos reunir todo ese dinero? Sin embargo, Bizcochito lo tenía, y de algún lado tenía que haber salido.

–Eh, eh –dijo Dientecito–, han hecho la guerra de los niños.

–Nos hacemos todos los parques donde hay niños.

Lo dijo muy serio, con el mentón levantado de orgullo. Los otros estallaron en risas.

–¿Los hinchables para niños? ¿Qué coño son? ¿Los tiovivos?

–¡No, todos los parques y todos los hinchables de los centros comerciales!

—¿Qué coño hacéis?

—¿Quieres venir a ver? Hoy nos hacemos la plaza Cavour.

Nicolas asintió, era el único que lo había tomado en serio:

—Ahora voy contigo.

Briato' fue detrás en el escúter de Nicolas, mientras los otros desde la calle, haciendo bocina con las manos, gritaban:

—¡Contadnos después ese atraco al banco, y sobre todo cómo ayuda Meón!

Bizcochito montó su Rockrider y, oyendo que aún se desternillaban de risa, se volvió para sacarles la lengua.

Pedaleó hasta la plaza Cavour, deteniéndose sólo delante de la fuente de los patitos, donde el Tritón aún conservaba el azul del primer título de liga del Nápoles. Entonces su padre tenía más o menos la edad que él tenía ahora, y le había contado a menudo que ante aquella victoria la ciudad había enloquecido durante días y noches y que él los había visto con sus propios ojos mientras pintaban el bronce del Tritón. Le gustaba que algún rastro de aquella fiesta se hubiera conservado hasta él, y cada vez que pasaba por la plaza Cavour se le hacía un nudo en la garganta y le parecía que estaba más cerca de su padre allí que en la tumba que visitaba los domingos con su madre.

Se puso de pie sobre los pedales para superar su metro treinta y cinco y con la cabeza empezó a mirar a derecha y a izquierda como un mirlo que busca a la hembra. Vio dónde se habían apostado Nicolas y Briato', a la entrada de los jardincitos, y luego vio llegar a Meón y Rinuccio Teletubbie. Eran un par de años más pequeños que él, quizá apenas un año. Tenían el rostro de los niños que ya lo saben todo, hablaban de sexo y de armas: ningún adulto, desde que los habían parido, nunca había creído que hubiera verdades, hechos y comportamientos inadecuados para sus oídos. En Nápoles no hay vías de crecimiento: se nace ya en la realidad, dentro, no la descubres poco a poco.

Meón y Teletubbie no estaban solos. Cada uno llevaba dos niños en la bicicleta, de pie, y detrás de ellos se alargaba una nube de chiquillos. Gitanos, estaba claro. Nicolas y Briato' bajaron del ciclomotor y miraron la escena divertidos, con los brazos cruzados. La pandilla se presentaba en los columpios y empezaba a hacer barullo: sacaban a los más pequeños del columpio y empujaban a los otros niños y los tiraban al suelo, los espantaban y los hacían llorar. Las madres y las canguros les gritaban: «¿Qué habéis venido a hacer? Fuera.» Y: «Eh, Virgen santa, ¿qué queréis?», mientras corrían a consolar a los pequeños y los cogían en brazos para marcharse.

En pocos minutos, todo el parque infantil se convirtió en una polvareda confusa y vociferante, un barullo donde ya no se entendía nada. Luego Bizcochito, poniendo una cara respetuosa que no le quedaba mal, intervino para devolver la calma:

—Señoras, señoras, ¡no se preocupen que los echo, que yo los echo! —Y comenzó a gritar a los gitanos—: ¡Fuera, fuera! ¡Gitanos de mierda! ¡Largaos!

Él y Teletubbie comenzaron a echarlos. Ellos se alejaban un poco, regresaban un poco. Entonces Bizcochito empezó a decir:

—Señoras, si me dan cinco euros, ¡los echo todo el día y hoy ya no vuelven!

Era el peaje a pagar para disfrutar tranquilos de los juegos, las mujeres lo entendían enseguida, y estaban las que le daban cinco euros, las que le daban tres... Cada una según lo que tenía..., a ellos les iba bien así.

Recogido el dinero, la pandilla se despidió y los jardincitos volvieron al tran tran que había precedido a su llegada.

Bizcochito se dirigió hacia Nicolas y Briato' y les presentó a Meón y Teletubbie. Meón le dijo a Nicolas:

—Yo te conozco, ¡te he visto con mi hermano!

–Salúdamelo. ¿Cómo está Carlitos Way?

–Está totalmente ido.

–Bueno, quiere decir que es feliz.

–Él es el mejor –dijo Bizcochito refiriéndose a su amigo–, juntos montamos unos líos increíbles.

–¿Es decir...? –dijo Briato'. Después de lo que habían visto ya no se sorprendían de las cosas que podían inventarse aquellos mocosos.

–Es decir, en la práctica, cuando los gitanos se van, llega y birla dos o tres bolsos. Ve a las abuelas que los dejan en los bancos... Y yo lo sigo y recupero los bolsos. Las señoras nos lo agradecen con diez euros, a veces veinte. Las abuelas están siempre bien provistas.

Nicolas se agachó para mirarles directamente a los ojos, y poniendo una mano en el hombro de Bizcochito y una en el de Meón, apretando un poco, dijo:

–¿Cuánto les pagáis a esos gitanillos?

–No, qué pagar..., les compro una croqueta, una pizza frita. Ahora, por ejemplo, están trabajando por nada porque les he dado la bicicleta de mi hermana que, total, ella no la usa.

También aquellos cachorros salvajes habían encontrado el modo de ganarse su dinero con las extorsiones, aliándose con los gitanos. De igual modo él debía encontrar a alguien en las altas esferas con quien llegar a un acuerdo, era indispensable para formar una banda. Pero ¿quién? Don Feliciano Striano se había arrepentido, Copacabana aguantaba pero estaba en Poggioreale y el Gatazo era el extranjero que se estaba comiendo el corazón de Nápoles.

Estaban en la salita, como de costumbre, cuando en un momento dado, con el teléfono en la mano, Tucán dijo:

–Chavales, mirad esto. Mirad esta noticia de Twitter.

Nadie levantó la mirada, sólo Lollipop comentó:

–Los gilipollas del Fantasy fútbol.

–¿Qué Fantasy ni Fantasy? Se han hecho completamente el Nuovo Maharaja. Lo han limpiado todo. Hay un artículo.

Nicolas dijo de inmediato:

–Mándame el enlace.

Con los ojos saltaba de una página a otra y con el pulgar hacía correr fotos, declaraciones. Habían robado, de noche, todo lo que era posible robar. Todo fuera. Vajilla, ordenadores, candelabros, sillas. Un camión se lo había llevado todo en el día de cierre. Las alarmas fueron desactivadas.

–Joder –dijo Nicolas–. Ahora quiero saber quién ha sido. Y sobre todo qué hace ahora ese mierda de Oscar, ¿se agarra de la polla?

Telefoneó de inmediato a Oscar, que no respondió. Entonces le mandó un sms: «Soy Nicolas, responde.» Nada. Le mandó otro sms: «Soy Nicolas, responde, muy urgente.»

Nada.

Llamó a Estabadiciendo:

—Eh, ¿has visto lo que ha sucedido en el Nuovo Maharaja?

—No, ¿qué ha sucedido?

—¡Les han mangado todo!

—¿Qué estás diciendo?

—Es así, ¡no han dejado nada! Vamos a ver quién ha sido.

—¿Por qué?, ¿te has puesto a hacer de detective?

—Estabadiciendo, si descubrimos quién ha sido, el reservado no nos lo quita nadie...

—Si lo han mangado todo, quizá directamente cierre.

—Imposible. Con esa terraza en Posillipo nadie puede cerrar. ¡Ven a casa!

Estabadiciendo llegó una hora después.

—Pero ¿qué coño has hecho? —lo acogió Nicolas. En aquella hora había pensado de todo, incluso desenfundar la Francotte y hacérsela bailar un poco delante de los ojos para ver cómo se cagaba encima. Pero luego Estabadiciendo lo hizo cambiar de idea.

—He ido a hablar con mi padre.

El padre de Estabadiciendo había hecho durante años de receptador y ahora, después de haber salido del trullo, era camarero en un restaurante en Borgo Marinari.

—Mi padre me ha dicho que debemos ir... —Y al sentarse sobre la cama hizo una pausa de efecto.

—¡¿Adónde?!

—Eh, eso estaba diciendo, donde los gitanos.

—¿Dónde los gitanos?

—¡Sí, estaba diciendo precisamente eso! Es preciso ir donde los gitanos.

—¿Y bien?

—Mi padre me ha dicho que, en su opinión, o son los gitanos o es alguien que quiere hacer pasta con el seguro. Y, por tanto, se lo han hecho solos.

—Me parece extraño —reaccionó Nicolas—, tienen mucha pasta.

Estabadiciendo había cruzado los brazos detrás de la cabeza y había cerrado los ojos. Cuando los abrió, Nicolas le estaba apuntando con la pistola, pero ni pestañó. La seguridad de la que carecía en el hablar y en aquel uso obsesivo de las palabras a las que debía su apodo era compensada por la frialdad que mantenía delante de las situaciones más peligrosas.

–Ah, te has traído también la pipa –dijo, ronco.

–Exacto –respondió Nicolas, y se metió la pistola detrás de la espalda–. Vamos a hacerles una visita a los gitanos.

Partieron con el Beverly de Nicolas y se adentraron más allá de Gianturco. Se dirigieron directamente al campamento nómada. Un barrio de chabolas que antes de llegarte a los ojos te llega a la nariz, con ese hedor de ropa nunca lavada, de chapas cocidas por el sol, de niños sucios que chapotean en el barro. Para acogerlos, delante de las roulottes, sólo mujeres y niños. En torno a ellos una nube de niños se perseguía, chillaba, jugaba con un balón deshinchado. En cuanto bajó del vehículo, Nicolas se adelantó, agresivo, y empezó a gritarles a todos:

–¿Quién manda aquí? ¿Tenéis un jodido jefe?

Entre las numerosas estrategias que adoptar, la del perro que ataca primero le había parecido la más eficaz.

–¿Qué quieres, con quién quieres hablar? –respondió una mujer gorda levantándose de la silla de plástico y dando algunos pasos tambaleantes hacia él.

–Con su jefe, con su marido, ¿quién coño manda aquí? ¿Quién comete los robos? ¿Quién limpia los chalés? ¿Quién se ha hecho el Maharaja? ¡Tengo que saberlo!

–¡Vete!

Un chico lo empujó. ¿De dónde había salido? Nicolas por toda respuesta le dio un rodillazo en la barriga que lo hizo caer al suelo, delante de las mujeres que corrían entre sus faldones. La que parecía la más joven, con el pelo rubio ceniza recogido en un fular, se dirigió a Estabadiciendo:

—¿Qué habéis venido a hacer? ¿Qué queréis?

En la voz ni un gramo de miedo, sólo fastidio y estupor. Las otras, mientras empujaban a Nicolas, tiraban de él por todos lados cogiéndolo por la camiseta, parecía más codiciado que atacado. Trataba de sostenerse para recuperar el equilibrio pero entonces llegaba otra mujer que tiraba de él por su lado. Si Nicolas no hubiera sacado la pistola apuntando al azar contra aquel enjambre enloquecido, aquella danza habría podido durar eternamente. Y luego fue un instante: se encontró un bíceps en torno al cuello que lo trituraba por dentro. No podía respirar y le parecía sentir la nuez en la boca. Mientras la vista se le nublaba vio a Estabadiciendo que corría hacia el ciclomotor.

Los gitanos no se dieron cuenta, o más probablemente no hicieron caso, ya habían capturado a quien les interesaba: arrastraron a Nicolas a una chabola y lo ataron a una silla de madera con las patas de metal que debían de haber robado en una escuela o en una enfermería, luego comenzaron a darle bofetadas y puñetazos, preguntándole obsesivamente qué buscaba y qué había ido a hacer:

—Ahora te matamos.

—¿Querías disparar a nuestros niños?

Nicolas se sentía invadido por el miedo, y estaba disgustado por ello, porque no, los gitanos no debían darle miedo. Continuaba repitiendo:

—¡Habéis robado, habéis robado!

Parecía completamente atontado. Y cuanto más lo repetía más bofetones le daban.

Estabadiciendo, entretanto, llamaba al único en condiciones de echarle una mano, el único que tenía sangre azul: Dragón. Él era un Striano, y los gitanos no podían estar en el campamento sin el consentimiento de las familias. Pero nadie cogía el móvil; a la tercera llamada sin respuesta, Estabadiciendo se precipitó a Forcella.

Lo encontró en la salita jugando al billar. Estabadiciendo entró sin saludar a nadie y se abalanzó hacia Dragón, inclinado sobre la mesa.

–Dragón, deprisa, ¡levántate levántate levántate!

–¿Qué sucede? –preguntó Dragón, que había entendido que era algo serio y posaba el taco.

–¡A Nicolas lo han cogido los gitanos!

–Sí, sí, vale, lo han raptado –dijo riendo.

–¡Lo han cogido de verdad, muévete, levántate!

Dragón no preguntó más, dejó la partida a medias y lo siguió. En el ciclomotor Estabadiciendo le gritó cómo habían terminado allí.

–¿De verdad ha hecho esa gilipollez?

–Dice que han sido los gitanos pero, estaba diciendo, yo no sé quién es esa gente.

Entretanto, en la chabola donde estaba prisionero Nicolas entró el que debía de ser el jefe. Se movía como si todo allí dentro fuera algo suyo. No seres humanos, ni animales. Sino cosas. Y naturalmente cosas suyas. Llevaba un chándal de Adidas que parecía recién salido de la tienda. Era varias tallas grande y el gitano se había vuelto las mangas un par de veces y los pantalones le arrastraban por el suelo. Estaba visiblemente preocupado por aquella invasión y mordía ávido un palillo. Hablaba un italiano muy limitado, debía de haber llegado hacía poco.

–¿Y tú quién coño eres?

–Nicolas, de los Tribunali.

–¿Y a quién perteneces?

–A mí.

–¿Perteneces a ti? Me han dicho que pusiste la pistola en la cara de los niños. Aquí morirás, ¿lo sabes?

–Tú no me puedes matar.

–¿Por qué? ¿Nos asusta tu madre que viene a recoger tus pedazos? –El gitano evitaba cruzar la mirada de Nicolas y caminaba mirándose la punta de las zapatillas. Adidas. Centelleantes–. Aquí morirás –repitió.

–No, y tú conservas la vida –dijo Nicolas, y giró la cabeza para implicarlos a todos. Luego continuó, dirigiéndose al jefe–: Conservas la vida porque así cuando me convierta en capo no vendré aquí a matarte a ti y a todos vuestros gitanos uno a uno. Así que no me puedes hacer daño, porque si me haces daño, moriréis todos.

El revés que le dio en el pómulo derecho le oscureció la vista, luego Nicolas parpadeó un par de veces y apareció delante de él otra vez el hombre en chándal.

–Ah, así que te convertirás en capo...

Otro revés, éste sin demasiada convicción. La mejilla ya estaba roja, los capilares lacerados, pero aún no había salido sangre, apenas una sombra sobre los dientes, que procedía de los labios golpeados. Tenían curiosidad de saber quién lo mandaba y por eso estaban preocupados. Se oyó un griterío de chicos fuera, un hombre metió la cabeza en la chabola:

–Ha vuelto el amigo.

Y entonces se oyó la voz de Estabadiciendo:

–Nicolas, Nicolas, ¿dónde estás?

–Ah, mira, ha venido tu amiguita –dijo el jefe, y lo golpeó de nuevo. Entretanto Dragón y Estabadiciendo habían sido rodeados por el habitual grupo de mujeres y chicos. Entrar en aquel campamento era como pisar un hormiguero: las personas se acercaban a decenas como las hormigas suben por el pie, por el tobillo, a lo largo de la pantorrilla para defender el nido.

–Soy Luigi Striano –gritó Dragón–. Conocéis a mi padre.

En la chabola cayó el silencio y también el círculo que estrechaba a los dos chicos detuvo el avance.

–Mi padre es Nunzio Striano el Virrey, hermano de Feliciano Striano el Noble, mi abuelo es Luigi Striano el Soberano, yo me llamo como él.

107

Ante la palabra «Virrey», el jefe de los gitanos se quedó paralizado, se arremangó el chándal para estar más presentable y salió de la chabola. A su paso se formó un sendero entre la gente que había rodeado a Dragón y Estabadiciendo, como se desplazan a cada paso las espigas de trigo.

–¿Tú eres el hijo del Virrey?

–Sí, es mi padre.

–Soy Mojo –dijo tendiéndole la mano–. ¿Qué coño hacen éstos? ¿Qué coño hacéis aquí? No llegado mensaje de Virrey, ¿qué sucede?

–Déjame hablar con Nicolas.

Lo encontraron sonriendo, insolente. Ahora las cosas se habían girado y podía permitirse fabricar un poco de escupitajo y sangre para manchar aquel coño de chándal limpio del gitano. El escupitajo acabó justo en el trébol negro del logo y Mojo saltó hacia delante. Dragón lo paró de un manotazo y le recordó de dónde venía y dónde él, Mojo, habría vuelto.

–Desatadlo, deprisa –dijo Dragón.

Mojo hizo un gesto con la cabeza y Nicolas quedó libre. Dragón habría querido preguntarle a Nicolas qué coño hacía allí, pero Mojo habría entendido que ellos no tenían autorización del Virrey, así que continuó con la escena:

–¡Nicolas, explícale a Mojo por qué habéis venido aquí!

–Porque habéis robado, habéis robado en el Nuovo Maharaja.

–Nosotros no hemos robado nada.

–Sí que habéis sido vosotros, y ahora tenéis que devolverlo.

Mojo le agarró el cuello con la mano:

–¡Que no hemos robado nada!

–Despacio, despacio –los separó Estabadiciendo.

Nicolas lo miró:

–Mira, han vaciado el Nuovo Maharaja de Posillipo, sólo vosotros podíais hacerlo, han usado camiones.

–Nosotros no hemos hecho una mierda.

Dragón inventó:

–Pero mi padre piensa que sí, todas las familias del Sistema piensan que sí.

Mojo levantó los brazos a modo de rendición y luego los invitó a seguirlo:

–Venid a ver, ¡venid a ver los camiones!

Los camiones eran tres furgonetas Fiorino blancas y sin ningún logo, idénticas y en buen estado. Libres de toda sospecha. Listas para actuar.

Mojo abrió las puertas traseras y mientras con el dorso de la mano trababa de limpiar la sudadera, dijo:

–Mirad, mirad lo que hay.

En la penumbra se entreveían cajas de lavadoras, neveras, televisores, hasta una cocina llena de electrodomésticos. Había segadoras a motor, podaderas, sierras eléctricas, unas herramientas relucientes para el perfecto jardinero, como si aquélla fuera una ciudad adecuada para la floricultura. Todas cosas que no tenían nada que ver con el Nuovo Maharaja.

–Eh, no eres gilipollas –dijo Nicolas–, las cosas del Nuovo Maharaja las has hecho desaparecer de inmediato, acaso ya están en Gitanolandia.

–Nosotros no hemos robado una mierda, si hubiéramos robado ahora te diría el precio. Gratis no te lo daría.

–Mi padre haría que nos lo dieras gratis –dijo Dragón.

–También tu padre debe negociar con Mojo.

Mojo había demostrado que él no hacía gilipolleces, y ahora podía tomarse alguna revancha con aquellos tres muchachitos.

–Como te llames…, Mocho Vileda, mi padre viene aquí, quema todo el campamento y revende todo lo que quiera, ¿lo has entendido o no?

–¿Por qué el Virrey quiere quemar?

Mojo mostraba preocupación y eso gustaba a los muchachos.

—No, estoy diciendo que si tú robas sin estar autorizado..., lo has hecho otras veces...

—Mojo no está autorizado. Mojo roba y si las familias del Sistema quieren algo, vienen aquí y lo cogen.

Mojo era respetuoso, ahora lo habían entendido también ellos, sus rollos eran otros. Aquellas furgonetas estaban llenas de cosas de gran superficie de las afueras, aquellos gitanos ni siquiera reventaban pisos. El trabajo gordo lo hacían con las armas y sobre todo con los desguaces: se ocupaban de toda la liquidación clandestina de ropa, neumáticos y cobre. Estar detrás de toda esa red era difícil, no tenían tiempo para vaciar un local como el Nuovo Maharaja.

—Está bien, le diré a mi padre que no lo habéis hecho vosotros. Y desde luego a mi padre no le diréis tonterías, ¿no?

—No, no, Mojo no dice mentiras —dijo Mojo. Hizo una seña a uno de los suyos, que se acercó con la Francotte de Nicolas. Mojo se la lanzó haciéndola aterrizar en el fango ante la rueda delantera del Beverly.

—Ahora fuera.

—¿Pero por qué se te ha metido en la cabeza eso de descubrir quién ha limpiado el Nuovo Maharaja? —preguntó Dragón. Se habían detenido en un kebab, todas aquellas vicisitudes les habían dado hambre, y luego Nicolas había pedido un poco de hielo para ponerse en el labio. Esperaba que Letizia no se diera cuenta de nada.

—Es el único modo de tener un reservado para siempre —dijo.

Masticaba por un lado, el menos machacado, y aunque le hacía daño no había querido renunciar a su kebab.

—Antes estaba diciendo que mi padre dice que quizá lo

han hecho ellos mismos, un asunto de seguros... –dijo Estabadiciendo.

–Sí es así, no podemos hacer nada –dijo Dragón. Había pedido un frankfurt grasosísimo, chorreante. Se había hartado de la comida de los árabes, su madre le decía que ponían carne podrida–. Pero a mí –continuó Dragón– me importa un pito quién lo ha hecho, ¿ganamos un reservado y ya está? ¿Qué coño hacemos con él?

–Y una mierda ya está –replicó Nicolas–. Un reservado para siempre, no para un día. Estar en el local y conocer a todos. Que nos vean.

–¿Y para eso le tenemos que hacer ese favor a Oscar, le tenemos que encontrar todo? ¿Debe de ser un millón de euros y le hacemos ese regalo? Se lo han limpiado todo, ¿has visto el periódico? Las puertas y las manillas, hasta los marcos de las ventanas...

–Estás loco, Dragón, si tenemos el reservado nadie nos puede decir si podemos entrar o no, ya no debemos buscar excusas o a alguien que nos deje entrar, entramos y basta, nada de hacer de camareros. Toda Nápoles ve que estamos ahí, todos. Concejales, futbolistas, cantantes y todos los capos del Sistema. Nos situamos también nosotros, ¿quieres entenderlo o no?

–Pero me importa un pimiento estar allí todas las tardes...

–No todas las tardes, cuando nosotros queramos.

–Sí, vale, pero no merece la pena...

–Estar en el palacio al lado de quien manda merece siempre la pena, yo quiero estar cerca de los reyes, ya estoy harto de estar cerca de los que no mandan una mierda.

Los días que siguieron fueron días vacíos. Nadie había vuelto a hablar de la historia del gitano, pero todos esperaban cualquier perturbación para exhumarla. Y fue precisamente el Virrey quien atizó el fuego.

La madre de Dragón había avisado a su hijo porque era preciso ir a ver al padre a la cárcel de L'Aquila. Ahora, desde hacía un año hablaba con él a través de un cristal blindado y un interfono. Nunzio el Virrey estaba en el 41 bis. El 41 bis es un sarcófago. Todo está controlado, observado, monitorizado. Una cámara enfoca siempre encima, mañana, tarde y noche. No se puede elegir un programa de televisión ni recibir un periódico o un libro. Todo pasa a través de la censura. Todo es filtrado. O al menos debería ser así. A los familiares los puedes ver sólo una vez al mes, detrás de un cristal antibalas. Debajo de ese tabique de cemento armado. Un interfono a través del cual hablar. Nada más.

El de Dragón fue un viaje silencioso. Fastidiado sólo por los mensajes que recibía constantemente. Era Nicolas, que quería saber si ya había llegado, si había hablado con su padre, si todo aquello tenía algo que ver con su historia. Intuía que era una inflexión, pero no sabía de qué tipo.

Dragón encontró a su padre con el rostro sombrío, y comprendió.

–Entonces, Gigino, ¿cómo estás?

A pesar del enfado, la voz revelaba afecto, y posó una mano en el cristal antibalas que los separaba.

Dragón apoyó la mano contra la de su padre. Del otro lado del cristal no le llegó ningún calor.

–Bien, pa –dijo.

–Pero ¿qué es esa historia de que te vas a Rumanía, no les dices nada a tu madre y a tu padre, lo decides todo tú?

–No, pa, no es que quiera ir así como así a Rumanía.

Aunque no había tenido ningún maestro, sabía cómo hablar en código, y cuando no entendía era capaz de encontrar el modo de pedir la información. Prosiguió, acercándose más al interfono, como si así la frase resultara más comprensible:

—No es así como así, es que Nicolas quiere ir allí a toda costa, dice que es una experiencia nueva.

—Pero entonces te vas a Rumanía, dejando sola a tu madre, e inquietándome a mí. —Y con los ojos habría querido romper aquel cristal y abofetear a su hijo.

—Y eso de ir a Rumanía juntos me lo dijo mientras estaba en Posillipo, estuvimos en un local que estaba vacío, ya no había nadie, y Nicolas dijo que todos van a Rumanía porque es más divertido, y por eso los locales de aquí están vacíos. Y entonces me dijo que fuera también yo, porque en Rumanía, solo, tiene miedo. Dice que lo cogerían... —Y entonces hizo una pausa.

El padre continuó de inmediato:

—Que el local esté vacío no tiene nada que ver con Rumanía, nada de nada. Y, además, ¿a ti qué te importa si los locales están vacíos? ¿A ti qué te importa si Nicolas va a Rumanía? ¿Eh? ¿A ti qué te importa?

Dragón habría querido responder que a él no le importaba demasiado, que aquélla era una cosa más de Nicolas, que no lo había abandonado a pesar de que era sangre de un arrepentido. Entendía sus motivos, claro, y entendía igualmente bien que para un aspirante a capo la aprobación era una etapa fundamental. Pero Dragón se sentía un soldado, aunque de sangre noble, y aquel desvivirse por un puesto fijo en el reservado le parecía un poco una pérdida de tiempo. Estaba buscando en el vocabulario las palabras en código para transmitir ese razonamiento a su padre cuando el Virrey decidió zanjar la conversación.

—Dile a tu amigo que no entiende nada de turismo y de clientes, que no es verdad que hayan dejado los locales porque se quieran ir de fiesta a Rumanía, han dejado los locales porque ya no se está bien. El precio ha subido.

—¿Ya no se está bien? ¿El precio ha subido? —preguntó Dragón. Pero el Virrey, en vez de responder, golpeó con los nudillos el cristal como para darle una bofetada. Y aquella bofetada Dragón habría querido recibirla. En cambio, no tuvo tiempo de despedirse cuando ya su padre le daba la espalda.

–Entonces, ¿el Virrey está encerrado dentro de la tumba? –preguntó Estabadiciendo en cuanto Dragón volvió de la cárcel de L'Aquila.

–Sí.

–¿Y no puede ver a nadie?

–Sólo a la familia una vez al mes.

–Y, estaba diciendo, ¿sale al patio?

–Sí, una hora al día. Lo hace con una persona, con otra. Son tres o cuatro personas como máximo.

–¿Y se habla?

–Se habla, sí, pero están todos cagados de miedo de que pongan micros. Así que papá se ha convertido en un crucigrama hablante. Nunca se entiende qué quiere decir. –Y reprodujo las palabras de su padre.

–¿Ya no se está bien? ¿El precio ha subido? –repitió Nicolas.

Y a continuación también Estabadiciendo:

–¿Ya no se está bien? ¿El precio ha subido?

Estabadiciendo se sentía culpable. Había sido su padre quien había dado una indicación equivocada y ahora le tocaba al hijo desenredar la madeja. Se ofreció a acompañar en ciclomotor a su padre a Borgo Marinari y mientras corrían por via Caracciolo dijo:

–Eh, papá, qué papelón me hiciste hacer.

–¿Por qué? –gritó el padre para hacerse oír por encima del ruido.

–No son los gitanos, lo ha dicho también el Virrey.

–Joder, sólo faltaba que metierais al Virrey. ¿Y él qué sabe? Está en la cárcel.

—Le ha dicho a Dragón que los gitanos no tienen nada que ver y luego ha dicho una frase del tipo «el turismo no tiene nada que ver».

—¿El turismo?

—Estaba diciendo... El Virrey ha dicho que no tiene nada que ver, que los turistas no están en el restaurante no porque vayan todos a Rumanía, sino porque ya no se está bien, que el precio ha subido. Y esto Dragón no lo entendió... El Nuovo Maharaja nunca ha pagado sobornos.

El padre estalló en risas y por poco hace perder el equilibrio al hijo.

—Papá, estaba diciendo, ¿qué tiene que ver?

—Tiene que ver... ¿No sabéis que el verdadero soborno es la protección de la policía privada?

—¿La policía privada?

—Se ve que han pedido un aumento y no se lo han dado, ésa es la seguridad que ya no está.

Estabadiciendo aceleró adelantando a dos coches a la vez, luego cerró el paso a una furgoneta, que dio un frenazo, y se metió por una calleja estrecha. Dejó a su padre delante del local y dio gas. Algunos metros después paró levantando una nube de humo y ahumando con el olor de los neumáticos a un par de turistas sentados en las mesitas. Se volvió hacia su padre:

—Gracias —dijo—, pero ahora tengo que marcharme. —Y aceleró de nuevo.

Estabadiciendo escribió la interpretación de su padre a Nicolas, y de inmediato la discutieron con Dragón. No tuvieron dudas, el mensaje del Virrey había sido claro. Había que hablar con Oscar, pero éste seguía sin responder, así que Nicolas se acercó a su casa. Era casi medianoche. Oscar vivía en un palacete a dos pasos del Nuovo Maharaja porque así, decía, toda su vida estaba allí. Desde el segundo piso, el de Oscar, se filtraba una luz de las persianas entornadas. Nicolas se pegó al interfono, con la intención de no aflojar hasta que le hubieran abierto. Nada. Ninguna respuesta. Ni siquiera un «a tomar por culo, vete». Entonces hizo bocina con las manos y empezó a gritar:

–No ha sido Copacabana, no han sido los gitanos, ha sido la agencia Puma, la agencia de seguridad, la agencia Puma...

Las persianas se abrieron de golpe e hizo su aparición una mujer en camisón que le gritó que estuviera callado y luego desapareció de nuevo en la luz. Nicolas le concedió diez segundos –uno, dos, tres...–, luego volvió a comenzar. Había llegado al nueve cuando el portal emitió un sonido metálico.

Oscar, en pijama, estaba sentado en un sillón, atontado. Una botella de champán que probablemente se había llevado del local estaba en posición horizontal sobre la alfombra delante de él. Nicolas trató de hacerlo razonar, pero él estaba obsesionado, seguía mascullando que había sido Copacabana quien había vaciado el local porque había dicho que no a la boda.

–No fue él, le importa un pepino –le decía Nicolas, y le hablaba lentamente, con calma, como se habla a los niños–. Él debe ser amigo de todos, si hubiera querido te habrían quemado el local, no te habrían robado sólo las cosas.

Nicolas vio sobre el mueble del televisor otra botella idéntica a la que se había bebido el dueño de casa. Estaba caliente, a saber desde cuándo estaba allí, pero Nicolas la agarró y la destapó, y llenó el vaso que Oscar aún tenía en la mano. Y dijo lo que quería decir desde la primera llamada a Oscar:

–Si te lo encuentro todo, tienes que darme tres cosas: el reservado a mi disposición, cuando coño quiera; el cincuenta por ciento de descuento en cualquier consumición que haga allí dentro, para mí y para mis amigos; y tercero, mandas a tomar por culo a la agencia Puma y te protejo yo.

–¿Tú? –Por un instante Oscar pareció volver en sí, tragó el champán y amagó levantarse, pero se desmoronó de nuevo en el sillón. Lanzó el vaso contra Nicolas, pero falló el blanco y le dio al 40 pulgadas colgado de la pared–. Yo no quiero tener nada que ver con la camorra, yo nunca he pagado el soborno, imagínate si se lo voy a pagar a unos mocosos. ¡Y ahora hazme el favor de marcharte!

Había reaparecido la mujer, que se había vestido y peinado como si estuviera esperando a un huésped, y se puso también ella a gritar, que aquélla era una casa de gente de bien, y que llamarían a los carabineros. Gilipolleces, pensó Nicolas, pero no era el momento de forzar la mano, y además Oscar no diría nada más. Finalmente había conseguido liberarse del sillón y ahora contemplaba las grietas en la pantalla del televisor, lloriqueando.

Nicolas no necesitó demasiado para descubrir qué era esa Puma, todos parecían conocerla: era una vieja agencia de policía nacida en torno a los años noventa, con el dinero de la Nueva Familia. Luego había muerto el viejo fundador, amigo de Lorenzo Nuvoletta, uno de los más poderosos capos de la camorra en los años noventa, y ahora todo estaba en manos del hijo, que disfrutaba de la protección, mira por dónde, precisamente de Copacabana.

–White, ¿has visto toda la mierda en el Nuovo Maharaja? –preguntó Nicolas al jefe de los Melenudos.

Estaba descansando después de una partida de billar. Revolvía una tacita con opio, como para no desmentir su pasión por las drogas que pocos podían permitirse. Le daba asco drogarse con lo que se drogan los demás.

–Ah, sí, qué situación de mierda.

–¿Sabes quién dicen que ha sido?

–¿Quién?

–Copacabana.

117

–Gilipolleces –dijo el White con una mueca. Le sacudió un estremecimiento que por poco le hace volcar la tacita. Luego se llevó el opio a los labios y el temblor pasó de inmediato–. Si Copacabana quería algo habría puesto una bomba dentro, ¿sabes qué le importa Posillipo? Es más, le gustaba estar allí... Y, además, ¿a ti qué te importa? Pero si te han contratado para saber algo, quiero saberlo, porque lo tiene que saber el Gatazo.

–No me han contratado nada. Pero me jode que nos estén echando la culpa cuando no hemos sido nosotros... –dijo Nicolas. Le había cogido el gusto a echarse faroles, a arrinconar a los otros.

–El justiciero –dijo Quiquiriquí. Había ocupado el puesto del White en la partida y se dirigía a Nicolas dándole la espalda mientras preparaba un tiro de banda–. ¿Nosotros? ¿Nosotros quiénes? Yo no estoy contigo ni tú estás conmigo.

–Nosotros los forcellanos no tenemos nada que ver.

–No, hombre, esto es algo de los gitanos... –intentó minimizar el White. Ahora se echaba faroles también él porque por un robo tan importante podían tomarla también con los Melenudos.

–No es algo de los gitanos, créeme –dijo Nicolas.

El White lo examinó de arriba abajo y sorbió un par de veces el opio. Sacó un iPhone y durante un momento marcó algo que Nicolas sólo podía intuir detrás de la funda con la bandera pirata. Quizá esta vez había ido demasiado lejos, quizá el White estaba llamando a los suyos, o quizá estaba chateando con su chica y disfrutaba de tenerlo allí de pie sin hacer nada. Cuando acabó de pulsar, el White volvió a mirar a Nicolas, esta vez directamente a los ojos, y bajó la mirada sólo después de que el iPhone le había señalado que alguien había respondido. ¿Los suyos? No, imposible, ¿para qué convocar a otros cuando, detrás de Nicolas, Quiquiriquí y los otros ya estaban listos para saltar ante un gesto de su jefe?

¿La chica? Pero ¿tenía, además, una chica? El White leyó rápidamente, posó la tacita y dijo:

—Hagamos así. Tú quieres pillar tu puesto en el Nuovo Maharaja. Está bien.

—No, espe...

—Cállate. Si consigues lo que estoy pensando, el Nuovo Maharaja debo protegerlo yo. Tú como máximo puedes estar a sueldo, a porcentaje.

Nicolas sabía que no podía hacer otra cosa que decir:

—Yo no quiero estar a sueldo de nadie.

Detrás de Nicolas la partida de billar se había interrumpido. Mala señal. El White se había levantado de un salto y había agarrado el taco que le estaba ofreciendo Quiquiriquí. No era el momento de mostrarse débil.

—Yo no quiero estar a sueldo de nadie.

—Eh, gilipollas —dijo el White—, ya basta.

Nicolas contrajo los abdominales, disponiéndose a recibir el taco en pleno estómago. Le haría daño, pero con un poco de suerte no caería redondo al suelo sin aire y tendría un segundo o dos para soltar un puñetazo a alguno, acaso al mismo White. Con la mente ya estaba debajo de una montaña humana de puntapiés y palos, con los brazos que por turno trataban de limitar los daños en cabeza y pelotas. Pero el White tiró el taco al suelo y se volvió a acomodar en la silla. Tuvo otro estremecimiento que expulsó rechinando los dientes. Y luego comenzó a contar. El día del robo el turno en Posillipo lo habían hecho dos policías que se procuraban la coca de una plaza que protegían ellos. Se lo había confirmado Pinuccio el Salvaje, que abastecía precisamente aquella plaza, y había añadido que aquellos dos Rambos con las ridículas camisas color apio eran parroquianos suyos. También el White, por tanto, se había informado inmediatamente sobre qué había sucedido en el Nuovo Maharaja. Pero, a diferencia de Nicolas, no se lo había dicho a nadie.

Durante dos días Nicolas no salió de su cuarto y no le dirigió la palabra a su hermano. Respondía a las llamadas de Letizia con simples mensajes, breves: «Perdóname, amor, pero no estoy bien. Pronto te llamo.» Sólo aceptaba la comida que su madre le dejaba fuera de la puerta. Ella intentaba golpear, llamar su atención, estaba preocupada, decía, pero Nicolas la echaba diciéndole también a ella que no se sentía bien, nada grave, pronto pasaría todo, no debía temer nada y sobre todo tenía que dejar de golpear porque aquel ruido le destrozaba la cabeza. La madre lo dejó estar, convencida de que su hijo había hecho otra, con la esperanza de que no fuera una gran jodienda, aunque no usaba esta palabra, y además le parecía extraño que no soportara sus nudillos en la puerta cuando estaba todo el tiempo escuchando aquella música que parecía salida del antro del diablo.

«We got guns, we got guns. Motherfuckers better, better, better run.»

Nicolas había tardado un segundo en localizar la canción, descargarla entre sus preferidos de YouTube y disponerla en bucle. El White canturreaba sólo ese verso, continuamente, a veces exhibiéndose con una voz de barítono que se adecuaba poco a aquel opiómano, a veces susurrándolo al oído del primero que se le ponía a tiro. La estaba cantando también cuando volvió a ver a Nicolas cerca de la casa de Pinuccio el Salvaje. Lo había citado allí para cerrar aquel asunto del Nuovo Maharaja. Estaba también Quiquiriquí, y cuatro pisos más arriba, en una vivienda de dos habitaciones con cocina-comedor de un edificio poco antes de Posillipo, que había visto su última mano de pintura quizá en los años setenta, los esperaba Pinuccio. Había atraído a los dos agentes de seguridad con la excusa de que tenía material nuevo, Mariposa, boliviana, la mejor del mundo. Nicolas sabía que con el White y Quiquiriquí debía esperarlos encerrados en el retrete y que, ante la señal de Pinuccio —«este material es mejor que una mujer, es mejor que follar»–, debería saltar fuera, empuñar la cuerda con lazo que le había dado el White en el ascensor, hacérsela pasar alrededor del cuello y apretar. Apretar lo suficiente para nublarles la vista y luego aflojar cuando el White hacía las preguntas. Exigiendo respuestas.

Y así había ido. Sólo que aquellos dos no querían admitir haber hecho el trabajo, y, es más, los amenazaban, decían que eran ex agentes de la policía fiscal y que se la harían pagar. Entonces el White se había cansado, se había cabreado, pero no había dejado de canturrear aquel verso.

«*We got guns, we got guns. Motherfuckers better, better, better run.*»

Había dicho que necesitaba sólo cinco minutos, debía bajar a la calle, había una ferretería en la esquina. Necesitaba algo. Volvió en cinco minutos exactos, como había prometido. Había comprado un soldador eléctrico y aceite para ciclomotor. Nicolas y Quiquiriquí parecían dos amos de perros en el parque, sujetaban con la correa a los dos agentes como si fueran bulldogs, y cuando el White les pidió que eligieran a uno, lo ataran, le bajaran los pantalones y le metieran en la boca una toalla, ellos lo hicieron sin decir ni pío. El White desenroscó la tapa del aceite, vertió el líquido en el agujero del culo del elegido y luego metió el soldador.

«*We got guns, we got guns. Motherfuckers better, better, better run.*»

El White se sentó en un sillón, cruzó las piernas y durante un instante consideró si esnifarse la Mariposa.

Tendido en la cama de su cuarto, Nicolas aún notaba el olor a carne quemada. A ano quemado. Mierda, sangre y pollo asado. El colega que había asistido a la escena se había derrumbado de inmediato, había confesado, sí, habían sido ellos, ayudados por matones albaneses. Con Copacabana en chirona, habían pensado en aumentar el coste del servicio de

121

protección a aquel y a todos los demás locales que protegían. A quien no pagaba el aumento se le vaciaba el local, y el Nuovo Maharaja no había pagado.

«*We got guns, we got guns. Motherfuckers better, better, better run.*»

El White había dicho:

—La verdad que no sale por la boca, sale por el culo.

Y luego había ordenado al agente que lo acompañara al almacén donde había escondido los objetos. Al del culo quemado lo había dejado allí para que se le desinflamara un poco.

Nicolas quería aquel puesto en el reservado. Es más, lo pretendía por derecho. Con el smartphone lo filmó todo. Sillas, candelabros, alfombras y ordenadores. Hasta el cuadro enorme con el indio, el Maharaja. Incluso la caja fuerte que habían arrancado con picos. Luego mandó el vídeo a Oscar, que, imaginaba Nicolas, lo había mirado aún sentado en el sillón donde lo había dejado. Había cedido y aceptado todas las condiciones. Correría al cuartel de los carabineros: «He recibido una llamada anónima. Los objetos robados están aquí. Fueron los de la Puma porque no les he pagado el soborno.» Y se convertiría en un héroe antiextorsión que había tenido el valor de denunciar y mientras tanto pagaría la protección al White: mil euros por cada evento y mil euros cada fin de semana. En el fondo, podía haberle ido incluso peor.

¿Nicolas? Nicolas no quiso ningún porcentaje de la extorsión que el White había impuesto a Oscar. Mejor nada que estar a sueldo de alguien. Había obtenido el acceso total para él y sus amigos al local. El Nuovo Maharaja era suyo.

Cuando decidió salir del cuarto fue para contar toda la historia a Christian. Lo llevó a la calle, con los muros desconchados como únicos testigos. Quería ser un modelo para él, educarlo en todas aquellas cosas que él se había visto obligado a comprender solo.

–Eh, ¿ahora tenemos nada menos que el acceso al Nuovo Maharaja? –preguntó Christian.

–¡Exactamente! Cuando nosotros queramos.

–Oh, Nico', no me lo puedo creer. ¿Esta noche la puedo tener yo debajo de la almohada?

–Vale –concedió el hermano mayor, pasándole una mano por el pelo a cepillo.

En el Liceo Artístico, en el taller único, se realizaba un curso optativo en el ámbito de las disciplinas multimedia dedicado a las técnicas audiovisuales. Era muy seguido.

–¡Hagamos un vídeo musical, profe!

La demanda estaba a la orden del día. Un grupo de muchachos tocaba, incluso se había exhibido ya en algún local, tenían una docena de piezas que grabar y buscaban un productor. En via Tasso se podían alquilar salas de ensayo y hasta se podía grabar. Habían llevado un pendrive con dos canciones y el profesor, que en verdad no tenía un título específico pero había asistido al Centro de Cinematografía en Roma y ahora trabajaba para producciones locales y en la Escuela de Arte, estaba más preocupado por el equipo, que era suyo, que por la calidad de las canciones de los alumnos. Ojo Fino, habían bautizado a Ettore Jannaccone, que por encima de todos sus méritos tenía el de haber formado parte del equipo técnico de la telenovela *Un posto al sole...* Daba clases teóricas y sólo a veces dejaba que los estudiantes se acercaran a sus «sensibles digitales»: así llamaba a las cámaras de vídeo que llevaba de un sitio a otro, invitando al director a hacer una inversión en ese sentido.

–Estamos en Nápoles, todos tienen la vena creativa –decía.

Y De Marino había tenido una idea. Grabar a sus estudiantes mientras leían pasajes de obras literarias. Jannaccone estableció ciertas horas por la mañana, eligió el plató y estableció la secuencia de las lecturas. Quince chicos, quince pasajes, no más de diez minutos por cabeza.

—¿Tú qué haces, Fiorillo? —preguntó De Marino a Nicolas, cogiéndolo por sorpresa, mientras guardaba el móvil en el bolsillo y esperaba a entrar en clase.

—Eh, profe, ¿qué hago de qué?

—¿Qué lees delante de la cámara?

Nicolas se acercó a un pupitre, cogió la antología de una compañera, recorrió el índice, la abrió y clavó el dedo en una página.

—El capítulo diecisiete de *El Príncipe*.

—Bravo, Fiorillo. Entonces ahora te lo lees bien, bien y luego delante de la cámara cuentas lo que has leído.

Con Fiorillo quería arriesgar. Todos los demás se limitaban a leer. Quería ver cómo reaccionaba. Fiorillo aparecía y desaparecía. Las chicas lo miraban almibaradas. Sus compañeros lo evitaban o, mejor, hacía que lo evitaran. ¿De qué estaba hecho ese chaval?

Nicolas echó un vistazo al libro, uno al profesor, uno a la compañera que se martirizaba el pelo con un dedo.

—¿Y qué pasa? No tengo miedo. Lo hago, sí.

De Marino lo vio desaparecer con el libro en el fondo del gran patio donde Jannaccone estaba rodeado de chicos y chicas curiosos.

—Eh, profe —le gritaba alguien—, ¿luego nos dejas actuar en *Un posto al sole*?

Y uno hizo como que se bajaba los pantalones:

—*Un culo al sole*.

Y todos rieron.

Nicolas se escondió en un rincón, con la cabeza rubia inclinada sobre las páginas. Al final dijo que estaba listo. Ojo

Fino acercó el objetivo sobre el rostro y, por primera vez aquella mañana, tuvo la sensación de tener delante de él a alguien que rompía la pantalla. Retuvo para sí la sensación, pero trabajó sobre el encuadre con más rigor. Nicolas permanecía completamente inmóvil, no bromeaba con los compañeros y, sobre todo, no tenía el libro en la mano. Jannaccone no se hizo preguntas sobre por qué el chaval presumía de memoria, sólo estaba satisfecho de poder concentrar la visión de aquel rostro, de no repetir a cada momento no te rías o mantén el libro abajo, fuera del encuadre. Cuando lo estimó oportuno, dijo:

–Puedes comenzar.

A última hora de la mañana De Marino visionó la filmación. Se la entregaron y se encerró solo en el taller de artes plásticas, donde estaban los aparatos. Apareció en la pantalla la cara de Nicolas. Los ojos miraban directamente a cámara, y en verdad viéndolo así, dentro del espacio del encuadre, Fiorillo era todo ojos. Ése sí que tiene el ojo fino, pensó. Ese muchacho sabe ver. Nicolas había aceptado el desafío y ahora contaba el inicio del capítulo diecisiete de *El Príncipe* como quería:

–Alguien que debe ser el príncipe no se preocupa si el pueblo le teme y dice que da miedo. A alguien que debe ser príncipe le importa un pimiento ser amado, porque si eres amado, los que te aman lo hacen mientras todo va bien, pero en cuanto las cosas se ponen feas, te joden de inmediato. Más vale tener fama de ser un maestro de la crueldad que de la piedad.

Pareció concentrarse en aquel momento, luego buscó con los ojos una especie de acuerdo general, o no, quizá había olvidado qué quería decir. Se pasó un dedo por el mentón, lentamente. De Marino habría querido ver de nuevo enseguida aquel gesto, a medio camino entre la timidez y la arrogancia.

—No se debe hacer profesión de piedad.

¿De dónde había sacado esa expresión? «Profesión de piedad.»

Prosiguió, silabeando las palabras con intensidad:

—El amor es un vínculo que se rompe, el temor no abandona nunca.

Nicolas hizo otra pausa y se volvió, ofreciendo a Ojo Fino el perfil sobre el que demorarse. De perfil la arrogancia se diluía, tenía rasgos delicados, y desde luego de chico.

—Si el príncipe tiene un ejército, ese ejército debe recordar a todos que él es un hombre terrible, terrible, porque si no a un ejército no lo mantienes unido, si no sabes hacer que te teman. Y las grandes empresas vienen del miedo que das, de cómo lo comunicas, que ésa es la imagen que da el príncipe, y la imagen todos la ven y la reconocen y tu fama llega lejos.

En «lejos» inclinó por primera vez los ojos y permaneció un poco así, como para decir que había terminado.

—¿Ha quedado bien, profesor? ¿Lo ponemos en YouTube?

La voz cogió a De Marino a contrapié. Fiorillo se había quedado, había querido verlo.

—Bravo, Fiorillo, me has dado miedo.

—Lo he aprendido de Maquiavelo, profe. La política se hace mejor con el miedo.

—Cálmate, Fiorillo. No te agites.

Nicolas estaba al fondo del taller, con un hombro apoyado en la pared. Sacó del bolsillo de atrás de los vaqueros un par de folios mal doblados.

—Profesor, Maquiavelo es Maquiavelo, éste es Fiorillo. ¿Quiere echarle una leída?

De Marino no se levantó de la consola, se limitó a alargar la mano con un gesto que significaba «dámelo».

—Lo leeré. ¿Es tu tesina?

—Es lo que es.

Nicolas se lo entregó y giró sobre sí mismo. Saludó al profesor levantando el brazo derecho, sin volverse más.

De Marino regresó a la pantalla, retrocedió unos segundos y vio de nuevo a Fiorillo que decía:

–Y la imagen todos la ven y la reconocen y tu fama llega lejos.

Sonrió, apagó y se puso a leer la tesina. Ese Fiorillo había escrito, o algo muy similar.

Segunda parte

Jodidos y jodedores

Existen los jodedores y los jodidos, nada más. Existen en cualquier sitio y han existido siempre. Los jodedores de cualquier condición tratan de sacar beneficio, sea una cena ofrecida, un pasaje gratuito, una mujer que quitarle a otro, una carrera que ganar. Los jodidos de cualquier condición llevarán las de perder.

No siempre los jodidos lo parecen, a menudo se fingen jodedores, así como es natural que exista también lo contrario, es decir, que muchos de aquellos que parecen jodidos sean, en realidad, unos jodedores violentísimos: se disfrazan de jodidos para elevarse al grado de jodedores con más imprevisibilidad. Parecer derrotados o servirse de lágrimas y lamentos es una típica estrategia de jodedor.

Que quede claro, no hay ninguna referencia al sexo: como sea que se nazca sobre esta tierra, hombre o mujer, se está dividido en estas dos categorías. Y tampoco tiene nada que ver con la división de la sociedad en clases. Gilipolleces. Aquellas de las que estoy hablando son categorías del espíritu. Se nace jodedor, se nace jodido. Y el jodido puede nacer en cualquier condición, en una villa o en un establo encontrará a aquel que le saque lo que le interesa, encontrará el obstáculo que le impida trabajo y carrera, no sabrá reunir en su interior los recursos para llevar a

131

cabo sus sueños. Será las migajas que le dejen. El jodedor puede nacer en un cuartel o en un refugio, en las afueras o en la capital, pero encontrará por doquier recursos y viento favorable, maldad y ambigüedad para obtener lo que quiere obtener. El jodedor alcanza lo que desea, el jodido deja que se esfume, lo pierde, se lo quitan. El jodedor puede incluso no tener el poder del jodido, acaso este último ha heredado fábricas y acciones, pero continuará siendo un jodido si no sabe ir más allá del descarte que la suerte y la ley favorables a él le han dado. El jodedor sabe ir también más allá de la desventura y puede saber usar, comprar o incluso ignorar las leyes.

«Algunos seres, desde el momento en que nacen, están destinados unos a obedecer, otros a mandar. Y hay muchas clases de unos y de otros.» Eso dice el viejo Aristóteles. Es decir, en síntesis, se nace jodidos o jodedores. Estos últimos saben engañar y los primeros se dejan engañar.

Mira en tu interior. Mira profundamente en tu interior, pero si no sientes vergüenza no lo estás haciendo de verdad.

Y luego pregúntate si eres jodido o jodedor.

TRIBUNAL

Un hombre del Gatazo había acabado entre rejas, la acusación era haber matado al hijo de don Vittorio Grimaldi, Gabriele. Cosa cierta, don Vittorio, llamado el Arcángel, había visto morir a su hijo delante de él.

Todo había sucedido muy deprisa en aquella tierra, Montenegro, adonde padre e hijo habían decidido llevar sus negocios. Y llevarlos juntos. Había una vieja rueda hidráulica, de hierro, oxidada, única superviviente de un molino decrépito. El agua la mantenía aún con vida, y el Arcángel vio bien a aquel hombre, le vio la cara, vio aquellos ojos, vio las manos que empujaron a Gabriele contra las palas que la corriente había desportillado haciéndolas puntiagudas. Don Vittorio vio la escena desde la ventana de su villa, que no estaba a mucha distancia, y corrió hacia allí desesperado. Solo, intentó detener la rueda del molino pero no lo consiguió. Vio el cuerpo de su hijo rebotar en el agua una y otra vez antes de recibir la ayuda de los criados. Tardaron mucho tiempo en sacar el cuerpo de Gabriele de las palas. Sin embargo, don Vittorio, durante todo el proceso, defendió al asesino del Gatazo. No aportó pruebas, no dio ninguna información. Quien había matado a Gabriele Grimaldi había sido el Tigrito, el brazo derecho de Diego Faella, el Gatazo. El Ga-

133

tazo quería así conquistar Montenegro y sobre todo apoderarse de San Giovanni a Teduccio y desde allí tener vía libre sobre Nápoles. Estaba presente en el proceso, el fiscal le preguntó si lo reconocía, don Vittorio decía que no. El fiscal imploraba, para cerrar el proceso:

—¿Estáis seguro?

Lo trataba de «vos», evitando el «usted», para acercar a las partes. Y don Vittorio dijo no.

—¿Reconoce a Francesco Onorato, el Tigrito?

—No lo he visto nunca, ni siquiera sé quién es.

Don Vittorio sabía que aquellas manos estaban sucias de la sangre de su hijo y de muchos de sus hombres. Nada. El agradecimiento de Diego Faella no fue excepcional. Frente al Estado hay que ser hombres de honor. El silencio de don Vittorio Grimaldi fue visto como un comportamiento normal de hombre de honor. Lo único que le concedió el Gatazo fue la vida, es más, la supervivencia. Detuvo la venganza contra los Grimaldi, le permitió vender encerrado en una reserva en Ponticelli. Un puñado de calles, el único sitio donde podría vender y existir. Los recursos infinitos que tenían los Grimaldi, heroína, cocaína, cemento, residuos, tiendas y supermercados, se habían reducido a pocos kilómetros cuadrados, a poco beneficio. El Tigrito fue absuelto y don Vittorio devuelto al arresto domiciliario.

Fue un gran éxito, los abogados se abrazaban, alguien en las primeras filas aplaudía. Nicolas, Pichafloja, Dragón, Briato', Tucán y Agostino lo vieron todo de aquel proceso, y casi habían crecido con él. Habían empezado a asistir cuando los pelos de la cara despuntaban ralos, y ahora alguno de ellos tenía una barba de soldado del Estado Islámico. Y aún presentaban los mismos documentos de identidad falsos que habían mostrado dos años antes, cuando el procedimiento daba sus primeros pasos. Porque allí se entraba, cierto, pero sólo si se era mayor de edad. Procurárselos había sido una broma. La ciudad estaba especializada en la producción de documentos de identidad falsos para yihadistas, imaginémonos para unos chavalillos que querían entrar en el tribunal. Se había ocupado Briato'. Él había hecho las fotos y él había contactado con el falsificador. Cien euros por cabeza y ahí estaban con tres, cuatro años más. Estabadiciendo y Bizcochito protestaron por haber sido excluidos, pero al final tuvieron que rendirse: no habrían engañado a nadie con aquellas caras de niños.

La primera vez que se encontraron allí fuera, mirando desde abajo aquellas tres torres de cristal, se habían sorprendido experimentando una especie de atracción. A todos les había parecido que estaban en una serie de televisión americana, pero estaban delante del tribunal penal, el mismo que los capos que ahora iban a tener enfrente incendiaban sistemáticamente mientras estaba en construcción. Aquella fascinación de cristal y metales y altura y potencia se había desinflado apenas superaron la entrada. Todo era plástico, moqueta, voces que retumbaban. Habían subido por las escaleras desafiándose a quién llega primero, tirándose de las camisetas y metiendo follón, y luego dentro de la sala los había acogido aquella inscripción sobre la ley, Nicolas al verla había tenido que contener la carcajada. Como si no supiera cuál era la verdad, cojones, que el mundo se divide solamente en jodidos y jodedores. Ésa es la única ley. Y cada vez que iban, siempre, al entrar, le salía una sonrisa torcida.

Dentro de aquella sala habían pasado horas sentados, circunspectos, como no habían hecho nunca en su breve vida. En la escuela, en casa, incluso en los locales, siempre había demasiado que ver y que experimentar para perder el tiempo con la inmovilidad. Las piernas se inquietaban y obligaban al cuerpo a ir siempre a otra parte y luego de allí a otro sitio. Pero el proceso era la vida misma que se desplegaba delante de ellos y revelaba sus secretos. Sólo había que aprender. Cada gesto, cada palabra, cada ojeada era una lección, una enseñanza. Imposible apartar la mirada, imposible distraerse. Parecían unos chicos juiciosos en la misa de domingo, con las manos entrelazadas y apoyadas sobre las piernas, los ojos desorbitados, atentos, la cabeza lista para saltar en dirección a las palabras importantes, nada de titubeos, nada de movimientos nerviosos, hasta los cigarrillos podían esperar.

La sala estaba dividida en dos mitades exactas. Delante los actores, detrás los espectadores. Y en medio una reja de casi dos metros de altura. Las voces llegaban un poco distorsionadas por el eco, pero el sentido de las frases nunca se perdía. Los muchachos se habían reservado un espacio todo para ellos, en la penúltima fila, junto a la pared. No era la mejor posición, en el teatro habrían sido localidades baratas, pero podían verlo todo, la mirada serena de don Vittorio bajo una cabellera argéntea que con la iluminación parecía un espejo, la espalda del imputado —más ancho que alto, pero con dos ojos de felino que daban miedo—, la de los abogados, la de quienes habían conseguido sentarse en las primeras filas. Eran sombras chinescas, al principio sólo manchas informes, pero luego la luz cambia de intensidad y los ojos de quien mira se afinan, y entonces todo tiene sentido, hasta los detalles. Y no lejos de ellos, tal vez sólo dos filas delante, los miembros de algunas bandas, a los que se reconocía por un jirón de frase tatuada que despuntaba del cuello de la camisa o por una cicatriz que el cabello rapado dejaba exhibir.

En primera fila, a dos zancadas de la reja, estaba la banda de los Melenudos. Ellos nunca habían tenido problemas de edad y con frecuencia se presentaban al completo. A diferencia de Nicolas y de los otros, los Melenudos no parecían hambrientos de cada palabra, de cada silencio, y caminaban a lo largo de la fila de sillas, se detenían para apoyar las manos sobre la verja, ignoraban las protestas de quienes estaban detrás de ellos, y volvían a sentarse. El White era el único que no se levantaba nunca, quizá para evitar que su andar de cowboy borracho atrajera demasiado la atención de los carabineros. Y luego era habitual ver también a los barbudos de la Sanità. Se colocaban donde encontraban sitio. Permanecían allí confabulando, se acariciaban aquellas barbas a lo Bin Laden y cada tanto salían a fumar un pitillo. Pero no había tensión, ni estudio mutuo. Todos admiraban el escenario.

–Eh –dijo el Marajá en voz bajísima. Había inclinado la cabeza lo mínimo necesario y hablaba por una rendija de la boca, no podía permitirse apartar la mirada–. Si tenemos la mitad de las pelotas de don Vittorio, no nos para ni la polla de Dios.

–Ése está protegiendo a quien ha derramado la sangre de su hijo... –susurró Dientecito.

–Con mayor razón –reafirmó el Marajá–, que se muera mi madre si no tiene cojones. Con tal de mantener la lealtad está dejando libre a quien ha triturado a su hijo.

–Yo no sabría mantener esa lealtad. Es decir, o te mato o si estoy en chirona te delato y terminas con la perpetua, mierda de persona –dijo Pichafloja.

–Eso es de infames –respondió Marajá–, eso es de infames. Es fácil conservar el honor cuando tienes que defender tu dinero, tus asuntos, tu sangre. Precisamente cuando sería fácil desacreditar y delatar a todos y en cambio estás callado significa que eres el *number one*, que eres el mejor. Que les has tocado las pelotas a todos. Que tienen que mamártela porque vales, porque sabes defender el Sistema. Aunque te maten a tu hijo. ¿Has entendido, Pichita?

–Ése tiene delante al que le masacró al hijo y no dice nada –continuó Pichafloja.

–Pichaflo... –glosó Dientecito–, si hubieras estado allí tú ya estarías cantando..., tienes futuro como infame.

–No, gilipollas, yo ya lo habría destripado.

–Habló Jack el destripador –concluyó Tucán.

Se hablaban como jugadores del Texas Hold'em, sin mirarse a los ojos. Echaban frases sobre el tapete verde, mostrando lo que tenían en la cabeza, y después cada uno, como había hecho Tucán, limpiaba un poco la mesa y se preparaba otra mano.

Pero nadie podía imaginar qué esperaba Nicolas en su interior. Al Marajá don Vittorio le gustaba, pero era el Gatazo quien, habiéndose casado con Viola, la hija de don Feliciano, tenía la sangre de su barrio. Sangre podrida, pero siempre sangre de rey. La sangre de su barrio había sido heredada con todas las de la ley. Don Feliciano les había dicho siempre a los suyos: «El barrio tiene que estar en manos de quien ha nacido en él y de quien vive en él.» Y Copacabana, que había sido fiel legado de los Striano, se había lanzado sobre Forcella inmediatamente después del arresto del cabeza de familia. Había sido precisamente el arresto del capo, casi tres años antes, lo que había dado inicio al proceso.

Todo el barrio había sido rodeado. Lo habían seguido durante días, el propio escuadrón de élite estaba incrédulo: don Feliciano había vuelto a Nápoles y paseaba por la calle, en chándal, ya no con la habitual elegancia con que se mostraba. No se había escondido, la clandestinidad la hacía en su barrio, como todos, pero sin estar encerrado en dobles fondos, pozos o escondites. Había aparecido por el callejón, lo habían llamado:

–Feliciano Striano, levante las manos, por favor.

Se detuvo y aquel «levante las manos, por favor» lo calmó. Era un arresto, no una emboscada. Con los ojos frenó a su perezoso guardaespaldas, que quería intervenir disparando y que inmediatamente había echado a correr para escapar de la captura. Se dejó esposar.

–Haced, haced –había dicho.

Y mientras le apretaban las muñecas con el acero, sin percatarse, los carabineros se encontraron rodeados por nubes de chicos y señoras. Feliciano sonreía.

—No os preocupéis, no os preocupéis —bajaba el tono de las personas que desde las ventanas y desde las puertas empezaban a asomarse y a chillar: «¡Oh, Virgen santa!»

Los niños se anudaban a las piernas de los carabineros, mordiéndoles los muslos. Las madres gritaban: «Dejadlo estar, dejadlo estar...»

Una multitud se echó a la calle, los edificios parecían botellas volcadas que vertían sobre los callejones gente, y más gente, y más gente.

Don Feliciano reía: a los capos de Casale y Secondigliano, Palermo y Reggio los cogerían en la profundidad de las grutas, en dobles fondos de paredes, en laberintos subterráneos. Él, que era el verdadero rey de Nápoles, era arrestado en la calle a la vista de todos. A don Feliciano sólo le disgustaba no estar vestido con elegancia, se ve que sus confidentes carabineros lo habían traicionado o no se habían enterado del arresto. Habría bastado media hora: no para intentar la fuga, sino para elegir el traje adecuado de Eddy Monetti, la camisa, la corbata de Marinella. Todos los arrestos que había sufrido lo habían pillado siempre impecable. Y se vestía siempre impecable porque, como repetía en cada ocasión, siempre puede suceder que alguien te dispare o te arreste de pronto, y no puedes dejar que te encuentren mal vestido, todos se decepcionarían y dirían ¿éste era don Feliciano Striano? Y ahora lo verían así, y quizá dirían: «¿Éste era?»

Era su único disgusto, el resto lo conocía y lo que no conocía lo imaginaba. La multitud se agolpó vociferando alrededor de los coches patrulla. Las sirenas no intimidaban a nadie. Y tampoco las armas de reglamento. Ni siquiera queriendo habrían podido, en ningún caso, abrir fuego. «En esos edificios hay más armas que tenedores», era lo único que les había dicho su comandante invitándolos a la calma. La fuerza era desproporcionada y se inclinaba claramente a favor de la gente de los edificios. Llegaron las cámaras de los informativos. Por encima del barrio zumbaban dos helicópteros. Los que estaban por la calle esperaban una señal, una señal cualquiera para distraer a los carabineros, en absoluto dispuestos a hacer frente a una insurrección. La orden de arresto la habían dado en un momento de quietud, de desierto, era noche cerrada. ¿De dónde salían aquellos niños? ¿Aquella gente se había catapultado del sueño a la calle? Entre todos los rostros que lo miraban con preocupada veneración, como se mira a un padre al que se llevan sin razón, se adelantó Copacabana. Feliciano Striano le sonrió y Copacabana le dio un beso en la boca, símbolo extremo de la lealtad. Boca cerrada. Nadie habla. Sello.

–Basta de alboroto –fue la frase de don Feliciano.

Copacabana la reprodujo, y se expandió como una ficha que cae y provoca en un dominó la caída de todas las demás. En un instante todos se alejaron, dejaron de gritar. Se dirigieron a hacer compañía a la mujer y a la hija de don Feliciano, como en una especie de velatorio. Así lo había decidido el Noble. Era el último acto de fuerza de un clan diezmado por la guerra con la Sanità, contra el clan Mocerino, con los que los Striano habían intentado en un primer momento federarse para luego acabar matándose mutuamente. La última estrategia ganadora de don Feliciano el Noble era dejarse ver, mostrar a los suyos y a su barrio que no estaba obligado a desaparecer, lo cual significaba convertirse en un blanco fácil, morir. Un final inevitable después del largo reinado heredado de su padre, Luigi Striano el Soberano, lo sabía perfectamente. Pero en los días de que disponía mostrarse así significaba dar también a los Striano la imagen de que no tenía miedo, estaba libre y en su casa. Y eso contaba.

Luego aquel beso dado a Copacabana fue violado precisamente por don Feliciano. En el transcurso de pocos meses ocurrió el Apocalipsis, inesperado, violento, inimaginable. Don Feliciano había decidido hablar, y su arrepentimiento había demolido muchos más edificios que un terremoto. No es una metáfora, es exactamente lo que ocurrió. Rediseñó todo el mapa del Sistema. Edificios enteros se vaciaron por los arrestos o por los programas de protección que llevaban a zonas seguras a los familiares de don Feliciano. Fue algo más espantoso que una venganza. Arrojó la vergüenza sobre cada hombre y mujer del clan, la misma vergüenza de cuando se es consciente de que todos conocen la traición del propio marido o de la propia mujer. Y uno se siente observado, escarnecido. Todos habían sentido siempre encima los ojos azules, firmes, de don Feliciano. Aquellos ojos eran amenaza y protección. Nadie podía entrar en Forcella y hacer lo que quería, nadie podía desobedecer una regla del Sistema. Y las reglas del Sistema eran dictadas y conservadas por los Striano. Aquellos ojos eran seguridad y miedo. Y don Feliciano había decidido cerrar los ojos.

Como en su arresto, era de noche cuando el barrio se percató del arrepentimiento. Hubo una acción sorpresa de helicópteros y hasta un bus blindado lleno de centenares de arrestados. Don Feliciano denunció a los asesinos, a los socios, las extorsiones, los puntos de distribución. Denunció a su propia familia, y toda la familia en cadena habló. Empezaron a traicionarse, a dar información, a hablar de sobornos, contratos, cuentas corrientes. Concejales, viceministros, directores de banco y empresarios: todos cantaron. Don Feliciano habló, habló y siguió hablando, mientras el barrio se planteaba una única pregunta: «¿Por qué?»

Esta interrogación significó durante meses una sola cosa: «¿Por qué don Feliciano se ha arrepentido?» No era necesario acabar la frase, era suficiente pronunciar «¿Por qué?» y todos entendían. En el bar, en la mesa, los domingos al mediodía, en el campo de fútbol. «¿Por qué?» significaba solamente: «¿Por qué lo ha hecho don Feliciano?» Se imaginaban respuestas, pero la verdad era sencilla, incluso banal: don Feliciano se había arrepentido porque prefería que Forcella muriera antes que pasar su propiedad a otro. Dado que no había tenido la fuerza de ponerse una cuerda al cuello, quería ponérsela a los demás. Hacía creer que se había arrepentido, pero ¿cómo te quitas la culpa de centenares de muertos? Gilipolleces. No se había arrepentido de nada. Hablaba para seguir matando. Antes lo hacía con las armas, ahora con las palabras.

El padre de Dragón, Nunzio Striano el Virrey, había sido condenado: Feliciano lo había denunciado por cada trapicheo, cada fechoría, cada delito que había cometido, pero el Virrey no había hablado. Todos los demás hermanos se habían arrepentido, pero el Virrey nada. Estaba preso y con ese silencio protegía algún piso y a su hijo. No quería que Luigi acabase como la hija de don Feliciano, que hasta que se casó con el Gatazo había sido despreciada por todos. «Arrepentida», la llamaban.

Detrás del Tigrito en el banquillo de los acusados nadie era tan desprevenido como para no ver, como si estuviera presente en la sala en carne y huesos, la sombra amenazante del Gatazo. Don Vittorio, mientras, seguía oponiendo el silencio al apremio del fiscal:

—Su hijo, hemos tenido ocasión de probar, fue señalado por varios colaboradores de la justicia como enemigo de los Faella, con los que usted no sólo comparte el barrio sino también un pasado de alianza. Los Faella, por tanto, que usted sepa, ¿pueden haber querido la muerte de su hijo?

—Mi hijo era una persona de bien, amable con todos, no

creo que nadie sintiera el deseo de matarlo. Imposible. Y menos quien es de nuestro barrio y por tanto sabe cuánto quería a Ponticelli, a sus niños, a toda la gente que siempre amó y que estaba en su funeral.

Era una respuesta en un italiano formalmente correcto, que trataba de mantener a raya las palabras en dialecto que empujaban por debajo pero que en aquel momento habrían comprometido aquella serenidad.

Entretanto, la arrogancia del Tigrito no parecía poner nervioso a don Vittorio, al que no molestaba ni siquiera que sus miradas se cruzasen. El Tigrito trataba de liquidarlo todo con una especie de mueca de disgusto.

—Conocía a Gabriele Grimaldi, pero de vista. Sé que no estaba nunca en Ponticelli, y en cualquier caso yo no tenía la costumbre de ir al Conocal. Nunca he hecho mucha vida en la calle.

El Tigrito usaba las palabras para reproducir las del Gatazo. Quería subrayar un origen distinto, una sangre distinta, un interés distinto, un nacimiento en la ciudad, y no en la calle. En el silencioso juego de las remisiones las palabras decían: el Gatazo no es un narcotraficante, no vive sólo de la droga, vive del cemento y la política, del comercio, y lejos de la calle. Don Vittorio no podía más que dejarle decir estas cosas. Mostrarse sumiso.

Nicolas entendía el juego en todos sus matices. Comprendía que detrás estaba siempre el asunto de la sangre, de la pertenencia, de lo sucio y de lo limpio. No había ninguna teoría que mantuviera unidos esos conceptos tan viejos como la humanidad. Sucio y limpio. ¿Quién decide qué es sucio? ¿Quién decide qué es limpio? La sangre, siempre la sangre. Aquélla es limpia y nunca debe entrar en contacto con la sangre sucia, la de los otros. Nicolas había crecido con estas cosas, todos sus amigos habían crecido con ellas, pero él quería tener el valor de afirmar que aquel Sistema era viejo.

143

Y debía ser superado. El enemigo de tu enemigo es tu aliado, independientemente de la sangre y de las relaciones. Si para convertirse en lo que quería convertirse tenía que amar lo que le habían enseñado a odiar, bien, él lo haría. Y a tomar por culo la sangre. Camorra 2.0.

ESCUDO HUMANO

Los chavales de don Vittorio Grimaldi estaban obligados a leer todos los días los nombres de las calles del Conocal, porque de allí, de aquella barriada de Ponticelli, no podían marcharse. Salir significaba correr el riesgo de ser tiroteados por los hombres del Gatazo, todos los Faella los tenían en el punto de mira. Así que estaban dentro, entre aquellas calles que formaban un rectángulo al que le han arrancado una esquina, arriba, a la derecha. Cuando leían en los periódicos las historias que otros escribían sobre ellos se cabreaban, porque se pontificaba sobre la degradación, sobre los edificios todos iguales, sobre la falta de futuro. Sin embargo, aquellas conejeras en fila existían, y cómo, ordenadas con una geometría hipócrita, porque quiere definir un espacio de vida y en cambio encierra. Como una celda. Pero aquellos chavales no querían tener el fin de Scampia y convertirse en un símbolo. No eran ciegos, veían que allí todo parecía de tercera, cuarta mano. Cortinas rotas y desgastadas por el sol, basura carbonizada, muros que escupen amenazas. Pero aquél era su barrio y todo su mundo, así que mejor hacer que les gustara aun a costa de negar la evidencia. Era una cuestión de pertenencia. La pertenencia es un rellano. La pertenencia es una calle, y las calles se convierten en el único espacio posible donde vivir. Un solo bar, dos minisupermercados, viejas mercerías empiezan a vender de todo. Ropavejeros transformados en almacenes de papel higiénico y detergentes porque falta el supermercado, demasiado lejos como para que vayan los viejos, los ciclomotores y los que no pueden salir del barrio. Eso les estaba sucediendo a los Grimaldi. Pero allí podían seguir vendiendo. Los clientes que llegaban al Conocal confiaban en pillar chocolate, coca y bolitas de *crack* a bajísimo precio. Pero don Vittorio no había querido que se bajara demasiado el precio. Habría sido una señal malísima, una señal de muerte. Por eso los clientes no iban allí ni ellos podían salir a buscar clientes.

Pero no todos se atenían a la consigna. Pajarito era hábil para correr sobre el escúter, para volar, más rápido que las balas que habrían podido alcanzarlo, más rápido que los ojos que lo habrían identificado y señalado, escondido y furtivo vendiendo. Visible para el comprador, invisible para los vigilantes. Pajarito, por tanto, no tenía miedo de salir del Conocal. Sin embargo, a pesar de que reuniera valor y se quitara las preocupaciones mamando seguridad de los X-Men que se tatuaba por todo el cuerpo, estaba condenado a morir joven. Desde la celda Copacabana no permitía de ninguna manera que llegara alguien de fuera, y aún menos uno de los Grimaldi, para vender cosas en su zona. Habría tolerado a cualquier otra familia a cambio de un porcentaje, pero a ellos no. Ellos se habían puesto en contra de Forcella, habían hecho la guerra: traían heroína, cocaína y hierba del Oeste, mientras que los Grimaldi la traían del Este.

Copacabana quería quitarles el Este a los Grimaldi, y lo estaba consiguiendo. Y así, tres calles de Nápoles valían una capital montenegrina, un trozo de los Balcanes, toda una plantación albanesa. Pajarito intuía eso pero no lo sabía. Y seguía volando en su escúter, con aquellas piernas delgadas que desaparecían detrás de la carena, y cuando lo veías llegar parecía que el busto y todo lo demás saliera directamente del asiento. Conducía siempre en posición aerodinámica, aun cuando no había necesidad, aunque cabalgaba una viejísima Vespa ensamblada con los restos de la de su padre: se inclinaba con la cara hacia delante hasta tocar el cuentakilómetros y mantenía hacia fuera los codos, que más de una vez habían abatido algún retrovisor. De pájaro tenía también la nariz, un pico puntiagudo y hacia abajo, de gavilán.

Los hombres del White, Carlitos Way, Quiquiriquí y el Salvaje, salieron en su persecución apenas vieron desde lejos aquellos dos codos en escuadra. Pajarito los vio con el rabillo del ojo, dio gas y tiró adelante con la Vespa en el infinito tráfico que le hacía de muralla. «La próxima vez, dejaremos tu nombre en el suelo», le gritaron detrás, pero Pajarito ya había desaparecido, y aunque lo hubiera oído le habría importado un pimiento y habría vuelto de todos modos. En Forcella incluso los desafiaba, pasaba por delante de la salita.

–A los pájaros cuanta más hambre tienen menos miedo les da que batas los pies o las manos. ¿Tienes presente, White, cuando bates las manos y estas ratas del cielo no se van? ¿Por qué? Tienen hambre. Y se la trae floja que tú los quieras matar, total, se van a morir de hambre. De hambre o porque les disparas. Nosotros no les disparamos y las palomas nos llenan de mierda. Eso pasa con los Grimaldi –comentó Copacabana cuando en la cárcel se lo contaron.

Pajarito llevaba consigo manadas de chicos. Los tenía plantados una hora, dos horas. De vez en cuando incluso acudían los viejos que ya no podían estar a sueldo. Como Alfredo Escalera 40, que había llenado el suelo de cadáveres y durante un período había sido incluso jefe de zona. Ganaba, en tiempos de la lira, cien millones a la semana. Entre abogados y despilfarros, ahora estaba apostado fuera de las plazas robando clientes, desclasado, trapicheando o haciendo de vigilante. En el Sistema se comenzaba pronto. Y si no se moría pronto, todo colapsaba igualmente.

Era demasiado. Aquel cáncer de Pajarito ya estaba haciendo metástasis, así que los Melenudos salieron de misión para liquidarlo: el White decidió ocuparse personalmente. Pajarito estaba como siempre en la Vespa, se había atrevido a apostarse en la plaza Calenda, con la espalda en un andamio. Lo primero que oyó fue el sonido metálico de los tubos que recibían las balas del White, que sostenía la pistola como había visto hacer en las películas gangsta rap, en horizontal. Bum. Bum. Bum. Tres veces, al tuntún, porque últimamente se metía un montón de morfina, del mismo tipo que la que estaba vendiendo tan bien a través de sus camellos, que eran los de Copacabana. Con el dinero había comprado un piso para la Koala, su hermana. Pero morfina y precisión no van por el mismo camino, así que Pajarito estaba salvando las plumas también esta vez.

Si Nicolas aquel día no hubiera pasado por allí –él y Dientecito habían sufrido un ataque de hambre y ahora recorrían via Annunziata decidiendo qué hacer–, si no hubiera reconocido aquellos bang metálicos, si no hubiera trazado una curva cerrada, derrapando y bajando un pie para no acabar en el suelo, para corregir la trayectoria que lo habría llevado a la plazoleta Forcella, es decir, al lado opuesto, si no hubiera hecho todo eso, no habría asistido a la escena y quizá no se le habría ocurrido una idea, que puso en práctica de inmediato, mientras Dientecito se santiguaba.

Un escudo humano. Nicolas se interpuso entre Pajarito y el White, que ahora había enderezado la pistola y había cerrado un ojo para apuntar bien. Se puso en medio. El White se quedó paralizado. Pajarito se quedó paralizado. Dientecito le tiraba de la camiseta y le gritaba:

–¡Marajá, ¿qué coño haces?!

Nicolas se dirigió al White, que aún estaba con la pistola apuntada y el ojo cerrado como si esperara a que Nicolas se quitara de en medio para volver a disparar.

—White —dijo Nicolas, acercándose con el ciclomotor mientras Pajarito salía finalmente a escape—, volvemos a dejar muertos en el suelo y no nos quitamos de encima a los maderos de paisano y los puestos de control. Se te ha ido la cabeza. Igual matas a un viejo, una señora, una criatura. Pajarito ha volado, lo cogeremos. Déjame a mí.

Lo dijo de un tirón. El White bajó la pistola, pero no dijo nada. Las posibilidades eran dos, calculó Nicolas. O levanta de nuevo la pistola y todo acaba aquí o... El White abrió la boca y mostró una sonrisa de dientes astillados y amarillos por el chocolate, luego se metió la pistola en los pantalones y se marchó. Nicolas soltó un suspiro de alivio, y lo oyó también Dientecito, que estaba apoyado en su espalda.

Pajarito desapareció, pero sabían que no podía estar encerrado para siempre.

—Pero ¿por qué lo has hecho? —le preguntó Briato'—. Pajarito está contra el Gatazo, está contra Copacabana, y por tanto está contra nosotros.

Estaban en la salita, y estaban sólo ellos dos. Los Melenudos, pensó Nicolas, estarán en la cárcel, donde Copacabana, contándoselo. Mejor así.

—No te preocupes, nosotros no estamos con el Gatazo, nosotros no estamos con Copacabana. Nosotros estamos con nosotros —respondió Nicolas.

—Yo no acabo de entender qué es ese nosotros —dijo Dientecito—. De momento yo pertenezco a quien me da dinero.

—Bien —dijo Marajá—, ¿y si juntamos el dinero que le has dado a uno, a otro y a otro más? ¿Y si el dinero después hace un grupo, no te gustaría?

—¡Pero nosotros ya somos un grupo!

—Sí, un grupo de tontos.

—Tienes una idea fija, quieres hacer una banda a toda costa —dijo Dientecito.

Nicolas se rascó visiblemente las pelotas, como diciendo que los sueños no se deben decir en voz alta. Y aquella palabra, «banda», trataba de pronunciarla lo menos posible.

–A Pajarito lo quiero pelar yo –dijo Marajá–, por tanto, si lo veis, que nadie haga nada.

Hacía una buena hora que discutían sobre lo que había hecho Nicolas. Le decían que había sido un loco, un chiflado. ¿Y si el White hubiera desencadenado un tiroteo? ¿Y si de verdad, como decía el mismo Nicolas, hubieran acabado allí en medio viejos y niños? Un demente. El Marajá escuchaba. Porque aquello que oía era la designación que estaba recibiendo de los otros. Lo que Briato' y el resto del grupo llamaba locura, el Marajá lo llamaba instinto, y el Marajá mandaba por instinto, como una especie de dote natural, como saber mover bien un balón sin haberse entrenado nunca en un campo o hacer bien las cuentas desde que se es pequeño sin que ningún maestro te haya enseñado. Se sentía infundido con una especie de espíritu de mando y le gustaba cuando los demás lo reconocían.

Pajarito era un chico insignificante, pero era la puerta de entrada al Conocal, y, una vez allí dentro, se podía llegar a don Vittorio, y desde allí... Nicolas se tocó de nuevo las pelotas.

–Pero ahora –dijo Briato'– que le has salvado la vida, ese gilipollas no se dejará ver así como así.

–Cómo que no –dijo Marajá–, cuando la mandanga se le acabe, tendrá que venir a buscar.

–Pero aquí le pegarán un tiro –dijo Briato'.

–Sí, pero es difícil. Aquí él se hace Sanità, Forcella, estación, Rettifilo, San Domenico, gira, y apenas ve que las cosas se ponen feas, huye.

–Pero, en tu opinión, ¿va armado? –dijo Dientecito.

–¿La verdad? En mi opinión, no. Y aunque fuera armado, iría armado como nosotros ahora, con una pipa vieja y rota y un cuchillo.

En los días siguientes Nicolas mapeó el territorio yendo adelante y atrás, adelante y atrás. Era una idea fija. También Letizia se dio cuenta de que él pensaba continuamente en otra cosa, pero Nicolas siempre tenía algo en la cabeza y no se preocupó demasiado. Al final Pajarito volvió a aparecer. Salió de lejos, no directamente de las zonas de los hombres de Copacabana. Ahora estaba vendiendo a los negros y a los chicos, y a un precio tan bajo que quizá lo matarían hasta los suyos. Se hizo el Ponte della Maddalena, hacía un poco la estación. Y allí Nicolas lo pescó, justo en la plaza Garibaldi, bajo un chaparrón torrencial, de esos que nublan la vista, pero no tenía dudas, era precisamente él. La sudadera negra con la imagen de Tupac Shakur no se la quitaba nunca, ni siquiera cuando hacía treinta grados. Se había puesto la capucha y estaba hablando con otro al que Nicolas no había visto nunca. El Marajá paró el ciclomotor y se acercó en silencio impulsándose con los pies. No tenía una estrategia bien definida, sólo pensaba en cogerlo por sorpresa y luego improvisar, pero un trueno ensordecedor hizo que todos levantaran la cabeza, también Pajarito, que vio a Nicolas cho rreando, con los vaqueros pegados a los muslos.

Agarró la Vespa que había apoyado en la balaustrada y se puso en marcha. Empezó a correr, cogía las curvas «con la oreja en el suelo», corría como si el tráfico no fuera aún más enloquecido por la lluvia. Cogió corso Umberto. Los automóviles eran un amasijo compacto e inmóvil, las bocinas discutían con otras bocinas, los limpiacristales abanicaban a la máxima velocidad y echaban agua a derecha y a izquierda. Ésta es lluvia de los trópicos, pensó Nicolas, es la lluvia de la batalla del Foso de Helms, y él se sentía un Uruk-hai, con la cazadora subida como una armadura impenetrable. La gente en las aceras estaba pegada a las paredes con la esperanza de que los balcones de encima la protegieran. Pajarito levantaba olas en cada charco y cuando entreveía un espacio entre dos coches se metía, se pasaba una mano por la cara a modo de toalla y daba cada vez un poco más de gas. A Nicolas le costaba irle detrás, le gritaba:

–No te quiero hacer nada, sólo tengo que hablarte.

Pero Pajarito continuaba acelerando, con los codos cada vez más abiertos rozando los retrovisores, y de todos modos con aquel follón que parecía que estaban en guerra no lo habría oído. Y continuó así, adelante, durante un buen rato, Pajarito giraba de repente, cogía sentidos únicos, dibujaba curvas perfectas sin frenar jamás. Conducía la Vespa como si atravesara un campo de minas, pero en vez de evitar las minas iba a propósito por encima de ellas.

En un callejón que Nicolas no reconoció porque ahora conducía a ciegas y sólo trataba de mantener los ojos en las paradas del fugitivo, Pajarito se metió en un charco de al menos cincuenta centímetros de altura. Las ruedas desaparecieron casi hundidas y Nicolas pensó que ahora había hecho una gilipollez y se detendría allí, pero él aceleró de nuevo y la Vespa respondió, alzando en el aire baldazos de agua podrida. Nicolas avanzaba a saltos, aflojaba cuando sentía que el neumático de atrás perdía adherencia y más de una vez chocó contra los parachoques de los coches de delante. Juraba, amenazaba a las personas que querían que se detuviera y enseñara los documentos. Evitaba los charcos que inundaban el asfalto y ahora ya no se sentía las manos, que se habían convertido en una unidad con el manillar del Beverly. No debía perder el agarre sobre el acelerador ni el contacto visual con la Vespa, que avanzaba en lo que parecía ser su elemento natural. Zigzagueaba también por las aceras desiertas porque la lluvia tropical ahora, si ello era posible, había aumentado de intensidad y también había empezado a granizar. Pajarito recibía el hielo sobre la capucha y seguía avanzando, Nicolas seguía jurando, pero no podía aflojar, ¿cuándo coño lo alcanzaría?

La granizada cesó de golpe, como si allá arriba hubieran puesto un tapón, pero la calle era una extensión blanca, parecía nieve. La Vespa dejaba unos surcos que Nicolas seguía con precisión para no acabar en el suelo, luego el paisaje cambió de nuevo porque la lluvia había disminuido y la gente salía otra vez a la calle. Pajarito seguía siempre recto, y si podía crear caos aprovechando el líquido pútrido y negruzco en que se había transformado la lluvia estancada, lo hacía. Así que Nicolas tenía que hacer eslálones entre personas cabreadas que no conseguían pillar a aquel demonio que huía y lo intentaban con el que lo perseguía.

Pero el hedor de frenos y el silenciador caliente empezaban a lanzar señales que había que escuchar. El olor a quemado alcanzó a Marajá cuando finalmente se había abierto una grieta entre las nubes, pero él no se percató porque había decidido acabar con aquella persecución. También Pajarito debía de estar cansado porque no se dio cuenta de que Nicolas había desaparecido de sus retrovisores. El camello del Conocal estrujaba su Vespa pasando por delante de la Universidad Federico II cuando comprendió que Nicolas había dado la vuelta por el otro lado y había desembocado en Vico Sant'Aniello a Caponapoli. Pajarito lamentó por un instante no ir armado y luego se rindió. Cuando vio que Nicolas continuaba con las dos manos en el manillar del escúter, se le abrió la esperanza: sabía que si hubiera tenido una pistola ya habría disparado.

Marajá no intentó llegar a él construyendo un discurso colmado de insinuaciones y temas disimulados. Fue directo al grano:

—Pajarito, tengo que hablar con don Vittorio el Arcángel.

Pajarito se sintió incómodo al oír pronunciar ese nombre

en plena calle y delante de él. Se ruborizó por vergüenza, no por rabia.

–Tengo que hablar con el Arcángel –continuó Nicolas. En torno a él, los turistas extranjeros armados con paraguas e impermeables se dirigían al Museo Arqueológico y pasaban olímpicamente de aquellos dos, que discutían en medio de la calle–. Dile claramente que: primero, si estás vivo, me lo debes a mí; segundo, os estáis muriendo todos, el Gatazo os está comiendo. Que vuestros chavales no sirven para nada, juegan con la PlayStation las veinticuatro horas del día. Ya no curra nadie.

–Pero yo no veo nunca a don Vittorio.

–Sí, pero tú eres el que lleva flores a la tumba de su hijo, y si te ha elegido a ti para hacer eso, significa que no te desprecia, que te conoce.

–Pero no lo veo nunca –dijo Pajarito–, yo no llego a él, yo estoy a medio camino.

–Pues trata de verlo. Yo ahora aquí, eh, podría perfectamente destriparte, dispararte a la cara. Mandar un sms a alguien que llega y te liquida. Tú estás vivo porque te lo he permitido yo.

–Pero ¿de qué le tienes que hablar? –consiguió decir Pajarito. El rubor había pasado, pero mantenía la mirada baja. Humillado.

–Tú no te preocupes. Dile que un chaval del Sistema de Forcella quiere hablar con él. Basta y sobra.

–¡Pero qué basta y sobra!

–Haz que baste. Pajarito, si tú no me arreglas ese encuentro, estés donde estés, yo te voy a buscar. Y si me lo arreglas, yo te dejo estar aquí, le digo al White que tú nos das un porcentaje. La mitad de lo que vendas; en realidad no me tienes que dar nada. Elige tú. O haces lo que te digo y sigues vivito y coleando, o haces lo que estás diciendo tú y mueres primero de hambre, porque ya no te dejo picotear

154

aquí, y luego tienes un final de mierda. Decide y házmelo saber.

Pajarito giró la Vespa en sentido contrario y salió disparado sin siquiera despedirse, sin decirle sí, sin darle el número de teléfono. Volvió a Ponticelli, volvió al trozo de alquitrán y cemento al que habían sido condenados él y los suyos. Una celda al aire libre, la llamaba alguien. Guantánamo, decía algún otro. Y el detenido número uno estaba tranquilo en aislamiento, porque para cerrar el paso a cualquiera que no fuera bien recibido estaba el Cigüeñón, cocinero, asistente y dama de compañía de don Vittorio el Arcángel.

TODO ESTÁ EN ORDEN

Todos sabían dónde estaba el Arcángel, pero nadie sabía cómo llegar a él. El Cigüeñón clasificaba las solicitudes, preparaba el plato preferido de don Vittorio –una sencilla pasta con tomate, una pizca de guindilla y albahaca– y le contaba los rumores y las noticias en tiempo real. Aquel apodo se lo había puesto el mismo don Vittorio una veintena de años antes, cuando el Cigüeñón era un adolescente que no lograba controlar aquel cuerpo desarrollado demasiado rápido y sólo hacia arriba. Chocaba contra las lámparas de techo y se estrellaba contra los armarios, parecía una cigüeña enjaulada. Un animal, un pájaro, pensó don Vittorio, al que se le había olvidado la libertad dentro de aquel cuerpo desgarbado.

El Cigüeñón estaba colando la pasta para don Vittorio cuando recibió un sms de Pajarito. «Cigüeñón, tenemos que vernos enseguida, es urgente!!!!!!!» Era el quinto de la mañana, y cada vez aquel tocacojones de Pajarito añadía un signo de exclamación. El Cigüeñón no perdió la concentración. Sirvió la pasta en el plato hondo y echó encima el tomate caliente, sin mezclar. Luego llevó el plato perfumado a don Vittorio, que le dio las gracias frunciendo los labios. Era la señal de que el Cigüeñón podía retirarse. Sólo entonces escribió un sms de respuesta a Pajarito. Lo vería allí abajo, le concedería ese privilegio —eso escribió— si luego él dejaba de atormentarlo.

Pajarito llegó puntual y tuvo la prudencia de no aparcar justo allí, debajo del piso de don Vittorio. Habría bastado para hacerse notar y echar a perder cualquier posibilidad.

—Cigüeñón, ¿tú no sabes lo que ha pasado en la plaza Calenda? —empezó sin bajar de la Vespa. Tenía la mirada baja, porque aquel hombre alto y enjuto siempre lo había cohibido. Le recordaba a los enterradores de las películas, esos que te toman las medidas para el ataúd cuando aún no estás muerto.

—Sí, que los Melenudos te estaban despellejando —respondió el Cigüeñón. Lo sabían todos, y el Cigüeñón desde antes que nadie.

—Sí, que se muera mi madre, me salvó la vida Nicolas, el chaval de Forcella.

—Lo sé, pero si tenemos que darle algo de dinero, tenemos que buscar, porque aquí estamos en la miseria.

—No, no, ha pedido algo.

—¿O sea...?

—O sea, me ha pedido hablar con don Vittorio.

—¿O sea que quiere hablar con don Vittorio? Imposible. O sea, ¿don Vittorio no habla con quien lo va buscando por todas partes y va a hablar con ese mocoso? ¿Estás loco, Pajarito? ¡Coño! ¿Me dices urgente por esta gilipollez?

Por poco le escupe a la cara, es más, le habría escupido los siete signos de exclamación que había usado en el último sms. Pero lo dejó allí, dio la vuelta —como un sepulturero— e, inclinando la cabeza, volvió a entrar en el edificio.

Pajarito tenía que inventarse algo. Pero él siempre había sido un hombre de acción, como Lobezno —se había tatuado sus garras en los antebrazos, con aquellas cuchillas que le salían de los nudillos de las manos—, alguien que esquiva las balas: a su inteligencia nunca le había dado demasiado crédito. Daba vueltas sobre la Vespa, recorría las calles de Ponticelli, con la cabeza vacía a pesar de que se esforzaba por llenarla con planes cada vez más irracionales. Luego pensó en lo que había hecho el día antes Nicolas: se había puesto en medio, había movido las cartas, en resumen, había montado un poco de follón para aprovechar las reacciones de los demás. Pajarito decidió montar también follón.

La primera parada fue el florista. Se hizo aconsejar por el propietario, y salió de la tienda con dos ramitas de orquídeas blancas y rojas, pero no pudo resistirse y compró también un angelito para colgar. Luego voló en moto al cementerio de Poggioreale –«En Poggioreale mueres en vida, en Poggioreale mueres muerto», decía el Arcángel–, con las flores entre las piernas apretadas, pero no demasiado para que no se estropearan, y se inclinó sobre la tumba de Gabriele Grimaldi. Se deshizo del ramo de crisantemos que alguien había llevado recientemente y trató de arreglar sus orquídeas. Sacó un par de fotos con el smartphone desde distintos ángulos, luego otra vez a la Vespa y a casa. Posteó la foto de la tumba de Gabriele en un foro de hinchas del Nápoles. Y esperó.

Llegaban los comentarios, y él respondía: «Honor a un gran hincha». Y volvía a esperar. Hasta que llegó exactamente lo que buscaba. «¿Honor a quién? ¡A un infame cabrón que nunca ha hecho bien a nadie en el barrio! Que se entendía con los gitanos del Este. Que tenía el culo en Montenegro. Ningún honor. Honor a quien lo ha quitado de en medio.» Ahí estaba. Pequeñosuizo85.

Pequeñosuizo85 sólo podía ser uno. Un hincha de San Giovanni, nacido en Suiza, cuya familia había vuelto a Nápoles. Y pequeño sí que era, sobre todo cuando iba por ahí, aunque era del Nápoles, con la camiseta de Kubilay Türkyilmaz que, según afirmaba, el jugador le había regalado en persona. Todos le tomaban el pelo, pero él la llevaba con or-

158

gullo aunque le llegara casi a las rodillas. Pajarito hizo una captura de la página y la mandó al Cigüeñón con un mensaje: «Ésta es la mierda que le dedican a Gabriele. Me ocupo yo.» El Cigüeñón dudaba de si enseñárselo a don Vittorio, pero al fin decidió esperar: quería ver qué era capaz de hacer aquel gilipollas.

Así que Pajarito el domingo fue al campo. Estarían todos, como de costumbre, y él no necesitaba ir a la gradería para saberlo. Ahora ya casi no pensaba en los siguientes movimientos, se había confiado totalmente a las fuerzas del caos, como habría dicho cualquiera de los superhéroes que tanto amaba, aunque él lo llamaba simplemente «follón». Había llevado a dos de los suyos, Manuele Tetra Brik y Alfredo Escalera 40, y los había instruido con pocas y tajantes frases. Tenía que vérselas con el Pequeñosuizo, pero no podía enfrentarse a él en la curva, era demasiado arriesgado: ¿y si llegaban los maderos? El retrete era el lugar adecuado, y debían esperar allí al final del primer tiempo, cuando todos irían a echar una meada rápida. Entonces Tetra Brik y Escalera 40 tendrían que bloquear la entrada a los baños, cruzar un par de palos de fregar delante de las puertas. Averiado. Todo cerrado. No se mea. La revuelta sería automática, y en el follón que seguiría Pajarito esperaba localizar la cara llena de pecas de Pequeñosuizo. Tetra Brik y Escalera 40 eran perfectos para ese trabajito. El primero era un juerguista de primera que no tenía miedo a nada, ni siquiera a una multitud enfurecida con la vejiga llena; el segundo, con sus veintitrés años de cárcel, gozaba de todo respeto. Lo habían condenado por un homicidio, pero todos sabían que había cometido más de diez. La leyenda, además, iba ensartando números como en la lotería: treinta homicidios, cincuenta homicidios... Para la ley era culpable sólo de uno. Y de los demás, de los que había sido acusado por arrepentidos y confidentes, había salido absuelto. Era el misterio de las habladurías lo que

159

le daba aura, aunque ya no tenía dinero y estaba a un paso de la desesperación.

Pajarito estaba sentado en la tapa de un retrete y se estaba poniendo monedas de dos euros en cada nudillo, luego se fajaba, apretando, con las mismas vendas que usan los boxeadores. Y al final tres vueltas de cinta de embalar. A lo lejos oía a Tetra Brik y Escalera 40 que se afanaban por bloquear los accesos y aún más lejos, difuminados pero de todos modos distinguibles para alguien como él que los había cantado a voz en cuello, los coros. «Es por ti, es por ti, yo canto por ti», «En mi mente un ideal y en mi corazón Nápoles», «Nosotros aún estamos aquí, no nos detendrán nunca». Pajarito lo cantaba susurrando y entretanto se apretaba los nudillos de la mano para pegar bien la cinta. Los cantó durante cuarenta y cinco minutos más el tiempo de descuento y luego el doble pitido del árbitro mandó a todos a los vestidores. Oyó claramente aquellos dos pitidos. ¿Los había soñado? Levantó la cabeza por primera vez desde que estaba allí y oyó que la multitud pisaba las gradas. Estaban llegando. Empezaba el follón. Y fue de verdad un follón. Tacos, empujones, riñas reprimidas al instante. Pajarito miraba a aquella multitud de gente que primero corría como un río, luego se convertía en un grumo hormigueante. Y él, con la cabeza baja y flanqueado por sus compadres, entró. Era como dar vueltas a ciegas, y recibía empellones y manotazos, pero avanzaba, hasta que el azul y el rojo de la camiseta de Pequeñosuizo estuvieron a pocos metros de él. Pajarito cargó como un toro. Juraba y decía: «Mierda, ¡cómo has venido, cómo te atreves a insultar a Gabriele!» Pequeñosuizo recibió los dos primeros puñetazos sin parpadear. Era pequeño pero también era un gran encajador, sólo con la tercera ración de golpes comprendió que estaba de por medio aquel post en el foro y reaccionó con un cabezazo que le partió una ceja a Pajarito.

Pajarito seguía dando puñetazos, con ímpetu pero sin

táctica, un poco al tuntún, y si no hubiera sido por sus compadres probablemente se habría llevado la peor parte. Fue la intervención de Escalera 40 lo que marcó la diferencia. Abatió a tres con reveses y cuando llegó ante Pequeñosuizo, que tenía la nariz completamente torcida sobre el pómulo izquierdo, le gritó a la cara con tal furia que se quedó paralizado. Y en las peleas que duran demasiado, cuando también los que no tienen nada que ver se ponen en medio y la violencia degenera en un todos contra todos, es señal de que la cosa se apagará pronto. Unos metros de cemento armado más arriba el árbitro pitó la reanudación y el grumo de gente volvió a ser río, pero invirtiendo el sentido de la corriente. En el espacio ahora vacío delante de los servicios quedaron Pajarito, sus dos compadres y un trastornado vendedor con su bandeja colgada al cuello llena de patatas fritas y bebidas. El único pensamiento que Pajarito consiguió formular fue: «¿Ya han pasado quince minutos?»

Pajarito y Tetra Brik fueron arrastrados fuera, cargados en un coche y llevados de inmediato al Conocal por Escalera 40, que luego se esfumó. Parecían dos chicos que se habían peleado en la escuela y a los que habían llevado hasta sus padres tirándoles de las orejas. Tetra Brik había recibido una patada en la cara que le había partido el labio, y Pajarito sentía que el rostro le palpitaba, se esforzaba por abrir el ojo derecho, pero permanecía pegado. Había hecho una gran tontería, una afrenta. Había actuado sin autorización y ahora sería castigado. Su plan había funcionado. Había llegado a donde quería llegar, y ahora tenía que jugar bien sus últimas cartas.

El Cigüeñón, advertido por Escalera 40, los esperaba en el mismo punto en que había hablado con Pajarito. No tenía cara de enfadado ni el cinturón en la mano como un padre o un hermano mayor nervioso por la riña. Tenía directamente la pistola, y se la puso en la cara.

–Pero ¿qué coño estás tramando? ¿Qué estás haciendo? Estás haciendo cosas sin autorización.

Pajarito se balanceaba delante del cañón del revólver. Ésta era la parte más delicada.

–Pero ¿qué coño estás tramando? –repetía el Cigüeñón, y a cada pregunta idéntica levantaba la voz. Aquel pájaro le había tocado verdaderamente las pelotas, y preguntaba y pasaba la pistola de Pajarito a Tetra Brik, y no oyó el rumor metálico que provenía de unos metros por encima de él. Don Vittorio había salido al balcón y golpeaba fuerte con la alianza en la barandilla. El Cigüeñón continuaba–: ¿Qué estás haciendo?

Pero ahora los dos, en vez de mirarlo a él o al cañón de la pistola, tenían la mirada dirigida al cielo. Don Vittorio tuvo que añadir un «¡Eh! ¡Eh!» para que el Cigüeñón lo entendiera. Al reconocer el timbre de la voz del Arcángel, enfundó la pistola y entró en la casa mascullando al sesgo a los muchachos: «No os mováis.» Pero ellos no pensaban verdaderamente hacerlo, y estaban con la nariz hacia arriba como los pastorcillos en Fátima.

Poco después fue don Vittorio en persona quien bajó. No habría debido hacerlo: si violaba el arresto domiciliario, lo metían de nuevo en chirona en un santiamén. Sobre todo considerando la dificultad con que había obtenido el arresto domiciliario. Pero quería bajar y lo hizo, sólo esperó a que el Cigüeñón advirtiera a los vigilantes para asegurarse de que no había ningún control en marcha.

–La Cigüeña y el Pajarito –dijo el Arcángel–, tenemos más alas aquí que en el aeropuerto de Capodichino.

Pajarito no tenía ganas de reír, pero aun así se le escapó una sonrisa.

–He sabido que has defendido a Gabriele, he sabido que lo habían insultado en internet.

Lo cogió por el hombro y lo llevó a la entrada del edificio. Había una puerta de chapa metálica, baja, que el Arcángel

162

abrió con las llaves que tenía en el bolsillo. Enchufó una manguera a un grifo, cogió las manos de Pajarito y las puso bajo el agua para lavarle la sangre. Sostenía la mano derecha de Pajarito en la suya, mientras con la izquierda sujetaba la manguera y le limpiaba la palma usando sólo el pulgar, delicadamente. Primero la derecha, luego la izquierda, aunque la izquierda no se la había vendado y por tanto los nudillos estaban más hinchados pero menos lacerados.

–¿No tenías una roseta?

Pajarito no entendía a qué se refería. Pero todo lo que le parecía que se asemejaba a un «no» lo incomodaba, como lo estaba incomodando aquella escena. Él y el Arcángel casi en la oscuridad, en aquel espacio tan estrecho que podía sentir el perfume de su loción para después del afeitado. El Arcángel repitió:

–¿No tenías una roseta? Una roseta, ¿cómo la llamas? Una nudillera. Un puño americano.

Pajarito sacudió la cabeza y le contó:

–No, me he puesto unos euros en los nudillos y luego lo he vendado.

–Ah, ya, porque ahora cachean. Con la roseta, cuando tenía tu edad, rompí muchas mejillas.

Hizo una pausa y cerró el grifo. Se secó el dorso de la mano en los pantalones y luego continuó:

–Te agradezco que hayas defendido a Gabriele. Los insultos de esa gente de mierda, me lo imagino siempre, no lo dejan reposar. Pero habrías debido preguntármelo a mí antes. Así te decía cómo podías liquidarlo definitivamente. Si lo dejas vivo, le das la posibilidad de hacerte daño. Alguien a quien golpeas es alguien al que estás dando una segunda oportunidad. Tal vez lo aprecias.

–No, todo lo contrario.

–¿Y entonces por qué no lo has matado? ¿Por qué no has venido a mí?

–Porque el Cigüeñón no deja que nadie hable con usted.

–Aquí en este barrio sois todos hijos míos.

Ése era el momento. Había montado todo aquel follón para llegar precisamente allí, delante de don Vittorio. Ahora o nunca.

–Don Vitto', le tengo que pedir un favor.

El boss permaneció en silencio, como para invitarlo a hablar.

–¿Se lo puedo pedir?

–Estoy esperando.

–Nicolas, un muchacho del Sistema de Forcella, el chaval que prácticamente me salvó cuando los de la banda de los Melenudos me estaban disparando, ha pedido poderle hablar de algo urgente, pero no me ha dicho de qué.

–Dile que venga –dijo el Arcángel–, dile que le mando una cara nueva, un contacto que le explique qué debe hacer. Dentro de un par de días, en la plaza Bellini le mando una cara nueva.

Pajarito, incrédulo, le dio las gracias al Arcángel:

–Gracias, don Vittorio. –Y bajó la cabeza a los pies, esbozó una especie de inclinación. Don Vittorio le cogió las mejillas entre los dedos, como habría hecho cualquier abuelo, y volvieron a la luz. El Cigüeñón los esperaba con las manos en la espalda, pero se veía que estaba cabreado. Tetra Brik, en cambio, miraba a su alrededor, atontado. ¿Cómo he acabado aquí?, se preguntaba.

–Cuídate, chaval –dijo el Arcángel, y se encaminó hacia la entrada, pero después de pocos pasos se volvió–: Pajarito, cincuenta por ciento.

–¿O sea? No le entiendo, don Vitto'... –Pajarito ya tenía un pie en el aparcamiento y pensaba que una vez terminada aquella historia se tumbaría en casa a ver los X-Men una semana.

–Cincuenta por ciento.

–Don Vitto', perdóneme, continúo sin entender...

–¿Qué te he dicho antes? Aquí todos sois mis hijos, y a un hijo mío su vida se la trae floja. Porque alguien haya sido tan gilipollas como para salvarle la vida no se le regala lo que quiera.

Pajarito guiñaba el ojo bueno como si quisiera ver en las palabras del Arcángel el punto al que quería llegar.

–Seguro que te ha dado permiso para vender en su zona. Seguro que puedes vender nuestro material allí. Cincuenta por ciento de lo que ganes lo pones aquí –y se golpeó dos veces sobre el bolsillo de los pantalones–, el otro treinta por ciento se lo entregas al jefe de plaza. El resto te lo quedas tú. Lo que él te ha prometido era demasiado importante, tan importante que incluso has provocado el insulto a Gabriele. Vengarse y devolverme el honor, así se hace, Pajarito.

Todo aquel follón para encontrarse sin nada en las manos. Antes de ese nuevo acuerdo lo que vendía fuera de las calles autorizadas era del todo suyo, bastaba con que le diera el treinta por ciento al jefe de plaza del Conocal. Ahora, en cambio, tenía que pagar una tasa directamente a don Vittorio. Pajarito bajó la cabeza, abatido, y sólo la levantó cuando vio adelantarse la larga sombra del Cigüeñón:

–Me lo das a mí, cada dos meses, y si descubro que me sisas me cabreo. Tengo los panes contados. Si me sisas te corto las pelotas.

–Para eso hubiera sido mejor que me dejara matar directamente por el White –susurró Pajarito mientras subía a la Vespa.

El Cigüeñón lo miró como se mira a alguien que ni siquiera en compañía de los mejores maestros tiene esperanza de aprender algo:

–Mira que don Vittorio te ha salvado, estúpido.

Una vez más Pajarito no lo entendía.

–Gilipollas, si tú empiezas a trabajar autorizado por los de Forcella y sacas pasta, pasan dos cosas: los chavales de aquí del Conocal te liquidan para ocupar tu sitio o comienzan a buscar apoyos para vender en el centro y dejar las calles de aquí. Entonces ya nadie vende en esta zona y por tanto tengo que matarte yo.

Y lo dejó en el aparcamiento, con aquel ojo hinchado que en la cara pálida parecía aún más lívido.

Era el final de una jornada difícil. Antes de poner en marcha la moto, Pajarito sacó el móvil. Encontró llamadas de su madre, que no lo oía desde hacía demasiado, y otras tantas llamadas de su jefe de plaza, Totore, que sabía que había estado en el estadio y luego había terminado donde el Arcángel, y quería saber si había cometido alguna ofensa y sobre todo si tendría que pagar las consecuencias él mismo.

«Todo está en orden», escribió a su madre.

«Todo está en orden», escribió a Totore.

«Todo está en orden», escribió a Marajá.

Todo está en orden: la expresión universal. La imagen del todo que va según el orden establecido. Todo estaba en orden para la madre, que quería saber por qué, después de salir, no había aparecido más. Todo estaba en orden para el jefe de plaza: no tendría que pagar nada, al contrario, ganaría más. Todo estaba en orden para el aspirante a jefe de banda que quería tener la protección de un viejo boss ya fuera de juego.

«Todo está en orden.» Tal como deben ir las cosas.

MADRIGUERA

Dragón los llevó a la casa de via dei Carbonari. Era un tercer piso de un edificio ruinoso, donde vivían los mismos apellidos desde hacía siglos. Frutero el antepasado, frutero el propietario actual. Contrabandistas los antepasados, atracadores los descendientes. No había nuevos inquilinos, a excepción de algún camello africano al que le permitían vivir con la familia.

Allí Dragón tenía a su disposición un piso:

—Esto, chavales, no nos lo ha quitado la bofia. Es aún parte de la familia Striano, la parte buena. Lo tenía mi abuelo, el Soberano, se lo daba de vez en cuando a la gente que curraba con él.

En efecto, en la casa eran bien visibles las trazas de las viejas familias: estaba amueblada como una vivienda de los años ochenta, y de ahí en adelante se había ido vaciando. Olvidada. O mejor, conservada. Como si casi cuarenta años antes alguien hubiera tendido un paño para proteger del tiempo el mobiliario y no lo hubiera quitado hasta ahora.

Todo era más bajo, en aquella casa. Las mesitas, los sofás, la televisión. Parecía la vivienda de un pueblo que unas décadas antes no superaba el metro sesenta y cinco. A los muchachos les llegaba todo a la tibia, y enseguida convirtieron aquella especie de portaplatos de cristal colocado justo delante del sofá de piel marrón en reposapiés. Una lámpara inmensa con una pantalla de flores hacía de unión entre dos sillones, también marrones. Y luego estantes, estantes a mogollón, llenos de cosas que ellos no habían nunca visto. Había incluso unas cintas VHS con la etiqueta blanca sobre la que alguien había escrito apresuradamente un partido de la selección y el año. Pero el objeto más hilarante era el televisor. Estaba en otra mesita adosada a una pared empapelada con un papel de rayas, blancas y azules. Se parecía a un cubo y debía de pesar al menos cincuenta kilos. La pantalla era abombada y reflejaba las imágenes empalidecidas de la habitación. Dientecito se acercó como quien se acerca a un animal peligroso, y manteniéndose a la debida distancia apretó el que debía de ser el botón de encendido, que devolvió el rumor de un muelle que finalmente encuentra salida después de un siglo de inactividad.

—No responde —dijo Nicolas. Pero luego una débil lucecita roja apareció para desmentirlo.

—En tiempos pasaba la clandestinidad alguno de la familia —continuó Dragón—, de vez en cuando Feliciano el Noble venía para follar con alguna mujer. Ésta es casa de nadie.

—Bien —dijo Nicolas—, me gusta «casa de nadie». Ésta será nuestra madriguera.

Aquella palabra hizo sonreír.

—¿Madriguera? —dijo Agostino—. ¿Qué es una madriguera?

—La madriguera, donde nos ocultamos, donde nos encontramos, donde nos divertimos, donde lo compartimos todo.

—Bien, entonces lo primero que falta es la Xbox —siguió aún Agostino.

Nicolas continuó:

—Ésta debe ser la casa de todos, por tanto, debe haber reglas: la primera es que no se traen mujeres.

—Venga —cayó de inmediato la desilusión de Estabadiciendo—, ¡eso no me lo esperaba, Marajá!

168

—Si traemos mujeres se convierte en un burdel, un asco. Nosotros y nadie más. Ni siquiera los compañeros. Sólo nosotros y basta. Y luego —añadió— ni una palabra. Este sitio sólo existe para nosotros.

—La primera regla del Fight Club es que el Fight Club no existe —dijo Briato'.

—¡Bravo! —dijo Lollipop.

—Sí, pero la gente nos verá entrar igual, Marajá —dijo Dragón.

—Una cosa es que la gente nos vea, otra que se lo digamos nosotros.

Se llamaba via dei Carbonari. Aún se llama via dei Carbonari: está siempre allí, en Forcella. El nombre se prestaba a ese grupo de chicos que no sabían nada de los Carbonarios y que sin embargo recordaban a ellos, sin nobles intenciones, sólo con la misma voluntad de sacrificio, la abnegación ciega que llevaba a ignorar el mundo y sus señales, a escuchar única y exclusivamente la propia voluntad como demostración objetiva de la justicia del propio comportamiento.

—Ésta es la madriguera, chavales. Tenemos que venir aquí, aquí fumamos, aquí nos divertimos, aquí debemos estar. Dragón está de acuerdo. Copacabana no sabe nada. Es asunto nuestro.

Nicolas sabía que todo debía empezar por un piso, un lugar en que poderse reunir y hablar tranquilamente. Era un modo de unirse. Lo dijo precisamente así: «Tenemos que empezar desde aquí.»

Bizcochito era el único que aún no había hablado, miraba la punta de sus novísimas Adidas blancas. Parecía que quisiera encontrar a toda costa una mancha.

—Bizcochi', ¿no estás contento? —preguntó Marajá.

Bizcochito finalmente levantó la cabeza:

—¿Podemos hablar un momento, Nico'?

«Nico'», no «Marajá», y la cabeza volvió de nuevo a las Adidas.

Los otros ni siquiera se dieron cuenta de que se habían desplazado al dormitorio, estaban demasiado ocupados explorando aquella máquina del tiempo.

Bizcochito dijo de inmediato:

—Nico', ¿tú estás seguro de que es bueno empezar por el piso de un arrepentido?

El Marajá se acercó hasta darle con el aliento en la cara, y subió con sus zapatos sobre los de Bizcochito.

—Es infame quien es infame, no quien es sangre de infame. ¿Entendido? Y, además, el padre de Dragón no ha hablado. Ahora volvamos allá. No ha sucedido nada. —Liberó las Adidas de Bizcochito, y luego repitió—: Vamos a empezar desde aquí.

Las llaves las tenían sólo él y Dragón. Y cuando los otros los buscaban mandaban un sms: «¿Estáis en casa?» La madriguera era el inicio de todo, según Nicolas, una casa toda para ellos, el sueño de cualquier chico. Un lugar donde llevar el dinero de sus mensualidades, esconderlo en las anfractuosidades, en los sobres, entre los periódicos viejos. Poder tenerlo allí, contarlo allí y sobre todo acumularlo. El Marajá sabía exactamente eso: que todo empezaría de verdad cuando el dinero se contara, cuando ellos estuvieran de verdad reunidos, cuando el lugar desde el que se empezaba a hacer las cosas fuera de verdad común. Así se crea la familia. Así se cumplía su sueño: la banda.

QUE SE MUERA MI MADRE

–Debemos construir una banda totalmente nuestra. Que no pertenezca a nadie, sólo a nosotros. No debemos estar por debajo de nadie.

Todos miraron a Nicolas en silencio. Esperaban entender cómo podían emanciparse sin medios, sin nada. No tenían ningún poder, y sus facciones de jóvenes parecían confirmarlo por encima de toda duda.

Niños los llamaban y niños eran de verdad. Y como quien aún no ha empezado a vivir, no tenían miedo de nada, consideraban a los viejos ya muertos, ya enterrados, ya acabados. La única arma que tenían era la ferocidad que los cachorros de hombre aún conservan. Animalitos que actúan por instinto. Muestran los dientes y gruñen, eso basta para que se cague encima el que está enfrente.

Volverse feroces, sólo así quien aún infundía temor y respeto los tendría en consideración. Niños, sí, pero con pelotas. Crear desconcierto y reinar sobre él: desorden y caos para un reino sin coordenadas.

–Se creerán que somos criaturas, pero nosotros tenemos ésta... y también éstas.

Y con la mano derecha Nicolas cogió la pistola que tenía en los pantalones. Enganchó el guardamonte con el índice y

171

empezó a hacer girar el arma, como si no pesase nada, mientras con la izquierda señalaba el paquete, la polla, las pelotas. Tenemos armas y pelotas, ése era el concepto.

—Nicolas...

Agostino lo interrumpió, alguien debía hacerlo, Nicolas se lo esperaba. Lo esperaba como el beso que habría hecho a los soldados identificar a Cristo. Necesitaba que alguien dudara y cargara con la culpa de pensar: un chivo expiatorio, para que quedara claro que no había elección, que no se podía decidir si estar dentro o fuera. La banda debía respirar al unísono y la respiración sobre la cual todos debían calibrar la propia necesidad de oxígeno era la suya.

—...Nico', dónde se ha visto que hagamos solos una banda, así, de repente. Que se muera mi madre, Nico', tenemos que pedir permiso. Precisamente ahora que la gente piensa que ya no hay nadie en Forcella, si sabemos actuar con los Melenudos, trabajamos para ellos. A cada uno nos llega un sueldo y puede que, con un poco de tiempo, cojamos también una plaza.

—Cerilla, no quiero gente como tú, la gente como tú tiene que irse ahora, ahora...

—Nico', quizá no me haya explicado, sólo estoy diciendo que...

—He entendido perfectamente. Cerilla, te equivocas.

Nicolas se acercó, aspiró con la nariz y le escupió a la cara. Agostino no era un cagón y trató de reaccionar, pero mientras estaba cargando la cabeza en dirección al tabique nasal, Nicolas se le adelantó y fue hacia él. Se miraron a los ojos. Y luego basta, se acabó el teatro. A partir de ahí, Nicolas continuó.

—Agosti', yo no quiero gente con miedo, el miedo ni se nos debe pasar por la cabeza. Si tienes dudas, entonces para mí ya no eres bueno.

Agostino sabía que había dicho lo que todos temían, no era el único que pensaba que era precisa una interlocución con los viejos capos, y aquel escupitajo en la cara más que una humillación fue una advertencia. Una advertencia para todos.

—Ahora debes marcharte, tú ya no puedes estar en la banda.

—No sois más que una manada de mierdecillas —dijo Agostino, furioso.

Dientecito se entrometió y trató de aplacarlo.

—Agosti', vete, que será peor...

Agostino nunca había traicionado, y sin embargo, como todos los Judas, fue un instrumento útil para acelerar el cumplimiento de un destino: antes de salir de la habitación regaló inconscientemente a Nicolas lo que necesitaba para compactar la banda.

—¿Y queréis hacer una banda con tres cuchillos y dos pistolas de pega?

—¡Con esos tres cuchillos te abrimos en canal! —explotó Nicolas.

Agostino levantó el dedo medio y lo hizo girar en la cara de aquellos a quienes un momento antes sentía sangre de su sangre. A Nicolas le disgustaba dejarlo marchar: no se echa así a una persona de la que conoces cada día, cada primo, cada tío. Agostino estaba con él en el estadio, siempre, en el San Paolo y fuera de su campo. A un broder debes tenerlo cerca, pero las cosas habían ido así y echarlo era útil. Era útil una esponja que absorbiera todos los miedos del grupo. Apenas Agostino dio un portazo, Nicolas continuó.

—Hermanos, el cagón tiene razón... No podemos hacer la banda con tres cuchillos de cocina y dos pistolas de pega.

Y aquellos que un momento antes estaban dispuestos a combatir con las pocas navajas y pipas viejas que tenían, porque Nicolas las había bendecido, después de la autorización para dudar confirmaron su desilusión: soñaban con arsenales y se veían reducidos a manejar juguetes que escondían en su habitación.

–Tengo la solución –dijo Nicolas–, o me matan o vuelvo a casa con un arsenal. Y si esto sucede, tiene que cambiar todo: con las armas llegan también las reglas, porque, que se muera mi hermano, sin reglas sólo somos pececillos de estanque.

–Tenemos reglas, Nico', somos todos hermanos.

–Los hermanos sin juramento no son nada. Y los juramentos se hacen sobre las cosas que cuentan. Habéis visto *El camorrista*, ¿no? Cuando el Profesor hace el juramento en la cárcel. Miradlo, está en YouTube: nosotros debemos ser así, una sola cosa. Debemos bautizarnos con las pipas y con las cadenas. Debemos ser centinelas de *omertà*. Es demasiado, chavales, miradlo. El pan que si uno traiciona se vuelve plomo y el vino que se convierte en veneno. Y luego debe salir la sangre, vamos a mezclar nuestra sangre y no debemos tener miedo de nada.

Mientras hablaba de valores y juramentos, Nicolas tenía en mente una sola cosa, una cosa que le creaba malestar y le vaciaba el abdomen.

A la tarde siguiente hacía calor y había partido, jugaba Italia. Letizia le había pedido que vieran el partido juntos, pero Nicolas se había negado porque él iba en contra, demasiados pocos jugadores del Nápoles, demasiados de la Juventus, por eso el partido de la selección a él y a sus compadres les importaba un pito. Tenían algo que hacer y con urgencia. Eran seis en tres escúteres. El suyo lo conducía Dientecito, los otros dos corrían unos metros por delante. Desde el Moiariello había solo una calle en bajada. Callejones estrechísimos. «El belén», lo llama la gente que vive allí.

Si pasas por allí llegas antes a la plaza Bellini, acera, acera, evitas tráfico y sentidos únicos. Cuesta un momento.

En la plaza Bellini estaba el contacto con el Arcángel, y Nicolas tenía que actuar deprisa. Es verdad, se sentía un Padre Eterno, pero necesitaba aquel contacto. Y esa gente no espera. Diez minutos y tenía que estar allí.

El último tramo de via Foria, antes de llegar al Museo, lo recorrieron los tres escúteres por aceras anchas e iluminadas, zigzagueando con las bocinas desplegadas. Esta vez habrían podido ir también por la calzada, porque no había un alma y los pocos que no habían quedado para el partido estaban quietos delante de las pantallas que en Nápoles se encuentran en cada esquina. De vez en cuando, si oía celebrar, detenían los escúteres y preguntaban el resultado. Italia iba ganando. Nicolas juró.

Tomaron en contra dirección via Costantinopoli. Subieron a las aceras, que ahora eran estrechas y oscuras, y allí había más gente. Muchachos, en general universitarios, y algún turista. Estaban yendo también ellos, pero con más calma, a la plaza Bellini, a Port'Alba, a la plaza Dante, donde había locales con televisores en la calle. Conducían demasiado deprisa y no vieron dos cochecitos al lado de las mesas de una terraza.

El primer escúter ni siquiera intentó frenar, el mango más externo del cochecito arponeó el retrovisor del escúter y el cochecito comenzó a moverse rápido hasta que se soltó, cayó de lado, parecía planear sobre hielo. Sólo se detuvo cuando llegó a la pared: el impacto hizo un ruido sordo. Un ruido de sangre, de carne blanca y pañales. De pelo apenas crecido, desordenado. Un ruido de nanas y noches insomnes. Después de un instante se oyó que el niño lloraba y la madre gritaba. No se había hecho nada, sólo estaba asustado. El padre, en cambio, estaba petrificado, inmóvil. De pie, miraba a los muchachos, que entretanto habían aparcado los escúteres y se estaban marchando con calma. No se habían detenido. Y ni siquiera habían huido presa del pánico. No. Habían aparcado y se habían alejado a pie, como si lo que había ocurrido formara parte de la vida normal de aquel territorio, que pertenecía a ellos y a nadie más. Pisotear, chocar y correr. Rápidos, insolentes, maleducados y violentos. Así es y no hay otro modo de ser. Pero Nicolas sentía que el corazón le bombeaba sangre desbocado. Lo suyo no era maldad, sino cálculo: aquel incidente no debía modificar su recorrido. Había dos coches de la policía –a un lado y a otro de via Costantinopoli–, detenidos donde los muchachos habían aparcado. Los policías, cuatro en total, estaban escuchando el partido por la radio y no se habían percatado de nada. Estaban a pocos metros del accidente pero aquellos alaridos no los habían arrancado de sus coches. ¿Qué habrán pensado? En Nápoles se grita siempre, en Nápoles grita todo el mundo. O: mejor mantenerse lejos, somos pocos y aquí no tenemos ninguna autoridad.

Nicolas no decía nada, y mientras con la mirada buscaba a su contacto pensaba que habían corrido el riesgo de hacerse daño, que a aquel cochecito habrían debido darle una patada, y no llevarlo detrás diez metros. En Nápoles todo era suyo y necesitaban las aceras, eso la gente debía entenderlo.

Ahí estaba su contacto con don Vittorio Grimaldi, sombrero en la cabeza y canuto en la boca. Se acercaba con lentitud, no se quitó el sombrero y no escupió el canuto: trató a Nicolas como el chico que era y no como el capo que fantaseaba ser.

–El Arcángel ha decidido que puedes ir a rogarle. Pero para entrar en la capilla es preciso seguir bien las indicaciones.

Indicaciones en código que Nicolas supo descifrar. El boss lo recibiría en su casa, pero que no se le ocurriera pasar por la entrada principal, porque él, don Vittorio, estaba en arresto domiciliario y no podía ver a nadie. Las cámaras de los carabineros no se veían pero estaban, fijadas en el cemento, en alguna parte. Pero no eran las cámaras lo que Nicolas debía temer, sino los ojos de los Faella. El contacto de la plaza Bellini le había hecho entender que el Arcángel quería que Nicolas estuviera avisado. Si los Faella lo vieran, él se convertiría en un Grimaldi. Y recibiría una buena paliza. Punto.

176

La verdad era otra: Nicolas y su grupo eran unos cabezas de chorlito y los Grimaldi no querían que por culpa de ellos las sospechas de los investigadores y rivales se concentraran sobre el Arcángel, que ya tenía bastantes problemas.

Nicolas llegó a casa de don Vittorio en escúter, al fin y al cabo no era tan famoso como habría querido y en el Conocal, lejos de su casa, ninguno de los chavales del Sistema lo conocía. De nombre quizá, pero su cara podía pasar inadvertida. Al verlo, pensarían que estaba allí para comprar chocolate, y, en efecto, se acercó con el ciclomotor a algunos muchachos y enseguida le sirvieron:

—¿Cuánto quieres?

—Cien euros.

—Joder, vale. Dame el dinero.

Unos minutos después el chocolate estaba debajo de su culo, en el asiento. Giró y luego aparcó. Puso un candado vistoso y fue a paso lento hacia la casa del Arcángel. Sus movimientos eran claros, decididos. Nada de manos en los bolsillos, le picaba la cabeza, estaba sudando, pero no hizo caso. Nunca se ha visto a un capo rascándose en un momento solemne. Llamó al interfono del piso de debajo del de don Vittorio, según las indicaciones. Respondieron, pronunció su nombre, separando las sílabas.

—Profesora, soy Nicolas Fiorillo, ¿me abre?

—¿Está abierto?

—¡No!

Estaba abierto, pero necesitaba ganar tiempo.

—Empuja fuerte que se abre.

—Sí, sí. Ahora se ha abierto.

CAPODIMONTE

Rita Cicatello era una vieja profesora jubilada que daba clases particulares a precios que alguien calificaría de sociales. Iban a su casa todos los alumnos de los profesores amigos suyos. Si iban a clase donde ella y su marido, aprobaban, de otro modo llovían los suspensos y luego tenían que ir igual, pero en verano.

Nicolas llegó al rellano de la profesora. Entró con toda la calma, como un estudiante que no tiene ganas de someterse al enésimo suplicio; en realidad, quería estar seguro de que la cámara puesta allí por los carabineros lo grabara todo. Como un ojo humano, la consideraba capaz de pestañear, y por tanto cualquier gesto suyo debía ser lento, quedar impreso. La cámara de los carabineros, que serviría también a los Faella, debía ver aquello: Nicolas Fiorillo entrando en casa de la profesora Cicatello. Y punto.

La señora abrió la puerta. Llevaba un delantal que la protegía de las salpicaduras de salsa y aceite. En aquel piso pequeño había muchos chicos, varones y mujeres, en total una decena, sentados en la misma mesa de comedor redonda, con los libros de texto abiertos, pero con los ojos en el iPhone. A ellos les gustaba la profesora Cicatello porque no hacía como todas las otras, que antes de empezar la clase requisaban los móviles, obligándolos luego a inventar excusas fantasiosas —mi abuelo está en el quirófano, si no respondo después de diez minutos mi madre llama a la policía— para poderlos mirar, porque quizá había llegado un mensaje de WhatsApp o algún «me gusta» en Facebook. La profesora se los dejaba en la mano y la clase ni siquiera la daba, los tenía en casa delante de una tablet —regalo de su hijo la última Navidad—, conectada a un pequeño amplificador del que salía la voz de ella hablando de Manzoni, del Resurgimiento, de Dante. Todo dependía de qué tuvieran que estudiar los chicos; la profesora Cicatello, en los tiempos muertos, grababa las clases y luego se limitaba a gritar de vez en cuando: «Basta de móviles y escuchad la clase.» Mientras, cocinaba, ordenaba la casa, hacía largas llamadas desde un viejo teléfono fijo. Volvía para corregir los deberes de italiano y geografía, mientras su marido corregía los de matemáticas.

Nicolas entró, susurró un saludo general, los niños ni siquiera se dignaron mirarlo. Abrió una puerta de cristal y la cruzó. A menudo los chicos veían entrar y salir gente que luego, después de un rápido saludo, desaparecía detrás de la puerta de la cocina. La vida más allá de aquella puerta les era desconocida, y dado que el baño estaba al otro lado de la cocina, de la casa de la profesora sólo conocían la habitación de la tablet y el retrete. Sobre el resto no hacían preguntas, no era oportuno ser curiosos.

En la habitación de la tablet estaba también el marido, siempre delante de un televisor y siempre con una manta sobre las rodillas. También en verano. Los muchachos se acercaban al sillón para llevarle los deberes de matemáticas. Él, con una pluma roja que tenía en el bolsillo de la camisa, los corregía, castigando su ignorancia. Masculló hacia Nicolas algo que debía parecer un «Buenos días».

Al final de la cocina había una escalerita. La profesora sin decir ni pío señaló hacia arriba. Una pequeña y artesanal obra de albañilería conectaba el piso de abajo con el piso de arriba. Así, sencillamente, quien no podía llegar hasta don Vittorio por la puerta principal, iba a casa de la profesora. Una vez en el último peldaño, Nicolas golpeó un par de veces con el puño en la trampilla. Era él mismo, don Vittorio, quien, cuando oía los golpes, se inclinaba dejando que de su boca saliera un murmullo de fatiga que venía directamente de su columna vertebral. Nicolas estaba emocionado, a don Vittorio lo había visto sólo en el tribunal. Pero de cerca no le produjo el efecto que esperaba. Era más viejo, le parecía más débil. Don Vittorio lo dejó entrar y con el mismo murmullo de espalda cerró la trampilla. No le estrechó la mano, sino que le abrió camino.

–Ven, ven... –dijo sólo, entrando en el comedor, donde había una enorme mesa de ébano que en una geometría absurda conseguía perder toda su sombría elegancia para convertirse en un monolito llamativo y hortera. Don Vittorio se sentó a la derecha de la cabecera de la mesa. La casa estaba llena de pequeñas vitrinas con toda clase de cerámicas. Las porcelanas de Capodimonte debían de ser la pasión de la mujer de don Vittorio, de la que, sin embargo, no había ni rastro. La dama del perro, el cazador y el gaitero: los clásicos de siempre. Los ojos de Nicolas rebotaban de una pared a otra, quería memorizarlo todo; quería ver cómo vivía el Arcángel, pero aquello que veía no le gustaba. No sabía decir exactamente por qué experimentaba malestar, pero desde luego no le parecía la casa de un capo. Había algo que no cuadraba: no podía ser, su misión en aquel fortín, algo tan banal, previsible y fácil. Un televisor de pantalla plana rodeado por un marco de color madera y dos personas con shorts del Nápoles: en casa no parecía haber nada más. Ellos no saludaron a Nicolas, esperando un gesto de don Vittorio, que, tomada posición, con el índice y el medio unidos, como para expulsar moscones, les hizo una señal inequívoca de «marchaos». Ellos se desplazaron a la cocina y al poco se oyó desde allí la voz graznante de un actor cómico –debía de haber otro televisor– y luego carcajadas.

–Desvístete.

Ahora reconocía la voz de un hombre habituado a dar órdenes.

–¿Desvístete? ¿O sea...?

Nicolas acompañó la pregunta con una expresión de incredulidad. No se esperaba esa solicitud. Había imaginado cien veces cómo sería ese encuentro y en ninguna de las cien veces había tomado en consideración la hipótesis de tener que desvestirse.

–Desvístete, muchacho, quién coño te conoce. Quién me dice que no tienes grabadoras, escuchas, chismes...

–Don Vitto', que se muera mi madre, pero cómo se permite pensar...

Usó el verbo equivocado. Don Vittorio levantó la voz para que lo oyeran en la cocina, para tapar la voz del cómico y las carcajadas. Un boss es boss cuando no hay límite a aquello que se puede permitir.

–Aquí hemos terminado.

Los de los shorts del Nápoles no habían tenido tiempo de llegar a la habitación cuando Nicolas ya había empezado a quitarse los zapatos.

–No, no, vale, me desvisto. Lo hago.

Se sacó zapatos, luego los pantalones, luego la camiseta y se quedó en calzoncillos.

–Todo, chaval, porque los micrófonos te los puedes poner también en el culo.

Nicolas sabía que no era cuestión de micrófonos, delante del Arcángel debía ser sólo un gusano desnudo, era el precio a pagar por aquella cita. Hizo una pirueta, casi divertido, mostró que no tenía micrófonos ni microcámaras, pero sí autoironía, espíritu que los capos pierden, por necesidad.

Don Vittorio hizo el gesto de que se sentara y sin decir ni pío Nicolas se señaló a sí mismo, como para que le confirmaran si podía sentarse así, desnudo, en sillas blancas e inmaculadas. El boss asintió.

–Así vemos si sabes limpiarte el culo. Si dejas rastros de mierda significa que eres demasiado pequeño, no sabes usar el bidé y aún tiene que limpiarte mamá.

Estaban uno frente a otro. Don Vittorio no se había puesto en la cabecera aposta, para evitar simbologías: si lo hubiera hecho sentarse a su derecha, el chico habría pensado quién sabe qué. Mejor uno frente a otro en los interrogatorios. Y tampoco quiso ofrecerle nada: no se comparte comida en la mesa con un desconocido, no podía hacerle café a un huésped al que tenía que examinar.

–Entonces, ¿tú eres el Marajá?

–Nicolas Fiorillo...

–Justamente, el Marajá..., es importante cómo te llaman. Es más importante el apodo que el nombre, ¿lo sabes? ¿Conoces la historia de Bardellino?

–No.

–Bardellino, chulo de verdad. Fue él quien hizo de las bandas de pastores de búfalos una organización seria en Casal di Principe.

Nicolas escuchaba como un devoto escucha misa.

–Bardellino tenía un apodo que le pusieron cuando era pequeño y lo llevaba también de mayor. Lo llamaban Chochito.

Nicolas se puso a reír, don Vittorio asintió con la cabeza, abriendo los ojos, como para confirmar que estaba contando un hecho histórico, no una leyenda. Algo que estaba en las actas de la vida que cuenta.

–Bardellino, para no oler a establo y tierra, para no tener las uñas siempre negras, cuando bajaba al pueblo se lavaba, se perfumaba, se vestía siempre con elegancia. Cada día como si fuera domingo. Brillantina en la cabeza..., pelo húmedo.

–¿Y cómo salió este nombre?

–En esa época en el pueblo había muchos labradores. Al ver a un chavalillo siempre así, de punta en blanco, surgió naturalmente: Chochito, como el coño de una bella mujer. Bañado y perfumado como un chocho.

–Entiendo, un chichi.

–El hecho es que ése no era nombre para alguien que pudiera mandar. Para mandar debes tener un nombre que manda. Puede ser feo, puede no significar nada, pero no debe ser tonto.

–Pero los apodos no los decides tú.

–Exactamente. Y, en efecto, cuando se convirtió en capo, Bardellino quería que lo llamaron sólo don Antonio, quien lo llamaba Chochito tenía problemas. Delante de él nadie lo podía llamar así, pero siempre continuó siendo Chochito.

–Pero fue un gran capo, ¿no? Y entonces, que se muera mi madre, se ve que el nombre no es tan importante.

–Te equivocas, se pasó toda una vida quitándoselo de encima...

–Pero ¿qué fin tuvo luego don Chochito? –Lo dijo sonriendo y no le gustó a don Vittorio.

–Desapareció. Hay quien dice que se creó otra vida, una cirugía plástica facial, que fingió estar muerto y que se rió a la cara de quienes lo querían asesinado o encarcelado. Yo lo he visto sólo una vez, cuando era un chico, era el único hombre del Sistema que parecía un rey. Nadie como él.

–Bravo por el Chochito –glosó Nicolas como si hablara de un igual.

–Tú has tenido suerte, han acertado con tu apodo.

–Me llaman así porque estoy siempre en el Nuovo Maharaja, el local de arriba de Posillipo. Es mi central y hacen los mejores cócteles de Nápoles.

–¿Tú central? Eh, bravo –don Vittorio contuvo una sonrisa–, es un buen nombre, ¿sabes qué significa?

–Lo he buscado en internet, significa «rey» en indio.

–Es un nombre de rey, pero ten cuidado que puedes acabar en la canción.

–¿Qué canción?

Don Vittorio, con una sonrisa abierta, empezó a canturrearla dando salida a su voz entonada. En falsete:

–*Pasqualino Marajà / non lavora e non fa niente: / fra i misteri dell'Oriente / fa il nababbo fra gli indù. / Ulla! Ulla! Ulla! La! / Pasqualino Marajà / ha insegnato a far la pizza, / tutta l'India ne va pazza.*

Dejó de cantar, se reía con la boca abierta, de forma chabacana. Una carcajada que acabó en tos. Nicolas sentía fastidio. Advirtió aquella exhibición como una tomadura de pelo para probar sus nervios.

–No pongas esa cara, es una bonita canción. La cantaba siempre de chaval. Y luego te imagino con el turbante haciendo pizzas, arriba en Posillipo.

Nicolas tenía las cejas arqueadas, la autoironía de algunos minutos antes había dejado paso a la rabia, que no se podía esconder.

–Don Vitto', ¿tengo que quedarme con la polla fuera? –dijo sólo.

Don Vittorio, sentado en la misma silla, en la misma posición, fingió no haber oído.

–Aparte de estas gilipolleces, lo primero que debe evitar hacer quien quiere convertirse en capo es el ridículo.

–Hasta ahora, que se muera mi madre, aún no me ha enmierdado la cara nadie.

–El primer papelón es hacer una banda y no tener las armas.

–Hasta ahora, con todo lo que tenía, he hecho más de lo que están haciendo sus chavales, y hablo con respeto, don Vitto', yo no soy nadie al lado de usted.

–Y menos mal que hablas con respeto, porque mis chava-

184

les, si quisieran, ahora, en este momento, harían contigo y tu pandilla lo que hace el pescadero cuando limpia el pescado.

–Déjeme insistir, don Vitto', sus chavales no están a su altura. Están aplastados aquí y no pueden hacer nada. Los Faella los han hecho prisioneros, que se muera mi madre, hasta para respirar quieren que les pidan permiso. Con usted en arresto domiciliario y el follón que hay allí fuera, somos nosotros los que mandamos, con armas o sin armas. Dese cuenta: Jesucristo, la Virgen y san Jenaro han dejado muy solo al Arcángel.

Aquel chico sólo estaba describiendo la realidad, y don Vittorio le dejó hacerlo; no le gustaba que metiera a los santos y aún menos le gustaba aquella muletilla, la encontraba odiosa, que se muera mi madre. Juramento, garantía, por cualquier cosa. ¿Precio de la mentira pronunciada? Que se muera mi madre. Lo repetía a cada frase. Don Vittorio quería decirle que la acabara, pero luego bajó la mirada porque aquel cuerpo de chico desnudo lo hizo sonreír, casi lo enterneció, y pensó que aquella frase la repetía para evitar lo que más teme un pájaro que aún no ha dejado el nido. Nicolas, por su parte, vio los ojos del boss mirando la mesa, por primera vez bajaba la mirada, pensó, y creyó en una inversión de los papeles, se sintió superior y satisfecho de su desnudez. Era joven y fresco y delante tenía carne vie ja y encorvada.

–El Arcángel, así lo llaman en la calle, en la cárcel, en el tribunal y también en internet. Es un buen nombre, es un nombre que puede mandar. ¿Quién se lo puso?

–Mi padre, que en paz descanse, se llamaba Gabriele, como el arcángel. Yo era Vittorio, que pertenecía a Gabriele, por tanto me llamaron así.

–Y este Arcángel –Nicolas seguía destruyendo las paredes entre él y el jefe–, con las alas atadas, está quieto en un barrio que antes mandaba y ahora ya no le pertenece, con sus hombres que sólo saben jugar a la PlayStation. Las alas de este Arcángel deberían estar abiertas, pero están cerradas como las de un jilguero enjaulado.

—Así es: hay un tiempo para volar y un tiempo para estar encerrados en una jaula. Por lo demás, mejor una jaula como ésta que una jaula en el 41 bis.

Nicolas se levantó y empezó a dar vueltas alrededor de él. Caminaba despacio. El Arcángel no se movía, nunca lo hacía cuando quería dar la impresión de que tenía ojos también detrás de la cabeza. Si alguien está a tu espalda y los ojos empiezan a seguirlo, significa que tienes miedo. Y, lo sigas o no, si la cuchillada debe llegar, llega igual. Si no miras, si no te vuelves, entonces, no muestras miedo y haces de tu asesino un infame que golpea por la espalda.

—Don Vittorio, Arcángel, usted ya no tiene hombres, pero tiene armas. ¿Todas las municiones que tiene guardadas en los almacenes para qué le sirven? Yo tengo a los hombres, pero el arsenal que tiene usted sólo lo puedo soñar. Usted, si quiere, podría armar una verdadera guerra.

El Arcángel no esperaba esa petición, no creía que el niño que había dejado subir a su casa llegara a tanto. Había previsto algunas bendiciones para poder actuar en su territorio. Sin embargo, si había falta de respeto, al Arcángel no le molestó. Es más, le gustaba aquella manera de actuar. Le había dado miedo. Y no sentía miedo desde hacía mucho, demasiado tiempo. Para mandar, para ser un jefe, debes tener miedo, cada día de tu vida, en cada momento. Para vencerlo, para entender si puedes darlo. Si el miedo te deja vivir o, en cambio, lo envenena todo. Si no sientes miedo quiere decir que ya no vales una mierda, que ya nadie tiene interés en matarte, en abordarte, en coger aquello que te pertenece y que tú, a tu vez, le has cogido a algún otro.

—Tú y yo no repartimos nada. No me perteneces, no estás en mi Sistema, no me has hecho ningún favor. Sólo por la petición sin respeto que has hecho, debería echarte y derramar tu sangre en el suelo de la profesora de abajo.

–Yo no le tengo miedo, don Vitto'. Si cogiera sus armas directamente sería distinto y tendría razón.

El Arcángel estaba sentado y Nicolas, de pie, ahora estaba frente a él, con las manos cerradas y los nudillos apoyados en la mesa.

–¿Soy viejo, verdad? –dijo el Arcángel con una sonrisa afilada.

–No soy yo quien debe responder.

–Responde, Marajá, ¿soy viejo?

–Como usted diga. Sí, si debo decir que sí.

–¿Soy viejo o no?

–Sí, es viejo.

–¿Y soy feo?

–¿Y eso qué tiene que ver?

–Tengo que ser viejo y feo y también tengo que darte mucho miedo. Si no fuese así, ahora esas piernas tuyas, desnudas, no las esconderías debajo de la mesa, para que no las vea. Estás temblando, chaval. Pero dime una cosa: si te doy las armas, ¿yo qué gano?

Nicolas estaba listo para esta pregunta y casi se emocionó al repetir la frase que había ensayado mientras llegaba con el ciclomotor. No esperaba tener que pronunciarla desnudo y con las piernas aún temblándole, pero la dijo igual.

–Usted gana que aún existe. Gana que la banda más fuerte de Nápoles es amiga suya.

–Siéntate –ordenó el Arcángel. Y luego, poniéndose la más seria de sus máscaras–: No puedo. Es como poner un coño en manos de niños. No sabéis disparar, no sabéis limpiar, os hacéis daño. Ni siquiera sabéis recargar una metralleta.

El corazón le sugería, latiendo con ansiedad, que reaccionara, pero se mantuvo en calma:

–Denos las armas y le enseñamos qué sabemos hacer. Nosotros le quitamos las bofetadas de la cara, las bofetadas que le ha dado quien lo considera cojo. El mejor amigo que puede tener es el enemigo de su enemigo. Y nosotros, a los Faella, los queremos echar del centro de Nápoles. Nuestra casa es nuestra casa. Y si los echamos del centro de Nápoles, usted también los puede echar de San Giovanni y recuperar toda Ponticelli, y los bares, y donde mandaba antes.

El orden actual no le iba bien al Arcángel: había que crear un orden nuevo, y si ya no podía mandar, al menos así crearía confusión. Le daría las armas, estaban guardadas desde hacía años. Eran fuerza, pero una fuerza que no se ejercita atrofia los músculos. El Arcángel decidió apostar por esa banda de chiquillos. Si ya no podía mandar, podía obligar a quien reinaba en su zona a venir y negociar la paz. Estaba cansado de tener que agradecer las sobras, y aquel ejército de niños era el único modo de volver a mirar la luz antes de la oscuridad eterna.

–Os daré lo que necesitáis, pero vosotros no sois mis mensajeros. Todas las cagadas que hagáis con mis armas deben ir sin mi firma. Vuestras deudas las pagáis solos, vuestra sangre os la laméis vosotros. Pero lo que os pida, cuando os lo pida, debéis hacerlo sin discutir.

–Es viejo, feo y también sabio, don Vitto'.

–Ahora, Marajá, como has venido, te vas. Uno de los míos te dirá dónde puedes irlas a buscar.

Don Vittorio le tendió la mano, Nicolas la apretó e intentó besarla, pero el Arcángel la retiró, asqueado:

–Pero ¿qué coño haces?

–Se la estaba besando por respeto...

–Chaval, has perdido la cabeza, tú y todas las películas que ves.

El Arcángel se levantó apoyándose en la mesa: los huesos le pesaban y la prisión domiciliaria lo había hecho engordar.

—Ahora puedes vestirte, y vete rápido que dentro de poco hay un control de los carabineros.

Nicolas se puso calzoncillos, vaquero y zapatos lo más deprisa que pudo.

—Ah, don Vitto', una cosa...

Don Vittorio se volvió, cansado.

—En el sitio donde debo ir a buscar las...

No había escuchas, y aquella palabra Nicolas ya la había pronunciado, pero ahora que ya estaba, casi tenía un poco de miedo.

—¿Entonces? —dijo el Arcángel.

—Tiene que hacerme el favor de poner unos guardianes que yo pueda quitar de en medio.

—Ponemos a dos gitanos con las armas en la mano, pero disparad al aire porque necesito a los gitanos.

—Y luego ellos nos disparan a nosotros.

—Los gitanos, si disparáis al aire, escapan siempre..., joder, tengo que enseñároslo todo.

—Y si escapan, ¿para qué los quiere?

—Ellos nos advierten del problema y nosotros vamos.

—Que se muera mi madre, don Vitto', no se preocupe, haré lo que ha dicho.

Los muchachos acompañaron a Nicolas a la trampilla, pero ya había puesto el pie en el primer escalón cuando oyó a don Vittorio:

—¡Eh! —lo detuvo—. Llévale una estatuilla a la profesora por la molestia. Está loca por las porcelanas de Capodimonte.

—Don Vitto', ¿lo dice en serio?

—Ten, coge el gaitero, es un clásico y siempre te hace quedar bien.

Nicolas fue a la ferretería con el manojo de llaves, pero en realidad le interesaba sólo una llave. Una llave de doble paletón, la clásica larga y pesada que abre las puertas blindadas. Era necesaria para abrir una cerradura vieja pero muy resistente, capaz de no ceder durante años a los asaltos de los rateros improvisados. Estaba donde el maestro de las llaves para pedirle algunas copias.

—Tiene que hacerme diez, doce, mejor hágame quince.

—¿De verdad? —dijo el de la ferretería—. ¿Y qué tienes que hacer con ese ejército de llaves?

—Si se pierden...

—Verdaderamente tienes muy mala memoria si pierdes todos estos pares.

—Mejor ser previsores, ¿no?

—Bien, como tú digas. Entonces son...

—No, hágame las llaves y después se las pago..., ¿o no se fía?

Había dicho la frase final tan amenazadoramente que el cerrajero había hecho como si nada; la alternativa habría sido hacerle las llaves y regalárselas.

El Marajá abrió el WhatsApp y les escribió a todos para convocarlos.

Marajá
Chavales, encuentro confirmado en la madriguera.

Madriguera. No casa. No piso. No otra palabra que cualquiera habría usado para despistar, por si estaban monitorizando sus conversaciones. Nicolas la escribía y la repetía con su eco anacrónico, «madriguera», como para aumentar el sentido conspirativo, escondido, criminal, y exorcizar así el riesgo de que ese sitio se convirtiera sólo en el lugar donde liarse porros y jugar con las consolas. Quería crearse un registro criminal, incluso cuando estaba solo, se lo había impuesto. Una lección que había aprendido solo, una especie de versión del «Vive la vida que quisieras vivir» que te endilga cualquier manual americano, que Nicolas había aprendido sin leer en ninguna parte. Acaso alguien lo interceptara, se lo esperaba: valdría más que el último peldaño de cualquier organización camorrista agonizante. En torno a sí, Nicolas sólo veía territorios que conquistar, posibilidades que atrapar. Lo había entendido de inmediato y no quería esperar a crecer, le importaba un pimiento respetar las etapas, las jerarquías. Se había pasado diez días viendo una y otra vez *El camorrista*: estaba preparado.

Finalmente llegó la mañana. Nicolas se presentó en la ferretería, cogió las llaves y una vela, y pagó lo que debía, calmando la ansiedad del comerciante. Cuando entraba en un local disfrutaba delante de las personas atemorizadas, siempre recelosas de un robo o alguna imposición. Pasó por la charcutería y compró pan y vino. Luego fue a la madriguera y comenzó a preparar: apagó todas las luces, cogió un trozo de vela, la encendió y la puso sobre la mesa asegurándola con su propia cera, que había derretido en un pedestal. Sacó el pan de la bolsa de papel y lo partió en varios trozos con las manos. Se puso una sudadera y se levantó la capucha.

Poco a poco llegaron dos, tres, cuatro chavales. Nicolas

abrió la puerta a cada uno de ellos: Pichafloja, Dientecito, Dragón, que entró directamente –él tenía las llaves de la madriguera–, luego Dron, Estabadiciendo, Tucán, Bizcochito, Briato' y Lollipop.

–¿Qué es esta oscuridad? –dijo Estabadiciendo.

–Un poco de silencio –trató de crear atmósfera Nicolas.

–Pareces Arno de *Assassin's Creed* –le dijo Dron. Nicolas no perdió el tiempo en confirmar que se había inspirado precisamente en ese personaje, se puso detrás de la mesa y bajó la cabeza.

–Estás tocando demasiado las pelotas –dijo Bizcochito.

Nicolas lo ignoró:

–Yo bautizo este local como lo bautizaron nuestros tres viejos. Si ellos lo bautizaron con pipas y cadenas, yo lo bautizo con pipas y cadenas. –Luego hizo una pausa y dirigió los ojos al techo–. Alzo los ojos al cielo y veo la estrella polar. –Y levantó el mentón descubriéndose el rostro. Había empezado a dejarse crecer la barba, la primera barba densa que le concedía su edad–. ¡Y queda bautizado este local! Con palabras de *omertà* se ha formado la sociedad.

Pidió al primero que se adelantara. No se movió nadie. Uno se miraba la punta de los pies, otro escondía una sonrisa de incomodidad ante aquel numerito visto mil veces en YouTube, otro se balanceaba sobre las puntas de los pies. Finalmente alguien se apartó de la fila: Dientecito.

Nicolas le preguntó:

–¿Qué buscas?

Y él dijo:

–Mi reconocimiento de joven honrado.

–¿Cuánto pesa un muchacho? –preguntó Nicolas.

–¡Como una pluma al viento! –respondió Dientecito. Se sabía las frases de memoria, y salían con los tiempos adecuados, con la entonación adecuada.

–¿Y qué representa un muchacho?

192

–Un centinela de *omertà* que gira y gira y aquello que ve, oye y gana lo lleva a la sociedad.

Luego Nicolas cogió un trozo de pan y se lo ofreció:

–Si tú traicionas, este pan se convertirá en plomo. –Dientecito se lo llevó a la boca masticando despacio, mojándolo con la saliva. Nicolas vertió vino en un vaso de plástico, se lo ofreció y dijo–: Y este vino se convertirá en veneno. Si antes te conocía como joven de honor, desde este momento te reconozco como muchacho perteneciente a este cuerpo de sociedad.

Delante de sí tenía abierta también la Biblia sustraída del cajón de su madre. Luego cogió el cuchillo, aquella navaja de resorte con el mango negro de hueso que hasta aquel momento había sido su arma preferida. Quitó el seguro e hizo saltar la hoja. Dientecito dijo:

–¡No! ¡No, no, también el corte no!

–Pongámosle la sangre –dijo Nicolas, aferrándole la mano en la suya–, dame el brazo. –Hizo un pequeño corte exactamente en la unión con la muñeca, un corte decididamente más breve y menos profundo que aquel que realiza Ben Gazzara en la película. Saltó una lágrima de sangre, eso bastaba. Después de lo cual, en el mismo punto, Nicolas se cortó a su vez–. Nuestra sangre que se une, no aquella que viene de la misma madre. Se cogieron mutuamente los antebrazos, para mezclar la sangre.

Dientecito volvió al grupo y Briato' dio un paso hacia delante. Tenía casi lágrimas en los ojos. Era la verdadera comunión, confirmación y matrimonio a la vez.

Se presentó delante de Nicolas, que le hizo las mismas preguntas:

–Dime, chaval, ¿qué buscas?

Briato' tenía la boca abierta, pero no le salía nada, ante lo cual Nicolas fue a su encuentro, como un profesor que quiere salvar a su alumno:

–Mi... mi...

–¡Vida de joven honrado!

–¡No, joder! Mi reconocimiento de joven honrado.

–¡Mi reconocimiento de joven honrado!

–¿Y qué representa un muchacho?

–Un soldado de *omertà*...

Algún otro desde el fondo de la habitación lo corrigió:

–¡Centinela!

Briato' fingió que no pasaba nada y continuó:

–Que trae el dinero a la sociedad.

Nicolas le repitió la frase:

–No, ¡tienes que decir que lo que ve, oye y gana lo lleva a la sociedad!

Ante lo cual Briato' dijo:

–Que se muera mi madre, si me lo hubieras dicho antes habría vuelto a ver la película. Quién cojones se puede acordar de todas las palabras.

–Eh, sólo faltaría –comentó Estabadiciendo–, que se muera mi madre, me la sé de memoria.

Nicolas trató de devolver el clima a la seriedad. Le dio el pan:

–Si tú traicionas, este pan se convertirá en plomo. Y este vino se convertirá en veneno.

Bautismo tras bautismo el corte se hacía cada vez más superficial porque a Nicolas empezaba a hacerle daño la muñeca. Al final llegó el turno de Tucán, que dijo:

–Pero, Nico', tenemos que mezclar la sangre. Aquí no sale nada, sólo me has hecho un rasguño.

Entonces Nicolas le cogió de nuevo el brazo y cortó. Tucán quería llevar aquel rasguño, vérselo una y otra vez durante días:

–Si antes te conocía como joven de honor, desde este momento te reconozco como muchacho perteneciente a este cuerpo de sociedad.

Tucán no aguantó y después del intercambio y el frotamiento de los antebrazos atrajo hacia sí a Nicolas y lo besó en la boca.

—¡Maricón! —dijo Nicolas, y con esa frase concluyó el ritual.

Ahora en aquella casa todos los chavales se habían convertido en hermanos de sangre. El hermano de sangre es algo de lo que no se puede volver atrás. Los destinos se ligan a las reglas. Se muere o se vive según la capacidad de estar dentro de las reglas. La *'ndrangheta* siempre ha contrapuesto los hermanos de sangre a los hermanos de pecado, es decir, el hermano que te da tu madre pecando con tu padre al hermano que eliges, aquel que no tiene nada que ver con la biología, que no procede de un útero, de un espermatozoide. Aquel que nace de la sangre.

—Esperemos que no tengáis el sida, que nos hemos mezclado todos —dijo Nicolas. Ahora que todo había terminado también él estaba entre los otros, como una familia.

—¡Eh, ése es Ciro, que se folla por el culo a las enfermas! —dijo Bizcochito.

—Eh, a tomar por culo —respondió tronante Pichafloja.

—Como máximo —dijo Dientecito—, se folla a las obesas, ¡pero con la picha floja!

Dientecito estaba contando una vieja historia: la historia que había bautizado para siempre a Ciro Somma como Pichafloja. Se remontaba a los tiempos de la ocupación del Liceo Artístico, cuando la foto de su chica, desnuda, muy gorda, había dado la vuelta por los smartphones de toda la escuela. A él aquella chica le gustaba mucho, pero se había dejado influir por los insultos idiotas de sus compañeros y había empezado a defenderse diciendo que sí, era verdad, se la había tirado. Pero mal, con pocas ganas, con la picha floja.

—Es increíble —dijo Estabadiciendo, que se palpaba el cuerpo como si hubiera salido de una fuente milagrosa—, yo me siento otra persona, verdaderamente.

Tucán lo siguió:

—Es verdad, yo también.

—Y menos mal que sois otra persona —dijo Dientecito—, porque lo que erais antes era una mierda total..., ¡tal vez ahora hayáis mejorado!

Hacía décadas que no se hacían estos rituales en Forcella. En realidad, Forcella siempre se había resistido a los ritos de afiliación porque era enemiga de Raffaele Cutolo, que en los años ochenta los había introducido en Nápoles. A don Feliciano el Noble una vez le habían propuesto entrar en Cosa Nostra. Muchos napolitanos se aliaban a los sicilianos y hacían el ritual del pinchazo, o sea, pinchar con una aguja la yema del índice, hacer caer la sangre sobre la imagen de una Virgen, luego quemar la estampa en la mano. Los palermitanos le habían explicado el ritual, le habían dicho que debía ser «pinchado», y su respuesta aún la recordaban:

—Yo os pincho el culo. No tengo necesidad de estas gilipolleces de pastor siciliano y calabrés. Debajo del Vesubio basta la palabra.

Sin embargo, la banda sólo se sintió banda después del ritual: unida, un solo cuerpo. Nicolas lo había visto bien.

—Ahora somos una banda, verdaderamente una banda: ¿os dais cuenta?

—¡Grandeee!

Empezó el aplauso por parte de Dragón. Todos gritaban hacia Nicolas:

—¡Eres el ras, eres el ras!

Lo repitieron todos, pero no en coro, casi uno por uno, como si quisieran homenajearlo individualmente, porque si se hubieran confundido habrían perdido la potencia. El ras... se había convertido en el cumplido más importante que se daba de Forcella a los Quartieri Spagnoli. Quién sabe de qué recoveco de la memoria un título honorífico etíope, apenas por debajo del de Negus, se había convertido en apelativo para chicos que ni siquiera sabían de la existencia de Etiopía. El ras venía del arameo, pero se había convertido en napolitano. Títulos y apodos que en esa ciudad conservan estratificados los sedimentos de las piraterías otomanas, que habían dejado en la lengua y en las fisonomías de los rostros su herencia.

Nicolas restableció el silencio con un golpe seco de las manos. Los nuevos afiliados se callaron y sólo entonces se dieron cuenta de que Nicolas tenía una bolsa entre las piernas. La cogió y la tiró a la mesa. El impacto produjo un ruido de metal y durante un instante toda la banda imaginó que contenía armas y balas. Ojalá hubieran sido armas, fue el pensamiento cuando comprendieron que eran sólo unas llaves.

—Éstas son las llaves de la madriguera. Cada uno de nosotros puede entrar y salir cuando quiera. Quien es de la banda debe tener las llaves: las llaves de la banda. De la banda, que se muera mi madre, sólo se puede salir con los pies por delante, dentro de un ataúd.

—Sólo faltaría. Que se muera mi madre –dijo Pichafloja–, pero, si yo quiero trabajar en el hotel de Copacabana, ¿puedo ir? ¿Aunque esté en la banda?

—Puedes hacer lo que te salga de los cojones, pero siempre formas parte de la banda. De la banda no se sale, trabajes en Brasil, trabajes en Alemania, pero también allí puedes ser útil por algún asunto de la banda.

—Bien, ¡así me gusta! –dijo Estabadiciendo.

—Todo el dinero se tiene que traer aquí. Se divide todo en partes iguales. Nada fuera de mano. Nada de sisas. Todo: los robos, lo que vendemos, ¡cada uno de nosotros debe tener una mensualidad fija y luego el dinero para cada misión!

—¡Misión! ¡Misión! ¡Misión!

—Ahora que somos una banda, ¿sabéis qué nos falta?

—Nos faltan las armas que no tenemos, Marajá –dijo Dientecito.

—Tal cual. Os las he prometido, y las conseguiremos.

–Pero ahora debemos tener la bendición de la Virgen –dijo Tucán–. ¿Qué tenéis en el bolsillo?

Al oír nombrar a la Virgen, quien sacó cinco euros, quien diez, Nicolas veinte. Tucán lo recogió todo.

–Vamos a comprar un cirio. Un cirio grande. Y se lo ponemos a la Virgen.

–Bien –dijo Dientecito.

Nicolas permaneció indiferente. Fueron todos juntos, fuera de la madriguera, hacia la tienda donde los vendía.

–¿Qué hacemos aquí? ¿En la tienda de los curas?

Entraron los diez. El comerciante se inquietó cuando vio ocuparse la tienda tan de repente. Y se asombró de que señalaran los cirios más grandes. Cogieron uno enorme, superaba el metro. Posaron el dinero en el mostrador, abarquillado. El comerciante tardó unos minutos en contarlo, pero ya se habían marchado. Sin esperar el ticket ni el cambio.

Entraron en la iglesia de Santa María Egipcíaca en Forcella. Casi todos habían sido bautizados allí o en el Duomo. Se persignaron. Los pies se hicieron más ligeros cuando entraron en la nave, no tenían zapatos de cuero que podían resonar, sino las Air Jordan. Delante de la inmensa pintura de la Virgen Egipcíaca se persignaron otra vez. Faltaba espacio para colocar aquel enorme cirio, entonces con un mechero Pichafloja derritió la base.

–¿Qué estás haciendo?

–Nada, lo fijamos al suelo. No se puede poner en otra parte. –Y así hizo.

Mientras lo estaba pegando, Tucán abrió la navaja y empezó a grabar, como se taracea la madera, el nombre a lo largo del cirio.

Escribió BANDA con letras grandes.

–Parece que hayas escrito Banca –dijo Bizcochito.

–Joder –respondió Tucán recibiendo un manotazo de Dientecito.

—¿Esas palabras delante de la Virgen?

Tucán, mirando el cuadro de la Virgen, dijo:

—Perdón. —Luego con la navaja repasó la parte de la *d.* Y en voz alta dijo—: Banda. —Y la palabra Banda resonó por toda la nave.

Una banda, un balandro, que desde el mar se vuelve de tierra. Que desde los barrios que miran al golfo desciende en formación llenando las calles.

Ahora les tocaba a ellos ir a pescar.

El Marajá estaba felicísimo. Había obtenido exactamente lo que quería: don Vittorio en persona había reconocido que tenía madera de capo de banda, pero sobre todo le había permitido el acceso al arsenal. Saltaba sobre el ciclomotor como si una energía interior lo cargase como un muelle, corría veloz para volver al centro y con una sonrisa estampada en la cara mandó un mensaje al chat de WhatsApp:

Marajá

Chavales ya está: tenemos las alas!

Lollipop

Que se muera mi madre!

Dragón

Has tocado las pelotas

Bizcochito

Grande

Tucán

Eres mejor que el Redbull!

Estaba tan electrizado y ansioso que nunca habría podido ir donde Letizia o a la madriguera, imposible volver a casa, por eso pensó concluir aquella jornada haciéndose otro tatuaje. Tenía uno en el antebrazo derecho con su inicial y la de Letizia entrelazadas en una rosa con espinas, mientras que sobre el pecho descollaba en cursiva, entre rizos, gracias y una bomba de mano, «Marajá». Ahora ya tenía en mente con precisión qué dibujo quería hacerse grabar y dónde.

Se detuvo en el taller de Totò Ronaldinho y entró con la prepotencia habitual, mientras él estaba trabajando con otro cliente:

–¡Eh, Totò! ¡Tienes que hacerme las alas!

–¿Qué?

–Tienes que hacerme las alas, unas alas aquí detrás. –Y se señaló toda la espalda, para darle a entender que el dibujo debía cubrirla por completo.

–¿Qué tipo de alas?

–Alas de arcángel.

–¿De ángel?

–No, no de ángel: alas de arcángel.

Nicolas conocía bien la diferencia, porque el manual de historia del arte rebosaba de Anunciaciones y retablos con arcángeles de grandes alas llameantes, y durante la excursión de la clase a Florencia algunos meses antes las había visto también del natural, aquellas alas alegres pero que daban miedo incluso a los dragones.

Nicolas escribió en WhatsApp:

–Chavales, me estoy haciendo las alas detrás de la espalda. Venid también vosotros.

201

Luego mostró a Totò en el móvil la imagen de una pintura del siglo XIV que representaba a un san Miguel de alas negras y escarlatas y le dijo que debía hacerlo «exactamente» así.

–Pero para hacer esto necesito tres días –objetó Totò, que estaba acostumbrado a trabajar con los diseños de sus catálogos.

–Lo harás en uno. Empezamos a hacerlo hoy y luego se lo tienes que hacer a algunos compañeros míos. Pero nos haces un buen precio.

–Claro, Marajá, sólo faltaría.

Los días siguientes los pasaron entrando y saliendo del taller del tatuador, que les cortaba la carne detrás de la espalda y la grababa con mano ligera, atenta. Porque Totò se había apasionado un poco por ese trabajo, que exigía un mínimo de creatividad, y entonces le había entrado curiosidad de saber:

–¿Qué significado tienen para ti estas alas? –le preguntó mientras hacía penetrar la tinta en la piel fina de los omóplatos–. ¿Por qué todos tus compañeros se las hacen?

A Nicolas no le disgustaba la pregunta, los símbolos eran fundamentales, pero era igualmente importante que todos los pudieran descifrar, debían ser claros como los frescos de las paredes de las iglesias, que cuando veías un santo con las llaves en la mano sabías enseguida que era san Pedro. Así de inmediato debía ser aquel tatuaje para ellos, los de la banda, y para todos los de fuera.

–Es como adueñarse del poder de alguien: es como si hubiéramos capturado un arcángel, que es una especie de capo de los ángeles, lo hubiéramos estrangulado y le hubiéramos arrancado las alas. No es algo que despunta, es algo que nos hemos sudado, hemos conquistado, y ahora es como si fuéramos Ángel de los X-Men, ¿entiendes? Es una especie... de objeto conquistado, ¿entiendes?

–Ah, como la cabellera de los indios –dijo Totò.

–¿Qué indios? –preguntó Dientecito.

–Los apaches..., que con el cuchillo arrancan el cuero cabelludo del enemigo.

–Sí –confirmó Nicolas–, exactamente.

–¿Y a quién le habéis quitado las alas?

–Eh, eh, eh –reía Nicolas–: Ronaldi', estás preguntando demasiado.

–Eh, y yo qué sé.

–Es decir, es como si dijeras... que aprendes de una persona a jugar bien al fútbol, a nadar rápido, ¿no? Es como si vas a clases particulares de una lengua extranjera, ¿no? Aprendes. Eso es, a nosotros al mismo tiempo alguien nos ha enseñado a tener las alas. Y ahora volamos, y ya nadie nos detiene.

Desde hacía tres días toda la banda tenía las alas llameantes detrás de la espalda, pero aún no había emprendido ningún vuelo: la esperada señal por parte de don Vittorio Grimaldi, el Arcángel, tardaba, y ellos no tenían idea de cómo y dónde podrían contactar. Marajá se comportaba como si todo debiera ir exactamente como estaba yendo, pero por dentro empezaba a consumirse y para tranquilizarse recordaba aquel encuentro en casa del boss: le había dado su palabra, no podía dudar.

Al final fue más sencillo de como imaginaban. Pajarito se presentó directamente a Nicolas, lo abordó con el ciclomotor, nada de teléfonos ni visitas a la madriguera.

–Chavales, el regalo del Arcángel está en el zoo.

–¿El zoo?

–El zoo. Sí. Lado sur. Entrad, en la zona de los pingüinos.

–Espera –dijo Nicolas, se estaban hablando montados en los vehículos–: Párate un momento.

–No, ¿por qué te paras? Sigue andando.

Pajarito se cagaba encima por los hombres del Gatazo,

porque estaba en zona prohibida, ahora territorio de los Faella–. Descarga de internet el mapa del zoo. De todos modos,
la zona de los pingüinos está vacía. Debajo de la trampilla
están las bolsas. Todas las pipas están allí.

–¿Están siempre los gitanos?

–Sí.

–¿No nos dispararán a nosotros?

–No, no os pegarán un tiro en la nuca. Tú dispara al
aire y ellos huirán.

–Vale.

–Sé bueno. –Cuando ya lo había superado, se volvió
para gritarle–: Cuando esté hecho, haced un post en Facebook, así lo entenderé.

Nicolas aceleró y alcanzó a los suyos en la casa de via dei
Carbonari, para organizar el grupo que debía ir a buscar las
pipas. La pistola era una, la de Nicolas, y luego tenían un
par de cuchillos. Dientecito propuso:

–Puedo mirar si me venden la pistola en la Duchesca, o
directamente en la tienda de caza y pesca, vamos a atracar-
la...

–Sí, un atraco en la armería, así nos llenan de plomo.

–Entonces nada.

–Consigamos otra arma de los chinos donde la consiguió Nicolas.

–Mmm. ¿Otra pistola de mierda? Ni hablar. Tenemos
que ir esta tarde a buscar el arsenal. El Arcángel nos da todas
sus armas. Es algo serio, no son gilipolleces.

–Entonces hagamos eso. Tenemos que ir al zoo.

–¿Al zoo? –preguntó Dientecito.

Nicolas asintió:

–Está decidido. Entramos cinco: yo, Briato', Dientecito,
Estabadiciendo y Pichafloja. Fuera quedan: Tucán y Lollipop. Estabadiciendo se adelanta para vigilar, para ver si hay
algún movimiento que no nos gusta y llama a Pichafloja,

que está atento al móvil. Dragón espera en la madriguera, porque debemos esconder las armas...

Llegaron al zoo. Ninguno de ellos había vuelto desde que tenía cuatro años, y de aquel sitio recordaban como máximo haber dado cacahuetes a los monos. Había una larga muralla y vieron que la entrada principal consistía en una verja no demasiado amenazante. Habían creído que tendrían que entrar por algún acceso lateral, en cambio fue muy fácil saltar por allí. Primero Estabadiciendo, luego ante su señal ellos cuatro. Por la prisa de llegar al botín pasaron sin mirarlos los carteles con las indicaciones de distintos animales. Las armas estaban a un paso, podían casi sentir el olor del guano de todos aquellos pájaros que sacudían las plumas a su paso. Parecían ruidos de fantasmas. Pero ellos estaban excitados, sin ningún miedo. Pero tampoco sin ninguna idea de adónde iban.

Se vieron obligados a detenerse en medio del laguito que se extendía a su derecha.

–¿Dónde coño están esos pingüinos?

Empuñaron los iPhone y buscaron el mapa en el sitio del zoo:

–Menos mal que os dije que os aprendierais el camino –dijo Nicolas, que, no obstante, tampoco entendía nada.

–Joder, aquí hay una oscuridad imposible.

Briato' llevaba una antorcha, los otros lo seguían y se iluminaban delante de los pies con el teléfono. Al final del lago se encontraron de cara con la jaula del león. Parecía dormido y debía de tener sus años, pero continuaba siendo el rey de los animales, y por un instante se detuvieron a observarlo.

–Guau, es grande, yo me creía que era como un perro alano –dijo Dientecito. Los otros asentían.

–Parece un boss encarcelado: pero manda también desde ahí.

Se habían distraído como niños, y habían girado por el lado equivocado, en la zona de las cebras y de los camellos.

–Aquí nos hemos equivocado, ¿qué tiene que ver el camello con los pingüinos? Déjame volver a mirar el mapa –dijo Estabadiciendo.

–¿Pero no ves que es un dromedario? ¡Estás siempre con ese paquete de cigarrillos en la mano y ni te acuerdas de cómo es un camello! –se burló Briato'.

–Eh, estaba diciendo un dromedario, joder.

–Eh, chavales, no estamos haciendo la excursión de primaria. –Nicolas se estaba impacientando–. Deprisa.

Doblaron a la derecha, dejándose a la izquierda la gran pajarera, y fueron derecho, superando también la recta sin suspirar.

–¡¿Está el oso polar?! Entonces estamos cerca...

Finalmente encontraron la zona:

–Eh, qué olor de mierda. Pero ¿cómo es que apestan tanto estos pingüinos? ¿Pero no están siempre en el agua? Deberían estar limpios.

–¿Qué tiene que ver? –dijo Nicolas–. Apestan porque tienen grasa.

–¿Cómo lo sabes? ¿Te has vuelto veterinario? –bromeó Briato'.

–No, pero antes de venir aquí he visto todo un documental sobre pingüinos en YouTube. Quería saber si éstos nos podían atacar o yo qué sé. Pero ¿dónde está la trampilla?

No conseguían verla.

Se encontraban delante de la vidriera que separa la parte donde viven de día las bestias de aquella que ocupan de noche, escondida al público. Detrás del cristal había un diorama que reconstruía Tierra del Fuego, el lugar del que provenían aquellos pingüinos. Comprendieron que la trampilla estaba justo debajo de los animales, detrás del bastidor del diorama donde estaban posados entre la mierda y un poco de comida. Metieron la antorcha en una tronera y localizaron dos bocas de alcantarilla, claramente dos trampillas.

—Joder, el Arcángel no me dijo nada. Que se muera mi madre. Sólo dijo en la trampilla donde están los pingüinos, no justo debajo de los pingüinos.

—¿Y ahora cómo coño entramos aquí?

—¿Pero no tenían que estar los gitanos? —hizo notar Briato'.

—Aquí no hay nadie. Yo qué coño sé.

Empezaron a dar patadas a la portezuela de acceso; el ruido de los golpes sobre el metal espantó a los pingüinos, que de inmediato se agitaron de aquella manera borracha, como si se hubieran bebido diez chupitos seguidos.

—Marajá, ¡dispara a la cerradura, así vamos más rápido!

—¡¿Eres imbécil?! Tengo tres balas dentro de esta pistola. ¡Patea! —concluyó dando una poderosa patada como demostración. Y, patea que patea, al décimo empujón cayó no sólo la puerta de metal sino también un trozo del murete que rodeaba el espacio de los pingüinos. Los pingüinos ahora estaban aterrorizados, lanzaban esos sonidos que te hacían entender que, a pesar de todo, eran aves, y aunque no volaban, tenían unos bonitos picos.

Con la antorcha apuntaban a las bestias, casi temían entrar.

—Pero ¿son agresivos? —preguntó Dientecito—. Es decir, ¿nos pican y nos comen la polla?

—No, no te preocupes, Dientecito, saben que a ti no te encuentran nada.

—Bromea, bromea, Marajá, para empezar éstos son animales violentos.

Nicolas se decidió a entrar, los pingüinos, cada vez más espantados, seguían moviéndose sin gracia batiendo las alas atrofiadas. Alguno iba hacia la brecha del muro, quizá miraba la libertad.

—Dejémoslos escapar, así se quitan de en medio.

Estabadiciendo y Dientecito empezaron a empujarlos para hacerlos salir, como se hace con los pollos cuando se trata de coger a uno. Fue entonces cuando vieron llegar a los dos gitanos, que habían ido a buscar comida, con las pizzas y las cervezas en la mano.

–¡¿Qué coño estáis haciendo?! ¿Quiénes sois? –gritaron, agitando aún más a los animales, mientras alguna foca a poca distancia empezó a emitir unos ridículos honk honk.

Nicolas hizo lo que el Arcángel le había dicho. Empuñó la pistola y disparó su primer tiro al aire.

Los gitanos, en cambio, empezaron a dispararle directamente a él y a toda la banda:

–¡Eh, que éstos nos disparan a nosotros!

Mientras escapaban buscando un refugio, Nicolas descargó contra los gitanos los últimos dos disparos que le quedaban en la pistola: con el segundo huyeron, silenciosos como gatos.

–¿Se han ido?

Estuvieron un minuto a la espera, callados, Nicolas con la Francotte apuntada inútilmente al vacío, como si la pistola sin balas pudiera recargarse con un clic como en los videojuegos.

Cuando estuvo claro que ya no se dejarían ver, volvieron a respirar. Pichafloja cogió las pizzas que habían dejado caer y se las tiró a los pingüinos:

–¿Se comerán la pizza estas pobres bestias?

–¡Joder, Marajá! ¡¿No nos habías dicho que disparabas al aire y los gitanos escapaban?!

Mientras tanto, consiguieron abrir las trampillas. Briato' se ofreció a entrar. Al mismo tiempo, los teléfonos enloquecían porque Tucán y Lollipop desde fuera continuaban preguntando qué estaba sucediendo, si era necesario que entraran. Dientecito respondió:

–Pero, en vuestra opinión, ¿si nos están disparando tenemos tiempo para responder por WhatsApp si tenéis que entrar o no?

Nicolas le dio una palmada en la espalda:

—¡En vez de perder el tiempo escribiendo en el móvil, entra aquí!

—Eh, chavales, ¡mirad lo que hay! —los alcanzó la voz de Briato', y dentro estaba el mayor arsenal que sus ojos hubieran visto jamás.

En realidad, solamente lo intuían, veían las siluetas de cañones de fusiles emergiendo de montones de basura. Briato' y Nicolas, que habían cogido los bolsones, comenzaban a llenarlos metiendo dentro todo lo que entraba:

—Deprisa. Coged este coño de bolso.

—¡Madre mía, cómo pesa! —dijo Pichafloja a Estabadiciendo mientras lo sostenía por debajo.

Salieron de la zona de los pingüinos dejándolos vagar por el zoo y pasaron de nuevo por delante de la jaula de los felinos con los bolsos pesados de armas en bandolera.

—Eh —exclamó Lollipop, que los había alcanzado, dejando solo a Tucán para controlar. Tenía una idea—: Disparamos al león, luego nos lo llevamos y lo hacemos embalsamar y lo ponemos allá en la madriguera.

—¿Ah, sí? —dijo Dientecito—: ¿Y quién te lo embalsama?

—Bah. Lo buscamos en internet.

—Venga, Marajá. Deja que le dispare.

—Pero a quién quieres disparar, a tomar por culo.

Lollipop abrió el bolso, cogió lo primero que al tacto le pareció una pistola y fue hacia la jaula de los leones. Mejor, detrás de la jaula de los leones. Metió la nariz por la tronera para averiguar cuántos animales había: estaba el viejo león que ya habían admirado y quizá al fondo una leona. Apuntó, apretó el gatillo encañonando al león, pero el gatillo no se movió. Debía de haber un seguro en alguna parte, alzó todas las palanquitas posibles, apretó haciendo saltar la llave, pero nada.

–¡No tiene balas, gilipollas! –dijo Marajá.

Dientecito intervino, tirándolo por un brazo:

–Vámonos, muévete, el zoo safari lo haces otro día.

Salieron por la entrada principal con increíble desenvoltura, bastó esperar a que pasara el turno de la policía privada, luego el turno de los patrulleros. Desde fuera, Tucán les advirtió, con un mensaje, que todo era seguro.

Depositaron los bolsos llenos de armas en la madriguera de via dei Carbonari, donde los esperaba Dragón, que tenía permiso de su madre para dormir fuera. Él le había mentido diciendo que dormiría en casa de un compañero de clase. Dragón habría querido preguntarles cómo había ido, pero estaban demasiado cansados para hablar. Se dijeron adiós sólo con unas simples palmadas en la espalda. Pasaron una noche agitadísima y excitante. Se durmieron en sus respectivas camas, en las pequeñas habitaciones al lado de las de sus padres. Se durmieron como se duermen los niños el 24 de diciembre, sabiendo que al despertar se encontrarán los regalos para desempaquetar debajo del árbol. Y con ganas de abrir de inmediato ese paquete maravilloso que contenía las armas, su nueva vida, la posibilidad de mandar, de crecer. Se durmieron con el malestar agradable de quien sabe que está a punto de llegar un gran día.

LA CABEZA DEL TURCO

Tenían las armas dentro de los bolsos. Eran verdísimos, con la inscripción «Polideportivo de la Virgen del Salvador».

Marajá y Briato' los habían repescado de los armarios entre mochilas y camisetas. Estaban allí desde los tiempos en que habían dejado de jugar en el equipo de la iglesia. Eran los más grandes que habían encontrado, y esos bolsones donde antes metían trajecitos y zapatitos ahora los habían llenado de metralletas y revólveres automáticos.

Adiestrarse en los campos lejos de la ciudad significaba alertar a las familias de fuera, que se enteraran de que estaban armados, que se estaban organizando, que habían recibido artillería de verdad. Demasiado follón, mejor evitarlo, en un instante todos se preguntarían de dónde venían las armas y qué querían hacer con ellas. Mejor no dar ventajas. Porque, además, disparar lo que se dice disparar no sabían; habían visto centenares de tutoriales en YouTube, y habían matado a centenares de personajes, pero con la PlayStation. Asesinos de videojuego.

Ir por los bosques y apuntar a árboles y botellas vacías era cómodo, pero significaba perder tiempo y desperdiciar municiones que debían servir para cavar cicatrices. Su adiestramiento debía dejar una marca, no había tiempo que per-

211

der. Encontrarían objetivos de su mundo, en la selva erizada de troncos metálicos y hierbajos de cables. Los tejados atestados de blancos: las antenas, la ropa tendida para secar. Se necesitaba un edificio cómodo y tranquilo. Pero no bastaba. El ruido de los disparos obligaría a algún coche de los carabineros a dar una vuelta. Y también algún policía de paisano pasaría a hacer un control rápido.

Pero el Marajá había tenido una idea:

–Una fiesta, con fuegos, morteretes, petardos, cohetes, cualquier cosa que monte follón. Ahí ya no se distingue nada entre tiros nuestros y tiros de ellos.

–¿Una fiesta así como así? ¿Sin motivo? –dijo Dientecito.

Recorrieron toda Forcella, Duchesca y Foria, y la pregunta era:

–¿Quién tiene que celebrar un cumpleaños, una boda, una primera comunión?

Sueltos como perros, preguntaban a cualquiera, puerta a puerta, bajo a bajo, tienda a tienda. A madres, monjas, tías. Cualquiera que supiese de una fiesta se lo tenía que contar porque ellos tenían un bonito regalo que hacer. Sí, un bonito regalo que hacer. ¡A todos!

–Encontrado, Marajá: una señora justo en el callejón donde podemos adiestrarnos...

El edificio localizado por Briato' estaba en via Foria. Tenía una terraza comunitaria perfecta, amplia y rodeada por todos lados por antenas densas como centinelas.

La palabra «adiestrarnos» la había pronunciado tan bien que parecía lamerse las encías para sentir aún el sabor de aquellas cuatro sílabas duras, casi profesionales. A-dies-trar-nos.

–Es la señora Natalia –continuó Briato'.

Un cumpleaños de noventa años. Fiesta grande, mil euros de fuegos por cabeza. Pero no bastaba.

–Se necesita más follón, Briato'. Tenemos que encontrar otra fiesta cerca y debe haber también música, se necesita un grupo. Cuatro imbéciles con tambores, dos trompetas, un teclado.

Briato' recorrió los tres restaurantes que había por allí y encontró una comunión, pero todo estaba sin organizar. La familia no tenía mucho dinero y estaban llegando a un acuerdo sobre el precio. Las comuniones son los ensayos generales de las bodas. De los vestidos a la comida, centenares de invitados y préstamos con estilo: pagarés, usureros. No se repara en gastos.

–Quisiera hablar con el propietario –pidió Briato' al primer camarero que se encontró delante.

–Dímelo a mí.

–Tengo que hablar con el propietario.

–Pero por qué, ¿no me lo puedes decir a mí?

Briato' antes de iniciar el recorrido había abierto el bolso y había cogido una pistola al azar, para ir rápido. Quería la certeza de no perder el tiempo, quería un salvoconducto que hiciera que le prestasen atención. Demasiado joven, pocos pelos, ninguna marca en la cara, ni siquiera una cicatriz ganada por error, estaba obligado a alzar la voz, siempre. Le sacó la pistola, descargada y quizá incluso con el seguro.

–Entonces, hermano, trozo de mierda, te lo digo con educación: ¿me dejas hablar con el dueño o tengo que abrirte esa cabezota que tienes?

El dueño estaba escuchando y bajó del altillo.

–Eh, chico, guarda esa pipa, que nosotros pertenecemos... y te puedes hacer daño.

–Me importa un cojón a quién pertenecéis, quiero hablar con el dueño. No me parece algo difícil, ¿no?

–Soy yo.

–¿Quién hace la comunión aquí?

–Un chaval del callejón.

–¿El padre tiene dinero?

–¿Dinero? La comida me la paga a plazos.

—Bueno, entonces le tienes que dar este mensaje, le tienes que decir que nosotros le pagamos los fuegos de la fiesta, se los organizamos en el callejón, durante tres horas.

—No entiendo, ¿qué fuegos?

—Los fuegos, imbécil, los fuegos, los petardos, los cohetes. ¿Cómo los llamas? Los fuegos al chaval que hace la comunión se los regalamos nosotros, ¿o te lo tengo que repetir por tercera vez? Pero a la cuarta me tocas las pelotas, te lo advierto.

—Entiendo. ¿Y tenías que hacer todo este teatro para un mensaje?

El propietario llevó la noticia. La banda se aseguró los polvoristas y los fuegos artificiales. Un regalo de mil euros por cabeza. Briato' se había ocupado de todo.

Y escribió en WhatsApp en el chat común:

Briato'

Chavales la fiesta en Foria está preparada. Preparaos también vosotros para los fuegos artificiales.

Las respuestas fueron todas idénticas.

Dientecito

Ey cojonudo!

Bizcochito

Cojonudo broder! Eres grande.

Lollipop

Guauuuu!

214

Dron

Guau! Yo ya estoy allí!

Pichafloja

Guau! No veo la hora!

Marajá

Bravo broder! El sábado todos
a la comunión.

Llegó el momento. Aparcaron los ciclomotores en el za-
guán del edificio. Nadie les preguntó nada. Subieron a la terraza, estaban todos. Dientecito se había vestido con elegancia, Briato' con mono, pero tenía unos extraños cascos en la
cabeza, esos que llevan los operarios cuando usan el martillo
neumático. Era una procesión silenciosa, las caras concentra-
das, como penitentes dispuestos al sacrificio. Al fondo, sobre
todos los tejados, descendía un sol rojo.

Abrieron las bolsas y de las cremalleras asomó el metal
negro y plata de las armas, insectos brillantes y llenos de
vida. Un bolso contenía también las municiones, sobre cada
funda había una tira de celo amarillo con la inscripción a lá-
piz de las armas a las que pertenecían. Nombres que conocían bien, que habían deseado mucho más de lo que hubieran
querido nunca a una mujer. Se agolparon todos, empujando
y alargando las manos sobre las metralletas, sobre los revólveres, como si se tratara de la mercancía de los puestos del
mercado. Bizcochito buscaba con furia:

—¡Quiero disparar, quiero disparar!

Pequeño como era, parecía desaparecer dentro de aquel
arsenal.

—Despacio, chavales, despacio... —dijo Marajá—. Así pues,

215

el primero es Bizcochito porque es el más pequeño. Y se empieza siempre por el más pequeño y por las mujeres. Tú, Bizcochi', ¿eres el más pequeño o eres una mujer?

–A tomar por culo –respondió Bizcochito. La suya era la insistencia del capricho y los otros eran felices de ahorrarse el primer ridículo.

Cogió una pistola, era una Beretta. Parecía que había sido usada, y mucho. Tenía el cañón arañado y la culata estaba gastada. Bizcochito había aprendido todo sobre las pistolas, todo lo que es posible aprender en YouTube sin haber disparado nunca. Porque YouTube es el maestro, siempre. El que sabe, el que responde.

–Entonces, el cargador está aquí. –Lo extrajo apretando en la culata, vio que estaba cargado–. El seguro está aquí. –Y lo levantó–. Luego para poner la bala en el cañón tengo que hacer así.

E intentó correr el carro, pero no lo conseguía.

Hasta aquel momento había parecido habilísimo, no era la primera vez que manejaba un arma, pero nunca había apretado el gatillo. Y ésta no conseguía cargarla. Compulsivamente trató de armarla, de hacerla correr, pero las manos le resbalaban. Sentía encima los ojos de toda la banda. Pichafloja se la arrancó de la mano, la hizo correr y salió un proyectil:

–¿Ves? Ya había una bala en la recámara.

Y diciendo eso le devolvió la Beretta sin humillación.

Bizcochito apuntó a la parabólica y esperó a los primeros fuegos artificiales.

Partió el primer silbido, que terminó con un paraguas de estrellas rojas en el cielo sobre sus cabezas, pero ninguno alzó la mirada. Los fuegos, los que hacen aullar a los perros y despertar a los niños, en la ciudad, se ven desde el balcón cada tarde, y los que sirven para avisar y los que sirven para celebrar son siempre y sólo blancos, rojos y verdes.

Todos miraban el brazo de Bizcochito, él guiñó los ojos

y disparó el primer tiro. Aguantó bien el retroceso, que fue todo hacia arriba.

–Eh, no le has dado..., nada, lo intento yo... –dijo Lollipop.

–No, espera: un cargador por cabeza, eso habíamos dicho.

–¿Lo dices de verdad? ¿Pero quién lo ha decidido?

–Es verdad, es lo que habíamos decidido –dijo Dientecito.

Segundo disparo, nada. Tercero, nada. A su alrededor estallaba un carrusel de petardos, cohetes, fuegos, en aquel follón parecía que Bizcochito disparaba con silenciador. Extendió el brazo, sostuvo la culata de la pistola con las dos manos.

–Cierra un ojo y apunta. Bizcochito, venga, esfuérzate –dijo Marajá.

Nada otra vez. Pero al siguiente disparo, al quinto, apenas antes del ruido de un petardo, se oyó un sordo rumor metálico. Le había dado a la parabólica. La banda estaba entusiasmada. Parecían un equipo infantil en su primer gol. Se levantaron. Se abrazaron.

–Ahora me toca a mí.

Empezó a excavar en uno de los bolsones y cogió un Uzi.

–Chavales, esta metralleta da miedo. ¡Ponlo, ponlo en YouTube!

Cogieron los móviles y, esparcidos por el tejado, con los brazos levantados, se pusieron a buscar cobertura.

–Aquí no hay una mierda de señal...

Intervino Dron. Éstos eran sus momentos, cuando las horas pasadas jugueteando encerrado en su habitación ya no eran fácil pretexto para la tomadura de pelo. Extrajo el portátil de la mochila y, conectándose a una red wifi no protegida, lo puso en la cornisa. La pantalla iluminaba sus caras mientras el cielo se oscurecía. Dron se quitó las gafas y empezó a juguetear. Abrió YouTube y tecleó los nombres de las armas.

Dientecito imitó los gestos del protagonista del vídeo. Gestos lentos, conscientes, hieráticos. Pero demasiadas palabras, y demasiadas explicaciones para un arma que parecía de mentira, para un arma que también las mujeres podían manejar. Había un montón de vídeos de chicas rubias y escotadísimas.

—Venga, chavales, entre una metralleta y esta mujer, ¿qué es mejor? ¿Miras la metralleta o a la mujer? —dijo Tucán.

—A mí la mujer me importa un bledo cuando tengo la metralleta en la mano —dijo Dientecito.

Uno quería entretenerse en aquellos vídeos de pornostars armadas, otro empezaba a tomarle el pelo a Dientecito por haber elegido entre todas un arma de mujer. Pero a él no le interesaba: no haría el ridículo, con aquella metralleta era imposible fallar el blanco.

—¿Qué coño está diciendo éste?

El hombre del vídeo hablaba mexicano con un acento marcadísimo, pero lo que decía no tenía importancia, esos tutoriales no tienen lengua. Brazos, cuerpo y arma: eso es lo que se necesita para enseñar a disparar a un mexicano, a un americano, a un ruso o a un italiano.

Dientecito se colocó la metralleta a la altura de la nariz, como mostraba el vídeo, y lanzó una ráfaga que cortó casi de cuajo la parabólica. Los disparos del Uzi resonaban secos y, a pesar de los fuegos artificiales, dejaron un eco.

Fue una victoria fácil. Arrancó el aplauso de toda la banda. Y precisamente entonces se encendieron las luces de las farolas y las de la terraza. Ya era de noche.

Pichafloja metió la cabeza en los bolsos y buscaba, descartaba las Beretta y las metralletas. Hasta que encontró lo que esperaba. Un revólver de tambor.

—Mirad esto, chavales. Es un cañón, Smith&Wesson 686, sale en *Breaking Bad,* es demasiado.

Con el primer disparo dio en un farolillo de la terraza, dejando sus figuras un poco más en la oscuridad. Siluetas de chicos sobre los tejados iluminadas por el estallido intermitente de los fuegos artificiales.

–Eso era fácil. Intenta apuntar a la antena, aquella que está detrás de la parabólica –dijo Marajá.

El disparo ignoró completamente la antena, pero fue a clavarse en la pared, dejando un agujero.

–¡Eh, ni la has visto! –dijo Bizcochito.

Disparó otras cuatro veces; le costaba manejar el retroceso, como si agarrara las riendas de un caballo montado a pelo, sin silla. La pistola no sólo retrocedía, sino que se le movía desordenadamente en la mano.

–¡Que se muera mi madre, Dientecito, mira ese agujero!

Dientecito se acercó, Lollipop pasó el dedo por dentro e hizo caer los cascotes.

–¿Reconoces ese agujero? Es como el coño de tu madre.

–Cállate, cabrón..., tironero de mierda.

Dientecito le soltó una bofetada sonora en la mejilla a Lollipop, que de repente levantó los puños como para protegerse del golpe. Soltó un derechazo, pero Dientecito le cogió la muñeca y acabaron los dos en el suelo.

–Eh, eh –gritaban todos.

Tenían que acabar, de inmediato. Habían montado todo aquel lío para tener dos fiestas y una banda, habían gastado una fortuna en fuegos artificiales y ahora tenían que perder el tiempo separando a dos gilipollas. Subió una fuente blanca altísima. Un enorme petardo iluminó la terraza y a toda la banda.

Los dos del suelo dejaron, por un instante, de mirar sus caras de muerto iluminadas por las velas. Luego de nuevo la oscuridad. El orden había sido restablecido.

Cogieron en la mano los Kaláshnikov, se los pasaban como instrumentos sagrados, los acariciaban.

–Chavales, os presento a su majestad el Kaláshnikov –dijo Marajá, empuñándolo.

Todos querían tocarlo, todos querían probarlo, pero

sólo había tres: uno lo cogió Nicolas, otro lo cogió Dientecito y el tercero Briato'.

–Chavales, esto es como en *Call of Duty* –dijo Briato', cubriéndose las orejas con sus absurdos auriculares.

Cargaron mientras Dron mantenía el ordenador en alto como si llevara una pizza en una bandeja, para conectarlo mejor a la red y que todos vieran el vídeo de *Lord of War* que había elegido. Vieron disparar a Nicolas Cage y luego a Rambo.

Estaban listos. Uno, dos, tres, venga. A Nicolas y Dientecito les salió una ráfaga. Briato', en cambio, sólo podía disparar un proyectil cada vez, así que hizo una serie de tiros secos. Los blancos que habían tenido dificultad para acertar hasta aquel momento fueron todos alcanzados en un instante. Podaron literalmente las antenas que había en el tejado y las parabólicas quedaron destrozadas como orejas pegadas con un trozo de cartílago.

–Eh, el Kalásh –gritaba Dientecito. Y a su alrededor caían las ramas de la poda, tanto que tenían que apartarse, refugiarse.

Reían en sollozos. Les dieron la espalda a los tejados, en un movimiento de desfile militar que por casualidad salió perfectamente sincronizado. Y alzaron los ojos de sus juguetes en el mismo instante, para enfocar a un gato con sobrepeso dedicado a frotarse contra una sábana que nadie se había preocupado de retirar. Tres ráfagas que parecieron una sola y potente andanada. El gato explotó, como si lo hubieran detonado desde dentro. La piel se separó de cuajo, desollada, y se pegó a la sábana, que milagrosamente había quedado colgada de las pinzas. El cráneo, en cambio, desapareció. Pulverizado, o quizá salió volando lejos y ahora yacía en medio de la calle. Todo el resto, una masa rojiza compacta y humeante, ocupaba un rincón de la terraza. Basura.

Estaban en éxtasis y no se dieron cuenta de que alguien los llamaba desde el callejón.

–Marajá, Dientecito.

Eran Dumbo, un amigo de Dientecito, y el hermano de Nicolas, Christian. A pesar de que entre los dos había una notable diferencia de edad, pasaban mucho tiempo juntos. Y juntos asistían a un curso de judo. Christian había conseguido el cinturón naranja, mientras que Dumbo aún estaba varado en el amarillo porque no había superado el examen. A Dumbo le gustaba llevar de paquete a Christian con el escúter, pagarle una bebida o un helado. Pero sobre todo le gustaba hablar con él porque no tenía que concentrarse demasiado: era un tipo un poco simplón, Dumbo, no muy listo.

–Marajá, Dientecito –los llamaron de nuevo.

Luego, sin respuesta ni aprobación, subieron.

Chavales, hemos traído palos para los selfies...

Nicolas estaba muy molesto. No quería que su hermano participara en la vida de la banda.

–Dumbo, ¿de dónde has sacado a mi hermano?

–¡Vaya! Estaba dando vueltas como un loco, buscándote. Lo encontré y le dije que sabía que estabas arriba del edificio, ¿por qué?

–No, para saberlo.

Nicolas estaba construyendo la banda, aún no era algo definido. Aún no los respetaban, ellos aún no sabían disparar, no era el momento para que Christian le estuviera encima. Estaba preocupado de que hablara para fardar. Y ahora nadie debía saber nada. Lo que Christian podía saber y contar se lo decía él. Y hasta entonces había funcionado.

A Dumbo, Dientecito no le escondía nada. Nunca. Y por tanto sabía que estaban disparando. Pero a Nicolas no le gustaba. Sólo la banda debía saber las cosas de la banda. Cuando hacían algo, eran ellos y tenían que ser ellos. Quien tenía que estar en la terraza estaba, quien no tenía que estar no estaba. Punto. Ésas eran las reglas.

Pensaba en eso mientras a Dumbo le propusieron disparar, él se negó:

—No, no, estas cosas no son para mí.

Pero Christian empezó a hurgar en uno de los dos bolsos y agarró un fusil. En un instante se encontró a Nicolas encima. Fue levantado a peso y confiado a Dumbo, que así como lo había traído ahora tenía que llevárselo, a él y los palos para los selfies. Christian conocía bien a su hermano, cuando ponía aquella cara no había nada que hacer. Por eso, sin insistir ni protestar, siguió deprisa a Dumbo y entró por la puerta de la escalera, llevándose los palos.

El fusil que Christian había pescado era un viejo Mauser, un Kar 98k, Nicolas lo reconoció de inmediato:

—Joder..., un Karabiner. Sí que entiende mi hermano.

Quién sabe de qué guerra provenía el imbatible fusil alemán: en los años cuarenta era la mejor arma de precisión, ahora sólo parecía un trasto viejo. Debía de venir del Este, tenía una pegatina serbia en la culata.

—¿Pero qué es? —dijo Bizcochito—, ¿el cayado de san José?

Al Marajá, en cambio, aquel fusil le gustaba mucho. Lo observaba arrobado y apretaba el dedo dentro del mecanismo.

—Qué coño entiendes tú de armas, este fusil es demasiado. Tenemos que saber usar también estas armas —dijo mirando a la banda con un tono de adiestrador con malas intenciones.

Se llevó el dedo a la nariz para percibir el buen olor del aceite, luego miró a su alrededor, los fuegos artificiales en el callejón estaban terminando, no había mucho tiempo. Sin estar cubiertos por los petardos ya no podrían disparar, aunque en el fondo, en el rumor de la noche, sus tiros no espantarían a nadie. Acaso alguien se alarmaría, pero ni hablar de que nadie hiciera llamadas anónimas para que intervinieran la policía o los carabineros. Pero Pichafloja tenía el ojo en la hora del móvil, fue diligente en decirle:

222

—Marajá, tenemos que movernos. Están acabando los fuegos.

—No te preocupes —fue la respuesta de Nicolas, mientras levantando la nariz seguía buscando un blanco y una posición donde instalarse con el fusil. La terraza sobre la que se encontraban estaba muy cerca de la del edificio contiguo. Esos edificios que tiemblan cuando se golpean los portales están ahí, como viejos gigantes: han sobrevivido a los terremotos, a los bombardeos. Edificios del virreinato enmohecidos por la decadencia, atravesados siempre por la misma vida, donde los chicos entran y salen con caras idénticas desde hace siglos. Entre miles de mendigos, burgueses y nobles que antes que ellos habían subido y bajado aquellas escaleras y atestado aquellos porches.

Nicolas en un momento dado tuvo una visión: había un tiesto que asomaba del edificio de enfrente. No en la terraza, sino en un balcón del cuarto piso. Un tiesto típico de la costa amalfitana, la cabeza de un turco bigotudo con un poderoso cactus dentro. El blanco ideal. El blanco para un francotirador.

Se necesitaba una posición, y Nicolas localizó un trastero antiguo, un improcedente lavabo convertido, con un poco de cemento y contrachapado, en un cuartucho en la terraza. Trepó con una sola mano, la otra estaba ocupada en mantener firme el pesadísimo Mauser alemán. Todos lo miraban en silencio y ninguno osó ayudarlo. Se situó sobre el tejado, luego apuntó el fusil a la cabeza del balcón: primer tiro en vacío. La explosión fue sorda y el retroceso muy fuerte, pero Nicolas consiguió gobernarlo bien, se las daba de verdadero francotirador.

—Eh, chavales —dijo Nicolas—. ¡Chris Kyle, soy Chris Kyle!

La respuesta fue unánime:

—Eh, de verdad, Marajá, eres *American Sniper*.

Cargar un Mauser en tan malas condiciones no era fácil,

pero a Nicolas le gustaba hacerlo y a la banda le gustaba mirar su secuencia de gestos precisos. El autocargador lo habían visto en todas las películas en las que había un francotirador. Por tanto, estaban ahí, escuchando aquel ruido de metal y madera. Track..., track... Disparó un segundo tiro. Nada. Quería asestar a toda costa el tercer tiro. Aquella cabeza de cerámica le parecía un regalo del destino, situada allí aposta para que él pudiera demostrar que era capaz de disparar a la cabeza de alguien, como un guerrero de verdad. Cerró aún más fuerte el ojo izquierdo y descargó el tercer tiro: hubo un gran ruido, el slang del metal y una explosión de cristales y de huesos. Todo a la vez. Un estruendo.

Esta vez Marajá no supo gobernar el retroceso. Se había concentrado totalmente en la culata, como todos los neófitos creía que era suficiente para gobernar el arma entera, y todos sus músculos y su atención estaban allí. Pero aquel fusil, como una bestia, saltó hacia delante: el cañón le golpeó la cara, la nariz le comenzó a sangrar y el pómulo se le abrió, arañado por el obturador. Y como que el tiro disparado lo estaba haciendo caer, para no desequilibrarse clavó las piernas en el tejado, que se hundió de golpe. Marajá cayó tragado por el cuchitril, aterrizando sobre escobas, detergentes, masas de antenas oxidadas, cajas de herramientas y disuasores de palomas. La caída hizo reír a todos, como el instinto impone, pero no duró más que unos segundos. El último proyectil explotado había rebotado en la barandilla del balcón y había dado en el cristal, pulverizándolo. Un viejo salió fuera, espantadísimo, e inmediatamente detrás su mujer, que entrevió las cabezas de los muchachos en el tejado del edificio de enfrente.

—¿Qué coño estáis haciendo? ¿Quiénes sois?

Con rapidez de reflejos, Briato' cogió por debajo de las axilas a Bizcochito como se coge a los niños cuando uno se inclina para levantarlos y ponérselos sobre los hombros. Lo alzó en el aire, lo puso en la cornisa del edificio y dijo:

224

–Señores, perdonen. Ha sido el niño, ha lanzado un petardo, ahora pasamos nosotros, limpiamos y pagamos.

–¿Pero qué pasáis y pagáis? Ahora llamamos a los guardias. ¿Pero a quién pertenecéis? ¿Pero quién coño sois? Hijos de la gran puta.

Briato' intentaba entretener a los dos viejos en el balcón lo máximo posible, mientras Nicolas y los otros guardaban en los bolsones todas las armas y las cajas con municiones. Se movían caóticamente como hacen los ratones cuando un pie humano entra en una habitación donde se acaba de encender la luz. Viéndolos, nadie habría pensado nunca en soldados de una banda, parecían más bien chicos concentrados en largarse, con la cabeza gacha para que no los reconozca la amiga de la madre, después de haber roto el cristal de un pelotazo. Sin embargo, durante la velada se habían adiestrado con armas de guerra y lo habían hecho con toda la curiosidad y la ingenuidad de los niños. Las armas son siempre consideradas instrumentos para adultos, y sin embargo cuanto más joven es la mano que maneja el seguro, el cargador y el cañón, más eficiente es el fusil, la metralleta, la pistola e incluso la granada. El arma es eficiente cuando se convierte en una extensión del cuerpo humano. No un instrumento de defensa, sino un dedo, un brazo, una polla o una oreja. Las armas están hechas para los jóvenes, para los niños. Es una verdad que vale en cualquier latitud del mundo.

Briato' procuraba por todos los medios mantener ocupados a los señores. Inventaba:

–Pero no, estamos aquí, pertenecemos a la señora que está en el primer piso.

–¿Y cómo se llama?

–La señora Natalia, que ha celebrado los noventa años. Hemos hecho la fiesta para ella.

–¿Y a mí qué me importa? Llamad a vuestros padres, venga. Me habéis roto todo el cristal.

Trataba de detenerlos, de entretenerlos, sin la más mínima intención de pagar el cristal. La banda ya había gastado demasiado dinero para hacer los fuegos artificiales. Tenían pasta, y mucha, para ser unos chicos, pero cualquier céntimo gastado para otro y no para ellos era dinero tirado.

Mientras Briato' los entretenía en el balcón y la banda recogía los casquillos esparcidos por la terraza, con la ansiedad de que pudieran llegar y secuestrar las armas, en la cabeza del Marajá había un único pensamiento: rehabilitarse del ridículo de haberse herido con el retroceso del fusil. Habría podido estar satisfecho de ello si la herida hubiera sido provocada por un enfrentamiento a fuego o por el estallido de un fusil, por algo que no dependiera de él. Pero se había herido porque no había sabido gobernar el arma. Como un pardillo.

Apenas el viejo señor se puso las gafas para marcar los tres números del 113 en el móvil, Briato' dijo:

–Hombre, no, no llame a los guardias, ahora vamos y le llevamos el dinero.

Y ante aquella frase todos se lanzaron escaleras abajo.

Alcanzaron velocísimos los ciclomotores que habían escondido en el vestíbulo. Por la calle encontraron todas las baterías de cartón quemadas para los fuegos artificiales y aún seguía la fiesta. También estaban todos los invitados a la comunión y todos los hijos y los nietos de la señora Natalia. Reconocieron a Briato':

–Jóvenes, jóvenes, deteneos un momento. Dejad que os demos las gracias.

Sabían que había sido él quien había pagado y ofrecido ese gran espectáculo. Querían darle las gracias aunque sabían el motivo, no el motivo militar –ése no lo imaginaban–, pero habían comprendido que se trataba de un grupo del Sistema que quería conquistar su benevolencia. Había que agradecerlo.

Briato' al principio intentó sustraerse, pero luego intuyó que no podía hacer otra cosa: lo acosaban personas ancianas, así que se dejó abrazar y besar. Trataba de estar allí de la manera más discreta posible y sólo repetía:

–No es nada, no he hecho nada, todo bien, ha sido un placer.

La gente lo creía un gesto de benevolencia por parte de un nuevo grupo que estaba emergiendo y querían darle la bendición. Pero él tenía miedo dos veces. Un miedo se comía el otro. Atraer la atención, dejarse ver en un callejón del que no era en absoluto responsable era un miedo que empalidecía delante del de cabrear a Nicolas, porque era suya la idea de ofrecer los espectáculos de fuegos artificiales. Pero a pesar de todo daba placer, complacía que alguien lo reconociera por algo. Así que trataba de arrancar el ciclomotor fingiendo que la bujía estaba mal, pero la verdad era que no presionaba a fondo el pulgar sobre el start.

Luego una señal de la banda lo obligó a darse prisa.

–Venga, señorito Briato'...

Todos seguían a Nicolas pero no sabían bien adónde, trataban de acercarse a él llevando los escúteres a su lado y le pedían que se limpiara la herida que le sangraba por la cara. Sobre todo, temían que la decisión de dar vueltas con aquellas armas en los bolsos no fuera segura. Y no era una elección segura. Sin embargo, los hacía sentirse listos para una guerra. Cualquier guerra.

ADIESTRAMIENTO

El firme estaba en malas condiciones, baches por doquier: salen a decenas después de la lluvia, como las setas. Superada la estación Garibaldi y tomada via Ferraris, la banda se vio obligada a ralentizar.

Nicolas iba a casa de una muchacha eritrea que vivía en Gianturco. Era la hermana de la persona que ayudaba a su madre en casa, se llamaba Aza, tenía poco más de treinta años, pero aparentaba cincuenta. Vivía en casa de una mujer con alzhéimer. Hacía de cuidadora. Allí ya no llegaban ni siquiera las ucranianas.

Nicolas intuía que aquél podía ser el escondite perfecto para el arsenal de la banda. No dijo nada a los otros. No era el momento. Todos seguían su Beverly. Alguno había intentado preguntarle, por la calle, qué estaban yendo a hacer allí, pero, caídas en el vacío las primeras preguntas, habían comprendido que no era el momento oportuno, que debían seguirlo y basta. Llegado junto al edificio, aparcó, y cuando los otros se pusieron a su alrededor acelerando y frenando, sin saber si detenerse o continuar, dijo:

—Esto es nuestra santabárbara. —Señaló el portal.

—Pero ¿quién vive aquí? —dijo Pichafloja.

Nicolas le dirigió una mirada tan cargada de rabia que

Pichafloja intuyó que sostener aquella mirada sería un riesgo. Pero Dientecito bajó del vehículo detrás de él y, poniéndose entre los dos, zanjó la cuestión:

—No me importa saber quién vive aquí. Basta con que para Marajá sea una casa de confianza: si es de confianza para él, es de confianza también para nosotros.

Pichafloja asintió y aquel gesto valió para todos.

El edificio era de los anónimos, construcción de los años sesenta, se confundía en el panorama. La calle estaba repleta de ciclomotores, hasta el punto de que los cinco de la banda apenas se notaban. He aquí por qué Marajá se había convencido de esconder las armas allí, podrían ir a cualquier hora del día y de la noche sin ser advertidos, y además había prometido a Aza que con ellos alrededor los gitanos se mantendrían lejos. No era verdad, los habitantes del campamento zíngaro ni siquiera sabían quiénes eran aquellos chicos tan arrogantes que prometían protección en un barrio que ya tenía un jefe.

Nicolas y Dientecito llamaron por el interfono y subieron hasta el quinto piso.

Aza los esperaba asomada a la puerta. Al ver a Nicolas se alarmó:

—Eh, ¿qué te has hecho en la cara?

—No es nada.

Entraron en un piso completamente oscuro, invadido por un olor mezcla de pimiento picante y naftalina.

—¿Se puede? —dijo Nicolas.

—Baja la voz, que la señora está durmiendo...

No encontró en aquella casa el olor que esperaba, el olor de las casas de los viejos, y aunque iba demasiado deprisa para detenerse en los detalles necesitaba entenderlo. Aquel olor a comida eritrea le sugería un pensamiento poco tranquilizador: Aza estaba llevando la casa de la señora como si fuera su casa, quizá la vieja estaba agonizando y por tanto dentro de poco aquel lugar se llenaría de familiares, sería ocupado por la empresa de pompas fúnebres.

–¿Cómo está la señora?

–Dios aún la quiere –respondió Aza.

–Sí, ¿pero el médico qué dice? Aún aguanta, ¿eh?

–Decide el Padre Eterno...

–Aparte del Padre Eterno, ¿qué ha dicho el médico?

–Dice que el cuerpo está bien, es la cabeza la que ya no rige.

–Mejor así. La señora tiene que durar cien años.

Aza, que ya había sido instruida por Nicolas, señaló una alacena alta. Desde que la enfermedad le había comido el cerebro, hacía décadas, la vieja ya no ponía la mano en ella. Cogieron una escalerita y empujaron los bolsones al fondo de la alacena, los taparon con unos pastores del belén envueltos en gruesos paños, las bolas de Navidad y las cajas de fotos.

–No rompas nada –dijo Aza.

–Aunque se rompa, me parece que la señora ya no usará nada de esto...

–De todos modos, tú no rompas nada.

Antes de bajar, cogió tres pistolas de un bolsón y una caja de balas del otro.

–Estas cosas no las hagas delante de mí, no quiero saber nada... –murmuró ella mirando al suelo.

–Y tú no sabes nada, Aza. Así que cuando tengamos que venir, te decimos por teléfono que traemos la compra para la señora y tú nos dices la hora. Venimos, cogemos y nos marchamos. Si alguien de los que te mando te crea problemas, tienes mi número y me escribes qué problemas te han causado. ¿De acuerdo?

Aza se ató los rizos apagados con una goma elástica y se fue a la cocina sin decir nada. Nicolas repitió, esta vez con un tono más perentorio:

–¡¿De acuerdo?!

Ella mojó una toalla en el grifo, y sin responder se acercó y se la pasó por la cara. Nicolas se apartó, molesto, se había olvidado de la herida, del pómulo cortado y de la nariz sangrante. Aza se quedó mirándolo a los ojos con el paño manchado en la mano. Él se tocó la nariz, se miró los dedos, y dejó que lo limpiara.

–Cada vez que vengamos, tendrás un regalo –prometió, pero ella parecía no hacerle caso, abrió la puerta de debajo del fregadero de la cocina y cogió el alcohol:

–Te pongo alcohol. Hay que desinfectar.

Tenía mucha familiaridad con las heridas, una destreza adquirida en su país, que luego había capitalizado curando las llagas de los viejos. Nicolas no se lo esperaba, tampoco se esperaba el comentario:

–La nariz no está rota, sólo un poco magullada.

Esbozó un «gracias», pero le pareció poco. Así que añadió un «Muchas gracias». Aza aventuró una sonrisa que le iluminó la cara consumida.

Nicolas se puso dos pistolas en la espalda y le dio una a Dientecito. Luego se despidió de Aza, pero sólo después de darle cien euros, que ella hizo desaparecer en un bolsillo del vaquero antes de regresar al fregadero para limpiar el paño manchado de rojo.

Mientras bajaban los escalones de tres en tres, Dientecito dijo:

–¿Qué vamos a hacer ahora?

Habían cogido esas pistolas para utilizarlas de inmediato. En aquella rapidez Dientecito había reconocido un orden.

–Dientecito, no se aprende disparando a las antenas y a las paredes.

Dientecito no se había equivocado.

–Marajá, tú dices y nosotros hacemos.

Al final de las escaleras Nicolas cerró el paso a Briato' y a Dientecito y repitió lo que acababa de decir. Pronunció despacio palabra por palabra, examinándolos como si hubieran cometido un error:

–No se obtiene respeto disparando a las antenas y a las paredes, ¿no?

Los muchachos sabían dónde quería ir a parar. Nicolas quería disparar. Y disparar a los vivos. Pero ellos solos no se atrevían a llegar a esa conclusión. Querían que fuera él quien pusiera en fila las palabras. Bien claras.

Nicolas continuó:

–Es preciso cargarse a uno o dos, debemos hacerlo ahora.

–Está bien. Que se muera mi madre –dijo Dientecito.

Briato' por instinto trató de razonar:

–Aprendamos a usar mejor las pipas. Cuanto más sepamos, mejor podremos poner las balas en el sitio justo.

–Briato', si querías que te adiestraran haberte hecho policía. Si quieres estar en la banda, tienes que nacer aprendido.

Briato' se quedó en silencio, por miedo a acabar como Agostino.

–Que se muera mi madre, yo también estoy de acuerdo. Carguémonos a alguien.

Nicolas se alejó de los dos y dijo:

–Nos vemos directamente en la plaza dentro de un par de horas. –Los citó donde se encontraban siempre, en la plaza Bellini–. Nos vemos allí.

Los ciclomotores partieron. La banda estaba excitada, quería saber qué se habían dicho Dientecito, Briato' y Marajá, pero decidieron acelerar e ir a la plaza.

Nicolas, que había ignorado el móvil hasta aquel momento, lo encontró lleno de mensajes de Letizia.

Leti

Amor dónde estás?

Amor no lees los mensajes?

232

Dónde coño estás Nicolas?

Nicolas me estoy
preocupando.

Nicolas!!!????

Nicolas

Aquí estoy amor
estaba con los broders.

Leti

Con los broders? Durante seis horas?
Y no miras nunca el móvil?

No me cuentas nada
vete a tomar por culo.

Letizia estaba sentada sobre el Kymco People 50 de Cecilia. La amiga lo había llenado de pegatinas porque se avergonzaba de él. En cambio, Letizia no sentía vergüenza, porque junto a Nicolas siempre se sentía una reina. Podía mandarlo a tomar por culo cuando quería, pero no significaba nada, era poco más que un juego entre enamorados. Lo que contaba era la luz reflejada que muchos tomaban por poder.

El Kymco de Letizia estaba aparcado allí, bajo la estatua de Vincenzo Bellini, en medio de otras decenas de ciclomotores mezclados entre la multitud de muchachos que hablaban, bebían cervezas y combinados, fumaban porros y cigarrillos. Nicolas nunca llevaba hasta allí su Beverly, lo aparcaba siempre antes, en via Costantinopoli, y luego llegaba a pie a la plaza. Aquél no era caballo con el que presentarse en público.

Hizo una seña con la cabeza a Letizia que significaba:

233

—Baja y ven aquí.

Ella fingió que no había entendido el gesto, la orden, por tanto, Nicolas tuvo que acercarse.

Se le acercó muchísimo. Su nariz dolorida rozaba la nariz de Letizia y ella ni siquiera había tenido tiempo de decirle: «Amor, ¿pero qué te has hecho?», cuando Nicolas la besó con fuerza, largamente. Luego, enganchándole el mentón con dos dedos, la alejó con desdén.

—Leti', que se muera mi madre, tú a mí no me mandas a tomar por culo. ¿Entendido?

Y se marchó sin añadir más.

Ahora le tocaba a ella seguirlo. Él lo esperaba, ella lo sabía y todos los de alrededor también. Y así fue. Empezó el paso veloz de él, la persecución de ella. Y luego al revés, ella que le daba la espalda, cabreada, y él detrás blandiendo, en un cambio continuo de frentes y subidas de voz, dedos apuntados, manos unidas, besos robados. Todo gastando el basalto del centro histórico y perdiéndose por los callejones, y «cállate» o «no te atrevas» glosados por «amor, mírame a los ojos, ¿alguna vez te he mentido?».

La banda, entretanto, se había reunido en la plaza Bellini.

Mientras Nicolas hacía las paces con Letizia, Dientecito y Briato' trataban de engañar la ansiedad con tiros convulsos a los porros que la banda estaba haciendo rular. ¿Quién sería el primer blanco? ¿Cómo saldría todo? ¿Quién sería el primero en cagarla? Bizcochito rompió la tensión:

—Pero ¿dónde se ha metido el Marajá?

Y Lollipop continuó:

—Dientecito, Briato', ¿cuál es el problema? ¿Pero qué ha sucedido, qué ha hecho Nicolas, le ha regalado a alguien nuestro arsenal?

Lollipop ni siquiera había terminado la frase cuando Briato' le dio una bofetada como ni siquiera su madre se había nunca atrevido. Con la de la terraza, era la segunda que recibía aquel día:

–Eh, estúpido, no te atrevas a pronunciar esas palabras en medio de la plaza.

Lollipop se hurgó en los bolsillos. Gesto de *ouverture* para coger la navaja. Inmediatamente Dientecito intervino sobre Briato', tirándole de la camiseta, casi arrancándosela.

–¿Qué coño estás haciendo? –le susurró fuerte al oído.

Lollipop, que ya había extraído el cuchillo y hecho saltar la hoja, se encontró delante, haciendo de barrera, a Pichafloja:

–Eh, ¿qué pasa? ¿Ahora nos acuchillamos entre hermanos?

Por otra parte, Dientecito dijo en tono imperativo a Briato':

–Pídele perdón. Esta situación se tiene que arreglar de inmediato.

Briato' entonces exhibió una sonrisa:

–Eh, Lollipo', perdona. Dame la mano, dame. Pero tú también: los hechos de la banda son sólo para la banda. No para media plaza. Controla la boca, hermano.

Lollipop le apretó un poco demasiado fuerte la mano:

–Todo en orden, Briato'. Pero no vuelvas a ponerme la mano en la cara. Nunca más. De todos modos, tienes razón, tengo que estar callado.

Fuego encendido en un instante y apagado en un instante. Pero la tensión continuaba, soplaba sobre la banda y remolineaba en las emociones de todos.

Dientecito y Briato' ya no sabían cómo aflojarla. Dientecito notaba el cañón de la pistola, se la había puesto en la ingle y le rascaba el escroto. Le gustaba. Le parecía que tenía encima una armadura, como si fuera más que él mismo. Había un grupito al lado de ellos que en vez de hacer rular porros ofrecía chupitos de ron y pera. Dientecito y Briato' estaban cargados de alcohol y chocolate. La plaza comenzaba a vaciarse. Alguno de la banda respondía al teléfono mintiendo a las preguntas de los padres:

–Ma, no te preocupes, mamá. No, no estoy en medio de la calle, estoy en casa de Nicolas, vuelvo más tarde.

Los universitarios que reconocían a Pichafloja porque le compraban en Forcella se le acercaban pidiéndole chocolate. Él tenía poco o nada encima, un par de papelinas que les dio por quince euros cada una, en vez de diez.

–Qué imbécil no haber bajado con los calzoncillos llenos. –Y dirigiéndose a Lollipop, dijo–: Debería llevar siempre un kilo de chocolate encima, porque con mi cara lo liquido todo en media hora.

–Ten cuidado con esa cara tuya, que no se la aprendan también los carabineros. Si no esa cara tuya acabará también en Poggioreale.

–¿Yo? Lollipo', mi cara la conocen hasta en Poggi Poggi. La plaza ahora estaba vacía.

–Chavales, me marcho –dijo Pichafloja, que ya no podía contener las llamadas de su padre, y así, lentamente, todos los de la banda volvieron a casa.

Se habían hecho las tres y media de la mañana y sin noticias de Nicolas. Y entonces Dientecito y Briato' se dirigieron a la madriguera. El barrio aún refunfuñaba. En cuanto entraron empezaron a buscar. Al final encontraron una dosis.

–De aquí salen dos rayas, seguro.

Dos rayas de coca amarilla, la «meada». Enrollaron el ticket del bar, hicieron el piquito. La meada estaba entre las mejores, pero su color generaba desconfianza siempre. La nariz, como una bomba de agua, aspiró todo el polvo.

–Parece extraño, eh, esnifar la meada –dijo Dientecito–. Y en cambio es buena, es buenísima. Pero ¿por qué tiene este color amarillo?

–Prácticamente es toda pasta base.

–¿Pasta base?

–Sí, no están todos los procesos que vienen después.

–¿Qué procesos?

–Está bien. Tengo que llamar a Heisenberg para que te dé una clase.

Aún estaban riendo cuando oyeron manipular la cerradura. Nicolas se presentó con una sonrisa que le cortaba la cara:

–¿Os estáis haciendo toda la meada, eh, cabrones?

–Exactamente. ¡Pero tú dónde te has metido hasta ahora! –lo recibió Briato'.

–¿Me habéis dejado un poco?

–Claro, broder.

–Vamos a cargarnos a alguien.

–Pero son las cuatro de la mañana, ¿a quién quieres cargarte?

–Tenemos que esperar.

–Mejor esperamos.

–A las cinco de la mañana salimos y nos cargamos a alguien.

–Pero ¿a quién nos cargamos?

–A los pocket coffee.

–¿A los pocket coffee?

–Eh, sí, chavales, a los pocket coffee... Los negros. Nos cargamos a un par de negros mientras están esperando el autobús para ir a currar. Nos metemos ahí y nos los cargamos.

–Ey, cómo mola –dijo Dientecito.

–¿Así? –dijo Briato'–. Es decir, sin saber quiénes son, ¿de buenas a primeras disparamos un tiro a un pocket coffee tomado al azar?

–Sí, así estamos seguros de que no pertenece a nadie. A nadie le importan una mierda ellos. ¿Quién hace indagaciones para saber quién ha matado a un negro?

–Pero ¿nos los cargamos nosotros tres o llamamos a toda la banda?

–No, no. Debe estar presente toda la banda. Pero las balas sólo las tenemos nosotros tres.

–Pero ésos ahora están en casa, durmiendo.

–Y a quién le importa, los llamamos, se despiertan.

–Hagámoslo nosotros... y ya está.

–No. Deben ver. Deben aprender.

Briato' sonrió:

–Pero ¿no habías dicho que en la banda ya estábamos todos aprendidos?

–Coge la PlayStation, venga –ordenó Nicolas sin responder. Mientras Briato' encendía la PlayStation añadió–: Inicia *Call of Duty*. Hagamos *Mission One*. Aquella donde estamos en África. Así me caliento para dispararles a los negros.

Dientecito mandaba mensajes por WhatsApp a toda la banda. «Chavales, mañana por la mañana», escribió, «carrerita rápida para la partida que tenemos que jugar.» Ninguno respondió.

Ahí estaba la pantalla del juego. *The future is black*, escriben. Pero el *future* es de quien se acuerda de recargar el Kaláshnikov antes que los otros. Si te acercas demasiado a los tipos en camiseta, acabas destripado por un golpe de machete, y si en la bandera de estos negros hay uno querrá decir algo. Segunda regla: mantente a cubierto. Una roca, un tanque. En la realidad, basta el capó de un coche aparcado en doble fila. Y en la realidad no tienes apoyo aéreo al que llamar si las cosas se ponen feas. Tercera regla, la más importante. Corre. Siempre.

Empezaron a jugar. La metralleta disparaba a más no poder. El juego parecía ambientado en Angola. El protagonista combatía con el ejército regular, llevaba el uniforme de camuflaje y la gorra roja, el objetivo era disparar contra tropas irregulares con horribles camisetas y metralletas en bandolera. Nicolas disparaba como un enajenado. Se dejaba golpear y continuaba adelante. Corría. Siempre.

A las cinco y media de la mañana se fueron disparados a las casas de los otros de la banda. Llamaron por el interfono a Lollipop, respondió su padre:

—Eh, pero ¿quién es?

—Perdone, señor Esposito, soy Nicolas. ¿Está Lollipop?

—¿Cómo se te ocurre venir a estas horas? Vincenzo está durmiendo, y luego tiene que ir a la escuela.

—Es que esta mañana tenemos la visita guiada.

—Vincenzo —gritó el padre de Lollipop, lo despertó, y él pensó de inmediato que había alguien allí para llevarlo a la comisaría.

—Papá, ¿qué ha sucedido?

—Está Nicolas, dice que tenéis que ir a hacer una visita guiada, pero mamá no me ha dicho nada.

—Ah, sí, se me había olvidado.

Lollipop cogió el interfono mientras la madre, descalza, se precipitaba hacia él agitando las manos:

—Visita guiada, ¿dónde?

—Ahora bajo, Nicolas, bajo.

Desde el balcón el padre de Lollipop forzaba los ojos para hendir la oscuridad, pero sólo veía unas cabezas en movimiento. Los de abajo se estaban partiendo de risa.

—¿Estás seguro de que tenéis que ir de excursión? Tere' —dijo a su mujer—, llama a la escuela.

Lollipop ya estaba en el baño listo para bajar, desde luego que pasarían horas antes de que se enteraran de que no había ninguna visita guiada, antes de que encontraran en la escuela a alguien que respondiera al teléfono.

Lo mismo ocurrió con Dragón, Pichafloja, Dron y los otros. Fueron a buscarlos a casa uno a uno. Y poco a poco la banda se convertía en banda, una hilera de escúteres y de criaturas bostezantes. El único al que no dejaron bajar fue a Bizcochito.

Vivía en un bajo frente al Loreto Mare, el hospital. Se

presentó en su casa la banda al completo, con su enjambre de motores. Golpearon, abrió la madre, nerviosísima, ya había entendido que querían a Eduardo.

–No, Eduardo no va a ninguna parte, y sobre todo no con gente como vosotros: sois una mierda.

Nicolas, como si la señora no hubiera hablado y no estuviera delante de él, aprovechando la puerta abierta, dijo:

–Bizcochito, sal, ahora.

La madre se le paró delante con toda su opulencia, el pelo en la cara, los ojos desorbitados:

–Eh, mocoso, para empezar mi hijo se llama Eduardo Cirillo. Y, para continuar, nunca más te atrevas, estando yo aquí, a decirle a mi hijo qué debe hacer, ¿o piensas que me tiemblan las enaguas?

Y sacudió violentamente el borde del camisón que llevaba.

Bizcochito no salió, muy probablemente ni siquiera se levantó de la cama. Su madre le daba más miedo que Nicolas, y que la lealtad a la banda. Pero Nicolas no se dio por vencido:

–Si estuviera su marido hablaría con él, pero usted no debe ponerse en medio, Eduardo tiene que venir con nosotros, tiene un compromiso.

–Compromiso, ¿y cuál sería ese compromiso? –dijo la madre–, y luego llamo yo a tu padre, y vemos. No te llenes la boca con mi marido que ni siquiera sabes de quién estás hablando.

El padre de Bizcochito había muerto durante un robo en Cerdeña. Él, en realidad, sencillamente llevaba el auto, no había robado, sólo había hecho de chófer de uno de los dos coches del grupo. Y había dejado mujer y tres hijos. Trabajaba en una empresa de limpieza del hospital Loreto Mare y precisamente allí había conocido a esos colegas suyos, un grupo que robaba camiones blindados en Cerdeña. Lo habían matado en la primera salida. El robo había ido bien, pero, de cuatro ladrones, se habían salvado dos, y ésos le habían dado a la señora un sobre con cincuenta mil euros del robo de un millón. Eso es todo. Bizcochito lo sabía y esa historia le carcomía el estómago desde siempre. Los colegas de su padre eran fugitivos y cada vez que llegaban noticias de ellos habría querido seguirles la pista. La madre de Bizcochito había jurado, como siempre hacen las viudas, que les ofrecería un futuro distinto a sus hijos, que no los dejaría hacer las tonterías que había hecho su padre.

Para Nicolas, en cambio, el padre de Bizcochito, muerto a manos de la policía, caído durante un robo, era un mártir y había entrado a formar parte de su panteón personal de héroes que van a buscar su dinero –como decía él– y no esperan a que nadie se lo dé.

–Edua', cuando mami te desate de la cama llámanos y te venimos a buscar. –Así acabó la conversación, y todo el enjambre de la banda fue donde debía ir.

Dentro del alba amarillenta, por las calles semidesiertas, bajo ventanas adormecidas y ropa dejada al aire de la noche, los escúteres, uno tras otro, graznaban en falsete como si fueran monaguillos en fila para la misa, escupían sentencias de motores apenas pronunciadas. Al verlos desde arriba se los habría dicho alegres, mientras cogían en dirección contraria todo lo que se podía coger en dirección contraria entre corso Novara y plaza Garibaldi.

Llegaron a la parada de autobuses detrás de la estación central, un eslalon entre ucranianos en busca del bus para Kiev, turcos y marroquíes, en cambio, en busca del de Stuttgart. Al fondo, entre las áreas de aparcamiento y las marquesinas, había cuatro inmigrados, dos eran pequeños, parecían indios, uno esmirriado, el otro más entrado en carnes. Luego uno con la piel de ébano y quizá un marroquí. Llevaban ropa de trabajo. Los dos indios se dirigían sin duda a los campos, tenían las botas sucias de fango seco; los otros dos a las canteras, llevaban jerséis y pantalones manchados de cal y pintura.

La banda se acercó con el enjambre de ciclomotores, pero ninguno de los hombres pensó que arriesgaba nada, al no tener nada en el bolsillo. Nicolas dio la señal:

–Venga, Dientecito, venga, tírale a las piernas.

Dientecito sacó la nueve milímetros de la espalda, la tenía asegurada sobre el coxis con el elástico de su calzoncillo, quitó rápido el seguro de la pistola y disparó tres tiros. Sólo uno dio en el blanco, y de refilón, en el pie de uno de los indios, que gritó únicamente después de haber notado la herida. No entendían por qué la tenían tomada con ellos, pero echaron a correr. Nicolas persiguió con el escúter al muchacho de color ébano, disparó. También él tres tiros, dos errados y uno que fue a clavarse en el hombro derecho. El muchacho cayó al suelo. El otro indio se lanzó hacia la estación.

–Eh, lo he cogido con una sola mano –decía Nicolas, e iba sosteniendo el escúter con la izquierda. Briato' aceleró y fue en persecución del muchacho indio herido que trataba de escapar.

Disparó tres tiros. Cuatro tiros. Cinco tiros. Nada.

Entonces, Nicolas gritó:

–¡Qué malo eres!

El muchacho indio se desvió y consiguió esconderse en alguna parte. Nicolas disparó dos tiros hacia el marroquí que corría, justo cuando se volvía para ver si lo perseguían. Le dio en la cara y le arrancó la nariz.

–Nos hemos cargado a tres pocket coffee.

–¿Nos hemos cargado? A mí me parece que no nos hemos cargado a nadie –dijo Pichafloja, nervioso. No haber estado entre los elegidos le quemaba las vísceras.

Pichafloja habría querido disparar, pero Nicolas sólo quería reparar el ridículo que creía haber hecho en la terraza.

–Están heridos, aún están tratando de escapar.

242

El marroquí con la nariz magullada había desaparecido, mientras que el africano con el hombro lacerado estaba en el suelo.

–Venga. –Giró la pistola y se la ofreció cuidando de no quemarse la mano con el cañón aún caliente–. Venga –le mostró la culata–, cárgatelo, liquídalo, dispárale a la cabeza.

–¿Cuál es el problema? –dijo Pichafloja, hizo un caballito con el escúter, fue hacia el muchacho que repetía un simple y vano grito: «*Help, help me. I didn't do anything*»–. ¿Qué estás diciendo?

–Ha dicho que no ha hecho nada –dijo Nicolas, sin vacilaciones.

–Y no ha hecho nada, el pobre pocket coffee –dijo Lollipop–, pero necesitamos una diana, ¿no?

Aceleró el ciclomotor y se le acercó al oído:

–No tienes la culpa de nada, pocket coffee, sólo eres una diana.

Pichafloja se acercó, pero no tanto como para estar seguro de que el tiro diera en el blanco, cargó el arma. Y desde una distancia de pocos metros disparó dos tiros. Estaba convencido de que le había dado, pero la pistola le había bailado en la mano y le había pegado sólo de refilón: la bala había entrado y salido en un lado del cuello. El muchacho del suelo lloraba y gritaba. Las persianas del edificio de enfrente empezaban a levantarse.

–¿Qué pasa, chaval? ¿No has conseguido cargártelo?

Entretanto se habían acabado las balas.

–No quería tener el fin de John Travolta, que me enmierdara con su sangre encima.

El indio con el pie lastimado por el proyectil había conseguido huir cojeando, como también el muchacho marroquí con la nariz dividida en dos. El muchacho africano, con el hombro perforado y el cuello desgarrado, agonizaba en el suelo. En la explanada apareció un patrullero, venía de las

243

cancelas de la explanada. Los ojos del Seat León se encendieron amarillos, de golpe, y también la luz de las sirenas. Avanzaba lentamente como un gusano. Alguien lo había llamado o más probablemente daba vueltas entre los migrantes de viaje, entre los primeros bares abiertos de Galileo Ferraris y las luces ya cansadas que venían de las casas, y se había metido por la explanada desierta.

–Hijo de puta –gritó Nicolas–, que se muera mi madre, disparemos a estos mierdas.

No lo habrían conseguido, corrían el riesgo de que los cogieran cuando Dron, que hasta entonces se había quedado quieto mirando, consiguió detener el coche de la policía sacando inesperadamente una pistola y descargándola completamente sobre el coche patrulla.

Nadie sabía de dónde la había sacado. Empezó a disparar tiros que dieron en el capó y el parabrisas del coche.

Se añadió también Briato', que aún tenía algunos tiros en la recámara. Uno dio incluso en una de las dos sirenas del auto, a la que, por otra parte, no había apuntado en absoluto. Consiguieron escapar porque el coche de la policía frenó y no los persiguió: no sólo porque vio el humo que salía del motor, sino porque los chavales eran demasiados, y prefirió pedir refuerzos. Entonces decidieron separarse.

–Dividámonos, chavales, nos hablamos.

Cogieron calles distintas, montados en sus escúteres con placas falsas. Ya las habían sustituido aún antes de encontrarse en una persecución, sólo para evitar pagar el seguro.

CHAMPÁN

Habían vuelto a la madriguera después de algunos días en los que habían decidido estar tranquilos: había quien había faltado a la escuela fingiendo fiebre y náuseas, quien por el contrario había decidido ir a la escuela para no despertar sospechas. Pero nadie sospechaba. Sus caras vislumbradas por dos policías adormecidos al final de un turno de noche no habían sido registradas. Alguno temía haber sido grabado por un smartphone o por una GoPro instalada en un patrullero, pero la policía no tenía dinero para la gasolina, no digamos ya para una cámara. Sin embargo, el miedo aumentaba entre los chicos de la banda.

Pasada una semana del adiestramiento sobre blancos humanos, se encontraron en la casa de via dei Carbonari, como si no pasara nada. Se entraba sin llamar, la banda tenía las llaves. Llegó uno cada vez, en horarios diferentes. Unos después de la escuela, otros por la tarde. Todo normal. Todo como siempre. La vida en Forcella había seguido. Partidas de fútbol virtual en las que apostaban euros y cervezas: y nadie hacía referencia a lo que había sucedido, ni siquiera Nicolas. Sólo al fin del día bajó al bar y volvió con una botella de champán.

–Moët & Chandon, chavales. Basta con este clima pestilente. Fue una bonita experiencia, sólo debemos entender que, de ahora en adelante, tenemos que adiestrarnos todas las semanas en un edificio.

Ante lo que Dron dijo:

—Eh, ¿cada semana hemos de encontrar una fiesta con fuegos artificiales?

Hacía horas que intentaba hacer un coast to coast triangulando con sus jugadores, y ahora que casi lo había conseguido, Nicolas salía con esa historia.

—Nada de fiesta. Disparamos durante poco tiempo. Tiros, un cargador, máximo dos cargadores. Y abajo ponemos a los vigilantes. Cuando llega alguien, los vigilantes nos advierten y nos vamos de terraza en terraza. Pero tenemos que elegir edificios de los que se pueda huir sin bajar por las escaleras. Un edificio después de otro. Tenemos que derribar todas las antenas de Nápoles.

—Bonito, Marajá —dijo Pichafloja, que aún tenía los ojos fijos en la pantalla, sin preocuparse de los callos en los pulgares que le causaba el joypad.

—¡Y ahora brindemos!

Todos interrumpieron lo que estaban haciendo para coger los primeros vasos que tenían al alcance de la mano, y los estaban alargando en el aire, cuando Dientecito dijo:

—No se puede beber el Moët & Chandon con vasos de plástico. Tenemos que buscar los vasos de cristal. Están en alguna parte.

Abrieron puertas de muebles y mueblecitos, y al final encontraron las copas de champán, herencia del ajuar matrimonial de quién sabe qué familia que había habitado aquella casa superviviente de los bombardeos y del terremoto de los ochenta. Aquellas piedras no daban miedo.

—¿Sabéis qué me gusta del champán? —preguntó Dientecito—. El hecho de que una vez que has quitado el tapón ya no se puede volver a poner. Nosotros somos así: nadie nos puede tapar. Tenemos que dejar salir sólo nuestra espuma.

Y lanzó el tapón contra la pared, que fue a desaparecer para siempre debajo de un sofá.

—Bravo, Dientecito —coincidió Nicolas—, quitado nuestro tapón, ya nadie lo puede poner.

Llenó todas las copas y luego dijo:

—Chavales, brindemos ante todo por Dron, que nos quitó a los guardias del cuello.

Todos los demás se sucedieron en sus cumplidos a Dron, mientras las copas se tocaban y se vaciaban:

—¡Grande, Dron, bravo, Droncito, a tu salud, Dron!

Luego Marajá se sentó, borró la sonrisa de la cara y dijo:

—Dron, tú nos salvaste. Pero también nos has traicionado. —Dron comenzó a reír haciendo muecas, pero Nicolas no se reía—: Lo digo en serio, Anto'.

Antonio, el Dron, se acercó a Nicolas:

—¿Qué dices, Marajá? Si no fuera por mí, tú ahora estarías en Poggioreale.

—Y quién te ha dicho que no quería estar en Poggioreale.

—Eres un gilipollas —dijo Dron.

—No, no, escúchame: la banda se debe mover unida. El jefe debe decidir y la banda debe apoyar. ¿Es así o no?

Nicolas veía que todos los demás asentían y esperaba la respuesta de Dron, que dijo:

—¡Y...!

La conjunción «y». Pero pronunciada con la fuerza imperativa de un verbo. El más sentido de los síes. La más afirmativa de las respuestas.

—Tú te quedaste con una pistola de las bolsas cuando estábamos sobre el tejado. ¿Es verdad o no?

Ahora Nicolas había posado la copa de champán y miraba fijamente a Dron. Parecía a la espera de una respuesta cualquiera. Ya había decidido.

—Sí, pero lo hice por el bien de la banda.

—Una mierda, sí. ¿Cómo sé que esa pistola no la vas a

usar contra nosotros? Te vendes a otra banda, te vendes al Gatazo.

–Pero ¿qué dices, Nico'? Yo tengo la llave, soy de la banda. Somos hermanos. ¿Qué estás diciendo?

Dientecito quería intervenir, pero estaba callado. Dron sacó la llave de la puerta de la casa común, el símbolo de su afiliación.

–La pistola defendió a la banda.

–Sí, está bien, pero la usaste para defenderte también a ti: a quién le importa la pistola. No eres de fiar. Ahora bien, ésta es una culpa gravísima. Debe haber un castigo.

Nicolas miraba al resto de la banda, había quien tenía la mirada baja, quien la rehuía concentrándose en el móvil. Al fondo la musiquita del fútbol no pareció molestar a Nicolas, que continuó:

–No, chavales, miradme a mí. Todos juntos tenemos que encontrar un castigo.

Lollipop dijo:

–Marajá, en mi opinión a Dron le gustaba tener la pistola y basta, seguro que nos quería hacer un selfie, ¿no? Hizo una gilipollez, pero no hizo ningún mal, de otro modo nos habrían cogido a todos.

–Pero quién lo dice –respondió Nicolas–, quizá habríamos escapado, quizá les habríamos metido dos tiros.

Briato':

–Marajá, ya no teníamos municiones...

–Y entonces nos habrían cogido. En vuestra opinión, ¿es mejor robar a los hermanos? ¿Es mejor dejarse joder así por Dron?

Y como sucede siempre con una traición, las partes naturalmente se dividen entre acusadores y defensores. Lo dicta el instinto. Qué papel tener lo elige por ti el grado de amistad con el acusado o cómo piensas que te habrías comportado tú en su misma situación. Por empatía o por diferencia. De sangre y de situación. En el caso de la banda, intervino Dragón, que conocía bien a Dron porque iban juntos a la escuela industrial:

—Marajá, tienes razón: Dron nos mangó una pistola y no nos dijo nada, pero lo hizo sin pensar. La quería tener entre las manos, pero ni hablar de que la habría usado. La llevaba en el calzoncillo y luego la usó para defendernos a todos. ¡Eso es!

Dientecito, nervioso, asumió el papel de la acusación:

—Sí, pero si todos hubiéramos hecho eso en el arsenal, ahora estaría completamente vacío. Es decir..., no se puede hacer eso, que cada uno coja lo que coño quiera.

Dron trató de defenderse él mismo:

—No, pero no es que quisiera robar. La quería tener, la habría devuelto.

Estaba de pie delante de Nicolas, mientras que los otros, siempre por instinto, habían hecho un círculo a su alrededor. Un tribunal.

—Eh, una mierda devuelto. Las municiones deben guardarse de la manera que todos hemos decidido. No se puede hacer eso. Debe ser castigado, venga, basta —dijo Pichafloja.

Briato' cambió de territorio y se pasó a la acusación:

—Es verdad que tenemos que agradecerte que no dejaras que nos arrestaran. Pero también es verdad que, de todos modos, robaste una pistola, en cualquier caso has hecho algo que no se puede hacer.

Dragón llamó la atención de todos abriendo los brazos:

—Chavales, también yo estoy de acuerdo en que hay que castigar a Dron. Ha hecho una gilipollez, pero lo hizo sin pensar, no quería hacernos daño. En mi opinión, basta con que pida perdón a todos y asunto resuelto.

—Eh, pero si hacemos eso —reafirmó Briato'—, cada uno hace una gilipollez y pide perdón.

Cuando finalmente acabó de beber la tercera copa de champán, que lo había reblandecido, intervino también Estabadiciendo:

–Para mí –dijo–, hay que castigar. Pero un castigo leve, no grave.

–Para mí, en cambio, un castigo grave –dijo Bizcochito–, porque si no todos luego se ponen a robarnos las pipas deprisa, deprisa.

Se había mantenido aparte todo el tiempo, esperaba el momento adecuado para intervenir, y había adoptado una voz de hombre, para que nadie pensara que aquello era otro capricho.

–¡Pero yo no soy todos! –dijo Dron–: Yo formo parte de la banda, cogí algo mío, que habría devuelto.

Estabadiciendo respondió:

–Sí, es verdad, Dron, pero qué coño te costaba pedírsela a Nicolas, pedírnosla a todos. Es decir, estaba diciendo que al final hiciste algo equivocado, pero no muy equivocado. Hay cosas equivocadas, cosas muy equivocadas, cosas poco equivocadas y cosas casi equivocadas. Tú, en mi opinión, estaba diciendo, hiciste una cosa poco equivocada o casi equivocada..., pero no llega a ser una cosa equivocada o muy equivocada. Esto estaba diciendo y esto pienso.

Dragón resumió la posición del jurado:

–Oíd, Dron ha hecho una tontería. Pongamos este castigo y punto, acabemos.

Ya no había espacio para la defensa.

–Está bien –dijo Marajá.

–En mi opinión –propuso Dientecito–, dado que ha robado con la mano, lo que corresponde es que le cortemos la mano.

Riendo, cogieron por las orejas a Dron:

–¡Venga, Dron, acabarás como el Mulato, con la mano cortada!

–De acuerdo –dijo Briato'–, cortémosle las orejas como en las *Hienas,* cuando le cortan la oreja al policía.

–¡Buena, ésa es buena! Cortémosle la oreja –dijo Bizcochito.

Dron primero se reía, pero ahora comenzaba a molestarse. Dientecito añadió:

–Pero en *Hienas* el policía arde en llamas. También debemos quemar a Dron. –Y todos se echaron a reír.

–¡No, no, en mi opinión tenemos que hacer –dijo Estabadiciendo– como en *Uno de los nuestros!*

–Sí, buenísimo. Hagamos que Dron tenga el final de Billy Batts cuando lo golpean a muerte Henry y Jimmy: ¡hagamos eso!

El ambiente se había distendido. Nicolas había abandonado la silla de juez y ahora imitaba a Joe Pesci, mientras Dragón le respondía con Ray Liotta:

–Eres un tipo gracioso.

–¿Gracioso?, ¿qué encuentras de gracioso?

Y continuaron con todo el diálogo de *Uno de los nuestros,* como hacían siempre, intercambiándose el papel de Joe Pesci. Dron, como preocupado o fingiendo estarlo, se levantó y se dirigió hacia la puerta:

–Vale, cuando hayáis decidido qué me tenéis que hacer, me lo decís.

Marajá se puso serio, como el semblante de los mimos cuando se pasan la mano sobre el rostro, que primero tienen una sonrisa y luego, una vez pasada la mano, se transforma en una mueca serísima.

–Pero ¿adónde vas, Dron? Primero el castigo y luego te vas a casa de mamá.

–En mi opinión –bromeó Lollipop–, el mejor castigo es hacer venir a Rocco Siffredi y que le dé por culo.

Hubo una explosión de carcajadas.

–Eso es una buena idea –dijo Marajá–. Es precisamente eso lo que te quiero proponer. Tú tienes una hermana, ¿no?

Dron tenía la mano en la manilla para marcharse, aún convencido de que estaban todos de broma. Pero aquella palabra –«hermana»– disparada a quemarropa lo hizo volverse de golpe:

–¿Y qué...? –preguntó.

–¿Cómo qué y qué...? ¿Te acuerdas de la película *El camorrista*? ¿Te acuerdas de cuando está aquel chaval que dice «en mi opinión, el profesor era medio marica»?

–¿Y... qué tiene que ver?

–Espera. Ahora te lo explico. ¿Lo recuerdas?

–Sí.

–¿Y te acuerdas qué pregunta el profesor?

–¿Qué pregunta?

–Eh, pregunta: «Esa chica que te viene a buscar es tu hermana, ¿no?» Ahora como penitencia me traes a tu hermana. Debes hacer eso. Pero no me la debes traer a mí, porque no es que me hayas ofendido a mí robando una pistola. La debes traer a toda la banda.

–¿Qué estás diciendo, Marajá? ¿Te has vuelto loco?

Entre los muchachos de la banda descendió ese silencio que anticipa la decisión.

–Tú ahora traes a tu hermana, que nos tiene que hacer una mamada a todos, a todos los miembros de la banda.

Dron salió como un cohete superando a Nicolas, y la banda se abrió para dejarlo pasar. Nadie lo detuvo porque nadie intuyó su objetivo: la pistola sustraída que había dejado en el alféizar del dormitorio de la madriguera. Cogió la Beretta, la armó y la apuntó contra la cara de Marajá.

–Eh, ¿qué coño haces? –gritó Dragón.

Marajá lo miró entrecerrando los ojos:

–Dispara, valiente. ¿Habéis visto, chavales? Quien roba, quiere hacer esto. Quería jodernos. Está claro, está claro que tú querías joderme, Dron. Ahora veamos, adelante, dispara, que luego alguien lo sube a tu canal de YouTube.

Dron se concedió pensar en acabar de verdad, y manchar los rostros pasmados de la banda. Manchar todos aque-

252

llos morros que la conmoción mantenía aún embelesados. No había otra película para hacer esa escena, o si la había no se le ocurría, porque no pensaba en la banda, sino en su hermana Annalisa, que era una historia muy distinta. Mantenía la Beretta apretada, demasiado apretada para no sentirlo como un lujo, y el lujo debía terminar. Bajó la pistola y se sentó. La habitación estaba en silencio total.

—¡Ahora lo que debes hacer —continuó, despiadado, Marajá— es convencer a tu hermanita para que venga aquí y nos la chupe a todos!

—¿También a mí? —preguntó desde el fondo la voz de Bizcochito.

—Sí, si se te levanta, también a ti.

—Se levanta, se levanta —respondió Bizcochito.

—Está bien —gritó Briato'.

—Esto... no me lo esperaba. Hagamos bukkake —comentó Dientecito.

Aquella palabra tan exótica produjo en la banda una única imagen: un círculo de hombres que eyaculaban sobre una mujer de rodillas. Toda su formación se había realizado con PornHub y siempre habían visto el bukkake como una quimera irrealizable. Tucán estaba excitadísimo y aflojó la presión del elástico de los calzoncillos. Dragón habría querido ayudar a Dron, y dijo:

—Yo no quiero que me la chupe. Se puede decidir, ¿verdad, Marajá? ¿O por fuerza se la tengo que meter en la boca? La conozco desde hace un montón de tiempo, a Annalisa, no puedo.

—Haz lo que quieras. Total, es un castigo que tiene que hacer él.

—Esto me gusta —dijo Pichafloja—, así todos aprendemos a no hacer gilipolleces.

—No, yo ya estoy aprendido —precisó Marajá—, no necesito aprender, ya sé quiénes somos. De otro modo, sólo somos un grupo de imbéciles.

Nicolas veía la banda como una selección de algo que ya estaba. Le gustaba que, a excepción de Dragón, ninguno viniera de historias de camorra. Le gustaba haberlos elegido entre aquellos que nunca hubiera imaginado formando parte de un grupo. Los amigos destinados a ser de la banda no eran personas que transformar, sino sólo que descubrir e introducir. Dron cogió la pistola por el cañón y se la tendió a Marajá:

—Dispárame directamente —dijo, y luego mirando a todos los demás—: Disparadme, ánimo, es mejor para mí... ¡Es mejor! ¡Maldito sea yo, que os salvé! ¡Panda de gilipollas!

—No te preocupes —respondió Nicolas—, tú no haces venir a tu hermana y nosotros te disparamos. Eres de la banda, si te equivocas mueres.

Dron tenía las lágrimas en la boca, y, como un verdadero niño, salió de la casa dando un portazo.

A la mañana siguiente, en la escuela, había valorado sus opciones. Se preguntaba si podía salir de la banda, devolver la llave de la madriguera, quitarse de en medio. ¿O debía de verdad regalar a su hermana? ¿Cómo haría para convencerla? ¿Y si su hermana decidía aceptar? Le daría aún más asco. ¿Qué explicaciones le daría a su novia si eso se sabía? ¿Y a sus padres? También había intentado imaginarse mientras hablaba con los suyos, que habían ido a verlo a la cárcel, los había visto delante de su lápida en el camposanto. Pero nunca había pensado que su padre pudiera decirle: «¡Has hecho hacer mamadas a tu hermana!» Esto verdaderamente no se lo imaginaba. Y por primera vez aquel pensamiento romántico que asalta a muchos adolescentes, pero que nunca había tenido, apareció en el abanico de posibilidades que se le ofrecían: matarse. Fue sólo un pensamiento rápido, lo rozó y Dron lo archivó de inmediato, asqueado. Pensaba también que podría vengarse de algún modo: había cometido un error, sí, pero no tan grave como para sufrir semejante humillación.

Por la tarde convocó a Dragón a su casa.

Dron paseaba adelante y atrás por los pocos metros de su cuarto. Mantenía los ojos bajos como para buscar una opción que no hubiera contemplado ya, sólo de vez en cuando los alzaba para asegurarse de que sus drones alineados sobre las repisas estuvieran aún en su sitio.

–Dron –dijo Dragón, echado sobre la cama de su amigo–, éste es un castigo ejemplarizante. Esto no es contra ti, contra tu hermana o contra nosotros. Es para que se entienda que nadie puede robar un arma.

–Pero ¿si no lo hago? ¿Si me marcho de la banda?

–Dron, ésos te matan, aquél te dispara. Te coge de blanco: seguro.

–Mejor.

–No digas gilipolleces –dijo Dragón. Se desperezó y se levantó de la cama, fue a subir el volumen del estéreo, para que los oídos maternos no oyeran, y se paró delante del cartel del Nápoles 2013-2014–. Al final este castigo sirve para que la banda se refuerce y ya nadie haga gilipolleces con las armas.

En el fondo, Dragón había aceptado la lógica del Marajá. Dron no tenía aliados. Después del diálogo inútil con Dragón, Dron empezó a postear en Facebook fotos suyas y de Nicolas, era su modo de aumentar la protección, como crearse un seguro de vida. Si le sucedía algo, sería más fácil asociar su destino al de Nicolas, pensaba, o en cambio alejaría las indagaciones de los investigadores de los amigos, empujándolos hacia los enemigos. Pero en alguna parte abrigaba también la residual esperanza de que Nicolas al verlas pudiera moverse a compasión.

Pero los días acrecentaban su ansiedad. Las horas eran un tormento que le impedía actuar. No podía dormir y atravesaba su casa como un alma en pena. Las palabras de la familia le rebotaban encima. Su madre se alarmó inútilmente, como todas las madres, que quieren entender con preguntas qué ocurre:

–Pero ¿qué está sucediendo? Antonio, ¿qué está sucediendo?

Dron, como afectado de fiebre, era consumido por la indecisión. La comida le daba náuseas, al igual que cualquier olor. Su hermana y su madre, una tarde, después de cenar, entraron en su cuarto:

–Anto', pero ¿qué ha sucedido? ¿Te has peleado con Marianna?

–No, qué va. A Marianna no la veo desde hace seis meses. No ha sucedido nada.

Era la única respuesta.

–No, es imposible que no haya sucedido nada, estás siempre con la cara larga. ¿Ha sucedido algo? No comes nada. ¿Ha sucedido algo en la escuela?

Y seguían con la ingenua tentativa de enumerar las posibles causas del sufrimiento, como si una vez adivinadas en la lista él pudiera abrirse como una tragaperras con las tres cerezas en filas. Repiqueteo. Tintinear de moneditas. Y más felices que antes. Pero Dron estaba blindado a cualquier confidencia como un adolescente, y ellas de un chico imaginaban mala leche y dolor. Dentro de él, en cambio, había problemas de guerra. La idea de desilusionar a su padre lo humillaba aún más que implicar a su hermana. O casi. El padre apreciaba que fuera un empollón, aunque no habría usado esta palabra para describirlo, pero le ayudaba en el trabajo y le arreglaba ordenadores y tabletas. Y la única frase que golpeaba en la cabeza de Dron era: «Has hecho hacer mamadas a tu hermana.»

–¡Dejadme dormir!

Era la única respuesta que daba a hermana y madre en busca de motivos. Se le pasaría y volvería con ellas. Pero una noche tuvo una idea. Tenía en el móvil algunos vídeos de la banda que trasladó a su Mac. Decidió abrir una cuenta de YouTube haciendo que fuera imposible reconducirla a su ID: quería descargar el vídeo de ellos disparando. Sabía que los arrestarían, a todos, incluido él. Se veían claramente los rostros, los había tomado a todos. Pero ¿su hermana se salvaría de la humillación? No estaba seguro. El dedo índice colgaba sobre Enviar, parecía el péndulo de un reloj. Sudaba, se sentía mal. Cerró el portátil. En su cabeza las palabras de Dragón, «Ésos te matan», pero ¿desde cuándo se habían convertido en «ésos»? Por tanto, pensaba, ya lo habían expulsado de la banda, ¿y entonces por qué obedecer a ese castigo? Si sólo hubiera dejado la pistola dentro de la mochila... Sabía usarla, incluso había conseguido neutralizar a aquella patrulla...

A la mañana siguiente no conseguía levantarse, cuando la madre trató de despertarlo notó que quemaba: tenía fiebre. En el teléfono vio que algunos de la banda lo buscaban, el mismo Marajá le había escrito unos mensajes. Él no respondió durante toda la mañana. Oyó sonar el teléfono de casa y poco después a su hermana respondiendo: «¡Sí, hola, Nicolas!» Dron salió disparado de la cama, arrancó el auricular de las manos de la hermana: «No te atrevas a llamar a mi hermana, ¿has entendido?» Y colgó. «¿Pero qué está sucediendo...?»

Annalisa intuyó que aquel dolor de su hermano venía del ambiente en el que había entrado, un ambiente del que la familia apenas se había percatado, pero ella sí lo había entendido y tampoco hablaba porque de algún modo no le disgustaba que su hermano contara para algo y no se pasase la vida cargando vídeos y jugando a *GamePlayer*. La luz de la banda podía hacerla brillar un poco también a ella.

Dron volvió a refugiarse en su habitación. Ella lo siguió:

–Ahora tenemos que hablar –le dijo usando el tono de cuando eran pequeños y ella hacía pesar su papel de hermana mayor. Lo sacó todo fuera, incluso demasiado, porque dijo aquello que no debía. Lo dijo caminando adelante y atrás como había hecho con Dragón, sólo que en vez de un hermano recostado sobre la cama ahora estaba su hermana, que lo escuchaba sentada, con las manos entrelazadas sobre las piernas.

–Estoy en la banda de Forcella. Somos yo, Nicolas, Dragón...

Y así continuó adelante, hasta que contó el episodio del adiestramiento en los tejados. Oía que Annalisa sólo repetía «Estáis locos, estáis locos». Le cogió las manos que Annalisa tenía aún entrelazadas, se las liberó y le dijo:

–Annali', si hablas, aunque sólo se lo digas a mamá, estás muerta.

Eran palabras que rebotaban en el cartel del Nápoles, en el gigantesco dibujo de Rayman, en los selfies pinchados en un corcho pegado a la pared, selfies con los youtubers preferidos de Dron. Y luego esas maquetas de drones, de todas partes, que lo observaban. Aquellas palabras –muerte, metralleta, balas– no tenían nada que ver con aquella habitación.

Luego se armó de valor. Bebió un poco de agua y, sin mirar a su hermana ni siquiera de refilón, dijo qué había sucedido, contó el castigo que querían infligirle por el lío que había montado. Annalisa saltó en pie:

–¡Me dais asco! Tú, y tus amigos. ¡Qué asco! ¿Aún tienes la pistola? ¿La pistola con que has disparado a los policías? Dispárate. Disparaos vosotros, dispárate tú.

Y salió de la habitación. Con el rostro enrojecido, ¿cómo había podido sentir orgullo hasta media hora antes?

Dron estaba desesperado, las palabras de su hermana le parecían una premonición, sabía que terminaría así. En parte quería que terminara así.

En los días siguientes, como si hubiera sido contagiada por su hermano, también Annalisa se alejó de la comida y del sueño. Supo disimular mejor con los padres. Las pensó todas y al final las hipótesis, incluso las más aventuradas, fueron a recorrer las vías de la acción, que son siempre las mismas, si creces en un determinado territorio. Comenzó a devanarse los sesos sobre cómo podía vengarse. Quién podía golpear a unas personas que habían impuesto esa orden a su hermano. En el fondo, Nicolas debía de saber que había establecido un tributo demasiado grande para el delito cometido. Si alguien hubiera robado esa pistola, habría debido ser asesinado, pensaba Annalisa. Si la misma persona que la había robado los había salvado a todos de un arresto, no era justo que sufriera un castigo así. Pura lógica. Pero lo que había que hacer no era encontrar una solución dentro de aquel perímetro, más bien había que saltar inmediatamente fuera, como se salta más allá de un círculo de fuego. Sin embargo, los dos hermanos no pensaron ni por un instante en la posibilidad de salir de él. Annalisa estaba convencida de que debía existir alguna estrategia para escapar al chantaje. Denunciar a su hermano por haber cometido un delito, en su cabeza, no significaba obtener justicia, sino aliarse con alguien: uno se alía con la banda, contra la banda o con otra banda. Le habían pedido algo que le disgustaba. Peor aún, algo que le parecía injusto. Si Dron hubiera matado al hermano de algún otro, si los hubiera hecho arrestar a todos, entonces Annalisa habría estimado justo incluso un castigo como aquél.

Pensaba como si también ella estuviera en la banda. Todos estaban en la banda sin saberlo. Las leyes eran las leyes de la banda.

Annalisa estaba bastante segura a esas alturas. Podía quizá ir donde el Gatazo, o preguntarle a algún amigo policía. O ponerse de rodillas para servir a la banda. Perspectiva que era aún más dolorosa y humillante ante el pensamiento de que su hermano era un blando, un buenazo. Durante un momento deseó que Dron fuera como Nicolas, el Marajá, que fuera como el White. Pero sólo era Dron, un empollón que había pensado obtener la redención formando parte de un grupo. Tenía lágrimas en los ojos. Todo daba asco. Dondequiera que mirase. No podía confiarse con nadie, ni siquiera con una amiga, porque si hablaba con alguien corría el riesgo de que otros decidieran por ella. Hacía falta poco, que alguna hablara con un padre, con un carabinero o un amigo juez en alguna cena: y ya no sería dueña de su suerte.

Annalisa permaneció fuera todo lo posible, luego, cansada y con los pensamientos deshilachados, decidió regresar. En la entrada encontró reunida a toda su familia. Encima del garaje habían escrito «Ladrón» con el dibujo infantil de una polla. La persiana la habían destrozado a patadas y tendrían que cambiarla.

—¡¿Y por qué han escrito esto?! —decía el padre, que se dirigía a su hijo como si lo supiera. En su cabeza imaginaba que había hecho alguna estafa con sus habituales instrumentos, robado alguna contraseña, mangando en alguna tienda online que no tenía sistemas de protección. Y le gritaba.

—¿Entonces? ¿Qué has hecho, entonces?

La madre en aquel caso tenía una posición más inocentona, y Dron se encontró, en el transcurso de pocos días, sufriendo otro proceso.

—¡Habla!

Pum. Bofetada de la madre.

—¿Quién te está haciendo daño? —apremiaba.

—Mamá, ¿y si se dirigiera a papá en vez de a mí?

Dron empezó a insinuar la duda. La hermana hacía que se lo contaran, fingiendo no saber nada: «Pero ¿quién ha sido? Pero ¿qué ha sucedido?», preguntaba mientras ellos subían las escaleras. Y entonces el padre ya estaba convencido de que aquella pintada podía concernirle a él. Le había hecho pensar en las últimas obras, quizá había sido demasiado fácil inculpar de inmediato a su hijo, sabía que frecuentaba un grupo que no le gustaba, pero ¿las obras donde estaba él? ¿Podían ser aquéllos? Dron lo veía llamar con el móvil y preguntar por ahí, y ante el espanto del padre se derrumbó. No tenía el temple del camorrista que quería ser. En el vestíbulo de las escaleras, mientras la madre y la hermana habían cogido el ascensor, dijo:

–Papá, tengo que hablarte.

Alcanzaron a Annalisa, apenas llegada al rellano. Asomándose, ella dijo:

–Anto', no te he dicho que lo he decidido: tienes razón, tenemos que hacer lo que dice Nicolas.

El padre preguntó:

–¿Por qué habéis pronunciado ese nombre?

–No... Nicolas...

–¿Y qué quiere Nicolas?

Dron estaba inmóvil. ¿Se ha vuelto loca?, pensó, ¿quiere hablar del bukkake delante de papá?

–Nicolas ha dicho que tenemos que abrir todos juntos un sitio y tengo que participar también yo –respondió Annalisa.

–¿Un sitio? ¿Y de qué? ¿De la asquerosidad de hombre que es? –comentó el padre.

–No, no... Tiene razón, un sitio donde escribamos un poco las cosas del barrio. Quizá alguien pague la publicidad... La gente quiere leer las cosas que ocurren en la calle, debajo de casa. No las cosas que pasan en Roma, en Milán o en París.

Dron volvió a respirar, pero no estaba seguro de que su hermana no se hubiera vuelto loca.

Annalisa había entendido en un instante que Dron se había derrumbado, que el padre acabaría en un mar de problemas denunciando a la banda para que la penitencia no tuviera lugar. Quizá tendrían que cambiar de casa por un tiempo y en las obras ya no lo llamarían como aparejador. Era mejor estar callados y hacer eso.

Dron cenó en silencio, luego entró en la habitación de la hermana:

–Annali', ¿hablas en serio?

–Eh, sí, tengo que hacerlo. No nos queda otro remedio..., ¿o les disparamos?

–¡De acuerdo! ¿Quieres disparar? De acuerdo.

–Si disparas, lo pagarían papá, mamá, y también yo.

Dron se miraba los pies, por un lado estaba aliviado, por el otro disgustado. Le daba asco ser tan débil. En la cabeza se repetían las imágenes que lo atormentaban desde hacía días: la pistola que cogió a escondidas junto con las balas, las pocas horas que había dormido con ella, cuando la sacó para disparar al coche de la policía.

Annalisa cogió el teléfono, llamó. Luego dijo, seca:

–Nicolas, soy Annalisa. Está bien. Organiza esa asquerosidad, y paguemos esta culpa de mi hermano.

Dron comenzó a gritar: «¡No!», a dar patadas y puñetazos, destruyó las consolas, con un manotazo rompió los drones de una de las repisas más bajas, y ni siquiera el ruido de fractura de alas lo distrajo de su furia. El padre y la madre se precipitaron:

–¿Qué ha pasado?

Annalisa sabía que tenía que defender a sus padres de la verdad:

–No, nada. Hemos descubierto que Ladrón estaba dirigido a él.

–¿Lo ves? Ahora, explícate –mandaron los padres.

–Estoy demasiado cabreado –respondió Dron.

–Sí..., los amigos lo han acusado de haber robado unos archivos... Pero no ha sido él, ha sido otro.

–Vale, se lo puedes explicar, ¿no? –preguntó la madre.

–Pero qué explicar. Éste cuanto más frecuenta esa inmundicia, peor es. Se vuelve inmundicia como ellos, siempre lo he dicho –dijo el padre.

Ésta fue la frase que rompió a Dron:

–Tú eres la inmundicia –escupió. El padre habría querido decir «¿Cómo te atreves?»: la frase que como un imán atrae el enfrentamiento. No dijo nada, estaba trastornado–: Eres tú la inmundicia. Siempre con embrollos para obtener el curro de una obra. Siempre tus amigos mejores que los míos. Siempre que nos falta algo.

–A ti no te falta de nada.

–¿Quién lo dice?

Annalisa y la madre miraban el enfrentamiento, a cada frase el tono se alzaba y también el miedo de que los vecinos lo oyeran.

–Callaos los dos, basta –intervino la madre.

Padre e hijo se habían detenido. Nariz contra nariz. Se respiraban encima y ninguno retrocedía. Annalisa cogió por los hombros a su hermano, y la madre al marido. Los separaron, uno al refugio de su cuarto hecho añicos, el otro detrás de una puerta que se había convertido en límite insuperable.

Annalisa se preparó la mochila, salió del baño y dijo:

–Estoy lista.

–¿Para qué la mochila? –dijo Dron, secamente.

–Porque tengo las cosas dentro.

–¿Qué cosas?

Ella no respondió. Dron tenía un gusto amargo, el aliento pesado como si la lengua hubiera amasado fango toda la noche, limo le subía y bajaba del esófago. No había conseguido salvar a nadie. No tenía el poder de hacer nada, ni en contra ni a favor, sin embargo estaba convencido, como todos, de que entrar en la banda significaría ser algo más, más que él mismo. Y ahora en cambio tenía que quedarse quieto, inerme.

263

–¡Vamos! –continuó Annalisa. Era ella la que le daba ánimos. Él estaba enfadado y su mayor terror era que a su hermana pudiera gustarle algo semejante. Annalisa, en cambio, no tenía otro objetivo que salir lo antes posible de aquella situación.

Bajaron y cogieron el ciclomotor. Conducía Dron, ella detrás. Se presentaron en via dei Carbonari cuando la banda ya estaba al completo. Llamaron.

Nicolas abrió la puerta:

–Dron, ¿no tenías la llave? ¿Para qué has llamado?

Dron no respondió. Entró y nada más, ya no quería usar la llave. Fue a arrellanarse al sofá.

–Hola, Annali'.

Decenas de «hola» en la habitación, como el «buenos días» en una clase cuando entra el profesor. Estaban todos excitadísimos, y en realidad preocupados.

–Bueno –dijo Annalisa–, movámonos y acabemos esta tarantela lo antes posible.

–Ehh –dijo Marajá–, lo antes posible..., despacio.

Y con la mano batía el aire delante de sí como para marcar el tiempo, para indicar que él era el director.

–Menos mal que eres una hermana responsable. No como tu hermano Antonio.

–Ya basta con esta historia –respondió Annalisa.

Dragón no estaba tranquilo y dijo:

–Marajá, ¿vamos a hacer esto de verdad? Venga, ha entendido que ha hecho una gilipollez. ¿Y Annalisa qué tiene que ver?

–Vamos, Dragón –replicó Marajá–, cierra el pico.

Dragón no estuvo de acuerdo:

–¡Yo hablo cuando quiero! Y más cuando ésta es mi casa.

–No, ésta es la casa de todos. También tu casa. Ahora es la casa de la banda. Y en todo caso no es que si repites una cosa cien veces la primera vez no funciona y la centésima vez funciona. No funciona cien veces.

—A mí me parece una exageración. Una chorrada que ha hecho Dron.

—¿Otra vez? —dijo Nicolas—. ¿No quieres sacar la polla? Quédatela en la bragueta. Basta. Ciérratela.

—¡Eh, venga, Dragón! —dijo Dientecito.

Dragón lanzó una mirada a Annalisa como para decir que ya no podía hacer nada. Por parte de ella no hubo ningún gesto de gratitud por el intento: el disgusto que tenía por la banda era total. Entró en el baño y, en unos minutos, salió como una diva. La banda nunca había visto tanta opulencia y sensualidad. O, mejor, la había en YouPorn, en los canales infinitos de PornHub, fuente de su única educación sentimental, habían crecido con los portátiles como extensión de los propios brazos. Annalisa había entendido que debía presentarse como una de las heroínas porno de los vídeos. Sería todo mucho más rápido.

Ahí estaban. Todos en la habitación, parecían alineados y listos para una foto de grupo, los más bajos delante, los otros detrás, y en medio la cara pálida de Bizcochito. Había llegado la maestra. La clase se ponía firmes. Durante unos instantes se sintieron todos examinados, en revista, y uno levantaba la nariz, otro se ajustaba la camiseta, otro se ponía las manos en los bolsillos buscando quién sabe qué. Vistos así, a través de la distancia que se había creado con la entrada de Annalisa, parecían lo que de hecho eran, unos críos. Durante aquel largo instante cada uno pareció responder de sí, no había grupo, no había banda, no había castigo. La maestra había entrado para preguntarle a cada uno de qué sería capaz. Durante aquel tiempo indefinido en el que volvieron dentro de sus caras, se asomaban a una especie de vacío donde estaban indefensos, o, más verosímilmente, consternados, los zapatos desatados, los pensamientos desatados, los ojos sin saber si estar quietos o huir.

Pero luego hubo un clic, y todo volvió donde debía. Annalisa, que nunca había sentido aquella especie de extravío, se arrodilló delante de Nicolas.

Cuando Annalisa pareció a punto de comenzar, Dron se miró los pies poniéndose los auriculares en las orejas con la música a altísimo volumen para no oír ningún sonido. Pero de inmediato Marajá la detuvo.

–¡Dron, Dron! –gritó Nicolas, obligándolo a quitarse los cascos y a alzar los ojos sobre él–: ¿Has visto lo que sucede cuando se jode a la banda? Que la banda te jode a ti y a toda tu sangre. Levántate, Annali', ve a vestirte.

–Nooo, ¿de veras? –Pichafloja, excitadísimo, no se contuvo.

–¡Eh! –dijo Bizcochito–, noooo.

Dron habría querido abrazarlo, como si le hubiera caído encima, de golpe, la lección impartida. Nicolas, desde lo alto de sus dieciséis años, se sintió tan viejo y sabio que habría querido que le besaran la mano; habría querido las mandíbulas hinchadas como las de Marlon Brando, de don Vito Corleone, pero se tuvo que conformar con las miradas decepcionadas de la banda, con el aire asombrado de Annalisa y con la inmóvil gratitud de Dron, incapaz de hablar o incluso sólo de cambiar aquella expresión incrédula que se había adueñado de su cara. Era toda una puesta en escena. Y Nicolas adoraba las puestas en escena, le parecía que escribía el guión de su poder.

Annalisa se puso delante de Nicolas, era más o menos de su altura. Lo miró como si exhalara un olor repugnante, luego articuló:

–Me dais asco, todos, incluido mi hermano. –Respiró profundamente–: Pero ahora tenéis que dejarlo tranquilo: la culpa está pagada.

Nadie hizo ningún gesto.

Annalisa se acercó aún más a Nicolas:

—¿La culpa está pagada? ¡Dilo!

—Está pagada, está pagada... Dron es de la banda.

—Un privilegio... —dijo Annalisa y, dándole la espalda, fue al baño a vestirse.

Los chicos, de pie, mantuvieron los ojos pegados en su trasero hasta que desapareció en el baño. Luego, uno tras otro cogieron la puerta. En fila por las escaleras, Nicolas, delante, chasqueó la lengua:

—¿Kebab? —preguntó.

Y los otros:

—¡Kebab, kebab! —por unanimidad.

Sólo Dron se quedó a esperar a su hermana para devolverla a casa.

Tercera parte
Tempestad

El secreto de la fritura de paranza* *es saber elegir los pesca-dos pequeños: ninguno debe estar en discordancia con los otros. Si la espina de la anchoa acaba entre los dientes, la has elegido demasiado grande, si reconoces el calamar porque no lo has elegi-do pequeño, entonces ya no es fritura de paranza: es una mezco-lanza del pescado que has encontrado disponible. La fritura de paranza lo es cuando todo lo que te metes en la boca lo puedes masticar sin identificarlo. La fritura de paranza es el descarte de los pescados, sólo en el conjunto encuentra su sabor. Pero hay que saberlos rebozar, poniéndolos en una harina de calidad, y es lue-go la fritura la que bendice la comida. Alcanzar el gusto exacto es la batalla que se libra en el hierro de la sartén, en el zumo de aceituna, el aceite, en el alma del trigo, la harina, en el zumo de mar, los pescados. Se gana cuando todo está en perfecto equili-brio y cuando en la boca la paranza tiene un sabor homogéneo.*

La paranza se acaba enseguida, así como nace, muere. Frien-do y comiendo, friendo y comiendo. Debe estar caliente como está caliente el mar cuando la han pescado de noche. Tirad ha-cia la barca las redes, en el fondo quedan esos seres minúsculos

* *Paranza* es, además de balandro pesquero y los peces pequeños con que se elabora la fritura, banda de niños de la camorra. *(N. del T.)*

mezclados con la masa de pescado, lenguados que no han creci-do, merluzas que no han nadado lo suficiente. El pescado se vende y ellos se quedan en el fondo del cajón, entre trozos de hielo medio deshecho. Solos no tienen precio, no tienen ningún valor; juntos en un cucurucho de papel se convierten en exquisi-tez. Nada eran en el mar, nada eran en la red, ningún peso en el plato de la balanza, pero en la fuente se convierten en un manjar. En la boca se mastica todo junto. Juntos en el fondo del mar, juntos en la red, juntos rebozados, juntos en el aceite hir-viendo, juntos bajo los dientes y en el gusto sólo uno, el gusto de la paranza. *Pero en el plato el tiempo para poder comer es bre-vísimo: si se enfría, el rebozado se separa del pescado. La comida se convierte en cadáver.*

Rápido nace en el mar, rápido se pesca, rápido acaba en la sartén candente, rápido llega a los dientes, rápido es el placer.

VAMOS A MANDAR

El primero en hablar fue Nicolas. Él y los otros estaban en el Nuovo Maharaja esperando el inicio del nuevo año. El año que los lanzaría hacia el futuro.

Dragón y Briato' estaban en la terraza, aplastados entre la gente. Hacían lo que hacían los otros, y por tanto recitaban la cuenta atrás delante del mar de Posillipo empuñando una botella mágnum, con el pulgar listo para hacer saltar el tapón. Ondulaban sostenidos por aquella marea humana que celebraba el año que estaba a punto de llegar. El contacto físico con las telas ligeras de la ropa sucinta de las chicas, el perfume de las lociones para después del afeitado que pertenecía a una edad que aún no era la suya, los discursos captados entre personajes que parecían tener el mundo en un puño... y toda una embriaguez. En la terraza la banda se perdía y se encontraba, un instante saltaban manteniéndose entrelazados con los brazos en la cintura, y al siguiente hablaban en voz alta con gente que no habían visto nunca. Pero nunca se perdían el uno al otro, es más, se buscaban incluso sólo para intercambiarse una sonrisa que significaba que todo era maravilloso. Y el año siguiente sería aún mejor.

Cinco, cuatro, tres...

Nicolas lo sentía aún más que los otros, pero no había puesto el pie en la terraza. Cuando el DJ invitó a todos a sa-

273

lir delante del mar, abrazó fuerte a Letizia y se sumergió en la riada, pero luego se quedó inmóvil mientras ella era arrastrada lejos. Había permanecido allí, de pie, delante de los ventanales contra los cuales todos parecían aplastados como en un acuario demasiado poblado, y luego había comenzado a caminar hacia atrás, hasta el reservado que les pertenecía, que gracias a él Oscar debía mantener siempre libre para la banda. Se sentó en un silloncito de terciopelo, se desplomó en él sin preocuparse de que el asiento estuviera mojado de champán y se quedó allí hasta que los otros lo alcanzaron para decirle que había sido un capullo porque se había perdido a una colgada que se había desnudado y el marido había tenido que cubrirla con un mantel. Nicolas sólo dijo:

–Deben entender que ya nadie está seguro. Que los edificios, las tiendas y los ciclomotores, los bares, las iglesias son todo cosas que permitimos nosotros.

–¿Qué quieres decir, Marajá? –preguntó Briato'. Estaba en su séptimo *flûte* de Polisy y agitaba la mano libre de la copa para hacer desaparecer el olor a azufre de los fuegos que se desencadenaban fuera.

–Que todo lo que existe en esta barriada nos pertenece.

–¡Nos pertenece una mierda! ¡No tenemos dinero para comprarlo todo!

–¡Qué tiene que ver! No vamos a comprar todas las cosas. Nos pertenece, es nuestro, si queremos lo quemamos todo. Tienen que entender que deben mirar al suelo y cerrar el pico. Tienen que entenderlo.

–¿Y cómo tienen que entenderlo? ¿Disparamos a todos los que no se dejan mandar? –intervino Dientecito. Había dejado la chaqueta quién sabe dónde y mostraba una camisa violeta de media manga que dejaba al descubierto el tatuaje del escualo que se había hecho hacía poco en el antebrazo.

–Exactamente.

Exactamente.

Había bastado aquella palabra, que había empujado a muchas otras, y luego a muchas más. Una avalancha. ¿Pasado el tiempo se acordarían alguna vez de que todo había comenzado por una sola palabra? ¿Que había sido aquélla –pronunciada mientras a su alrededor los festejos llegaban al paroxismo– la que lo inició todo? No, nadie estaría en condiciones de reconstruir, y tampoco le interesaría hacerlo. Porque no había tiempo que perder. No había tiempo para crecer.

La gente que pastaba por la plaza Dante se percató del ruido antes de que aparecieran. Advirtió curiosidad y peligro, y por un instante quien caminaba o simplemente se tomaba un café se quedó paralizado. La plaza Dante está totalmente encerrada en el edificio semicircular del siglo XVIII del Foro Carolino, y desde que se ha convertido en una isla peatonal, los brazos elegantes de los dos edificios del Vanvitelli han adquirido un nuevo aliento. Tanto más fuerte fue, en aquella especie de paréntesis de belleza urbana, la percepción del suceso, un suceso que podía parecer una represalia, un ataque por sorpresa. Fueron precedidos por un zumbido y por los primeros disparos al aire, aún fuera de escena. El zumbido aumentó, aumentó y aumentó, hasta que despuntaron compactos como un enjambre de avispas desde Port'Alba y comenzaron a disparar a lo loco. Bajaron a toda velocidad, escupidos dentro de la luz, como una patrulla de asalto. Zigzaguearon por la plaza bajo el monumento a Dante, cogiéndolo con gusto como diana, pero luego apuntaron a escaparates y ventanas.

Había comenzado la estación de los tiroteos. Aterrorizar era la manera más económica y rápida de apropiarse del territorio. La época de quien mandaba porque había conquistado el territorio callejón tras callejón, alianza tras alianza, hombre tras hombre, había terminado. Ahora había que tirotearlos a todos. Hombres, mujeres y niños. Turistas, comerciantes y habitantes históricos del barrio. El tiroteo es democrático porque hace bajar la cabeza a cualquiera que se encuentre en la trayectoria de las balas. Y luego se necesita poco para organizarlo. Basta, también en este caso, una sola palabra.

La banda de Nicolas había comenzado por las afueras. De Ponticelli, de Gianturco. Un mensaje en el chat —«vamos de excursión»— y la manada partía en los Sh 300, en los Beverly. Debajo de los asientos o metidas en los pantalones, las armas. De todo tipo. Beretta parabellum, revólver, Smith&Wesson 357. Pero también Kaláshnikovs y metralletas M 12, armas de guerra con los cargadores llenos hasta la última bala, porque la yema sobre el gatillo se levantaría sólo una vez, agotadas las municiones. Nunca había una orden precisa. En un momento dado se comenzaba a disparar por doquier, a tontas y a locas. No se apuntaba a nada en particular, y mientras con una mano se daban golpes al acelerador y se corregía la trayectoria para evitar los obstáculos, con la otra se abría fuego. Se acribillaban los triángulos de los «ceda el paso» y los contenedores que echaban fuera una sangre negra, la mugre, y luego otra vez gas para retomar el centro de la calle, alzar un poco la mira para alcanzar los balcones, los tejados, sin olvidar las tiendas, las marquesinas, el transporte público. No había tiempo para mirar alrededor, sólo movimientos repentinos de los ojos bajo los cascos integrales para comprobar que no hubiera puestos de control o policías de paisano. Tampoco tiempo para comprobar si le habían dado a alguien. Cada disparo llevaba consigo solamente una imagen mental, que se repetía a cada deflagración: una cabeza que se inclina y luego el cuerpo que busca el terreno para aplanarse y desaparecer. Detrás de un automóvil, detrás del parapeto de un balcón, detrás de una mancha de verde sin cultivar que debería embellecer una rotonda. El terror que Nicolas y los otros veían en las caras de las personas era el terror que les permitiría mandar. El tiroteo dura pocos minutos, como una irrupción de fuerzas especiales, y luego, hecho un barrio, se pasa a otro. Al día siguiente, leerían en las páginas locales cómo había ido de verdad, si había habido daños colaterales, caídos en combate.

Y luego había llegado el centro histórico. «Hagámonos Toledo», había propuesto Lollipop. Dicho y hecho. Había que meter miedo también allí. «Tenemos que ponerlos amarillos a todos», decía. El color del miedo, de la ictericia, de la diarrea. La bajada de Toledo, inmediatamente después de la plaza Dante, cogió una aceleración trepidante. Sólo Nicolas consiguió, en el estruendo enloquecido de la cabalgata, mantenerse firme y así advirtió, no pudo dejar de enfocarla, inmediatamente después del palacio Doria d'Angri, entre la gente que se echaba al suelo, una figura de mujer que permanecía firme sobre las piernas y, es más, se adelantaba sobre la puerta de la tienda, bajo el letrero Blue Sky. Su madre lo reconoció, los reconoció, y no hizo otro gesto que el habitual de pasarse una mano en forma de peine dentro del pelo negro. Pasaron por delante y agujerearon el escaparate de una tienda de ropa que estaba del otro lado de la calle, un poco más abajo.

En la plaza de la Carità hicieron un carrusel entre los árboles y los coches aparcados, y lo mismo hicieron en Galleria Umberto I, para oír el eco de los disparos. Luego volvieron atrás hasta la tienda Disney, y allí cada uno de ellos apuntó bajo. Un eslavo que tocaba el acordeón desafinó en medio de una melancólica canción, luego se movió lentamente hacia la estación de metro de Toledo. Se acurrucó en el suelo mientras todos a su alrededor empezaban a levantarse. Los muchachos ya habían cogido por los Quartieri Spagnoli, perdiéndose arriba, hacia San Martino, como si el enjambre debiera emprender el vuelo y volver sobre la ciudad, a espiar el efecto de tanta artillería. El resultado lo evaluaron como siempre en el informativo, pero aquella tarde vieron en la pantalla su primer muerto: vieron a aquel hombre inclinado sobre su acordeón, en un lago de sangre. Era conocido en la calle por una canción que tocaba a menudo, que contaba de una muchacha que, para no morir, había pedido membrillo amarillo de Estambul, pero su enamorado había llegado tres años después, tres años después, y a la muchacha ya la habían llevado a otra parte.

—No, es mío —dijo Pichafloja.

—Yo creo que no, que es mío —dijo Dientecito.

—Es mío —dijo Nicolas, y los otros se lo dejaron, con una mezcla de turbación y respeto.

Ahora que habían sembrado el pánico había llegado el momento de la cosecha. Era pronto para adueñarse de las plazas de trapicheo, aún no eran lo bastante grandes para pensar en grande. Recordaban perfectamente la lección de Copacabana: «O haces las extorsiones o haces las plazas de chocolate y coca.» Y para las extorsiones estaban listos. El barrio era una reserva sin amo, el tiempo era suyo y lo cogerían.

Nicolas había localizado el primer comercio, un concesionario de Yamaha en via Marina. En su dieciocho cumpleaños la banda había contribuido a pagarle el carné y cada hermano había puesto de su bolsillo ciento cincuenta euros. El padre le había regalado un Kymco 150, dos mil euros de ciclomotor apenas salido de fábrica. Había llevado a su hijo al garaje y lleno de orgullo había subido la persiana. Un Kymco negro y reluciente. Ante el lazo rojo en el guardabarros delantero, Nicolas a duras penas había contenido una carcajada. Le dio las gracias a su padre, que le preguntaba si no tenía ganas de probarlo enseguida, pero Nicolas había respondido que quizá en otra ocasión. Y lo había dejado allí, preguntándose en qué se había equivocado.

Al día siguiente, cogió el Kymco. El lazo rojo ya no estaba. Salió disparado al concesionario, recogiendo a los otros a lo largo del camino, y les explicó adónde se dirigían.

Cuando los empleados vieron la hilera motorizada en forma de serpentón entre los ciclomotores expuestos en la explanada, pensaron de inmediato en un robo. No sería la primera vez. La banda aparcó delante del ventanal que daba a las oficinas y Nicolas entró solo. Gritaba que necesitaba hablar con el director, que tenía una propuesta que no podía rechazar. Los clientes del interior del concesionario le abrieron paso, mirándolo con una expresión mezcla de temor y reprobación. ¿Quién era aquel chico? Pero el chico, localizado el director —un cuarentón, pelo con una raya vistosísima, bigotes a lo Dalí—, empezó a darle manotazos en el pecho —paf, paf, paf— hasta hacerlo retroceder a su despacho, un cubículo transparente. Nicolas se sentó en la silla del director, estiró las piernas sobre el escritorio y luego hizo señas al hombre que estaba delante de él de que podía elegir la que quisiera entre las sillas reservadas a los clientes. El director, que se masajeaba el pecho donde Nicolas lo había golpeado, intentó replicar, pero lo hicieron callar:

—Bigotito, cálmate. Ahora te protegemos nosotros.

—Nosotros no necesitamos protección —intentó decir el director, pero no dejaba de frotarse la camisa a rayas. Aquel dolor sordo no quería marcharse.

—Gilipolleces. Todos necesitan protección. Hagamos así —dijo Nicolas. Bajó las piernas del escritorio, se acercó al director y le agarró la mano, que ahora se había detenido. Se la aplastó con la suya y con la libre comenzó a darle puñetazos justo donde ya lo había golpeado.

—¿Ves a mis compadres ahí fuera? Pasarán todos los viernes. Puñetazo. Puñetazo. Puñetazo.

—Pero ahora comenzamos con un cambio de propiedad. Puñetazo. Puñetazo. Puñetazo.

—Mi Kymco. Es nuevo. Ni un rasguño. ¿Vale un T-Max? Puñetazo. Puñetazo. Puñetazo.

—Lo vale, lo vale —dijo el director con una vocecita agitada—. ¿Y para los documentos cómo hacemos?

—Me llamo Nicolas Fiorillo. El Marajá. ¿Te basta?

Luego fue el turno de los vendedores ambulantes:

–Todos los vendedores que están en el corso Umberto I deben pagarnos a nosotros –aclaró Nicolas–. Les metemos la pipa en la boca a esos jodidos negros y hacemos que nos den diez, quince euros al día.

Luego pasaron a las tiendas. Entraban y explicaban que desde aquel momento mandaban ellos, y luego establecían la cifra. Pizzerías y administradores de tragaperras esperaban cada jueves la visita de Dron y Lollipop, encargados de la recogida. «Vamos a hacer terapia», escribían en el chat. Pero muy pronto decidieron subcontratar la retirada a algún marroquí desesperado a cambio de los euros suficientes para garantizarle alojamiento y comida. Todo muy sencillo, todo muy veloz, bastaba no salir de la propia zona de competencia. Y si el charcutero hacía tonterías, bastaba con sacar la pipa –durante un tiempo Nicolas usó la vieja Francotte, aquella pistola le daba placer, le llenaba la mano– y metérsela en la garganta hasta que le entraran arcadas. Pero eran pocos los que intentaban resistirse y al final también había alguno que se autodenunciaba a la banda si, cuando bajaba la persiana el jueves por la tarde, aún no había visto a nadie.

Ahora sí que entraba dinero, y cómo. A excepción de Dragón, nunca nadie había visto tanto de una sola vez. Pensaban en las carteras gastadas de sus padres que curraban todo el día, que se condenaban con trabajos y trabajillos rompiéndose la espalda, y sentían que habían entendido cómo es el mundo mucho mejor que ellos. Que eran más sabios, más adultos. Se sentían más hombres que sus propios padres.

Se encontraban en la madriguera y en torno a la mesita contaban la lechuga, billetes pequeños y billetes grandes. Mientras se hacían un porro y Tucán indefectiblemente hacía correr el carro de la pistola –ya era un fondo constante, él ya ni siquiera se percataba del gesto–, Dron sumaba, llevaba las cuentas y lo apuntaba todo en el iPhone, y al final repartían.

Luego se concedían la acostumbrada partida a *Assassin's Creed*, encargaban el kebab y, tragado el último bocado, todos libres, iban a gastar. En grupo o con las chicas, y a veces también solos. Rolex de oro, smartphones de última generación, zapatos de Gucci jaspeados y sneakers de Valentino, vestían de marca de la cabeza a los pies y hasta los calzoncillos, rigurosamente Dolce & Gabbana, y luego docenas de rosas rojas que enviaban a casa de las chicas, anillos de Pomellato, ostras y caviar y ríos de Veuve Clicquot consumidos en los sofacitos del Nuovo Maharaja; luego les daban un poco de asco aquellos platos viscosos y hediondos, y entonces salían del local e iban a comerse un cucurucho de pescado frito como es debido, de pie o sentados en los escúteres. El dinero, así como entraba, salía. La idea de ahorrar ni los rozaba: hacer dinero de inmediato era su pensamiento, el mañana no existía. Satisfacer cada deseo, más allá de cualquier necesidad.

La banda crecía. Crecían los beneficios y crecía el respeto que veían en los ojos de las personas.

—Las personas están empezando a despreciarnos, significa que quieren ser como nosotros —decía Marajá.

Crecían ellos, aunque no tenían el tiempo de darse cuenta. Estabadiciendo había dejado de lavarse la cara con litros de Topexan, el acné que le había torturado la cara parecía finalmente satisfecho de su trabajo y le había dejado en recuerdo unas marcas que le daban un aire vivido. Dragón y Pichafloja se habían enamorado al menos tres veces, y cada vez juraban que era el amor de su vida. Los veías inclinados sobre los smartphones escribiendo frases encontradas en internet, en los sitios especializados, o bien declaraciones de fidelidad eterna: ella era la más hermosa, el sol que iluminaba su existencia, era ella quien debería amarlos sucediera lo que sucediera. Briato' se había rendido a las continuas tomaduras de pelo de Nicolas, que lo acusaba de peinarse el pelo hacia atrás como un milanés, y se había rapado. Durante un tiempo fue con gorra, cada vez que aparecía volvían a tomarle el pelo. «¿Por qué lo haces?», le decían. Y de por sí no era en absoluto una ofensa para alguien como él, que había hecho de *Donnie Brasco* un mantra que recitar, pero se había hartado y un día la gorra terminó en un contenedor. Dientecito y Lollipop iban al gimnasio juntos y ambos eran fuertes, aunque el primero había dejado de crecer, mientras que Lollipop seguía estirándose y parecía que no fuera a detenerse nunca. También habían aprendido a caminar sacando pecho y con los brazos separados, como si tuvieran bíceps que les impedían mantenerlos pegados al cuerpo. Los hombros ya anchos de Tucán se habían hecho más anchos, robustos, las alas tatuadas en la espalda parecían adquirir cada vez más vuelo. Bizcochito, luego, había dado el estirón. De un día para otro había crecido varios centímetros, y las piernas, con todas aquellas carreras en bici, se habían convertido en dos palancas tensas. Dron se había quitado las gafas y las había sustituido por lentes de contacto, también se había puesto a dieta y ya nada de kebab ni de pizza frita. También Nicolas había cambiado, y no porque se hubiera convertido en consumidor de coca, que sobre él no parecía tener el mismo efecto que tenía sobre la banda. La suya era una euforia controlada. Cuando Dragón le hablaba, detrás de sus ojos percibía un rumiar continuo: hablaba, bromeaba, daba órdenes, hacía el tonto junto a los otros, pero nunca bajaba la guardia, no se apartaba nunca de un razonamiento totalmente suyo al que ningún otro estaba invitado. A veces aquellos ojos le recordaban un poco los de su padre, Nunzio el Virrey, ojos que él nunca había tenido. Pero estos pensamientos de Dragón eran relámpagos que, apenas llegaban al suelo, desaparecían sin dejar rastro.

¿En qué se estaban convirtiendo? Tampoco había tiempo para buscar una respuesta. Había que seguir hacia delante.

–El cielo es el límite –decía Nicolas.

El silencio no se puede romper porque el silencio no existe. Incluso sobre un glaciar a cuatro mil metros: siempre habrá un crujido. Incluso en el fondo del mar: el tu-tump del corazón estará allí para hacerte compañía. El silencio se parece más bien a un color. Tiene mil matices, y quien nace en una ciudad como Nápoles, Mumbai o Kinshasa sabe percibirlos y captar la diferencia.

La banda estaba en la madriguera. Era día de distribución. La mensualidad que correspondía a cada miembro estaba en un montón de billetes que cubrían la mesa baja de cristal. Primero Briato' y luego Tucán habían intentado dividir en partes iguales, pero al final las cuentas nunca cuadraban. Siempre había alguno al que le faltaba en relación con otro.

—Briato' —dijo Bizcochito, que se había encontrado con diez billetes de veinte y miraba los billetes de cien que asomaban de los dedos de Dron—, pero ¿tú no estudiabas contabilidad?

—No —intervino Pichafloja—, él se tiró a una profesora, pero ella lo cateó de todos modos.

Una vieja historia, muy probablemente falsa, pero ellos no se cansaban de contarla y ahora Briato' ya no reaccionaba, sobre todo en aquel momento en que la división aún no le salía.

Dragón cogió el dinero de todos y lo echó sobre la mesa como se hace cuando se anula una partida de cartas, y luego se quedó agarrotado con un billete de veinte euros a media altura. Parecía un jugador listo para bajar el as.

—¿Qué coño es este silencio?

Todos levantaron la cabeza, percibiendo el matiz de aquel silencio. Nicolas fue el primero en salir de la madriguera, y luego todos los demás detrás. Bizcochito intentó decir que antes de una explosión nuclear, lo había visto en una película, siempre se produce ese silencio, después de lo cual, BUM, cenizas, pero ya estaban todos en la calle, alineados para asistir a un momento de pausa en Forcella. Ciertamente, el rumor de fondo no se agotaba nunca, era sólo un matiz, pero eso bastaba.

El tráfico en la bifurcación del barrio se había parado, un viejo camión de mudanzas con el nombre empalidecido sobre el lateral se había detenido de través y había abierto la puerta trasera. Desde las ventanas de las casas de alrededor, desde las aceras, desde los habitáculos de los automóviles que habían apagado el motor, llegaban propuestas de ayuda, pero expresadas sin convicción, sólo por adulación, porque los encargados del trabajo ya habían sido identificados. La banda de los Melenudos. Iban y venían entre el camión y la entrada del edificio, el de la esquina, el puesto de honor. Muebles viejos, de al menos un par de generaciones antes, pesadísimos, pero no rozados por el tiempo, como si hubieran permanecido bajo una tela de plástico durante décadas. Tres Melenudos sudaban debajo de una estatua de la Virgen de Pompeya de un par de metros de altura. Dos sostenían por los pies a santo Domingo y santa Catalina de Siena, mientras el tercero sujetaba a la Virgen de la Aureola. Bufaban, sudaban y juraban en presencia de toda aquella santidad. A su lado, como un pastor de ovejas, el White los dirigía a gritos.

284

–Si se nos cae la Virgen, la Virgen hará que nos caigamos nosotros.

Y arañas de cristal, una otomana de un tejido espeso y de un color rojo pompeyano adornado con siluetas de hojas de oro, sillas con respaldos altísimos, casi tronos, sillones, cajas de cartón repletas de vajilla. Todo el instrumental para comenzar una vida a lo grande.

Si la banda de Marajá, con la espalda pegada a los muros de los edificios de enfrente, hubiera levantado los ojos de aquel espectáculo para plantarlos una decena de metros más arriba, en la ventana por la que se estaba asomando, habría descubierto a la nueva dueña de la casa, Maddalena, llamada la Culona. Estaba ofendida con su marido, Crescenzio, llamado Roipnol, porque ella habría querido bajar a la calle con él, dar una vuelta por el barrio, en resumen, aclimatarse. Pero el marido había sido inamovible y, en aquel piso aún despojado, intentaba explicarle que él no podía salir con ella, no era seguro, pero ella podía, nadie se lo impedía. Él se había tirado veinte años en chirona, ¿qué pasaba por un poco de tiempo encerrado allí? Crescenzio trataba de calmar a su mujer, pero el eco de aquella casa desnuda y aquel chico, Meón, que seguía preguntando: «¿Os gusta cómo lo hemos pintado?», lo hacía todo inútil.

Diez metros más abajo, los Melenudos desaparecían en el vestíbulo y luego reaparecían con las manos vacías, listos para otra carga. Sólo el White no hacía nada, salvo fumarse un porro tras otro y gesticular como un director de orquesta.

Nicolas y sus muchachos no habían osado dar un solo paso. Verdaderamente no podían, estaban boquiabiertos, seguían mirando la escena como viejos delante de las excavaciones para las nuevas cañerías. Aquello no era una mudanza, era la llegada de un rey con su corte.

Bizcochito fue el primero en hablar:

–Nico', ¿qué pasa?

Toda la banda se volvió hacia Nicolas, que se adelantó un paso, hasta el bordillo de la acera y, con una voz fría que producía escalofríos, dijo:

—Mira, Bizcochito, también es una satisfacción llevar los muebles a la espalda.

—¿A quién?

—Y yo qué sé. —Y añadió otros pasos, separándose de la banda, hasta alcanzar al White, susurrarle algo al oído mientras él se encendía otro porro, se lo llevaba a la boca y con la otra mano se estrujaba la coleta a lo samurái (una colilla de pelo grasoso) que se había dejado crecer. Se alejaron y entraron en la salita. Los parroquianos habituales estaban por la calle, también ellos espectadores. El White se recostó sobre el billar, aguantándose la cabeza con un brazo. Nicolas, en cambio, estaba plantado sobre los pies, inmóvil, con los puños cerrados a lo largo del cuerpo. Estaba sudando de la rabia, pero no quería secarse la frente, no quería mostrarse débil delante del White. En los tres minutos que habían tardado en alcanzar la salita el White, sin demasiados rodeos, le había dicho a Nicolas que desde aquel momento el barrio era de Crescenzio Roipnol. Así se había decidido. Que él y sus chavalillos debían entrar en vereda.

Ninguno de ellos había visto nunca a Crescenzio Roipnol, pero todos sabían quién era y por qué había terminado en Poggioreale veinte años antes, cuando don Feliciano y los suyos estaban lejos, en Roma, en Madrid, en Los Ángeles, convencidos de que habían establecido un poder que nadie podía romper. Pero el hermano de don Feliciano, el Virrey, no lograba contener a quienes querían apoderarse de Forcella aprovechando el vacío de poder. Ernesto, el Boa —hombre de Tragafuegos, de la Sanità—, se había instalado en Forcella. Para mandar. Para someterla a la Sanità. En ayuda del Virrey habían llegado los Faella, había llegado su boss Sabbatino Faella, padre del Gatazo. Y había llegado su brazo armado,

Crescenzio Ferrara Roipnol. Fue él quien se deshizo del Boa, y lo hizo un domingo, en misa, delante de todos, para proclamar que el poder de don Feliciano estaba a salvo gracias a Sabbatino Faella. La eterna lucha entre las monarquías de Forcella y de la Sanità había sido congelada de nuevo, a fin de que el corazón de Nápoles permaneciera dividido entre dos soberanos, como siempre habían querido las familias de fuera.

Crescenzio era un heroinómano a la antigua, y en la cárcel había conseguido sobrevivir sólo gracias a su suegro, el padre de la Culona, que le hacía llegar el Roipnol tras los barrotes. Los comprimidos le servían para aplacar los temblores, para impedirle enloquecer después del enésimo síndrome de abstinencia, pero por otra parte le habían reducido los reflejos, a veces parecía narcotizado. Pero no demasiado, si había sido nombrado jefe de zona.

Nicolas miraba la sonrisa del White, que se le ensanchaba en la cara, los dientes marrones que asomaban. Ese gilipollas, pensó, no se daba cuenta de que era un esclavo.

—¿Entonces te gusta que te den? —empezó Nicolas.

El White se estiró aún más sobre la mesa, y cruzó las manos detrás de la nuca, como si estuviera tendido en un prado tomando el sol.

—¿Te gusta que te den? —repitió Nicolas, pero el White siguió ignorándolo, quizá ni siquiera oía aquellas palabras. No sentía ni siquiera las cenizas del porro que le caían al cuello.

—¿Te gusta así, White? ¿Sin vaselina?

El White se levantó para sentarse de golpe, en una torcida posición de yoga. Aspiraba con avidez del porro, para chupar su valentía. Y quizá para eliminar la vergüenza.

—A ver si lo entiendo —dijo el Marajá—, el Gatazo le da por el culo a Copacabana. Copacabana le da por el culo a Roipnol. ¡Y Roipnol te da por el culo a ti! ¿Correcto?

El White se desató la coleta, el pelo cayó en un mechón oblicuo.

–Nos alternamos –dijo, y volvió a tenderse en la mesa.

Nicolas estaba furioso, habría querido matar al White en aquel momento, con las manos desnudas, cogerlo por el cuello hasta que se pusiera azul, es más, habría querido subir los cuatro pisos del edificio donde estaba Roipnol y matarlos también a él y a su mujer, adueñarse de Forcella, adueñarse de aquello que Copacabana le había dejado husmear. Pero no había tiempo. Salió de la salita y con amplias zancadas alcanzó a su banda, que no se había desplazado un metro de donde la había dejado. Los Melenudos llevaban un arcón que nunca pasaría por el portal. Nicolas se reubicó entre los suyos, como si fuera la última pieza de un puzle que compone finalmente la figura completa. Bizcochito, sin volverse hacia su jefe, preguntó otra vez:

–¿A quién le llevan los muebles?

–A quien ha sido enviado aquí para convertirnos en hormigas del Gatazo.

–Marajá –dijo Tucán–, ¿pero qué estás diciendo? Vamos donde Copacabana, de inmediato.

–Vamos a decirle que ha entendido el mensaje.

Pataleo de pies, manos metidas en los bolsillos de los pantalones, aspiraciones por la nariz. La banda había perdido la quietud contemplativa.

–¿Cómo?

–Como que Copacabana nos ha jodido. Nos ha quitado las llaves de Forcella.

–¿Y ahora qué hacemos?

–Nos rebelamos.

Nicolas les había dicho que se reunieran con él en el Nuovo Maharaja. Aquella misma tarde. En el reservado había hecho traer nueve sofacitos para sus muchachos, para él había elegido un trono de terciopelo rojo que habitualmente Oscar usaba para las fiestas de los menores de dieciocho. Los había esperado sentado allí. Llevaba un traje a rayas gris oscuro que había comprado algunas horas antes, después de la conversación con el White. Había buscado a Letizia y habían entrado en la primera tienda del centro. Y luego zapatos Philipp Plein con tachuelas y un sombrero de ala ancha de Armani. El conjunto era estridente, pero a Nicolas no le importaba. Le gustaba cómo la luz del Nuovo Maharaja se reflejaba en aquellos zapatos de quinientos euros. Para la ocasión había también decidido arreglarse la barba. Quería estar perfecto.

Tamborileaba en los brazos de bronce y observaba a su ejército atracarse de Moët & Chandon. Dragón le había preguntado qué había que celebrar, visto que ahora debían someterse a Roipnol, pero Nicolas ni siquiera le había respondido, limitándose a señalar las bandejas con pastas y las copas. Del local llegaba un ritmo a ciento veinte RPM, probablemente una apacible fiesta de cumpleaños, duraría mucho. Bien, pensó Nicolas cuando estuvieron al completo, y pidió a los suyos que se acomodaran en los silloncitos. Tenía a todos sus apóstoles delante. Un semicírculo donde los ojos estaban obligados a dirigirse sólo a él. Pasó la mirada de derecha a izquierda, y luego de nuevo de izquierda a derecha. Dragón debía de haber pasado por el barbero, porque la sombra desordenada que llevaba en el rostro aquella mañana ahora había sido redirigida en una tira perfecta. Briato' había elegido una camisa *blu navy*, abotonada hasta el cuello, mientras que Dron había optado por una camiseta ajustada. Hacía poco que había comenzado a ir al gimnasio y estaba trabajando mucho los pectorales. También Pichafloja se había puesto de punta en blanco, por una vez había cambiado los pantalones *oversize* por un par de North Sails con una ligera cintura baja y con el dobladillo alto para mostrar los mocasines.

Son todos guapos, pensó Nicolas, posando los ojos también en Tucán, Lollipop, Estabadiciendo y Dientecito. Y aquel pensamiento, que si hubiera sido expresado en voz alta

289

le habría ocasionado tomaduras de pelo durante toda la noche, pasó sin vergüenza. También Bizcochito era guapo, con aquella cara de niño que aún no ha perdido las redondeces de la infancia.

–¿Qué hay que celebrar, que tenemos que estar bajo Roipnol? –repitió Dragón.

Ahora Nicolas se veía obligado a responder, y el Marajá habría querido replicar de inmediato que quizá ya lo sabían, porque estaban allí brindando, dado que se habían presentado tan acicalados, como si ya hubieran intuido que aquella jornada no había sido una derrota.

–La banda nunca está por debajo de nadie –dijo Nicolas.

–Entiendo, Nico', pero ahora está ése, y si está ése es porque el Gatazo lo ha querido así.

–Y nosotros nos cogemos las plazas. Nos las cogemos todas.

El mecanismo no necesitaba ser aprendido. Ni tampoco explicado. Habían crecido en él. Aquel Sistema en «franquicia» era viejo como el mundo, siempre había funcionado y siempre funcionaría. Los propietarios de las plazas eran rostros que sabían distinguir entre mil, administradores únicos de la mercancía que tenían una sola obligación: pagar, cada fin de semana, la cuota establecida por el clan que controlaba la zona. ¿Dónde se procuraban la droga? ¿Tenían un suministrador o más de uno? ¿Pertenecían al clan? Preguntas que haría quien no había crecido así. Una forma de capitalismo sin alma, que permite el justo distanciamiento para hacer negocios sin problemas. Y si los propietarios sisaban un poco, el clan lo toleraba, era el premio a la producción. ¿No deberían funcionar así todas las empresas?

Adueñarse de las plazas significa adueñarse del barrio, conquistar el territorio. La tasa sistemática y la mensualidad que se saca a los vendedores ambulantes no permiten echar raíces. Da dinero, pero no cambia las cosas. Nicolas veía que todo se desplegaba delante de él. Marihuana, hachís, kobret, cocaína y heroína. Habrían hecho todo secuencialmente, el movimiento justo en el momento justo y en el punto justo. Nicolas sabía que no podía evitar ciertas cosas, pero podía acelerar y sobre todo dejar su huella, es más, la de su banda.

No hubo carcajadas. Tampoco hubo cruces de piernas o frotamientos de tela en los silloncitos. Por segunda vez en aquella jornada la banda estaba petrificada. Era el sueño que finalmente encontraba el camino de la palabra. Lo que habían hecho hasta ahí había sido una carrera loca hacia aquel objetivo que Nicolas había tenido el valor de mencionar. Las plazas.

Nicolas se levantó y posó la palma de la mano sobre el pelo de Dragón.

–Dragón –dijo–, tú coges via Vicaria Vecchia.

Y levantó los dedos de pronto, como si hubiera ejecutado un encantamiento.

Dragón se levantó del silloncito e hizo el gesto con las palmas vueltas hacia el techo y luego arriba y abajo, levantando un peso invisible. *Raise the roof.*

Los otros aplaudieron y también hubo algún silbido:

–Ve, Dragón...

–Briato', tú vas a mandar en via delle Zite –proclamó Nicolas, e impuso las manos sobre su cabellera.

–Briato' –dijo Bizcochito–, si quieres mandar debes comenzar haciendo una buena cantidad de flexiones por la mañana...

Briato' fingió soltarle un puñetazo en la nariz y luego se arrodilló delante de Nicolas, inclinando la cabeza.

–Dron, guapo –continuó Marajá–, para ti está Vico Sant'Agostino alla Zecca.

–Joder –dijo Briato', que había ido a llenarse otra copa–, así puedes emplear tus maquinitas en nuestro beneficio.

–Briato', vete, venga.

–Lollipop, tú tienes plaza San Giorgio.

A medida que Nicolas asignaba las plazas, los silloncitos

se vaciaban, y quien ya había recibido la propia zona –¡la propia plaza!– se cumplimentaba con el mencionado después de él, lo abrazaba, le cogía el rostro entre las manos y lo miraba fijamente a los ojos, como dos guerreros listos para entrar en el campo de batalla.

A Estabadiciendo le tocó Bellini y a Pichafloja una plaza que estaba entre via Tribunali y San Biagio dei Librai.

–¡Estabadiciendo, has hecho carrera!

–Dientecito –dijo Marajá–, ¿cómo ves plaza Principe Umberto?

–¿Cómo la veo, Marajá? ¡Vamos a joderlos a todos!

Nicolas se volvió y fue a servirse champán.

–Hemos terminado, ¿verdad? ¿Vamos a mandar?

–¿Y tú, Marajá? –preguntó Dientecito.

–Yo me cojo la *delivery,* la plaza volante.

Bizcochito, que se sentaba en el silloncito central, había visto pasar por delante de él a Nicolas por lo menos cuatro veces. Se sentía como un suplente ignorado por el entrenador. A Bizcochito le temblaba el labio, había clavado las uñas en los brazos, trataba de concentrar la mirada en un punto cualquiera para no cruzarse con las carcajadas gamberras de sus amigos, que acababan de lanzar un brindis al chavalillo que se había quedado en seco.

Nicolas se bebió el champán de un trago y luego pidió a Bizcochito que se levantara. Avergonzado, se acercó a su jefe, que le puso una mano en el hombro.

–Te has cagado encima, ¿verdad? ¿Aún tienes los pantalones secos?

Más carcajadas y más copas tintineantes.

Luego Nicolas le dio un cachete a Bizcochito y le asignó también a él una plaza. Su plaza.

Una plazoleta. *'Na piazzulella.*

Ahora la fiesta podía comenzar de verdad.

VAMOS A JODERLOS A TODOS

Había habido un atentado. Estaban todos delante del portátil de Dron mirando en la pantalla las imágenes de la explosión, las fotos de las fichas policiales.

—Mirad qué barbas tienen ésos —dijo Tucán.

—Eh, casi como las que tenemos nosotros —dijo Pichafloja.

—Éstos tienen pelotas, chavales —dijo Nicolas.

—A mí sólo me parecen unos cabrones. Matan a quien sea. Han matado a una criatura —dijo Dientecito.

—¿Han matado a una criatura tuya?

—No.

—¿Entonces qué te importa?

—¡Pero podía haber estado allí!

—¿Estabas? —Esperó apenas el tiempo para un no y concluyó—: Tienen pelotas.

—¿Qué coño dices, Nicolas? Chavales, el Marajá se ha vuelto loco.

Nicolas se sentó a la mesa, junto al ordenador. Se acomodó y los miró a los ojos:

—Razonad. Quien, para obtener algo, se deja matar, tiene pelotas, punto. Aunque la cosa sea una gilipollez, religión, Alá, qué coño sé. Quien va a morir para obtener algo, es grande.

–También para mí tienen pelotas –dijo Dientecito–. Pero éstos nos hacen daño. Quieren cubrir a las mujeres, quieren quemar a Jesús.

–Sí, pero yo tengo respeto por quien se deja matar. Tengo respeto también porque todos les tienen miedo. Eso significa que lo han conseguido, que se muera mi madre, lo han conseguido si todos se cagan encima cuando los ven.

–¿Sabes una cosa, Marajá? A mí me gusta que esa barba dé miedo –dijo Lollipop.

–A mí no me da miedo –dijo Bizcochito, que aún no tenía ni sombra de barba–. Y además no tenéis barba porque seáis del Estado Islámico.

–No, pero no me disgusta –dijo Nicolas, y de inmediato posteó «Allah Akbar».

En un instante debajo de su post se alargó una lista de comentarios indignados.

–Eh, Marajá, te están dejando hecho caldo –dijo Briato'.

–Déjalos, a quién le importa.

–¿Sabes qué pienso, Marajá? –dijo Tucán–. Que yo soy el primero en sentir asco por los ricos sin riesgo, porque quien tiene dinero y no sabe disparar, no sabe coger lo que quiere, quien tiene dinero porque le entra un sueldo que da miedo, una pensión, en mi opinión merece perder el dinero. Es decir, a mí me gusta quien es rico con riesgos. Pero nada de bromas, éstos son una basura: si vas y disparas a criaturas, es que eres un hijo de puta.

Estabadiciendo se levantó para coger otra cerveza, lanzó una mirada a la pantalla que repetía por enésima vez la imagen de la explosión y dijo:

–Luego, ese hecho de que mueran, no estoy de acuerdo. Es algo de chupapollas.

–Eh, correcto –dijo Dragón–. Hermano –continuó dirigiéndose a Nicolas–, una cosa es que uno, yo qué sé, por mantener controlada una plaza, hacer un atraco o cargarse a alguien sea asesinado. Otra es que quiera verdaderamente morir. Eso no me gusta. Es de gilipollas.

—Y nosotros —sacudió la cabeza el Marajá— seguimos siendo única y exclusivamente una banda de pececillos de caña. Que nos conformamos.

—Marajá, ¿por qué te lamentas? Nos estamos convirtiendo en los reyes de Nápoles y tú lo sabes.

—¡Porque así no se gana!

—Yo no quiero cambiar —dijo Tucán—. Yo quiero ganar, y basta.

—Ése es el punto —dijo Nicolas, los ojos negros se encendieron—, precisamente ése es el punto. Debemos mandar, no sólo debemos ganar.

—Vamos a joderlos a todos —comentó Bizcochito.

—Para mandar, la gente te debe reconocer, se tiene que inclinar, tiene que entender que tú estarás siempre. La gente tiene que temernos, ellos a nosotros, y no nosotros a ellos —concluyó Nicolas, parafraseando las páginas de Maquiavelo que tenía bien grabadas en la memoria.

—¡Pero si se cagan todos al vernos! —dijo Dientecito.

—Tenemos que mantener fuera de la puerta a montones de personas que quieren entrar en la banda, y en cambio nada...

—¡Eso es mejor! —dijo Pichafloja—. ¿Cómo sabes que no se te cuela un espía?

—Espía o no espía —dijo Nicolas sacudiendo la cabeza—, la banda siempre ha sido considerada un hecho al servicio de alguien, como dice la policía cuando arrestan a quien mata: la banda de...

—El brazo armado —dijo Dron.

—Eso es, yo no quiero ser el brazo armado de nadie. Nosotros debemos ser más, tenemos que comernos las calles. Hasta aquí hemos pensado sólo en el dinero, pero tenemos que pensar en mandar.

–¿Qué significa? En tu opinión, ¿qué coño tenemos que hacer? –preguntó desesperadamente Tucán, que se estaba enfadando.

La banda no entendía, giraba en torno a un significado que no conseguía adivinar.

–Pero con el dinero se manda. Punto –glosó Dientecito.

–¿Qué dinero? ¡Todo el dinero que reunimos nosotros lo gana un boss en quince días o el constructor Criviello en un fin de semana!

Bajó de la mesita y fue también él a abrirse una cerveza.

–Que se muera mi madre, no hay nada que hacer. No entendéis, nunca entendéis una mierda.

–De todos modos –dijo Lollipop para salir de la conversación que parecía gripada como un ciclomotor viejo–, por eso me gusta tener esta barba –se acarició la barba bien cuidada–, porque así damos miedo, Marajá.

–A mí no me da miedo la barba –dijo Dragón, arrellanado en el sofá liándose un porro–. Todos los de la Sanità tienen la barba larga... y no me cago encima.

–Nosotros no, pero la gente sí –respondió el Marajá.

–A mí no me gusta ese coño de la barba larga –insistió Dragón.

–A mí me gusta mucho, a Nicolas le gusta, a Dron le gusta, así que déjatela crecer también tú: tengamos un uniforme... –recalcó Lollipop.

–Bonito, eso del uniforme –dijo el Marajá.

–Pero, chavales, en mi opinión, a Dragón más que nada no le sale la barba..., es aún una criatura, como Bizcochito.

–Chúpamela, gilipollas –respondió Dragón–, y tenemos las alas. Ése es el uniforme, no algo que un barbero te puede eliminar.

Nicolas había dejado de escuchar. Las plazas habían sido repartidas, es verdad, a todos les había asignado una, pero adueñarse de ellas de verdad era otra cosa. Nadie, aparte de él, parecía haber señalado que entre los dos hechos había un mar de por medio. Pero él pensaba también que los mares se atraviesan y que, si has nacido jodedor, no existen obstáculos que te puedan detener. El límite es el cielo.

Nicolas creía de verdad en sus capacidades y en las señales. Algunos días antes, cuando Roipnol aún no se había instalado en Forcella como una garrapata chupasangre, había visto a Dumbo dando vueltas con su Aprilia Sportcity y detrás, cogida a él, a una mujer en la cincuentena. No la había reconocido de inmediato, porque viajaban en zigzag y a una velocidad loca, pero algo había saltado. Y entonces lo había tenido vigilado, y había entendido quién era aquélla. La Zarina, la viuda de don Cesare Acanfora, llamado el Negus, la reina de San Giovanni a Teduccio y la madre del nuevo rey, Simioperro. Su verdadero nombre era Natascia y a su marido lo habían asesinado los hombres del Arcángel porque se había alineado con los Faella, aun habiendo trabajado durante años en sociedad con los Grimaldi. Después de llorar al Negus, la Zarina se impuso un único objetivo: tener la exclusividad de la heroína en Nápoles. Nada más. Ninguna extorsión, ningún ejército, sólo hombres que debían defender ese business. Y su hijo Simioperro había sido formado para esa misión. No un boss, sino un broker. Luego el Gatazo había conseguido encontrar otros canales de suministro y los Acanfora estaban comenzando a trabajar menos.

Ningún apodo habría sido más acertado para Simioperro. Había quedado marcado por la droga a los dieciséis años y ahora, a los veintiuno, cuando decía demasiadas eses seguidas, babeaba como un perro y se movía a saltos, como un simio sorprendido por un ruido imprevisto.

–Hay que esnifar, no pincharse en vena –decía cuando hablaba de la heroína. Porque pinchársela en vena te transformaba en un zombi de *The Walking Dead*, que sólo de verlo te da asco.

Nicolas estaba uniendo los puntitos. Dientecito-Dumbo-Zarina-Simioperro-Heroína.

Dientecito y Dumbo eran como hermanos, y de ahí a Simioperro el paso sería breve. En torno a Dumbo, aleteaba el respeto, a pesar de que era pequeño y a pesar de que era demasiado blando. Nunca había disparado un tiro y la violencia le daba miedo, pero había estado en Nisida y eso bastaba. Dumbo nunca entraría en la banda, y lo sabía, pero cuando Nicolas le pidió que lo llevara donde Simioperro no pestañeó.

–Claro –dijo solamente. He aquí otro puntito que se unía.

Simioperro acogió a Nicolas como se acoge a un extraño. Con desconfianza. Estaba tendido en la cama en el piso que tenía para recibir a los huéspedes, en San Giovanni a Teduccio, y acariciaba a un gato siamés que le ronroneaba. Estaba viendo un reality en televisión y había hecho entrar a Nicolas después de que los suyos lo habían registrado de arriba abajo.

–Simioperro, queremos vuestra heroína –dijo Nicolas. Sin preámbulos, directo a unir el último puntito.

Simioperro lo miró como si le hubiera hablado un niño implorando poder disparar también él con la pistola.

–Vale, hagamos como que has venido a saludarme.

–El Gatazo compra de otras plazas y lo sabes.

–Vale, hagamos como que has venido a saludarme –repitió Simioperro. Con el mismo tono, en la misma posición.

–¿Tengo que hablar con mamá? –dijo Nicolas. Había bajado la voz, para dar fuerza a la amenaza.

–El cabeza de familia soy yo.

Simioperro había apartado al gato, había apagado la televisión y se había puesto de pie. Todo en un segundo. Lo que tenía delante ya no era un niño, era una oportunidad. Quizá un salto en el vacío, pero siempre mejor que acabar aplastado por el Gatazo, que había empezado a comprar a los sirios.

—Pero tenéis que pagarme la heroína a mí.

—Te puedo dar treinta mil.

—Joder, es el precio al que la compro.

—Exacto, Simioperro..., la heroína que colocamos nosotros la deben querer todos. Yo la vendo a treinta y cinco euros el gramo..., ahora, la mierda te la dan a cuarenta y la buena a cincuenta. Nosotros damos la mejor a treinta y cinco. Tres meses, Simioperro, y tendrás sólo tu heroína por toda Nápoles. Sólo tú.

La perspectiva de cubrir la ciudad con su material convenció a Simioperro, y mientras él aceptaba, Marajá ya tenía en la cabeza el siguiente movimiento, que era también el más complicado, porque no bastarían cebos fáciles, frases efectistas, lámparas de balandro buenas sólo para peces pequeños. Ahora tendría que desplegar bien toda su estrategia. Se fue a tomar otra cerveza y, entre los gritos de los hermanos, que se habían puesto a jugar a *Call of Duty,* envió un mensaje a Pajarito. Esta vez no le costó fijar el encuentro.

Nicolas debía elegir entre el borracho, el pescador y el *guappo.* Las cerámicas de Capodimonte estaban delante de sus ojos. Era el arancel a pagar a la profesora Cicatello. Fue donde la dependienta del comercio de los Tribunali en el que había entrado y señaló con embarazo la vitrina repleta de bomboneras y estatuillas.

—¿Cuál?

—Aquélla... —dijo alargando la mano y señalando al azar.

—¿Cuál? —repitió la dependienta siguiendo con los ojos el dedo de Nicolas.

—¡Aquélla!

–¿Ésta? –preguntó cogiendo una.

–Sí, vale, la que quieras...

La metió en la mochila y se puso el casco integral, luego arrancó el T-Max y se fue.

Entrar en el Conocal era más difícil de lo habitual, ahora lo conocían. A pesar del casco, temía ser reconocido por los hombres del Gatazo. De su banda estaba seguro, ahora, como buenos soldados, no entraban en territorios no autorizados. Nicolas conducía mirando a derecha y a izquierda, temía la llegada de un tiro de pistola o ser flanqueado de repente por un policía de paisano. Con aquel casco integral no era en absoluto una hipótesis remota. Llegó donde Pajarito le había dicho que se dejara ver: fuera de la carnicería propiedad del cocinero del Arcángel. En un instante el Cigüeñón saltó detrás del T-Max. Ahora Nicolas tenía protección, la bendición para entrar en la barriada.

Aparcó en el garaje debajo del palacete color ocre. Ya no era el momento de conquistar las armas. Las plazas de la banda debían abastecerse de hierba, y algunos metros más arriba estaba el hombre que podía asegurársela.

El Arcángel estaba sentado en un sillón articulado que a Nicolas le recordó los que usan en América para los condenados a muerte. De su brazo salían cuatro cánulas conectadas a una máquina con un monitor encendido y en lo alto la botella con la solución dialítica. A pesar de la complejidad del ingenio, el enredo de tubos, el rojo de la sangre que los coloreaba, la evidencia inquietante del filtro de depuración y la inmovilidad forzada del paciente, no se advertía tensión, ni la máquina producía otro sonido que el apenas perceptible de los pilotos.

–¿Está mal, don Vitto'?

Antes de responder, con la mano libre el Arcángel hizo señas al enfermero de que se alejara.

–No, qué mal.

—Pero, entonces, ¿cómo es que está en esa silla?

—¿Y, en tu opinión, el arresto domiciliario me lo daban gratis? El médico ha dicho que mis riñones están obstruidos, y para hacer los papeles ha habido que pagar una fortuna. Por tanto, puedo estar bajo arresto domiciliario. Y no viene mal limpiarse la sangre. En tu opinión, a mi edad, la sangre limpia hace vivir más, ¿no?

—Y cómo no...

—Marajá —dijo el Arcángel, y pronunció estas palabras sonriendo—, sé que estás aprovechando la munición que te di. Vas disparando por todos lados.

Nicolas sonrió, halagado. El Arcángel continuó:

—Pero estáis disparando mal.

Hizo una pausa para mirar el aparato que bombeaba la sangre.

—Todas las armas que cogéis, las cogéis sin guantes. Dejáis casquillos por todas partes. ¿Es posible? Qué coño. ¿Os tengo que enseñar también las reglas elementales? La verdad es que sois unos niños.

—Pero a nosotros no nos atrapan —dijo Nicolas.

—¿Por qué me he fiado de un niño? ¿Por qué? —Miraba al Cigüeñón, que desde la cocina se había asomado al umbral.

—Vale, ¿tengo que marcharme, don Vitto? —dijo Marajá.

El Arcángel continuó, sin siquiera escucharlo:

—La primera regla que hace hombre a un hombre es que sabe que no siempre le pueden ir bien las cosas, es más, sabe que las cosas le pueden ir una vez bien y cien mal. En cambio, las criaturas piensan que las cosas les irán cien veces bien y nunca mal. Marajá, ahora debes razonar como un hombre, ya no puedes pensar que no te liquidarán. Quien te quiera joder, debe derramar sangre, debe currárselo. Marajá, tú hasta ahora has disparado a los edificios...

—No, no es verdad, he matado a una persona.

—Eh, no, no la has matado tú... La ha matado algún pro-

301

yectil disparado al tuntún por quién sabe qué gilipollas de vuestra banda.

Nicolas puso los ojos en blanco. Era como si el Arcángel no sólo tuviera espías, sino que estuviera directamente en su cabeza.

–Me entrené con los negros...

–¡Bravo! ¿Y te sientes hombre? ¿Qué quiere decir dispararles a los negros? Me he equivocado, no debí haberos dado nada...

–Don Vittorio, nos estamos adueñando de todo el centro de Nápoles..., ¿qué coño está diciendo?

–Tengo que hablar con tu madre, Marajá. Todas esas palabrotas, pero ¿te sientes muy hombre diciéndolas? Dado que no estás hablando con tu padre, baja el volumen. O te vas ahora mismo.

–Disculpe... Es más, no, no disculpe nada. Yo no estoy sometido a usted, le estoy haciendo un favor. –Luego levantó el tono de voz–: Que se muera mi madre, mando más que usted, tiene que admitirlo, don Arca', hoy le estoy trayendo el oxígeno que el Gatazo le está quitando.

El Cigüeñón se acercó. Sentía que el aire se calentaba y no le gustaba, el tono de Nicolas no era el que correspondía. El Arcángel lo tranquilizó con una mano.

–Denos su material, lo que aquí no puede vender. Yo puedo ser sus piernas y sus manos. Conquisto las plazas, una a una..., su material se está pudriendo. No lo vende para que no parezca que se está muriendo, pero nadie viene aquí a comprarlo. Sólo los drogadictos, y de los drogadictos no se vive.

El Arcángel seguía calmando al Cigüeñón con la mano levantada. Nicolas dudaba si continuar o detenerse. Ahora había pasado el Rubicón, no podía volver atrás.

–Alguien que se está muriendo, don Vitto', aunque diga que se siente bien no resucita.

El Arcángel ahora estrujaba con la mano izquierda el brazo del sillón.

—¿Estás conquistando las plazas? En verdad, el Gatazo lo tiene todo en sus manos. Tiene Forcella, Quartieri Spagnoli, Cavone, Santa Lucia, la Estación, Gianturco... ¿Y tengo que continuar?

—Don Vittorio, ¡si me da su material lo impongo en todas las plazas!

—¿Lo impones? Entonces ya no eres el Marajá, ¿ahora te has convertido en Harry Potter, el mago? ¿O eres pariente de san Jenaro?

—Ninguna magia, ningún milagro. Haremos como Google.

El boss guiñó los ojos, esforzándose por entender.

—En su opinión, don Vitto', ¿por qué todos usan Google?

—Yo qué sé, bah, ¿porque es bueno...?

—Porque es bueno y porque es gratis.

Arcángel echó un vistazo al Cigüeñón para ver si lo comprendía, pero aquél estaba con el ceño fruncido.

—Su material se está pudriendo, y si se lo damos sin beneficio a todos los jefes de plaza lo cogerán.

—Marajá, ¿quieres hacer mamadas con mi boca?

—Entonces, el Gatazo compra la hierba a cinco mil el kilo y la revende a siete mil. En las plazas la pone a nueve euros el gramo. Nosotros lo vendemos todo a cinco euros.

—Marajá, cállate, has dicho demasiadas gilipolleces...

Nicolas continuaba, mirándolo:

—Las plazas no deben dejar de vender lo que les pasa el Gatazo. Ellos sólo deben vender también nuestro material. Su material, Arcángel, es bueno, es puro..., pero la calidad sola no vale.

El discurso de Nicolas comenzaba a abrir brecha, ahora don Vittorio había bajado la mano y escuchaba atento, como el Cigüeñón.

—Yo sé a quién quiero joder, al mismo al que quiere joder usted.

—Vale, pero ¿qué ganamos?

—Nada, don Vitto', exactamente como en Google.

—Nada —repitió Vittorio Grimaldi, silabeando aquella palabra que le parecía una cuchilla.

—Nada. El material que tiene sólo debe cubrir los gastos. Primero vendemos Google y luego, cuando todos vengan a buscar donde nosotros, entonces los jodemos. Y ponemos los precios.

—Pensarán que es un material de mierda. Los jefes de plaza pensarán que les damos veneno.

—No, lo probarán y entenderán. Nos tiene que dar también cocaína, don Vitto', no sólo chocolate y hierba...

—¿También?

—Tal cual, también. La tiene que vender a cuarenta euros.

—Mira por dónde, yo la compro a cincuenta euros el kilo.

—Y el Gatazo la da a cincuenta y cinco euros a los jefes de plaza, que la dan a noventa euros el gramo, y cuando es pura de verdad, no es cortada con dentífrico...

—Así verdaderamente la regalamos.

—En cuanto comiencen a venir a nosotros, aumentamos poco a poco y llegamos a noventa, a cien. Y la llevamos también más allá de Nápoles.

—Ja, ja —el Arcángel rió con ganas—, la llevamos a América.

—Cierto, don Vitto', yo no me detengo en esta ciudad.

El Cigüeñón ahora estaba a espaldas del Arcángel, a quien le asomaba una sonrisa en el rostro.

—Tú quieres mandar, ¿verdad?

—Yo ya mando.

—Bravo, comandante. Pero ¿sabes que nadie se puede fiar de ti?

—No me haga beber pis, don Vitto', para demostrarle que se puede fiar. El pis no me lo bebo.

—Pero qué pis. Jefe de mierda. Nunca he visto a ningún comandante que no se haya cargado a nadie. Te doy un consejo, Marajá: al primero que te fastidie, coges y le disparas. Pero solo.

Ahora era Nicolas el que seguía atento cada palabra de don Vitto'. Objetó:

–Eh, pero si estoy solo, nadie lo ve.

–Mejor. Oyen hablar de ello y tiemblan todavía más. Y recuerda que antes de cargarte a alguien no se debe comer, porque si te disparan en la panza todo se gangrena. Debes ponerte los guantes de látex, un chándal y los zapatos. Luego debes tirarlo todo. ¿Entendido?

Nicolas hizo señas de que sí, se reía.

–Vale, celebremos. Cigüeñón, coge las burbujitas.

Brindaron por el acuerdo con un Moët & Chandon, unieron los vasos, pero los pensamientos estaban lejos. Marajá soñaba con conquistar Nápoles y el Arcángel con salir de la jaula y volver a volar.

Antes de despedirse, Nicolas pescó de la mochila su compra:

–Don Vitto', ¿qué dice, le gustará a la profesora?

En la palma de la mano, un niño que sostenía una guirnalda de rosas.

–Bien por el mocoso, excelente elección.

Mientras ya estaba bajando por la trampilla, le llegó la voz del Cigüeñón:

–¿Marajá?

–¿Eh?

–Eres el ras.

Desde el piso inferior, el Marajá lo apuntó con sus ojos que parecían alfileres negros y dijo:

–¡Lo sé!

No funcionaba nada. Ocurría que los muchachos no conseguían ni siquiera acercarse a quien controlaba la plaza. Lollipop fue el que se las vio peor. Lo arrastraron a un bajo con la excusa de que allí discutirían mejor sobre la marihuana que la banda tenía para ofrecer, y luego lo habían dejado sin sentido de un codazo en la nariz. Se había despertado dos horas después, atado a una silla, en una habitación sin ventanas. No sabía si era de noche o de día, si aún estaba en Forcella o en alguna ruina en el campo. Trataba de gritar pero la voz rebotaba contra las paredes, y cuando intentaba calmarse para captar un sonido cualquiera que le ayudara a entender dónde había terminado, sólo le llegaba el rumor del agua que corría por las cañerías. Al día siguiente, lo liberaron y descubrió que había pasado toda una noche en el bajo donde había entrado.

–Quítate del medio, chaval, y díselo a tus compinches.

Los otros habían recibido amenazas, a uno le apuntaron con una Magnum, a Briato' lo persiguieron tres ciclomotores, Bizcochito recibió una patada en las costillas y después de dos días, cuando respiraba hondo, aún le quemaban los pulmones. Los habían tratado como a niños que pensaban que eran camorristas.

Los hombres que controlaban las plazas desde los tiempos de Cutolo se les habían reído en la cara a Nicolas y los suyos. A ellos, el material les llegaba directamente del Gatazo, y Roipnol los protegía. De la hierba y de la heroína de su banda no querían ni oír hablar. ¿Qué eran esas novedades? ¿Y quiénes se creían que eran? ¿Dictar las propias reglas a hombres que habían nacido antes que los padres de esos capullitos?

«Marajá, aquí no se mueve una mierda. Eliminemos a estos chupapollas.» En el Nuovo Maharaja, en la madriguera, en los ciclomotores. Nicolas se oía repetir esta petición cada vez que una plaza rechazaba su material. Y ahora tenían mucho material. Desde aquella noche en el reservado habían pasado dos semanas y aún no habían sacado nada. Nicolas se había hecho con unas Samsonite extralarge para meter el dinero, pero aún estaban vacías en la cama de la madriguera. Ir al arsenal, coger diez Uzi y cargarse a aquellos cabrones que se negaban a pagar era un pensamiento que asaltaba a Nicolas muy a menudo, pero luego se había refrenado y les había hecho jurar sobre la sangre de la banda que nadie reaccionaría con plomo. No podían permitirse una guerra abierta. No aún, al menos. Se enfrentarían a Roipnol, al Gatazo y a los Melenudos. Todos juntos. No, debía actuar quirúrgicamente, golpear a uno para educarlos a todos, como aquella frase que había puesto en su página de Instagram. Y luego estaban aquellas palabras del Arcángel («Nunca he visto a ningún comandante que no se haya cargado a nadie»), pronunciadas para burlarse de él, para humillarlo, como la primera vez en su piso cuando lo hizo desnudarse. Era verdad, no se había cargado a nadie, pero lo que le fastidió más fue precisamente el tono. Aquel hombre prisionero en ochenta metros cuadrados les había concedido todo a él y a su banda, armas, drogas, confianza, y casi sin pestañear, pero con las palabras nunca había dejado de fustigarlo si lo consideraba necesario.

El respeto que había pretendido y obtenido para su banda ahora necesitaba un bautismo de sangre.

El que merecía una lección era el que ostentaba la licencia desde hacía más tiempo. Abatirlo a él, Nicolas estaba convencido, sería como borrar un trozo de historia. Luego pensaría su banda en escribir otra, con reglas nuevas, con hombres nuevos. Basta de sisas en las ventas, todo el beneficio debía acabar en sus bolsillos.

El Melón era rutinario. Dirigía su plaza como un empleado diligente que ficha, sólo que él no se sentaba detrás de un escritorio ocho horas al día porque prefería estar en un bar llenándose de mojitos, su único vicio, herencia de una rápida fuga a otras latitudes. Él había instruido al barman sobre cómo preparar uno perfecto –la receta original, nada de brebajes «equivocados» que se tragaban los chicos–, y cuando daban las cinco de la tarde se levantaba, se enrollaba la *Gazzetta dello Sport* bajo la axila y volvía a casa, un piso a quinientos metros. Caminaba a paso constante, luego bajaba al garaje para comprobar si los gatos se habían acabado los bocados de carne que cada mañana, cuando salía para ir al bar, colocaba delante de la persiana de su plaza. Una vida tediosa, vagamente patética, recorrida en los surcos que el Melón se había creado hacía mucho tiempo.

Nicolas conocía esa rutina, la conocían todos. Sabía con cuántos cubitos de hielo quería el mojito –cinco y todos iguales–, qué páginas de la *Gazzetta* leía primero –los campeonatos internacionales– y a qué gatos daba de comer en ese momento: dos de pelo corto, marrones, huidos de quién sabe dónde.

Había dicho a la banda que aquel día podían tomárselo libre, hacer lo que les viniera en gana, bastaba con que se mantuvieran un rato alejados de las plazas, él debía impartir una lección. Necesitaba tranquilidad. Había pedido en Amazon un traje barato, el disfraz de *Breaking Bad*. Chándal, guantes, máscara y también barba postiza, que había tirado de inmediato. Había hecho que Dientecito le proporcionara un par de zapatones antiaccidentes, que total nadie usaba en la obra. Lo había metido todo en la mochila de la escuela y se había escondido detrás de uno de los pilares de cemento del pasillo de las plazas del Melón. Estaba en la posición perfecta para que nadie, aparte del Melón, llegara hasta allí: su plaza era la última de la fila. Se había desnudado y se había vestido de Walter White. Con calma, con precisión, pegando el látex de los guantes a la piel, sin que quedara una sola arruga. El chándal amarillo le iba como un guante, y a pesar de que era poco más que un disfraz de carnaval, el tejido parecía muy resistente. Debía ser una ejecución limpia, incluso sencilla, sin duda rápida y sin huellas, al menos en su cuerpo. Se levantó la capucha y se colocó la máscara en la cabeza, para bajarla en el momento justo. Los dos cartuchos de la máscara antigás sobresalían como las orejas del ratón Mickey. Se acurrucó apoyando la espalda en el pilar, con la pistola en la mano. Entre las muchas armas de que disponía, había elegido la Francotte: para aquella primera vez la quería a ella. Podría encasquillarse, pero sabía que no sucedería. La serenidad con que se había vestido ahora le estaba chorreando en regueros de sudor por la espalda, por los brazos. Trataba de controlar la respiración, que se aceleraba, pero todo era inútil, porque a cada inspiración profunda varios puntos del cuerpo le recordaban que algo podía salir mal. Sobre los guantes azulados se estaba expandiendo una mancha de sudor. ¿Y si la Francotte le resbalaba? El tiro del chándal, que antes le parecía cómodo, ahora le presionaba las pelotas. ¿Y si le estorbaba mientras avanzaba contra el Melón? Las rodillas le temblaban. Sí, aquello eran temblores. Y si trataba de controlarlos, los pulmones interrumpían su trabajo. Se decía a sí mismo cagón, si lo vieran los otros vestido de ese modo y con la cara morada ¿qué podría pasar? Pues que se acabaría la banda, que cada uno sería una banda.

A las 17.15 un paso pesado en la bajada anunció la llegada del Melón. Puntual. Nicolas había calculado que necesitaría veintisiete pasos para llegar a la persiana. Contó veinticinco, se bajó la máscara y salió apuntando la pistola. Las lentes se le empañaron durante un momento. Sólo un instante y estuvo en condiciones de enfocar el blanco, la calva del Melón. Pero luego Nicolas vio aquella nuez enorme, que subía y bajaba por la sorpresa, y se preguntó qué ruido habrían hecho dos balas metidas allí.

Cuando lo encontraran tendido en aquella plaza, se correría la voz de que el Melón había dejado de hablar para siempre. Y que ahora quien hablaba era otro. El Melón no tuvo tiempo de preguntarse qué era aquella especie de extraterrestre porque Nicolas apretó el gatillo dos veces en secuencia rápida. Disparó sin pensar, concentrándose sólo en la presión de los dedos. Las piernas aún le temblaban, pero había decidido ignorarlas. Las balas se clavaron allí donde había querido, y al estruendo espantoso de la detonación siguió el de la nuez. Pufff. Puff. Como de neumático pinchado. Nicolas recuperó la mochila y se largó sin siquiera asegurarse de que el hombre estuviera muerto. Pero estaba muerto de verdad porque la noticia llegó por doquier y a todos, sin necesidad de escribirla en un chat.

–Marajá, en el gimnasio todos hablaban del homicidio del Melón.

Ahí estaba, la noticia había volado de boca en boca. Al día siguiente de la ejecución del Melón se habían citado en el Nuovo Maharaja y Lollipop había ido de inmediato donde Nicolas. Marajá estaba bailando solo y aquella frase susurrada al oído por un momento resonó en su cabeza con la misma intensidad que las dos balas clavadas en la nuez del Melón. Pufff. Puff.

–¡Bien! –respondió, y amagó llegar al centro de la pista, pero Lollipop lo detuvo.

310

–Pero hablan mal, como si lo hubiera hecho Roipnol. Un castigo porque se había puesto a hacer negocios con nosotros. Le han dado vuelta al hecho, lo están haciendo circular así.

El Marajá se había quedado paralizado, con aquella frase vibrándole en la cabeza, sólo que ahora el sonido que le llegaba era desagradable. De piernas que tiemblan. No había conseguido reivindicar el homicidio porque la banda que había fundado aún no sabía firmar las emboscadas. Y ahora aquel homicidio podía atribuírselo cualquiera. Se sintió impotente, se sintió un crío. Como no le sucedía desde hacía mucho tiempo.

Arrastró a Lollipop al reservado, donde ya estaban Dragón y Dientecito. El Marajá los interrogó con una mirada y ellos confirmaron que también a ellos les había llegado la noticia de aquella manera, y había más. Estaban llegando mensajes de un montón de gente que colaboraba con la banda, y estaban todos desesperados. «¿No tendremos todos el mismo fin que el Melón?», escribían.

«¡Yo! ¡Fui yo!», habría querido decir. «¡Ese cadáver es mío!», pero se contuvo.

En veinticuatro horas el Gatazo y Roipnol habían conseguido aplastar a los chavalillos del Marajá con el peso de su historia.

El Marajá se desplomó en el trono que había usado para asignar las plazas a sus muchachos. Le había dicho a Oscar que se lo quedaría allí, y que si quería podía comprarse otro para las fiestas. Metió la mano en el bolsillo y extrajo un papel de plata sutilísimo. Coca rosa. La esnifó por la nariz, toda. No frunció la nariz, ni se pasó los dedos por las narinas. Un analgésico.

Al chat llegó sólo una palabra. De Nicolas.

Marajá

Madriguera.

Era un sábado por la tarde, las horas de libertad de la banda. Eran las horas para estar abrazados a las chicas en un sofá mientras mamá y papá hacían la compra y eran las horas para fijar los recuerdos de la semana que estaba terminando. Dron se había convertido en un adicto a Snapchat, y después de una breve clase había introducido también a los otros miembros, que se bombardeaban con minivídeos desenfocados y vacilantes en que aparecían sólo un instante rayas de coca y escorzos de bragas, tubos de escape y casquillos alineados encima de una mesa. Un pastiche montado en secuencia rápida que sólo duraba los segundos necesarios para visualizarlo y luego, puf, desaparecía en el viento.

«Madriguera», repitió Nicolas después de dos minutos.

Y a la casa de via dei Carbonari llegaron todos en el transcurso de veinte minutos, porque los asuntos propios sólo se podían hacer a una distancia que permitiera una rápida reunión de la banda.

Nicolas los esperaba encaramado en el televisor, ese armatoste no se desfondaría ni aunque le saltara encima Briato', y, mientras, chateaba con Letizia. Hacía una semana que no la veía, y ahora ella, como de costumbre, se había cabreado y le había hecho prometer que la llevaría a dar una vuelta en barca, los dos solos, y quizá cenarían en el mar.

La banda entró como siempre. Un tornado que ocupa cada espacio. Estabadiciendo había parado a Bizcochito con los brazos detrás de la espalda mientras a rodillazos en el culo lo empujaba hacia delante, y éste fingía rebelarse con cabezazos hacia atrás que a Estabadiciendo apenas le llegaban al plexo solar. Acabaron ambos en el sofá, seguidos por todos los demás. Bizcochito se había buscado la montaña humana porque, nada más entrar en la madriguera, se había quejado de que el mensaje de Nicolas lo había interrumpido mientras estaba a punto de consumar con una tía buena que había conocido en internet. Los otros no le creyeron, y cuando él añadió que ella también iba a la universidad estallaron en risas.

Nicolas comenzó de inmediato a hablar como si delante tuviera a un público ordenado y circunspecto. Y, hablando, obtuvo silencio.

—Tenemos que hacer dinero —dijo.

Dron estaba a punto de contestar que eso estaban haciendo: dinero, y mucho. Sólo con lo que sacaban de los guardacoches en el San Paolo él se había comprado un Typhoon de dos mil euros.

—Cuando nosotros queramos —continuó. Había bajado del televisor y se había sentado en la mesita de cristal, así podía mirar a los ojos a todos sus muchachos, y hacerles entender que el dinero significa protección, y protección significa respeto. Hacer dinero, y mucho, es la manera de conquistar el territorio y había llegado el momento de dar un gran golpe—. Vamos a hacer quintales de lechuga. Sólo que los billetes de cien no los pondremos sólo en el exterior —siguió Nicolas, pero sin dar tiempo a los otros a completar la frase de Lefty, porque añadió–: Tenemos que hacernos una gasolinera.

Toda la banda se había sentado en el diván, con Briato' y Lollipop en los dos extremos, haciendo de barreras de contención para los demás, que estaban apretados en el medio.

Fue Dientecito, medio escondido por Estabadiciendo, que se le sentaba en brazos, quien rompió el silencio:

–¿Quién te lo ha dicho?

–Tu madre –atronó Nicolas.

En otras palabras, ocúpate de tus asuntos. Nicolas tenía prisa, ansia. Nunca llegaba bastante dinero. Los otros tenían una concepción diferente del tiempo, a ellos les parecía que todo iba bien, a pesar de las plazas que aún no controlaban. En cambio, Nicolas no tenía tiempo. Comenzaba a pensar que nunca tendría tiempo. Incluso cuando jugaba al fútbol luchaba contra el tiempo. No sabía regatear y ni siquiera intentaba lanzar a un compañero en profundidad, pero era astuto, uno de esos jugadores que calificarían de oportunista. Conseguía estar allí donde debía estar, para hinchar la red. Sencillo y eficaz.

–¿Atracamos a un empleado de gasolinera? La pistola en la cara y nos da el dinero que ha hecho –dijo Dragón.

–Ése sólo coge tarjetas de crédito –dijo Nicolas–. Nosotros tenemos que hacernos con el camión cisterna, así nos llevamos el camión y la gasolina. Ahí dentro hay cuarenta mil euros.

La banda no entendía. ¿Qué iban a hacer con toda esa gasolina? ¿Llenarían sus ciclomotores y los de sus amigos durante dos años? Incluso Dragón, que captaba al vuelo las ideas de Nicolas, confirmando la sangre azul que le corría por las venas, parecía perplejo y había empezado a rascarse la cabeza. Nadie decía ni pío, sólo un frotar de culos que buscaban un poco de tela para estar más cómodos.

–Sé quién la quiere –dijo Nicolas.

Otra vez frotamiento de culos y alguna aspiración por la nariz, porque estaba claro que su jefe estaba disfrutando del momento y aquel silencio debía llenarse con algún rumor.

–Los Casaleses.

Basta de frotamientos o aspiraciones por la nariz, nada de cabezas oscilantes o codos en escuadra en las costillas del vecino. La banda había enmudecido. También los sonidos de la calle y del edificio parecían desaparecidos, como si aquella palabra, «Casaleses», hubiera borrado toda la ciudad, dentro y fuera de la habitación.

Casaleses era una palabra que antes de aquel momento ninguno de ellos había pronunciado delante de los otros, que te llevaba por el mundo, que interpelaba a hombres que habían ascendido al olimpo de la banda. No tenía sentido referirse a los Casaleses, porque significaría sobrentender un anhelo imposible de satisfacer. Pero ahora Nicolas no sólo había dicho la palabra mágica, también había insinuado que estaban a punto de hacer negocios con ellos. Habrían querido preguntarle si les estaba tomando el pelo, si ya los había visto y cómo había obtenido el contacto, pero seguían callando porque aquélla era una cosa demasiado gorda, y Nicolas, que entretanto se había acercado aún más y con las rodillas casi tocaba las de Dron, había comenzado a explicar.

La gasolinera estaba junto a la nacional que atraviesa Portici, Ercolano, Torre del Greco, y luego corre aún más abajo, hasta Calabria, una carretera que corta los pueblos en dos y ofrece vías de escape. Un distribuidor Total, como tantos otros iguales. El viernes siguiente sería el primer día de suministro y ellos tenían que robar el camión cisterna y luego esconderlo en un garaje a poca distancia de allí. En aquel punto vendrían dos hombres de los Casaleses, que les darían quince mil euros.

–Que luego nos comemos nosotros –concluyó Nicolas.

Con quince mil euros comerían mucho y Nicolas ya tenía alguna idea, pero antes debía designar quiénes, entre sus hombres, llevarían a cabo la misión. Había pensado también en la suma de dinero. Dos mil euros por cabeza.

Pichafloja, Briato' y Estabadiciendo se liberaron de las garras del sofá y se levantaron. Querían ser ellos. Nicolas no dijo nada, no aludió a los dos mil euros –ahora era demasiado tarde– y estaba claro que aquellos tres se estaban moviendo para demostrar que tenían cojones, lo que no siempre es una garantía de éxito. De todos modos, la decisión ya estaba tomada, y Pichafloja, Briato' y Estabadiciendo robarían el camión cisterna.

Antes del viernes prefijado habían ido a mirar el recorrido, sólo para evitar acabar en un callejón sin salida con un camión cisterna de cuarenta toneladas. Y luego se habían entrenado con GTA. Habían equipado el dormitorio de la madriguera con una Xbox One S y un televisor 4k de 55 pulgadas. Había una misión que parecía escrita aposta para ellos, y habían entendido que conducir un camión cisterna a toda velocidad por la autopista no era un paseo. No hacían más que estrellarse y prenderse fuego, y cuando iba bien perdían la cisterna por el camino. Estabadiciendo comenzó a sembrar algunas dudas sobre la factibilidad de la operación, pero Briato' lo hizo callar de inmediato:

–No estamos jugando a GTA, ¡eso no es Tierra Robada, eso es la nacional 18!

Llegaron a la gasolinera los tres con el escúter de Briato' y esperaron la llegada del camión cisterna al otro lado de la carretera, con la espalda apoyada en un murete que delimitaba el confín entre el asfalto y un campo de trigo. Estaban allí fumando porros uno tras otro y hablaban sin parar bañados por la adrenalina que, por suerte, el cannabis ayudaba a mantener bajo control. Cada vez que oían la frenada de un vehículo pesado se apartaban del murete para comprobar si era el suyo. Cuando finalmente llegó el camión cisterna blanco con la inscripción Total en el costado, Estabadiciendo repetía por cuarta vez aquella tarde una frase de *El camorrista,* y casi no se dio cuenta de que Pichafloja había sacado un cuchillo del bolsillo y se había hecho dos agujeros en la camiseta. Luego hizo lo mismo con él y con Briato', que se subieron la camiseta a la cabeza. Era el método más veloz para tener una capucha al alcance de la mano: dos agujeros para los ojos en la camiseta y luego la subían descubriéndose el vientre, el pecho y un trozo de espalda, pero tapando completamente el rostro. Parecían, con esas camisetas completamente pegadas al cráneo, tres Spider-Man con el chándal desgarrado. Un veloz vistazo a derecha y a izquierda para observar el tráfico al que tenían que enfrentarse y luego mano metida en los pantalones y pistola en el puño, tres Viking 9 mm apuntadas sobre cuarenta mil litros de gasolina. Pichafloja fue el primero en alcanzar al chófer, saltó al estribo y le metió la Viking debajo de la nariz.

—Quieto. Te disparo en la boca.

Briato' se ocupó del empleado de la gasolinera, que los había visto avanzar empuñando las armas y ya tenía las manos levantadas. Le hundió la Viking en la nuca con tal fuerza que el empleado perdió el equilibrio y acabó en el suelo, pero siempre con las manos levantadas.

—Eh, pero ¿qué estás haciendo?

—Cierra el pico o acabas aquí, ¿está claro? —dijo Briato'.

—Baja —ordenó Pichafloja al chófer, pero éste no parecía asustado, al contrario. No había apartado las manos del volante, como si quisiera largarse en cualquier momento.

Sólo dijo:

—Pertenecemos, chaval. ¿Qué coño estáis haciendo? Os van a buscar.

Dijo solamente lo que queda por decir en esos casos, es decir, que ya estaban protegidos por alguna familia o por alguna persona. Los muchachos lo oían decir muchas veces.

–¿Pertenecéis? –dijo Briato', que ahora apuntaba la Viking directamente a la frente del empleado–. Significa que pertenecéis a alguien que no vale una mierda. –Mientras Briato' les daba clase, Estabadiciendo había dado la vuelta al camión, había abierto la puerta y estaba intentando arrastrar abajo al chófer tirándole de un brazo. El chófer se resistía, daba cabezazos y con un patadón alcanzó la tripa de Estabadiciendo, que consiguió no desplomarse sobre el asfalto porque en el último momento se agarró a la manilla y se lanzó dentro del habitáculo.

–Estabadiciendo, ¿qué coño estás haciendo? –le gritó Pichafloja. Continuaba apuntando la pistola al chófer, pero estaba petrificado, víctima de la situación. Briato' retrocedió hacia el camión, manteniendo siempre en la mira al empleado, y cuando llegó delante de los dos enfrascados en una lucha furibunda disparó un tiro que se clavó en el hombro del chófer.

–¡Hijo de puta! –gritó Pichafloja. Los michelines le subían y bajaban al ritmo del terror que le había provocado Briato' con aquel tiro–. ¿Y si me llegas a dar?

–No te preocupes, está todo bajo control –respondió Briato'. Estabadiciendo, que tenía más derecho a estar cabreado con Briato' dado que él estaba en el habitáculo, estaba arrastrando ya al chófer.

Entretanto, mientras reñían, el empleado se puso de pie y comenzó a correr por el medio de la carretera. Briato' le disparó dos tiros pero ya había desaparecido. Subieron los tres, y Briato' se sentó en el sitio del conductor. Poner en movimiento el camión y ganar la carretera no era un problema, lo sabía muy bien Briato', que había leído algunos foros de transportistas. Sólo esperaba que la cisterna estuviera bien llena porque las oscilaciones de la gasolina amenazarían con hacerlo derrapar fuera de la carretera. No había sirenas, así que optó por una velocidad de crucero de cuarenta kilómetros por hora. Se sentía bien, con aquella bestia debajo del culo, y debía limitarse a no arrollar algún utilitario y a llamar la atención lo menos posible.

—Eh, ¡conducir una cisterna es demasiado!

Nicolas le había explicado adónde ir. Sólo dos kilómetros, luego una vuelta a la derecha —que Briato' tomó a veinte por hora para no volcar—, y otro kilómetro hasta un aparcamiento que tenía todo el aire de estar abandonado. Al fondo, cerca del recinto agrietado, encontrarían un garaje doble —cuatro simples paredes de cemento y una chapa como tejado— y allí debían aparcar, a la espera de los Casaleses.

Bajaron del camión, pero permanecieron en el interior del garaje porque la orden era aquélla. El sol se estaba poniendo y aquel techo de chapa daba tanto calor que les había pegado las camisetas en el pecho a los tres. Luego, cuando le contaron aquella historia a Nicolas, no supieron decir cuánto tiempo pasaron en aquel horno. Ciertamente, cuando oyeron la moto y los manotazos en la persiana de metal de la entrada, la luz fuera era un puntito luminoso a lo lejos que recortaba las siluetas de los dos casaleses desmontados del asiento. Los muchachos no sabían bien qué esperar y en los días anteriores la imaginación había galopado, pero se quedaron desilusionados cuando vieron a dos hombrecillos barrigudos y mal afeitados, con estúpidas camisas hawaianas y pantalones piratas. Parecían salidos de un crucero en oferta.

—¡Joder, entonces es verdad que sois unos niños! Sois unos mocosos —dijo un casalés.

Briato' y Pichafloja los miraban sin hablar.

—Pero ¿cómo coño estáis vestidos? —dijo Briato'. La adrenalina de la jornada no se había agotado y su instinto de supervivencia estaba un poco anestesiado.

—¿No te gusta?

—*Ze* —respondió con la lengua chasqueando entre los dos dientes de delante mientras los labios se cerraban casi como para dar un beso y el ruido salía más por la nariz que por la boca.

—Es extraño, porque la estilista es tu madre. —Y agitó la mano a su compadre—. Dales esos cinco mil euros y que se vayan.

—¿Qué? —exclamaron Pichafloja y Estabadiciendo al unísono.

—¿Por qué?, ¿no te va bien así, mocoso? Ya me da asco haber negociado con el Marajá y no está, así que agradeced a la Virgen que os demos este dinero.

—Aquí hay cuarenta mil euros en gasolina —dijo Pichafloja. Debía redimirse y no retrocedió cuando el casalés fue a su encuentro.

—No os damos nada.

El otro, que había estado silencioso hasta entonces, dijo:

—Pero ¿tú sabes de dónde venimos?

—Lo sé —respondió—, de Casal di Principe.

—Exacto. A vosotros, pequeñines, os comemos y luego os cagamos.

Briato' cargó la pistola y dijo:

—A mí me importa una mierda de dónde venís. Tenéis que darnos el dinero, el dinero y punto. —Y apoyó la Viking contra la cisterna como antes había hecho con la frente del empleado—. Si no ponéis ahora el dinero en el suelo, disparo a la cisterna y nos hacemos una sesión de rayos UVA todos. Nosotros, vosotros y el garaje.

—Baja esa pistola, imbécil. Venga, le doy ocho mil euros a este miserable.

—Quince mil. Y te estamos haciendo un buen precio, mierdoso.

—No los tenemos, no los tenemos —respondió el casalés que había hablado primero y que ahora estaba retrocediendo hacia la moto.

—Hawaiana, busca bien —dijo Pichafloja.

–Ha dicho que no los tenemos, coged ocho mil euros y tened cuidado de no haceros daño.

Pichafloja extrajo su Viking, hizo correr el carro y luego apretó el gatillo. El ruido fue ensordecedor, y Estabadiciendo tuvo tiempo de pensar que un camión cisterna que salta por los aires podía hacer más estruendo. Luego se percató de que Pichafloja había apuntado a una rueda delantera. Los Casaleses se habían echado al suelo con las manos en la cabeza, como si ese gesto hubiera podido protegerlos de cuarenta mil litros de gasolina en llamas. En cuanto comprendieron que había sido sólo una advertencia, se alzaron, se sacudieron las camisas y levantaron el asiento de la moto, debajo del cual tenían los paquetes de dinero.

–¿Habéis visto? –dijo Briato'–. Bastaba haceros buscar mejor para que saliera el cajero de debajo del asiento.

Nicolas cogió los quince mil euros, los dividió en diez fajos y entregó cinco al capitán del barco.

–Hagamos un forfait –le había dicho.

Y el forfait incluía la utilización en exclusiva de un barco usado habitualmente para fiestas, bodas y cruceros por el golfo de Nápoles. Allí podían entrar casi doscientas personas, y Nicolas lo quería sólo para su banda y para sus novias. Partirían dentro de dos horas, poco antes del ocaso, y circunnavegarían Ischia y bordearían Capri y Sorrento. La agencia no había tenido tiempo de desmontar los adornos de la boda de la tarde anterior, pero serviría aperitivo y cena con dos camareros. Nicolas dijo que también los adornos iban bien. Es más, mejor, pensó. Se había ocupado de elegir personalmente la banda sonora que acompañaría el crucero. Pop rigurosamente italiano. Tiziano Ferro. Ramazzotti. Vasco. Pausini. Debían bailar apretados toda la noche, que recordarían como la más hermosa de su vida.

El capitán había pensado que aquellos chicos eran los ejemplares de los *rich kids* partenopeos que atestan Instagram con imágenes exageradas. Consentidos y llenos de dinero que no sabían cómo gastar. Cambió pronto de idea cuando los vio llegar en grupo. Y ya no tuvo dudas cuando, una vez en alta mar, ante un gesto del que claramente debía de ser el jefe, todos extrajeron las pistolas y comenzaron a perforar el agua. Disparaban a los delfines. Sus novias habían intentado protestar: «¡Son tan bonitos!», pero se veía que en realidad estaban orgullosas de sus muchachos, que podían permitirse disparar a quien quisieran, incluso a aquellas criaturas estupendas. El capitán había seguido toda la escena y al ver a los delfines, incólumes, alejarse por el agua enrojecida sólo por la inminencia del ocaso no escondió su alivio.

–Capitán –le dijo el más alto, mientras se metía la pistola en los pantalones–, ¿el delfín se puede comer como el atún?

En el comedor de cubierta, guirlandas y festones de flores falsas se entrelazaban con cintas de raso. En las mesas habían resistido ramitos de rosas amarillas y rosa. Pichafloja se sentó en una mesa e hizo como si se ajustara la corbata sin tenerla, luego estiró las manos en el mantel y golpeó con la mano la derecha para llamar la atención. Uno de los camareros llegó y llenó la copa de champán. Dientecito y Bizcochito, que eran los únicos que no habían llevado a una chica, lo imitaron en la misma mesa. Bizcochito se hacía el entendido, pero al beber todas aquellas burbujas guiñaba los ojos y luego abría los labios haciendo chasquear los labios.

Los camareros preguntaron si podían comenzar a servir la cena y los tres sentados en la mesa buscaron a Nicolas, que estaba apoyado en la balaustrada de la motonave con Letizia al lado.

–¿Empezamos? –le gritó Pichafloja.

–¡Que comience la fiesta! –dijo Dragón haciendo bocina con las manos. Y Nicolas dio el visto bueno. Luego hubo un *corre corre* de parejas para coger una mesa, una por pareja. Pero cuando estuvieron sentados, se sintieron solos, divididos. Precisamente aquella tarde que estaban todos juntos, sobre el mar del golfo, inmersos en aquella luz moribunda que hacía las distancias incandescentes y la cercanía desgarradora. Probaron a darse voces de una mesa a otra:

—Eh, míster Estabadiciendo, ¿cómo es por allá abajo?

—¡Ah, doctor Tucán, cuidado con todo ese champán!

Y luego juntaron dos mesas y se sentaron todos alrededor. Pichafloja se puso una rosa amarilla en el oído y declaró que estaban todos listos para los platos que habían pedido. Que diera comienzo la cena. El camarero sirvió el salmón.

—Comportaos como señores —recomendó Nicolas mirando de reojo la sala—, porque ahora os habéis convertido en señores. —Y volvió al aire libre con Letizia.

Ella lo abrazó mientras veían alejarse el Vesubio, que se velaba de matices vespertinos. Toda la ciudad se encendía a lo lejos. Ischia, apenas a su espalda, estaba toda comprendida en la suave forma oscura del Epomeo.

Nicolas cogió a Letizia de la mano y la llevó a la popa. Él la apretaba por detrás, y ella, apoyada en la balaustrada, se le abandonaba no sin pegarse con leve malicia: lo suficiente para que Nicolas leyera en ello una solicitud. Nicolas aumentó la presión porque estaba seguro de que también ella lo quería.

—Ven conmigo —le dijo él al oído, mientras los otros gritaban y cantaban las canciones que salían de los altavoces.

Encontraron en la sala de debajo del puente un reservado, un sofá de terciopelo, y encima un ojo de buey por el que se filtraba la última luz. Letizia se sentó en el borde y Nicolas la besó con fuerza y le hurgó debajo del vestido, en busca de un paso rápido.

—Hagámoslo bien —dijo Letizia mirándolo a los ojos—. Desnudos.

Nicolas no sabía si preocuparse por aquel «hagámoslo bien», por aquel insólito y repentino deslizamiento fuera del dialecto, o por la simple pero imperiosa solicitud de la desnudez, porque era verdad que, desde que habían comenzado a hacerlo, habían hecho el amor siempre medio vestidos. Muchas veces Letizia le había pedido que estuvieran solos, solos de verdad, solos durante toda una noche, y nunca había sucedido. Aquélla era la ocasión adecuada. Lo alejó de sí con dulzura y le desabotonó la camisa.

–Quiero verte –le dijo. Él se desabrochó el cinturón y, mientras se afanaba para quitarse los pantalones, se unió a ella con un: «Yo también.» Se acostaron desnudos sobre el terciopelo verde y se exploraron con insólita paciencia. Letizia le acarició el sexo y condujo la mano de Nicolas a su entrepierna y tuvo que presionar con decisión para que aquella mano se quedara y los dedos se movieran–. Ven –dijo al fin ella, y lo condujo dentro–. Despacio, despacio, despacio –repitió, y él obedeció–. Tú eres mi macho –le susurró Letizia, y a él le gustó particularmente la elección de aquella palabra, «macho», no hombre: los hombres son muchos, pero los machos son poquísimos. Como si hubiera sido llamado por un fantasma interior dulcísimo, se percató por primera vez de que ella era una mujer y de que él estaba dentro de aquella mujer, ambos mezclados en la luz suave que dentro del ojo de buey se llenaba de estrellas.

Cuando regresaron arriba la motonave apenas había superado las altas paredes de roca de Sorrento y se dirigía hacia Nápoles. Los muchachos estaban todos en proa.

–Brindemos por nosotros –gritó Dragón–, y por nuestra ciudad, que es la más hermosa del mundo. –Se volvió hacia uno de los dos camareros que bostezaba sentado en una silla más allá de los cristales y continuó–: ¡Eh, despierta! Ésta es la ciudad más hermosa del mundo, ¿entiendes? ¡Me cago en quien hable mal de ella!

–Difamadores de Nápoles –dijo Dron con mala cara, mientras el camarero se ponía de pie y buscaba la complicidad de su colega, como diciendo: «¿Y nosotros qué tenemos que ver?»

—Yo nunca me iría de aquí —dijo Nicolas, impregnado de amor por Letizia.

Dragón se balanceó fuera de la balaustrada e hizo girar el brazo derecho en forma de molinillo, como si tuviera que tirar un peso, un artefacto, lejos, hacia tierra.

—Yo los veo a esos mierdosos, los que se van a Roma, a Milán, y luego echan pestes de Nápoles. ¡Yo veo a esos que echan pestes de Nápoles! —gritó—. Y sabes qué te digo: que se mueran. Todos los que echan pestes de Nápoles ya se pueden morir.

Alzaron las copas al cielo y luego las tiraron al agua. Bailaron hasta el alba, cuando el barco regresó a puerto, y los muchachos y sus novias se intercambiaron promesas eternas, en una boda colectiva que sancionaba la fidelidad para el resto de la vida.

Los días siguientes fueron una larga descompresión del ambiente acolchado al que habían descendido con el crucero. Esta vez cada uno por su cuenta, los muchachos intentaron prolongar al máximo la luna de miel comenzada en las aguas del golfo.

Nicolas iba a casa de Letizia cuando se iluminó el chat de la banda. Le decían que corriera al Cardarelli, segundo piso, pabellón A, sin añadir más. Envió un mensaje a Letizia para anular la cita. Luego de inmediato otro: «Te amo hasta las estrellas.» Y dio la vuelta.

Esperándolo en las escaleras del Cardarelli estaban Dragón, Dientecito y Lollipop. Se pasaban un porro apagado, para percibir el olor en la nariz y el sabor en la punta de la lengua, indiferentes a las miradas de parientes y enfermeros. Tenían el aire de quien tiene que decir algo pero no sabe por dónde comenzar.

—¿Qué coño ha sucedido? —preguntó Nicolas, y se hizo

pasar el porro. Abrieron los brazos y señalaron un punto indistinto dos pisos por encima de ellos.

–Están heridos. Briato' y Pichafloja –dijo Dragón.

Nicolas explotó, la paz que le había infundido el crucero ya se había evaporado. Tiró el porro en las matas que bordeaban la escalinata y estaba cargando la pierna para asestar una patada a un poste cuando se calmó. También la rabia se había evaporado: había quedado el Nicolas oportunista, el que conseguía arrastrar tras de sí a los adversarios y sorprender al portero. Aún no había puesto el pie en el suelo y en esa posición a Dientecito le recordó a una garza real, como aquella que un puñado de años antes había visto en una excursión con su clase a un oasis de la WWF.

Nicolas apoyó finalmente la suela sobre el peldaño y dijo:

–Chavales, vamos a ver a los heridos, y llevémosles regalos.

Pronunciar la palabra «heridos» lo hacía sentir en guerra. Y le gustaba.

Los regalos eran un viejo calendario sexy para Briato' y la camiseta autografiada del capitán del Nápoles para Pichafloja.

–Chavales, ¿qué ha sucedido? –preguntó de nuevo Nicolas, esta vez a sus hombres heridos en combate.

–Entraron los Melenudos en la salita –empezó Briato'–. Estábamos apostando, teníamos dos envites seguros, cuando aparece el White y empieza a decir: «¿Qué coño habéis hecho?»

–No, no –interrumpió Pichafloja–, dijo exactamente: «Habéis puesto las manos en la gasolina de Roipnol.» Nosotros respondimos: «No hemos hecho nada, que se muera mi madre, ¿pero qué estás diciendo?» Entonces, Marajá, sacaron unos enormes bates de hierro que yo me dije de aquí no salgo vivo. Estabadiciendo estaba encerrado en el retrete. Entendida la mala situación, escapó por la ventana, mierda de persona.

Los Melenudos habían cogido a Briato' y a Pichafloja y les habían partido las piernas. Luego habían ido a Borgo Marinari y habían roto los escaparates del restaurante donde trabajaba el padre de Estabadiciendo.

Briato' trató de sentarse, pero se desplomó de nuevo en las almohadas.

—A nosotros nos han destrozado, sentía los huesos de las piernas rotas. Y luego nos decían que les diéramos el dinero, que les diéramos el dinero, y verdaderamente nos masacraban. Yo ya no sentía las piernas, pero tampoco la cara, nada. Luego nos metieron en un coche y nos tiraron en el Cardarelli.

—En el coche ya no entendía nada —dijo Pichafloja—, pero el White decía que nos estaba salvando él, que nos conoce, y que Roipnol quería arrastrar nuestro nombre por el barro y que...

Briato' lo interrumpió.

—Eso lo repetía todo el tiempo, que nos salvaba él... y que ahora, si volvemos a caminar, tenemos que trabajar para él.

—Sí, una mierda —respondió Nicolas. Cogió el calendario y lo apoyó contra la pared—. Briato', ¿qué mes prefieres? Abril tiene dos bonitas tetas, ¿verdad? Mira a Lisella, verás como pronto estarás mejor.

—Marajá —dijo Briato'—, cuando salga de aquí iré cojo.

—Cuando salgas de aquí, serás más fuerte.

—Más fuerte una mierda.

—Entonces te compramos una pierna biónica —dijo Dragón.

Bromearon todavía un rato, importunaron a una enfermera diciéndole que con las manos que tenía se hubieran dejado poner incluso un catéter, y cuando estuvieron solos miraron a Marajá para saber qué hacer.

—Vamos a liquidar a Roipnol. —Y pasó el calendario hasta llegar al mes de junio.

Todos estallaron en risas, como si fuera la enésima ocurrencia.

–Vamos a liquidar a Roipnol –repitió Marajá. Había hojeado rápidamente hasta el mes de noviembre, luego se había detenido un poco más en diciembre y ahora se había vuelto hacia los otros.

Dientecito soltó otra carcajada:

–Ése no sale nunca de casa.

–¿Quieres entenderlo, Marajá? –recalcó Pichafloja. Estaba tratando de sentarse, pero la pierna le producía un dolor lancinante–. Sólo nosotros estamos en la calle –continuó–, el Gatazo está enjaulado en San Giovanni, el Arcángel está enjaulado en Ponticelli, Copacabana está enjaulado en Poggioreale y Roipnol está enjaulado en Forcella. Sólo nosotros estamos en la calle. Nos la tenemos que repartir entre nosotros.

–Tenemos que cogerlo dentro de la jaula –dijo el Marajá. Él establecía conclusiones. Si los Melenudos no habían matado a Briato' y Pichafloja era porque así se lo habían ordenado. El Gatazo estaba luchando por el territorio y tres muertos de una banda habrían hecho demasiado ruido: ya tenía encima a la policía y los carabineros, no podía permitirse atraer su atención con nuevas masacres. El Gatazo no podía matar, y durante un tiempo seguiría así. He ahí la oportunidad, he ahí el espacio que nadie habría soñado nunca aprovechar.

–Eh, imposible –dijo Dragón–, cuando sale está siempre pegado a Carlitos Way. Y además no sale nunca. Tampoco la Culona está mucho fuera, y siempre con guardaespaldas.

–Y nosotros vamos a aprovecharnos de Carlitos Way.

–¡No! –lo interrumpió Lollipop–. Carlitos Way no es un traidor. Le paga bien, y ahora que hace de mayordomo, Carlitos se las da de boss de toda Nápoles.

–No es un traidor.

–Estás colocado –dijo Dientecito.

–Yo incluso cuando estoy colocado, no estoy colocado. Razono.

–Oigamos qué tiene que decir este filósofo.

–Que se muera mi madre, yo tengo la llave que abre la puerta de Roipnol.

–¿De veras? –dijo Dientecito–. Te equivocas porque es una puerta blindada, y hay una selva de cámaras.

–Pero yo tengo la llave de verdad –continuó Nicolas. Había pasado los brazos sobre los hombros de Dragón y Dientecito, y se los había llevado junto a los dos encamados, Lollipop cerraba el círculo. Conspiradores.

Preguntó con el tono con que se pregunta a un niño una adivinanza sencillísima:

–¿Quién es el hermano de Carlitos Way?

–¿Y quién va a ser? –dijo Briato'–. ¿Meón?

–¿Y Meón de quién es el mejor compañero?

–Bizcochito –siguió Briato'.

–Exactamente –dijo el Marajá–, y yo mañana por la mañana cojo a Bizcochito.

Nicolas lo tenía todo en mente, como si hubiera encontrado la ecuación exacta. Sólo se trataba de convencer a Bizcochito, y para conseguirlo debía llevárselo a dar una vuelta, solos, como no habían hecho nunca. Fue a encontrarse con él en la escuela. La madre de Bizcochito lo acompañaba cada mañana, porque quería asegurarse de que llegaba a clase. No se fiaba de sus amigos. Pero dado que trabajaba no podía ir a buscarlo. Apenas vio el T-Max, Bizcochito se abrió paso a codazos entre los compañeros que se agolpaban en las escaleras.

–¡Eh, Marajá! ¿Qué haces?

–Sube, te llevo a casa.

Bizcochito saltó a la grupa, ufano. El T-Max salió a toda velocidad y Bizcochito lanzó un alarido mientras Nicolas se reía. En el fondo estaba a punto de pedirle mucho, mejor darle primero una alegría. Eligió el trayecto más largo. Conducía lentamente, se detenía en los semáforos, cogía las curvas con amabilidad. Quería mantenerlo en el escúter porque allí Bizcochito era feliz y sería más fácil hablarle.

–Bizcochito, todos van diciendo que al Melón lo quitaron de en medio porque estaba con nosotros.

–Pero ¿no estaba contra nosotros?

–Exacto. Pero ese cabrón de Roipnol, sin duda con White y los Melenudos, la polla que les hemos metido en el culo se la está quitando y trata de metérnosla por el culo a nosotros. ¡Ese cabrón! Y ahora el asunto lo tienes que resolver tú.

En ese «tú» salió como un cohete, adelantó a un automóvil, luego a otro, saltó a la acera para adelantar a una furgoneta y por último redujo hasta la velocidad mínima que se había impuesto.

A Bizcochito el corazón le latía con tanta fuerza que Nicolas lo sentía en la espalda.

—¿Yo? ¿O sea...?

—O sea, ¿quién es tu mejor compañero?

—¿Meón?... ¿Teletubbie?

—Meón, exactamente. Y el hermano de Meón es el guardaespaldas de Roipnol.

El T-Max frenó en seco. Bizcochito se golpeó la cara contra las escápulas de Marajá y, antes de que comenzara a protestar, Nicolas había dado la vuelta y ahora avanzaba en el otro sentido.

—Tú tienes que ir donde Meón —dijo—, y debes decirle que después de la muerte del Melón ya nadie se fía de mí y de nuestra banda, dile también que tú no has obtenido una plaza. Y tienes que decirle que quieres trabajar con él y que debes darle este mensaje sólo a Roipnol. Que te abra la puerta Meón. Luego, una vez que hayas entrado en la casa, coges y le disparas.

Frenó de nuevo, pero Bizcochito tuvo tiempo de protegerse con las manos. Quería gritar, pero por la excitación. Parecía que estaba en el parque de atracciones. Nicolas cambió otra vez de sentido y se encontraron en el carril de la ida.

—¿Pero él, Meón, qué sabe? Está siempre su hermano fuera de la puerta, no él —consiguió decir Bizcochito, recuperando una postura cómoda, con la espalda recta, pero Nicolas dio un brusco acelerón y a noventa por hora prosiguió por el eje de la carretera. El tráfico había aumentado y los retrovisores de los automóviles rozaban el manillar del T-Max.

–Carlitos Way va a recoger el dinero para Roipnol. Por eso durante un rato lo deja descubierto. –Calló y lo miró por el retrovisor–. ¿Te estás cagando encima por matar a alguien, Bizcochito? ¡Dímelo, eh! Que no hay problema, encontraremos otra solución.

–No, no me estoy cagando encima –respondió Bizcochito.

–¿Qué?

–¡No me estoy cagando encima!

–¿Qué? ¡No he oído!

–¡¡¡NO ME ESTOY CAGANDO ENCIMA!!!

Sin disminuir la velocidad, Nicolas giró a la derecha y prosiguió lentamente como había partido hacia la casa de Bizcochito.

La ecuación se había resuelto.

Desde el día de la mudanza, Crescenzio Roipnol no había salido de casa. Su mujer le había echado en cara aquella clausura que él le había prometido que rompería. La verdad era que Roipnol tenía demasiado miedo. Es más, estaba espantado, e intentaba combatir aquel terror con pastillas, pero entonces comenzaba a mascullar más de lo habitual, y Maddalena se cabreaba. Un círculo vicioso dentro del cual Crescenzio conseguía mandar, de todos modos, el barrio, controlar las plazas y oponerse a la banda del Marajá. Lo más difícil para Roipnol era reprimir las ganas de exterminar a aquellos chicos. Nada de muertos, había dicho el Gatazo. Vale, había respondido Roipnol, no podía hacer otra cosa. El ejército de Roipnol era un ejército disperso. Fiel y poderoso, pero desperdigado, porque debía gobernar y contener dos movimientos que en períodos de estancamiento como aquél podían entrar en conflicto y crear roces inesperados. Incluso grietas.

La que veía Bizcochito –apoyado en la misma pared donde poco antes había asistido al traslado de la Virgen de Pompeya– quizá no la habría calificado nunca de grieta, sino de «gilipollez». ¿Cómo era posible que Roipnol, alguien que se creía un rey, permitiera que su paje, Carlitos Way, estuviera por ahí dos horas cuando iba a retirar el dinero de las apuestas de la salita? ¿Alguien que controla todas las plazas y asumía los méritos de homicidios que no eran suyos podía fiarse de alguien como Meón, que le hacía las compras y le pagaba las facturas? Quizá, concluyó Bizcochito con un pensamiento del que se sintió muy orgulloso, Roipnol merecía morir porque no sabía mandar.

Cuando llegó a Forcella, al día siguiente, apoyó el ciclomotor que le había prestado Lollipop cerca de la entrada de Santa María Egipcíaca, la que daba al corso Umberto. Se dijo iglesia. Se dijo santos. Se dijo Virgen. Se dijo Niño Jesús. Se dijo por qué no. Allí dentro se recibe ayuda, allí dentro se hacen promesas, allí dentro se buscan confirmaciones. Entró con paso desgarbado. Era una iglesia que conocía, por decir algo. Como todos, estaba habituado al oro, a las suntuosidades de las imágenes y a la abundancia de ornamentos: también para sus amigos de Scampia, Nápoles eran las iglesias, los edificios, el gris y las llamas cenicientas de la traquita, toda esa belleza sin más destino que ser belleza. Belleza mezclada con lo sagrado, el conjuro y la esperanza. Y por esperanza Bizcochito entró en la iglesia buscando santos, santas, vírgenes, un interlocutor. Fue avasallado por las imágenes y por los colores, por los gestos amplios de los brazos carnosos, por los azules cavados en el oro, por los rostros de la piedad y del martirio. Probó con la Virgen, más aún, con las vírgenes, pero no le salía una palabra, no sabía cómo ponerse en contacto. «Virgen de la banda...», dijo mirando la figura dulcísima, que desde lo alto perfumaba el aire. No continuó. Es más, aplazó aquella plegaria, como si tuviera necesidad de llegar a esa altura con paciencia, paso a paso. Buscó un santo, un santo reconocible, pero sin efecto. En brazos de vírgenes y santos, los niños Jesús, a ésos los distinguía bien. Sin apartar los ojos de la luz que entraba por la cúpula y los ventanales, enfocó un Niño Jesús, que en el fondo se le parecía, aunque nunca lo admitiría. Se arregló el cuello de la camiseta, enderezó la pistola en los pantalones cortos, se pasó la mano por la cabeza, comprobó que las dos viejecitas que estaban de rodillas en los bancos no le prestaran atención. Se dejó inspirar por la quietud que mágicamente, dentro de la iglesia, se posaba como si fuera un espacio protegido del mundo, que murmuraba apenas fuera en forma de tráfico automovilístico. «Jesús», intentó decir, y repitió: «Jesús.» Se acordó del gesto de la plegaria, pero no consiguió unir las manos, no se pegaban, palma contra palma, permanecían suspendidas en el aire. «Jesús, san Ciro, santo Domingo, san Francisco, haced que yo suba donde aquel gilipollas y el gilipollas salga, que yo diga ve y él vaya.» En verdad le costaba ver la escena precisamente en estos términos, Roipnol marchándose, la Culona siguiéndolo, pero su plegaria sólo podía llegar a los confines de lo que luego podía ocurrir, y si había entrado en la iglesia para algo, era para hacer que aquella Desert Eagle que tenía escondida en los pantalones se quedara donde estaba, y pudiera bastar con la palabra. La palabra que mueve el mundo, cuando quiere, cuando puede. Para eso se reza, ¿no? ¿No era para eso? Y entonces se le ocurrió otro pensamiento. «Niño Jesús», continuó, «deja que un día tenga una banda mía.» Intentó añadir una promesa, dado que, lo sabía, si uno pide, también debe dar algo. No le salían las palabras, y entonces concluyó repitiendo una voz antigua, que era antigua también en él, que también era un niño. Dijo: «Seré bueno.» Y el bueno apareció a sus ojos como un héroe del pueblo, un Masaniello, uno con espada, un superhéroe que se lanzaba desde San Martino sobre Spaccanapoli y planeaba sobre la Sanità pasando por debajo del puente. Un Cristo ensangrentado, con la cuerda que lo había tenido atado a la columna aún colgándole del cuello, pareció mirarlo con comprensión y piedad. Por suerte estaba debajo de un relicario transparente. «Seré bueno», repitió, y salió tan rápido como había entrado.

Sabía que no le costaría encontrar a Meón en los alrededores porque la Culona lo consideraba un hijo adoptivo —el marido había estado demasiado tiempo en la cárcel y ahora era tarde para tener uno propio— y le gustaba tenerlo cerca, aunque sólo fuera para jugar a la familia. Y de un hijo uno se fía, ¿no? Bizcochito lo vio entrar en el edificio de Roipnol y corrió para detenerlo. Le explicó que quería trabajar con ellos, interpretó el papel que Nicolas le había dicho que interpretara. Y lo hizo bien, canturreando las palabras como había hecho antes en la iglesia. Meón debió de tomar aquel tono por verdadera desesperación porque no hacía más que repetir: «Y cómo no...» Claro que lo llevaría arriba, ahora mismo. Estaba yendo justamente allí.

Subieron las escaleras a la carrera y delante de la puerta blindada Meón levantó la cabeza hacia la cámara.

—Señora, éste es Bizcochito, un amigo mío. Está cagado de miedo después de que Roipnol se haya cargado al Melón. Dice que tiene miedo de que todos los que curran con la banda del Marajá acaben igual.

Sin percatarse había usado el mismo tono que había usado Bizcochito poco antes. Y la voz metálica de la Culona respondió:

—Y hace bien en tener miedo. Adelante, pequeños.

Meón bajó la manilla y la puerta se abrió. Dio un paso para entrar, pero Bizcochito lo agarró de la camiseta y dijo, cubriéndose la boca con la mano para ocultarse a la cámara:

—Me da vergüenza hacerlo delante de ti, prefiero entrar solo.

Meón se paró en el umbral. Parecía indeciso. Lo que estaba a punto de decir decidiría ese día. ¿Si insistía en entrar con él qué sucedería? «Niño Jesús...», se dijo Bizcochito.

—Vale —respondió Meón—, hasta luego... —Y bajó las escaleras.

Bizcochito se quedó en el umbral unos segundos, el tiempo de asegurarse de que Meón no había cambiado de idea, y luego entró en el piso, usando como guía las voces de Roipnol y de su mujer. Reconoció de inmediato los muebles que había visto en la calle durante la mudanza y aún se percibía olor a pintura. La Culona se había acomodado en la otomana, mientras que Roipnol estaba detrás de un escritorio de madera oscura. Las persianas entornadas dejaban pasar un hilo de luz y la iluminación de la habitación estaba asegurada por una lámpara en el rincón. En el juego de sombras que se creaba, el rostro de Roipnol parecía cortado en dos, día y noche. Aquel hombre de hombros caídos y rasgos de áspid —ojitos pegados, labios sutiles que esculpían una sonrisa feroz, piel brillante— ahora casi se parecía a un vikingo. No aparentaba sorpresa ni miedo, y tampoco la Culona se había alterado. Bizcochito recitó su frase:

—Ahora mandamos nosotros. Tú y la Culona tenéis que iros.

—Ah, no me había dado cuenta —dijo Roipnol, pero dirigiéndose a la mujer. Ahora la línea de luz enfocaba la oreja, la nuca, el pelo recién teñido—. Aún estabas en las pelotas de tu padre cuando yo defendía el barrio destripando al Boa. Soy yo quien ha mantenido a Tragafuegos fuera de la Sanità. —Luego se volvió de nuevo hacia Bizcochito—. ¡Dile a quien te ha mandado que Forcella es mío por derecho propio!

—A mí no me manda nadie —respondió Bizcochito. Había dado un paso hacia delante, un movimiento mínimo, para apuntar mejor.

—Mocoso —dijo Roipnol, volviéndose otra vez hacia su mujer—, ¿pero cómo te atreves?

—Acabarás mal, Roipnol.

Otro pasito.

336

–Eh, eh, mira cómo ruge este mosquito. ¿Y te parece que tengo miedo de un niño como tú?

–Convertirme en niño me ha costado diez años, para dispararte a la cara sólo necesito un segundo.

La llamarada de la Desert Eagle sacó una instantánea de la habitación. Roipnol con la boca abierta, las manos en la cara como si pudieran protegerlo. La Culona inesperadamente ágil que se echaba sobre el marido, también ella con la ilusión de poderlo defender. Luego todo volvió a ser sombra y luz. Bizcochito corrió hacia el salón, y allí se detuvo, turbado. Volvió atrás, levantó de nuevo la pistola y enfocó las nalgas de la Culona. ¿Saldría aire de aquellos dos balones?, se preguntó. El tiro entró con precisión en la nalga derecha, pero nada de aire. Desilusionado, Bizcochito liquidó a la Culona con una bala en la nuca.

Voló por el piso y por las escaleras con la velocidad desmañada de sus diez años, chocando con jambas y pasamanos, pero no sintió nada.

Ahí estaba el portal, pocos peldaños, tres metros, quizá. Ya veía la calle y luego ya no la vio, porque Meón entraba en aquel momento con un bollo de crema en la mano.

La Desert Eagle aún estaba caliente, pinchaba la piel de Bizcochito, que consideró por un instante desatinado extraerla y eliminar también a ese testigo.

–Pero ¿qué ha sucedido? ¿Eran tiros? Pero ¿qué has hecho?

Su amigo lo miraba, con la cara empolvada de azúcar. Bizcochito continuó la carrera dejando atrás sólo un:

–Cómete el bollo.

HERMANOS

El centro de estética 'O sole mio tenía un sitio en internet sencillo. Un par de fotos y un número de móvil. A la muchacha que respondió a la llamada de Lollipop hubo que repetirle dos veces que debía mantener el centro reservado por completo y hasta el cierre.

–¡Vamos a celebrar un bautizo!

La muchacha estaba cada vez más perpleja:

–Un bautizo, en el centro de estética, pero ¿qué locuras dice?, ¿es una broma?

Lollipop colgó y se presentó diez minutos después ante la muchacha con dos mil euros en billetes de cien. Luego lanzó el mensaje en el chat:

Lollipop

Chavales hoy por la tarde
todos a celebrar el bautismo de Bizcochito.
Vamos a tomar el sol!

El mensaje llegó claro a la banda:

Marajá

Eh qué guay!!

Bizcochito

Cojonudo!!!

Estabadiciendo

Viva, me hago la depilación total!!

A las tres en punto, horario de apertura de la tienda, la chica vio entrar primero a Tucán y a Estabadiciendo, que llevaban sentado en los antebrazos al homenajeado. Los tres iban peinados a lo Genny Savastano, y detrás de ellos apareció Nicolas con una corona roja hinchable en la cabeza que lo hacía parecer altísimo. Se la habían puesto en el umbral Lollipop y Dron. Inmediatamente detrás Dragón y Dientecito, llenos de collares y brazaletes de oro que ni la Virgen de Loreto, gritaban:

–¡Enhorabuena, Bizcochito, te has hecho mayor!

Se dieron un paseo por las lámparas, luego la pedicura, la depilación de cuerpo y rostro, y por último se liaron un par de porros en la sala de relax amarilla y verde. Para el bautismo de fuego de Bizcochito se habían traído una papelina de cocaína rosa que tenía que probar al homenajeado. Nicolas la recuperó del albornoz y extendió una raya sobre el banco de teca, invitándolo a abrir el baile:

–Hemos rascado la espalda de la Pantera Rosa, ¡y mira qué bonita y pura ha salido!

Bizcochito hizo su primera esnifada, al principio aguantó bien, pero después de cinco minutos empezó a saltar por todas partes, a hacer ruedas y verticales por toda la sala, hasta que los otros ya no pudieron más de todo aquel movimiento y lo enviaron a darse una bonita ducha emocional.

Mientras se mecían en las hamacas, ya sin un pelo, menos Dientecito, que se había dejado los del pecho donde destacaba un collar con un medallón de oro macizo que le cubría de pezón a pezón, Lollipop preguntó:

–Pero ¿por qué con este dinero no te arreglas los dientes, en vez de tirarlo en collares de oro?

–Así gusto a las mujeres, tengo una ventana en la boca y ven qué hay dentro.

–Lo que se ve es todo el asco que tienes dentro –replicó Lollipop.

–Pero ¿cómo coño te has roto esos dientes? –preguntó Dron.

Era una historia que Dientecito no contaba nunca. Pero desde que había empezado a ser temido, a tener un poco de dinero, a ser abrazado por una novia, no le disgustaba aquel defecto, se había convertido en su rasgo distintivo.

–Estaba jugando al baloncesto, ¿no?, y luego me empecé a pelear con un gilipollas que en un momento dado me dio un pelotazo en la cara. ¿Sabes cuánto pesa una pelota de baloncesto? Me partí los dos dientes de delante, uno arriba y uno abajo.

–¡No, venga, es imposible que tú jugaras al baloncesto! ¡Quién te va a creer! ¡Si mides un metro y una polla!

–Que te den por culo –dijo Dientecito. Luego se volvió para mirar a Tucán, y quiso sacarse una curiosidad de encima–. En cambio a ti, Tucán, ¿cómo es que te llaman así?

Tucán no se parecía nada a un Tucán, su nariz era pequeña, su barba apostólica. Simplemente un día, mientras conducía el escúter con Briato' detrás, le entró un insecto en la boca. Empezó a escupir, presa de conatos de vómito, luego aparcó, se metió dos dedos en la boca buscando al bicho que le golpeaba el paladar y la lengua. Cuando finalmente consiguió liberarse del insecto, exclamó: «¡Eh! ¡Se me había metido un tucán en la boca!»

Briato', detrás, se rió hasta las lágrimas por aquel «tábano» tullido, y así, el nombre de Massimo Rea se borró de la memoria de todos los que lo conocían y se convirtió sencillamente en Tucán.

–Pero, a Briato', ¿por qué lo llamamos así...?

Nicolas se levantó de la hamaca y Lollipop dijo:

–Silencio, eh, va a hablar el rey.

Marajá, recolocándose la corona en la cabeza, explicó:

–Yo estaba. Era el último día de octavo y nuestro profesor de ciencias empezó a preguntar qué queríamos ser de mayores. Todos decían abogado, chef, futbolista, concejal... Briato' respondió solamente: «Flavio Briatore.»

Luego Nicolas hizo una seña y se levantaron también los otros. Alcanzaron a Bizcochito en la ducha emocional. Estaba echado panza arriba, bajo el agua perfumada de morera, de tanto en tanto abría la boca y bebía. En cuanto los vio, se levantó:

–Eh, ¿pero dónde os habíais metido?

Continuaba tocándose la nariz, como si también él tuviera un tábano que quitarse, y los miraba extrañado.

Se desvistieron juntos y se encontraron, de improviso, todos desnudos uno pegado al otro. «Ahora tomémonos medidas», dijo Dron agitando su pollón, e indujo a todos a mirárselo y a mirar el de los compadres. Se pusieron inmediatamente en fila imitando a Dron, polla en mano y panza hacia afuera. «¡Icemos la bandera!» Y se doblaron hacia atrás. «¡Romped filas!», ordenó Nicolas desapareciendo en la neblina de vapor delante de las cabinas de colores. Dragón cogió a Bizcochito por la polla y lo arrastró por toda la habitación: «Así se te alarga», dijo, y los demás rieron antes de entrar en las duchas, a menudo en pareja, a menudo pasando de una cabina a otra para cambiar de color o para probar enseguida la secuencia de los aromas. Pichafloja se concentró para tirarse un pedo y Dron fingió morir bajo un chorro azul de aguas benéficas.

–¿Te gusta tu fiesta, Bizcochito?, ¿te estás divirtiendo? –le preguntó Nicolas pellizcándole una mejilla.

–Sí, bonita..., pero ¿dónde os habíais metido? –dijo de nuevo.

–Nos contábamos nuestras historias, sobre nuestros nombres...

Bizcochito lo interrumpió:

–Eh, yo siempre me pregunto cómo coño Dron tiene un nombre tan hermoso. Yo también quisiera uno así, ¡porque Bizcochito me da náusea!

Dragón, irreconocible con el pelo aplastado en la cabeza por la lluvia de salpicaduras, le dio una palmada a Dron:

–Eh, este hombre se ha ganado el apodo. En toda Italia es el único que se ha comprado los mil fascículos semanales a 2 euros con 99 *Construye tu Dron*. Pero no sólo los ha comprado, también es el único que ha logrado construírselo de verdad. ¡Y volaba!

–No, ¿de veras? –dijo Bizcochito mirando asombrado a Dron.

–Eh, ¡ni Dan Blitzerian tiene el dron!

–Pero ése tiene una docena. Yo soy seguidor suyo en Instagram.

–Yo también, y nunca he visto el dron.

La masajista, que le habría gustado a Pichafloja, llegó para decir que 'O sole mío iba a cerrar, había que vestirse y marcharse. La fiesta había terminado. Volvería a empezar sólo unas horas después en el Nuovo Maharaja.

La ciudad está coronada por edificios de dos, tres, máximo cuatro plantas, siempre a la espera de la condonación, que a copia de crecer se han convertido en pueblos. Y alrededor todo campo, para recordar cuál debía de ser el pasado de tierras ahora agredidas y ahogadas por el cemento. Sorprendía siempre, incluso a quien había nacido allí, que bastara con girar un par de veces desde la calle principal para encontrarse en medio de los campos. En cambio, a unos kilómetros en dirección contraria, Nicolas era bombardeado por haces luminosos y movía la cabeza al ritmo de una canción de los años sesenta arreglada en clave disco. El Marajá estaba en el Nuovo Maharaja y fingía divertirse en la fiesta de licenciatura en Ciencias Políticas del hijo del abogado Caiazzo, letrado de los Acanfora y de los Striano antes de que se arrepintieran, de los Faella, de futbolistas y vips diversos. Los había representado también a ellos por la acusación de tráfico que había llevado a Alvaro al trullo. Una hora antes habían terminado allí los festejos por Bizcochito. Lo encerraron en un círculo de brazos y luego lo regaron con champán. Habían brindado por las plazas, que después de la muerte de Roipnol serían de ellos, y luego habían brindado también por la salud de Briato' y Pichafloja, heridos en combate. Al final habían echado del local al homenajeado: fuera estaba su regalo. Su nuevo escúter. El regalo para la banda, en cambio, lo había traído el abogado Caiazzo: la noticia de la suspensión condicional de la pena por la condena en aquel viejo proceso.

–Bravo, abogado –dijo Dientecito.

–Moët & Chandon para celebrar –gritó Marajá–, dos botellas..., ¡vamos a celebrarlo!

–Chavales, es una pena suspendida, significa que si os vuelven a condenar revocan la suspensión y cumplís los años.

Alzaron las copas, diciendo:

–Abogado, somos intocables.

Ahora Nicolas tenía la cabeza en otra parte. No estaba sentado más de diez minutos y luego se levantaba, entraba y salía del reservado, iba a buscar un Acapulco –el hijo del abogado había querido que el tema de la fiesta fuera tropical– y luego se daba una vuelta por la pista, abrazaba a Letizia, intercambiaba unas palabras con alguien. Pero siempre con un ojo en el smartphone. Los numeritos encima de los nombres de los chats seguían aumentando, pero a él sólo le

343

interesaba un nombre, que sin embargo permanecía al final de la lista. El DJ apagó la música y la luz invadió el local, era el momento del discurso del abogado Caiazzo. Tenía los capilares de la cara muy marcados y se había desabotonado la camisa casi hasta el ombligo. Lamentable, pensó Nicolas, pero cuando el abogado pidió silencio e inmediatamente después el aplauso para su hijo, el Marajá posó el Acapulco y batió palmas, convencido. El abogado Caiazzo había arrastrado hasta la tela que retrataba al rey indio un silloncito blanco, uno al azar entre los que llenaban el local y que Oscar se había apresurado a hacer forrar con un tejido blanco porque, decía, aquello era un bautismo. Caiazzo se subió encima y, para guardar el equilibrio, comenzó a pisotear el cojín con sus Santoni de gamuza.

–Gracias a todos –dijo–. Veo las caras de mis amigos, de mis clientes.

Y alguien detrás de Nicolas dijo:

–Abogado, otras caras no pueden estar aquí, están de vacaciones...

–Sí, he hecho todo lo que he podido, ¡pero los traeremos! Los traeremos, porque yo sólo defiendo a inocentes.

Carcajadas.

–Soy feliz de que hoy celebremos la licenciatura de mi hijo Filippo, doctor en Sandeces Políticas.

Carcajadas.

–Mi otra hija, Carlotta, es licenciada en Letras y Postales; y mi hijo mayor, Gian Paolo, no ha pensado verdaderamente en licenciarse y ahora tiene un restaurante en Berlín. Como veis, todos han querido seguir el ejemplo de su padre: ¡no ser como yo!

Más carcajadas. También Nicolas reía, y, entretanto, con una mano rozaba el culo de Letizia y con la otra, metida en el bolsillo, esperaba que el teléfono vibrase.

–De todos modos, Filippo, el mío es sólo un deseo

–continuó el abogado–, hoy disfruta a costa de papá, ¡para ser un parado puedes esperar a mañana!

Un estruendo de carcajadas. El discurso había terminado y la fiesta podía continuar.

Letizia intentó arrastrar a Nicolas a bailar porque ahora el DJ había puesto «Music is the Power» y ella no podía estar quieta. Nicolas estaba a punto de decir que no le gustaba aquella velada, pero Letizia era un sueño, ajustada en aquel vestido que le dejaba al descubierto toda la espalda. Nicolas la agarró por detrás y le lamió el cuello. Ella fingió ofenderse y dio dos pasos rápidos en medio de la pista para hacerse alcanzar por su hombre, pero al Marajá le vibró el smartphone y esta vez era el mensaje que esperaba. La foto de un cielo estrellado y el texto «El cielo de mi casa es siempre el cielo más hermoso del mundo». Nicolas agarró a Letizia como había hecho antes y, mientras ella se contoneaba restregándose contra él, le susurró:

–A cualquiera que me busque, dile que estoy en el reservado. Si te lo preguntan en el reservado, diles que estoy en el baño. Si alguien se acerca al baño, dile que estoy por ahí.

–Pero ¿por qué?, ¿qué estáis tramando? –preguntó Letizia sin dejar de bailar.

–Nada, un recado. Pero tienen que creer que estoy aquí, luego te lo explico.

Lo miró mientras se alejaba hacia la salida, en la alternancia de luz y oscuridad que hacía cada movimiento aislado e imprevisible, confundía los cuerpos y superponía los rostros. Y por un instante, bailando con los brazos levantados y moviendo la cabeza de un lado a otro, le pareció captar sobre ella el brillo de una mirada conocida. Renatino, con la cara de muchacho, idéntica a la última vez que lo había visto, en los tiempos del enmierdamiento, y el cuerpo de hombre dentro de un uniforme del ejército. Fue un instante, luego ya no lo vio, y con las primeras notas de «Single Ladies» corrió a buscar a Cecilia para remedar la coreografía de Beyoncé, olvidándose de él.

Fuera, un automóvil esperaba a Nicolas. Un Punto azul oscuro como se ven pasar a centenares por una calle cualquiera de una ciudad cualquiera. Al volante estaba Simioperro, que sin saludarlo hizo que Nicolas se acomodara en el asiento del pasajero. Cogieron la autovía. Salieron de la ciudad. En la cabeza de Nicolas seguía resonando la canción de antes. Sólo cuando oyó unos balidos comprendió que había llegado a otro mundo. Simioperro aparcó el Punto en el borde de la carretera y dijo:

–Vamos a ver esa oveja...

Caminaron cortando por los campos. Simioperro se orientaba a la perfección y controlaba dónde ponía los pies con la luz del teléfono. Luego de repente se detuvo y Nicolas casi chocó contra él.

–He aquí a la oveja –dijo Simioperro.

Estaba sentado en un murete a seco que antes debía de delimitar el terreno de una casa de campo, ahora reducida a una barraca, las paredes medio derruidas y un techo de chapa improvisado que los temporales habían doblado por la mitad. Estaba fumando tranquilo, y entre una bocanada y otra charlaba con Dragón, que junto a él controlaba el móvil: aquella nariz ligeramente torcida se recortaba contra la oscuridad de la noche cada vez que giraba el smartphone. Delante de ellos se entreveía una fosa, que usaban como pasatiempo tirando dentro los guijarros que habían apilado sobre el murete. Parecían dos chicos de primaria, pensó Nicolas.

Fue el muchacho que estaba con Dragón quien se percató de la presencia de Nicolas y Simioperro. Giró la cabeza y comprendió de inmediato. La giró de nuevo para buscar confirmación –si hubiera sido necesario– en los ojos de Dragón, pero Simioperro estaba allí, cuerpo contra cuerpo.

—Mierda, has comido en mi casa.

—Pero ¿qué estás diciendo? ¡No he hecho nada, nada, Simioperro!

Aún sentado en el murete, se había vuelto otra vez para enfrentarse a Simioperro, que ahora le gritaba a la cara. Nicolas y Dragón le cerraban el paso a derecha e izquierda. Detrás, sólo la fosa.

—¿Nada? Mira aquí —continuó Simioperro iluminando una foto en su smartphone–. ¿Reconoces quién es? ¿Reconoces quién es éste?

El muchacho intentó abrirse camino a empellones, pero Nicolas y Dragón lo atajaron, agarrándole los brazos y torciéndoselos detrás de la espalda. Simioperro se metió el teléfono en el bolsillo posterior de los pantalones e hizo señas a los dos de que lo soltaran. La velada se había estropeado y ahora las nubes cubrían la luna impidiendo que aquella escena fuera iluminada por un mínimo de luz. También las ovejas habían dejado de balar. El único rumor era la respiración de los muchachos, y la más acelerada de su prisionero. Ya no intentaba discutir, no era una situación de la que se pudiera salir con palabras. Simioperro se plantó bien sobre el terreno irregular y le dio un fuerte empujón, que lo hizo rodar en la fosa. No esperó a que el otro se levantara, sacó la pistola y le disparó donde ya había decidido que iría a parar la primera bala. En la cara. Pero le dio en un pómulo. Un tiro que desfigura y hace gritar de dolor, pero no un tiro que mata. El muchacho de la fosa comenzó a pedir perdón, a implorar piedad. Escupía palabras mezcladas con sangre que se le colaba en la garganta cuando trataba de recuperar el aliento. Sólo ahora Nicolas se percató de que Simioperro llevaba unos guantes de látex y por instinto se limpió las palmas en la tela de los pantalones.

Mientras el de la fosa gritaba:

—¡Me has disparado en la cara! ¡Pero qué coño haces!

Pero Simioperro aún no había terminado. En secuencia rápida le metió una bala en la rodilla y una en el estómago. Nicolas no pudo evitar pensar en Tim Roth entre los brazos de Harvey Keitel y en lo larga que podía ser aquella agonía. ¿Cuánta sangre contenía un cuerpo humano? Trató de recordarlo pero lo interrumpió el último tiro de Simioperro, que fue a clavarse directo en el ojo del muchacho.

Tardaron una hora en cubrir la fosa con las palas recuperadas detrás de la barraca. Las ovejas habían vuelto a balar.

En las últimas semanas Dumbo y Christian sólo se habían visto unas cuantas veces. Y luego ya nada, de pronto aquella amistad que pronosticaba jornadas enteras de no hacer nada, pero juntos, se había evaporado. Christian no había osado preguntar nada a Nicolas: la banda, el chocolate, las armas..., todo llegaba por boca de Nicolas, y era él quien decidía cuándo. Había sido siempre así, entre ellos, y de todos modos Christian sabía que no faltaba mucho para el día en que sería precisamente su hermano quien lo invitara a otro tejado, con otras armas, a perforar otras parabólicas.

Christian estaba recostado en la cama escribiendo a Dumbo cuando Nicolas entró en el cuarto. Su amigo ni siquiera había leído todos aquellos mensajes, las rayas seguían sin ponerse azules. Era extraño, Dumbo nunca había pasado tanto tiempo sin mirar el teléfono.

Nicolas había entrado en el cuarto como hacía siempre —un empellón a la puerta para abrirla y luego una patada para cerrarla— y aterrizó en la cama de un salto. Si desde las respectivas camas hubieran alargado los brazos, se habrían tocado con la punta de los dedos. Christian giró la cabeza y el perfil duro de su hermano apuntaba al techo. Luego Nicolas cerró los ojos y Christian hizo lo mismo. Permanecieron así un momento escuchando cada uno la respiración del otro. Correspondía al mayor romper el silencio, y lo hizo quitándose ruidosamente las Air Jordan con los pies. Las zapatillas aterrizaron en el suelo una sobre la otra. Christian abrió los ojos, comprobó una vez más el color de las señales en el smartphone y luego entrelazó las manos detrás de la cabeza. Estaba listo para escuchar.

—¡Que se muera mi madre! Estoy hasta las pelotas de Simioperro —dijo Nicolas. Había pronunciado «pelotas» como si expeliese el aire sobrante. Se estaba liberando de algo, y aquel proyectil de aire era el testimonio. Christian miró de reojo otra vez a su hermano, que estaba inmóvil; sólo los labios se le movían cada tanto, buscando las palabras adecuadas. Christian volvió a mirar al techo y trató de concentrarse en el propio cuerpo. No, él no sabía hacerse el muerto.

Christian conocía bien la historia de Simioperro. La conocía como una historia venida de lejos, una historia de guerra, un partido, un juego en el que no habría podido participar, una batalla en la que su hermano llevaba yelmo y ropa de camuflaje, y a veces incluso espada y coraza. A él le tocaba estar allí en el cuarto, con su madre y su padre que tal vez discutían al otro lado de la pared, esperando noticias de qué sucedía en la frontera, en el confín, en la ciudadela de callejones. Todo se había movido tan deprisa en los últimos tiempos. La banda de Nicolas había evolucionado y ahora trataba la heroína directamente con los Acanfora de San Giovanni a Teduccio. Con Simioperro. En más de una ocasión había deseado preguntar el motivo de aquel apodo, pero nunca lo había hecho, quizá para no estropear la imagen que se había construido del nuevo rey de San Giovanni. Una especie de pokémon, mitad simio y mitad perro, bueno corriendo, imbatible a la hora de trepar. Y además el contacto con Simioperro había nacido por un golpe de suerte y precisamente gracias a Dumbo. Había pasado un año en Nisida —sin hablar, no había dado ningún nombre— y allí lo había conocido. Esta historia Christian también la había oído un millón

349

de veces, y cada vez que el propio Dumbo se la contaba, mientras lo paseaba con su Aprilia Sportcity o cuando se tumbaban a fumarse un porro, añadía un trozo.

–Es un mierda –insistió Nicolas. Y Christian volvió a observar cómo se mantenía en la cama exactamente en la misma posición, pero luego se había arrepentido enseguida, no quería que lo pescase mientras lo espiaba.

Un mierda, le había dicho también Dumbo cuando él le había preguntado cómo era Simioperro. Un mierda. Punto. Y no añadía más, y era extraño para alguien que hablaba más de la cuenta, y quizá por eso Nicolas había preferido mantenerlo fuera de la banda. De todos modos, Dumbo había terminado en Nisida porque cuando tenía trece años había ayudado a su padre a desvalijar un almacén de cerámica. También estaban Dientecito y su padre, a menudo trabajaban juntos en las obras, pero ellos habían conseguido escapar.

–Simioperro dice que Dumbo se tiró a su madre, y que va por ahí diciéndolo, y que mandó una foto de la polla al móvil de su madre.

Christian no dijo ni pío, ni un movimiento sobre las sábanas arrugadas, y esta vez ni siquiera intentó mirar a Nicolas. Podía ser una trampa. Quizá Nicolas ahora había girado la cabeza y esperaba cruzar la mirada con su hermano –aquellos ojos del mismo tono, idénticos, la única característica física que tenían en común– para leer la verdad sobre Dumbo.

Dumbo también contaba aquella historia. Contaba que la Zarina –la madre de Simioperro– estaba loca por él, y que a aquella madurita, así la llamaba, se la había tirado más de una vez. «Tiene dos tetas que parecen de mármol», le había contado a Christian un día precisamente en aquel cuarto. Luego había hecho un gesto con las orejas, para dar a entender que aquellas orejas que le habían valido el apodo no tenían nada que ver, como alguien pensaba, con ser maricón.

Christian se esforzó por interrumpir el flujo de sus pensamientos y, sin que Nicolas lo notase, echó otro vistazo al móvil. Dumbo seguía sin leer sus mensajes...

–... y luego fui donde Aza, al arsenal. No me quería presentar ante Simioperro desnudo, ¿entiendes? Si descubre que tengo tratos con los Grimaldi me mata. Y luego no paraba de llamarme, ¿dónde estás?, ¡deprisa!, tengo que decirte una cosa. ¿Entiendes?

Christian entendía. Y cada vez que su hermano decía algo y acababa la frase con «¿entiendes?», él se estremecía. Cuando Nicolas hablaba con los otros raras veces les concedía un «¿entiendes?», y los otros tenían que apañarse, pero con él era distinto. Y entendía también que Simioperro era un tocacojones, que en Nisida había hecho buenas migas con Dumbo no se sabe bien por qué motivo, dado que su amigo era uno de esos chicos de arcilla, que puedes manipular, pero hasta cierto punto. Dumbo era más listo de lo que los demás creían. Christian lo había visto enseguida, y sabía también que quien lo había metido en líos había sido su padre, con aquel plan que parecía un chiste. Un día se había presentado en casa del padre de Dientecito con una idea para joder a los rumanos y los macedonios, que reventaban los precios y les quitaban el trabajo, porque el ictus le había estropeado una pierna y un brazo, repetía, pero la cabeza le funcionaba bien, incluso mejor. El plan era sencillo, sólo había que vaciar con los chavales los almacenes de cerámica y llevarse todos los azulejos, tenerlos guardados durante seis meses y luego volver a empezar. En resumen, alterar el mercado. La historia del robo Christian la había oído sólo de Dumbo, porque Dientecito en el fondo se avergonzaba de haberse salvado y de no haber acabado en Nisida.

El plan había ido bien hasta que al padre de Dumbo se

le metió en la cabeza cargar él solo uno de los pesados paquetes de azulejos de las estanterías de metal. Se había caído en medio del ruido sordo de los azulejos de Vietri que se deshacían en el suelo, llevándose detrás toda la estantería. Durante algunos minutos habían intentado sacarlo de allá abajo, pero los paquetes pesaban demasiado. Por eso Dientecito y su padre habían escapado cortando camino por los campos, mientras Dumbo se quedaba para tirar de su padre, que le gritaba que se marchara.

Nicolas se había soltado y ahora ya no hablaba con frases entrecortadas, pero Christian seguía distrayéndose y no sabía por qué. Cada palabra de Nicolas era importante, en cada frase había algo que aprender, ¿y entonces por qué no conseguía tener las orejas pendientes de su relato como hacía siempre? Había algo eléctrico en la inmovilidad de Nicolas que no le cuadraba, algo que le daba también un poco de miedo y hacía que le entraran ganas de ovillarse dentro de la cama. Pero no pensaba levantarse y salir: más aún que la tarde en que había traído a casa la pistola, Nicolas en aquel momento, inmóvil sobre la colcha azul con nubes, parecía invencible como un superhéroe. Christian desplazó las manos de debajo de la cabeza y se secó el sudor en los pantalones. El colchón era un hormiguero. El cuerpo le picaba por todas partes, pero se empeñó en permanecer inmóvil y concentrado como su hermano.

–Me hizo registrar y me encontraron enseguida la pipa. Yo quería llevarme a Tucán, está loco, pero si hay que actuar, actúa. Pero Simioperro insistía, tenía que ir solo, ¿entiendes? Y luego Tucán ya quería liquidarlos a todos, como en *Scarface*. Llego y Simioperro está demasiado nervioso, pero las trampas, óyeme, se hacen con tranquilidad, te la meten por el culo cuando estás tranquilo. Enseguida me encuentran la pipa, y Simioperro se cabrea porque en casa de don Cesare Acanfora no se entra con pipas, y además estamos haciendo dinero y, entonces, ¿por qué disparamos, eh? Y yo le digo que lo que puede suceder y lo que no puede suceder yo no lo sé, yo sólo sé que estoy mejor cuando puedo disparar, ¿entiendes? Él me responde vale y luego saca un móvil que no es el suyo porque tiene purpurina por detrás, y en efecto es de la Zarina, abre el WhatsApp y me enseña un chat entre ella y Antonello Petrella.

Antonello es Dumbo, se dijo Christian, es Dumbo. El picor a la altura de la mandíbula, en la juntura con la oreja, se hace insoportable. Se rascó en silencio, clavando las uñas en la carne para ser lo más definitivo posible, pero con el rabillo del ojo vio un movimiento. Nicolas se había sacado el smartphone de los pantalones, y ahora con el pulgar recorría rápidamente la pantalla. Un chat. Un mensaje de audio.

–Lo grabé todo –dijo Nicolas, y luego con el índice de la otra mano pulsó play.

«¿Has visto? ¿Has visto?»

«Espera, dame tiempo. ¡No, no es posible!»

«Y luego mira aquí. Nos ha mandado la foto de su polla, a mi madre.»

«Pero tú madre lo anima.»

«Eh, mi madre no sabía qué hacer.»

«Es decir, ¿tu madre se quería follar a Dumbo?»

«No lo sé, tengo ganas de quitármelos de en medio, a ella y a él.»

«Cárgatelo, coge a Dumbo y cárgatelo.»

Ésa era la voz de su hermano. Había sido él quien lo había dicho, «cárgatelo». Christian lo sabía, era la suya, desde luego, pero al mismo tiempo no lo parecía, ¿cómo era posible que fuera la suya? Miró a Nicolas, desorientado, pero él estaba con los ojos clavados en el teléfono.

«No, tenemos encima a la Antimafia, por el asunto de los talibanes tenemos encima también a los americanos. No podemos cargarnos a nadie por la calle así como así.»

«Entonces no hagáis nada.»

«¿No hagáis nada? Es decir, ¿te tocan a tu madre y tú...? En tu banda está Dientecito, que es el mejor compañero de Dumbo.»

«Sí, Dientecito es el hermano de Dumbo. Pero Dumbo curra para ti, está siempre por aquí.»

«No, hace tiempo que no lo vemos. No ha venido a buscar la mensualidad, no responde al teléfono. Ya no se deja ver. No puedo montar una operación con los soldados por semejante gilipollas.»

Christian sin darse cuenta había cerrado los ojos; pero no podía cerrar los oídos, y la boca no conseguía abrirla. Quería decir que Dumbo era uno de ellos, como Dientecito. Con él se había fumado el primer porro, y había sido él quien le había hecho probar el escúter en el garaje de su casa. Quería decirlo, pero no podía interrumpir aquella grabación, habría sido como interrumpir a Nicolas: no era posible. Tampoco el modo en que su hermano había iniciado aquel diálogo le daba permiso para mostrar ninguna emoción, como si las palabras que ahora llenaban el cuarto no tuvieran valor en sí, como si fueran simplemente otro capítulo de su educación: sólo contaba que él escuchara y aprendiera. Y entonces él escuchaba, tenía que escuchar si quería ser como su hermano, estar a la altura, pero tenía los ojos cerrados y con la memoria volaba a las muecas que ponía Dumbo para hacerlo reír, a cuando lo había llevado al campo a ver el Napoli-Fiorentina y hasta le había dejado probar su cerveza. Casi sentía su sabor en el paladar, mientras los oídos seguían la voz de su hermano y aquella otra, ambas irreales.

«Alguien me lo tiene que llevar al campo, fuera de San Giovanni. No le tiene que decir nada. Sólo que lo lleva a un evento, a una fiesta. Díselo a quien quieras tú. A mí no me interesa. Luego estaré yo, le pregunto un par de cosas y luego me lo ventilo. Así se acaba la historia. Es demasiada vergüenza que vaya por ahí diciendo que se tira a mi madre. Nos ha mandado la polla, ¿te das cuenta?»

«Pero si lo matas así, nadie sabe que has sido tú. Nadie entiende el castigo.»

«No hace falta que lo sepan. Sólo hay que apartarlo del medio.»

Marajá sabía que cada muerte tiene dos rostros. La decisión y la lección. Cada muerte es mitad del muerto, mitad de los vivos.

«¿Y si no puedo?»

«Si no puedes, los negocios que íbamos a hacer juntos ya no se harán.»

«Pero ¿qué tienen que ver los negocios con la foto de la polla enviada a tu madre?»

«Marajá, eres verdaderamente un niño, una ofensa a mi madre es una ofensa a ti. Una ofensa hecha a mi madre es una ofensa que no puedes quitarte de la cara. Significa que te pueden hacer cualquier cosa. Los estás autorizando a que se te caguen en la cara.»

–¿Entiendes, Christian?

El mensaje había terminado, Nicolas se metió el smartphone en el bolsillo, incapaz de captar el desconcierto de su hermano. Christian asintió, sí, entiendo, decía su cabeza subiendo y bajando, pero el resto de su cuerpo decía lo contrario. Y le subía a la garganta una especie de grito, pero ni siquiera sabía que era un grito. Nadaba donde no tocaba y aún no sabía nadar. Quería gritar que Dumbo era un amigo, un hermano, y que no se puede matar a un hermano. Quería preguntarle a Nicolas si era justo matar a un amigo. Él le había dado la respuesta hacía tiempo, pero si Nicolas lo había consentido quizá fuera justo, ¿no? Quizá sea justo matar a un amigo que se equivoca. Y Dientecito, ¿cómo conocía todo ese asunto? Christian siempre había estado un poco celoso de la amistad que unía a Dumbo y Dientecito. No habría podido competir, y ese pensamiento intempestivo lo hizo ruborizarse por la vergüenza, y se volvió hacia la pared, aunque Nicolas ni lo miraba. Cogió el móvil, las señales estaban igual. Entendía, sí, que Dumbo había sido condenado a muerte y entendía también la última frase de su hermano, aquel inútil intento de hacer razonar a Simioperro, que como todos aquellos que despreciaba Nicolas se obstinaba en mezclar sangre y negocios, familia y dinero. Nicolas los odiaba, él quería que la carne no ensuciara el business. Una cosa es el dinero, otra la polla. Sólo quería que su hermano le dijera que había convencido a Simioperro de que aquélla era una gilipollez, sólo quería que Dumbo le respondiera.

Nicolas cambió de posición, se puso de lado y luego otra vez boca arriba. Estaba a punto de continuar, y Christian estuvo un segundo tentado de hacer algo, por ejemplo levantarse y salir, decir que iba al baño. No tenía palabras precisas, le temblaban las piernas. Tenía las manos, que ahora mantenía metidas en los bolsillos, no tenía palabras pero ya sabía qué decirle, que Dumbo para él era –es, se esforzó en pensar– más que un amigo, otro hermano, que a diferencia de Nicolas permitía que sus historias fueran interrumpidas. Y después diría también que Dumbo había puesto en líos a la banda y, por tanto, debía ser castigado. Debía ser castigado. Debía ser castigado. Se repetía la palabra «castigado», que saltaba por todas partes como una canica. Como la canica amarilla que papá le había comprado en la papelería cuando aún iba a primaria. Castigado. Dumbo. Y basta. Pero ¿cuánto hacía que duraba ese silencio? Ahora digo algo, pensó Christian, pero de nuevo le faltó la voz. Y entonces Nicolas continuó:

–Simioperro empezó a amenazarme: «Eh, ahora basta. Si estuviera mi padre, el Negus, ya te habría matado porque tú lo conoces, porque es tu compañero. Pero yo no estoy a su altura, no tengo las pelotas que tenía mi padre; contigo se hace dinero, pero si no me ayudas con esto, olvídate de mi heroína, vuelve a vender costo y coca y basta. Y, es más, les diré también a los Palma di Giugliano que la heroína que ellos pensaban que vendían en exclusiva la estás vendiendo también tú, así ni siquiera tengo que batirte, te ponen ellos en la batidora.» Había decidido. Y le pregunté cómo teníamos que hacerlo. Él me dijo que ya me lo haría saber. Que había que hacer esa fiesta.

No había dicho «¿entiendes?», y eso era la señal para Christian de que la conversación había terminado. Se quedaron un rato en silencio, escuchando los ruidos del edificio, las cisternas de los pisos de al lado, el vocerío de las familias. Luego Nicolas se deslizó fuera de la cama, recogió las zapatillas y sin decir una palabra cerró la puerta a sus espaldas.

Tres días después fue Dientecito quien escribió a Christian, tenía que verlo inmediatamente. Estaba preocupado por Dumbo. Nadie sabía dónde estaba y también sus padres estaban enloqueciendo. Incluso habían ido a casa de Dientecito, pero él sólo había podido responder:

–No consigo localizarlo. No sé dónde se ha metido.

–La última vez que salió de casa fueron a buscarlo en ciclomotor –había susurrado la madre, tratando de reconstruir.

–Señora, tiene que acordarse de quién fue a buscarlo.

Había empezado a enseñarle algunas fotos de Facebook y luego vídeos con los chavales de la banda, y luego Instagram. Pero la señora no los reconocía.

–Siento que le ha sucedido algo...

–Pero no, ¿por qué dice eso? –había dicho Dientecito.

–Porque Antonello nunca ha sido un chico que no llama cuando se queda fuera. Le tiene que haber pasado algo. También a ti te habría dicho sin duda si debía permanecer fuera por algún motivo, si estaba pasando algo, si tenía miedo y se tenía que esconder...

–¿Esconder de quién?

La madre lo había mirado:

–¿Crees que no sé qué hacéis?

–Eh, ¿qué hacemos, señora?

–Sé que trabajáis...

Dientecito no le había dejado terminar la frase:

–Trabajamos. Basta.

El padre de Dumbo no había dicho una palabra, miraba el teléfono, indeciso de si llamar a la policía.

–No llamen a nadie, por favor –dijo Dientecito, y añadió–: Yo encontraré a Antonello. Saben que es mi hermano.

Los padres no habían replicado y Dientecito supo que tenía unas cuantas horas de margen antes de que llamaran a la policía. Preguntó a todos, y todos juraban que no sabían nada. Desaparecido. Dientecito dejó a Christian para el final. Era su última posibilidad, porque si él tampoco sabía nada, ya no había nada que hacer por Dumbo.

Christian escuchó también esta historia en silencio, y cuando Dientecito acabó dijo que no sabía nada. Le mostró los mensajes que había seguido escribiéndole y que Dumbo ya nunca leería. Entonces Dientecito abrazó aquel cuerpo pequeño e inmóvil, un poco rígido, y le prometió que pronto le daría noticias. Y Christian por un instante se descubrió esperando que pudieran ser buenas.

En los días siguientes la madre de Dumbo fue a la policía y denunció la desaparición. Aquella tarde los periódicos digitales ya empezaron a hablar. Comenzó a difundirse la frase «Escopeta blanca», que a los muchachos de la banda no les decía nada. Al cuarto día de búsqueda llegó Dientecito con un mensaje del White. «Me han dicho que hay que buscar en el Bronx.» El de San Giovanni a Teduccio. La zona de los Acanfora.

Dientecito trató de saber más, pero el White no dijo nada. Fue inmediatamente al Bronx. Buscaba y rebuscaba. Habría querido gritar su nombre, pero nada. Entonces fue a los bares: «Chavales, ¿habéis visto a Dumbo?», y mostraba la foto en el móvil. «No. Nada. No sabemos. ¿Quién es? ¿Es de aquí?»

Hasta que la Koala, su novia, le escribió en WhatsApp: «Me han dicho que la última vez que han visto a Dumbito fue en el Bronx, en la Vigna..., donde estaba la casa vieja, donde ahora están las ovejas.» Comprendió inmediatamente el sitio. Habían terminado allí muchísimas veces llenándose de vodka y fumando pipetas de *crack*. Se dirigió hacia la caseta. Aún era de día. No encontró nada. Esperaba que alguno lo hubiera atado, lo hubiera castigado manteniéndolo encadenado a un árbol. Nada. Caminando hundió los pies en la tierra. Y comprendió que alguien había excavado hacía poco. Habían pasado cuatro días y no había llovido.

—Virgen santa. Virgen santa. ¡No, no!

Empezó a cavar con las manos. Excavó, excavó. La tierra le acababa debajo de las uñas, se las levantaba, le acabó en la boca, se le pegaba al cuerpo porque estaba empezando a sudar. Una chiquilla le dijo:

—Pero ¿qué está haciendo? Pero ¿qué está haciendo?

Él se volvió:

—¿Tienes una pala?

Ella entró en una especie de aprisco, encontró una pala y Dientecito empezó a excavar y excavar, hasta que notó algo. Dejó de usar la pala, temiendo hacer estragos con el cuerpo, y volvió a usar las manos.

Emergió el rostro. Y entonces Dientecito liberó toda su angustia:

—¡No! ¡No! ¡Virgen santa! —Un grito fortísimo.

Llamaron enseguida a la policía, llegó incluso un helicóptero, los carabineros sacaron el cuerpo. Llegaron los padres. Dientecito fue identificado y llevado a comisaría. Trataron de interrogarlo, pero él mantenía la mirada fija y respondía con monosílabos a las preguntas. Estaba conmocionado. Lo soltaron a la mañana siguiente. Habrían podido incriminarlo, en el móvil tenía las indicaciones que le habían dado el White y luego la Koala. Salió de la comisaría y encontró a la Koala, que lo abrazó largamente. Él se dejaba estrechar sin mover un músculo, sin responder a las caricias. Tenía los ojos quietos. Subieron al escúter y Dientecito dijo:

—Vamos a la madriguera.

Fueron a Forcella y entraron en la casa. La Koala se detuvo en las escaleras, respetuosa con la regla de que nadie podía entrar si no pertenecía a la banda. Sobre todo, ninguna mujer tenía permiso para entrar allí.

—Sube —le ordenó Dientecito.

Ella se limitó a obedecer. Habría querido no mirar nada, ser invisible. Sabía que le traería problemas, pero esperó junto a él. Dientecito estaba quieto, entonces ella encendió la televisión, sólo para llenar aquel vacío. Dientecito hizo un movimiento de fastidio y se fue a tirar a la cama al otro lado de la casa. Luego oyó que giraba una llave en la cerradura y entró Tucán, que al ver a la Koala se puso rígido:

—¿Qué coño haces aquí?

Dientecito salió de la habitación:

—Han matado a Dumbo.

—Ah, ¿y quién ha sido?

—Haya sido quien haya sido, tengo que saberlo. Porque Dumbo no era un soldado, no tenía una mierda que ver con nada. Ahora quiero a toda la banda aquí.

Dientecito era un palmo más bajo que Tucán pero le escupía a la cara toda su furia, por eso cogió el iPhone para convocar a todos: «Chavales, esta mañana tenemos un partidillo urgente.»

Uno a uno entraron en la madriguera y el último fue precisamente Marajá. Tenía los ojos amoratados del que no duerme desde hace días y continuaba rascándose la barba.

Dientecito lo atacó de inmediato:

–Marajá, a partir de ahora toda la heroína que llega de Simioperro ya no se compra, se queda en tierra. ¡Si seguimos comprándola, si seguís vendiéndola, yo me salgo de la banda y os considero a cada uno de vosotros cómplices de Simioperro!

–¿Pero qué tiene que ver Simioperro? –dijo el Marajá.

–Dumbo curraba con su madre, así que algo tiene que ver. Y no finjas que no pasa nada, Nico', si no pensaré que lo estás encubriendo. Dumbo no era un soldado, no era un afiliado.

–Como nosotros... –dijo Dragón. Se reía y mientras liaba un porro.

–Como nosotros y una mierda –gritó Dientecito, cogiéndolo por la camiseta. Dragón forcejeó y echó atrás la cabeza para cargar el golpe. Los separó la Koala, que se puso en medio:

–¡No seáis criaturas!

–Dragón, Dumbo nunca tocó una pipa. Nunca hizo daño a nadie, nunca fue un canalla –gritaba Dientecito.

–Dientecito, ¿pero te has caído del cielo? Transportaba toda la heroína que nosotros vendemos... Habrá habido algún follón con eso... Alguien que quería apoderarse del material... –trató de decir Tucán.

–Imposible. Tuvo que ser una emboscada, una trampa. –Y mientras lo decía no le dio vergüenza ponerse a llorar. En aquella casa nadie había llorado nunca.

Dron estaba allí, quieto, le parecía una especie de venganza. Antes que Dientecito había sido él quien se había aguantado las lágrimas en los ojos, para que no le cayera ni una. En cambio Dientecito lloraba, y era una vergüenza para toda la banda.

361

Dragón dijo:

–Dientecito, hoy estamos y mañana no estamos. ¿Recuerdas? Amigo, enemigo, vida, muerte: es lo mismo. Lo sabemos nosotros, y lo sabes tú. Así es. Es un instante. Es así como se vive, ¿no?

–¿Pero qué coño sabes de cómo se vive? ¡Arrepentido!

La palabra venenosa. La única que no había que pronunciar nunca. Dragón sacó la pistola y se la puso en la cara.

–Yo tengo más honor que tú, desgraciado. Que estás con la hermana de un canalla y quién sabe cuántas cosas nuestras le has chivado a la banda de los Melenudos, ¿y me dices miserable a mí? ¡Salid fuera, tú y esa zorra, fuera de aquí!

Dientecito no respondió, estaba desarmado, pero miraba fijamente a Nicolas. Sólo a él. El jefe.

EL MENSAJE

Dientecito había sentido crecer la barriga día tras día, aun antes de que ella se lo dijera abiertamente. La había sentido de verdad, abrazo tras abrazo, como algo que antes no estaba y ahora estaba. Primero era un enredo de brazos, un trepar el uno sobre la otra incluso sólo para un saludo rápido, no para hacer el amor. La Koala era así. Lo apretaba con todo el cuerpo. Pero desde hacía algún tiempo Dientecito percibía una especie de prudencia por parte de su chica, como si tuviera miedo de ser aplastada por él, oprimida por él. No le había preguntado nada, sería ella quien se lo dijera, pensaba Dientecito, y mientras tanto él ya trabajaba con la imaginación. ¿Cómo lo llamarían? Su madre siempre había soñado con un nietecito –y aún más con una nietecita– y soñaba también con una buena boda, sin reparar en gastos. Pero luego llegaba, avasallador, otro pensamiento, que él trataba de aplastar, pero volvía aún más fuerte. Deshacerse de él.

La Koala había esperado, se había dado cuenta de que él se había dado cuenta, ya no la tocaba con la vehemencia de antes, también Dientecito se había vuelto prudente. Cuando estaban solos parecían dos novietes en sus primeros escarceos. Y también ella había comenzado a usar la imaginación. Se había dicho que esperaría al tercer mes –cada día que pa-

363

saba estaba más redonda y algunas mujeres del barrio ya habían decretado el estado interesante– y luego le confesaría a Dientecito que sería papá. También la Koala quería una niña, y a escondidas ya había comprado algunos *bodies* rosa, a pesar de la superstición.

Luego se habían cargado a Dumbo, y había muerto un poco también su hombre. No conseguía hablar con él porque estaba siempre por ahí, empeñado en una indagación personal para descubrir quién había condenado a muerte a su amigo. En las raras ocasiones en que conseguía estar a solas con él, Dientecito ni siquiera la tocaba, la mantenía a distancia, y hasta se negaba a mirarla a los ojos, no quería que ella leyera que él sabía, que era demasiado tarde para esconder aquella barriga, que ya lo sabían todos menos él. No tenía espacio para la vida que traía la Koala. Ella intentaba hacerlo de nuevo suyo, lo acariciaba, pero él se liberaba de un tirón y volvía a salir en busca del culpable. Por primera vez en su historia había caído un hielo que los paralizaba, pero el ser que la Koala llevaba dentro continuaba creciendo y reclamaba a su futuro padre.

Dientecito no comía desde hacía dos días. No tocaba la comida, no bebía. Y no dormía. Cuarenta y ocho horas de zombi. Se movía a pie, había pensado que el ciclomotor le impediría fijarse en los rostros con que se cruzaba. Y él quería mirar a todos a la cara, porque allí se podía esconder un indicio sobre la muerte de su amigo. También había abandonado el chat de la banda y nadie había intentado escribirle en privado para convencerlo de que regresara. Estaba solo.

Volvió donde el White, a la salita, pero éste juraba que no sabía nada, que le habían dado el mensaje.

–¿Y a ti quién te dio el mensaje? –preguntó Dientecito.

–El mensajero –respondió el White. Se había dejado crecer otro mechón de pelo y lo acariciaba lentamente.

—¿Y quién es el mensajero?

—El mensajero es este cabrón. —Y levantó el dedo medio. Del White no obtendría nada más, aunque lo jodiera a patadas. El White disfrutaba, y ahora se estaba palpando los dos mechones. Dientecito salió con la cabeza gacha, pensó en hablar con la Koala, pero ella sólo sabía lo que su hermano le contaba, y además no quería implicarla, no quería ensuciarla ni a ella ni a la criatura que llevaba dentro. También pensó en recorrer cada plaza de trapicheo porque allí había cámaras, tal vez habían grabado a Dumbo en un ciclomotor, quizá en compañía de alguien. El asesino. Entonces probó con Copacabana, en la cárcel, pero no lo recibió. Caminó todo un día por San Giovanni a Teduccio. Via Marina, el Puente de los Franceses, todas las calles que salen de corso San Giovanni, el parque Massimo Troisi. Llevaba la cabeza alta, arrogante, como si quisiera invadir un territorio que no era suyo, porque su plan era hacerse notar, que lo pisotearan, si era necesario. Devoró kilómetros como había comenzado aquella indagación. Solo.

Aunque no estaba solo, porque también la Zarina estaba tras los pasos del asesino de Dumbo. Se había aficionado a aquel chavalito. Le daba alegría. Él estaba siempre contento y conseguía contagiarla. Y cómo echaba de menos sus carreras en ciclomotor de un lado a otro de la ciudad. La hacían sentirse una chiquilla, y ahora por una fanfarronada, aquella maldita foto de la polla, lo había pagado caro. La Zarina había intentado reñir a su hijo. ¿Cómo se había atrevido a espiar su móvil? Pero Simioperro podía permitirse no ser su hijo cuando le resultaba útil, y había arrinconado la cuestión encogiéndose de hombros. Pero la Zarina se sentía en deuda con Dumbo, con su alegría de vivir que se le había pegado a la piel. Presionó a los hombres de su hijo, les recordó que el Negus había creado el imperio que les permitía vivir decentemente, y que no le dijeran nada de aquella conversación a

Simioperro porque ella, la Zarina, aún podía hacer daño, mucho daño. Y uno tras otro cantaron. De la operación en sí no sabían mucho, pero juntando los pedazos la Zarina reconstruyó cómo habían ido las cosas. No le interesaban los detalles, la dinámica, sólo la cadena de mando, para establecer responsabilidades, y para estipular una venganza. Le daba igual quién caería y a manos de quién. La sangre debía ser lavada con sangre, era una regla tan vieja como el mundo, y sabía cómo iniciar aquella purificación.

Lo hizo todo desde su casa, su celda dorada provista de todas las comodidades, de la que sólo Dumbo conseguía arrancarla. Dumbo le había hablado de aquel amigo por el que se había sacrificado a ir a Nisida, al que había protegido de una acusación que lo habría llevado también a él tras los barrotes. Era la amistad más pura, había pensado la Zarina escuchando aquella historia, la amistad que nace del sacrificio. Consiguió el número de Dientecito gracias a sus hombres. Pensó en llamarlo, pero estaba nerviosa. Entonces lo escribió todo, le escribió también que era libre de no creerla, y concluyó diciéndole que la amistad de Dumbo había sido para ambos preciosa, preciosa como un azulejo de mayólica.

Dientecito leyó el mensaje decenas de veces, y cada vez acercaba el dedo a la tecla «borrar», pero al final toda aquella lectura abrió una brecha, cada vez más profunda. Estaba sentado en un vagón de la línea 1. Faltaban aún tres paradas para Toledo. Borró el mensaje.

MAR ROJO

Mena le estaba dando las últimas puntadas al vestido rojo que se había cosido ella sola en la tienda con un buen trozo de seda carmín que le había regalado una clienta. «¿Adónde voy a ir vestida así?», se había dicho, pero luego, envolviéndose delante del espejo e imaginando un modelo sencillo sin escote pero bien entallado en las caderas, había pensado: «A algún sitio iré», y había comenzado a darle forma. Ahora, delante de la mesa que su marido había dejado puesta, como era costumbre cuando ella llegaba tarde y él salía pronto, acababa de coser la tira de botones que se abría en la espalda: doce botones pequeños, lustrosos, de un rojo aún más encendido. Había hecho preparar los ojales. Hacer ojales era un arte, y en Forcella estaba la vieja Sofía, que servía a modistas y sastrerías, a pesar de la edad y el incesante cambio de gafas, y colocaba los botones empezando por abajo.

Vio que Christian saltaba fuera de la habitación.

–¿Adónde vas, pequeñín?

Respondió algo como «Me espera Nico'», pero no lo oyó bien. Pero ¿dónde? Se quedó con la aguja entre el pulgar y el índice, el hilo rojo colgando. Sucedía a menudo, y no le gustaba que el pequeño bajara a la calle con su hermano. Dejó aguja e hilo, posó el vestido en la mesa y se asomó a la ventana de la galería, desde donde se veía la calle. Christian estaba allí. No se movía. Quizá esperaba. «Mientras espere, ya está bien», pensó, y a la vez también pensó que debía probarse aquel vestido, que la abotonadura no apretara demasiado. Pensó: «Esa Sofia es ciega, buena pero ciega.» Se desnudó con gestos rápidos y seguros, y se puso en cambio con cautela el vestido nuevo, dejándolo resbalar desde arriba, con los brazos levantados. Se lo alisó con cuidado sobre las caderas, sintió que el pecho ocupaba el lugar que le correspondía y adoptaba la forma que le correspondía: sí, ahora podría coser los botones que faltaban. Volvió en un salto automático a la ventana. Christian iba rápido por la calle, hacia el corso Umberto I. «¿Adónde vas?», gritó. «A hacer un recado», respondió el muchacho haciendo bocina con las manos antes de ponerse a correr, veloz como una gacela. ¿Recado? ¿Y desde cuándo Christian hacía recados? ¿Qué significaba esa palabra en su boca? Se asomó por la ventana hasta que el hijo desapareció más allá del cruce. Volvió al comedor y buscó el móvil. Nunca lo encontraba. Ensartó la aguja en el carrete y palpó con las manos debajo del vestido que acababa de quitarse, debajo de la servilleta, buscó en el bolso, buscó en el baño, y estaba allí, sobre el lavabo. Marcó el número de Nicolas, que respondió casi de inmediato:

—¿Qué pasa?

—¿Por qué metes en medio a tu hermano? ¿Qué tiene que ver? ¿Dónde estás?

—Cálmate, mamá, ¿qué estás diciendo?

—Christian estaba en casa hasta hace dos minutos. Y ahora está yendo hacia ti. ¿Dónde? ¿Dime dónde?

Nicolas se quedó mudo y siguió oyendo, sin escucharla, la voz de la madre que lo ponía en guardia y le ordenaba que mandara a su hermano a casa.

Se le escapó sin querer:

—Yo no sé nada.

Entonces fue Mena la que se quedó en silencio. Se intercambiaron silencios como mensajes cifrados.

Y luego:

–Que te lo digan. Que te digan adónde lo llevan. Que te lo digan enseguida.

Ella sabía que siempre se puede encontrar la manera de saber lo que está ocurriendo. Sabía que ese hijo rubio ahora lo podía todo, y si podía tenía que hacerlo rápido.

–Que te lo digan.

Y él:

–Baja a la calle. Voy.

Mena dejó todo tal como estaba, no cerró la puerta, y se precipitó escaleras abajo con el vestido rojo abierto por la espalda puesto. Sólo delante del portal pensó que habría podido cambiarse, pero ya estaba allí. Estaba allí y buscaba al final de la calle la silueta de Nicolas encima de aquella requete maldita moto. Lo buscaba por donde había desaparecido Christian, pero Nicolas llegó del otro lado con el casco que tenía para Letizia en la mano. Mena se montó en el T-Max y dejó el casco en el regazo. Ni siquiera hizo la pregunta, sólo esperaba que le dijera dónde, dónde, dónde.

–El caballero de Toledo –gritó Nicolas acelerando–. En la parada del metro.

Le habían bastado dos llamadas. Un minuto. Alguien se lo había dicho. Así lo había sabido. Pero ¿qué? Pero ¿qué? ¿Qué había que saber? Bajo el cabello de Mena, que se agitaba como una bandera pirata por las calles de la ciudad, en la cara inclinada, concentrada, de Nicolas había enjambres de preguntas y respuestas, había certezas y conjuros. Sólo había una imagen clara que pasaba del uno a la otra y no sabían qué hacer con ella: aquella estatua moderna que habían puesto en la plaza Diaz, con aquel caballo y aquel jinete, con esa especie de jockey torcido que vete a saber a quién se le había ocurrido.

Dientecito, sentado en el vagón del metro, estaba inclinado sobre sí y sobre la Beretta semiautomática metida en medio de las piernas. Era como si estuviera agarrado al arma, como si la acariciara, casi celebrando un ritual. «¿La sangre no cuenta? Ya lo veremos. Ya lo veremos si te toco la tuya», repetía para sus adentros esta consideración enfatizando el «ya lo veremos», que continuaba sonando como una blasfemia que presagia acción. En la pantalla del móvil el mensaje que había mandado a Christian: «Tu hermano y yo te esperamos en el monumento de la plaza Diaz. Nos tienes que hacer un recado.» Y el de respuesta con el emoticono de la sonrisa siete veces.

El siguiente mensaje era para Estabadiciendo, con el cual se aseguraba de que Nicolas no hubiera vuelto de la madriguera a su casa. Estabadiciendo lo interrogaba a su vez, inquisitivo: «¿Dónde estás? ¿Qué haces? ¿Qué tienes en mente? ¿Tienes que ver a Nicolas?» Y él escribía que no tenía nada en mente, que tenía un cometido que hacer en la plaza Diaz. Y el otro: «Pero ¿qué dices? ¿Qué cometido?» Y entonces había dejado de responder.

Releía y se sentía espiado por la gente sentada o agarrada del pasamanos. ¿Lo miraban porque estaba armado? ¿Lo miraban porque estaba yendo a matar a un niño? ¿Lo miraban porque el niño era él? Se sintió hundido en un mundo de adultos, peor, de viejos, de hombres y mujeres destinados a terminar, es más, que no se entendía por qué no estaban ya muertos. Zombis. Sabía que estaba vivo, mucho más vivo que todos aquellos esclavos. Volvió a tocar la Beretta, y se sintió fuerte, sentía que estaba yendo a consumar una venganza. Y la consumaría. Se dio cuenta de milagro de que habían llegado a la parada de Toledo. Salió, dejó pasar a la gente, los esclavos, y se aplastó contra la pared de la estación antes de coger el pasillo de colorines que llevaba a las escaleras mecánicas. Christian bajaría porque eso es lo que le había dicho que hiciera.

Christian estaba debajo de aquel caballo tan extraño de la plaza Diaz. Nico' llegaría, Dientecito lo esperaba abajo, antes de los tornos, y por eso fue hacia allí. Dientecito se lo había pedido: que descendiera al metro, ¿había estado alguna vez? No, no había estado. Que fuera, entonces, que era bonito, un mundo fantástico. Christian había encarado la escalera mecánica y, en efecto, ahí estaba el mundo fantástico, ¡era verdad! Descendía y sobre él se abría un cono cada vez más estrecho de luz, azul y verde, un azul y un verde que resbalaban por las paredes transformándose en rosa y parecía un acuario y parecía un espectáculo de magia. En la escuela alguien se lo había dicho: que la estación de Toledo, tan moderna, tan artística, estaba entre las más hermosas del mundo, pero nunca lo habían llevado. Ni la escuela ni la familia. ¿Cómo era posible? Tenemos la estación más hermosa del mundo y no venimos a verla. Siempre en Castel dell'Ovo, siempre en el paseo marítimo, siempre en el mar, cuando el verdadero mar estaba aquí, es más, era más hermoso que el mar de agua porque aquí había ola, gruta, volcán y además también se convertía en cielo. «Esto Nico' nunca me lo ha contado.» La escalera descendía y Christian estaba con la cabeza echada hacia atrás, y cuanto más descendía más la doblaba para estar dentro del chorro de luz que venía de arriba, un chorro silencioso, un agua antigua, o no, una luz que fluía hacia abajo desde el espacio. «Me ha hecho venir aquí para que hiciera el viaje azul», pensó. Y cuando se encontró al final de la larguísima escalera mecánica y vio a Dientecito, se lo dijo, que aquél era un sitio fantástico, mejor que Posillipo y que *El señor de los anillos*. Pero Dientecito no sonrió. Le dijo que ahora tenía que volver arriba, porque Nicolas estaría debajo del caballero de Toledo. Dientecito estaba allí, y Christian no se asombró de que el chico de los dos dientes rotos permaneciera tieso y diera órdenes. No se hizo preguntas, no pensó nada, sólo hizo «guau» ante la idea de volver arriba y se lanzó feliz a las escaleras mecánicas para hacer el viaje al revés en medio de aquel acuario. Dientecito lo dejó subir un poco, luego lo siguió. Fue una remontada infinita, y por segunda vez Christian se perdió dentro del verde, el azul, la luz, hasta que llegó a la decepcionante luz del día.

Desde la plaza lo vieron Nicolas y Mena. Lo vieron salir del túnel de las escaleras mecánicas mientras desde abajo llegaban tres disparos de pistola, nítidos, seguros, sin estruendo.

Dientecito reculó por las escaleras mecánicas a saltos, para evitar que lo arrastraran a la superficie. Sólo cuando llegó abajo recuperó el aliento, se volvió para mirar la luz de arriba y luego, en el vacío de personas creado por los disparos, corrió a los bancos a esperar el tren. Allí se percató de que aún tenía en la mano la Beretta y se la metió dentro de los pantalones. Y aquella imagen y todas las imágenes precedentes ya estaban en la memoria de las cámaras de la estación: la de encima de las vías que había enfocado a Dientecito saliendo del tren y avanzando en medio de los demás pasajeros, la de al lado de las escaleras mecánicas que había grabado a Dientecito esperando –y donde se veía bien que extraía la Beretta y la mantenía tapada con la mano izquierda– y también a Christian llegando y sonriendo, iluminado por la aventura que acababa de vivir descendiendo dentro del cono de luz, y luego volviendo arriba seguido por Dientecito, el brazo finalmente estirado, el primer, el segundo, el tercer disparo y la carrera al revés.

Debajo del metro y en la plaza la gente reaccionó instintivamente como en los tiroteos: unos se echaron al suelo, otros se pusieron a correr, otros permanecieron inmóviles, como si hubiera algo que entender.

Christian avanzó hacia el monumento con una hermosa sonrisa que lo empequeñecía, que lo absorbía por completo, como si el espectáculo que había visto no dejara de hincharle los ojos. Luego tuvo quizá la vaga sensación de percibir dentro de sí algo distinto, un ave marina que se le había plantado en la espalda y ahora quería salirle por el pecho. Pero la sensación no tomó forma y su cuerpo se abatió al suelo, como si hubiera tropezado, y en el suelo se quedó, con los brazos extendidos, la cabeza doblada de lado, los ojos abiertos.

Mena y Nicolas aún estaban a caballo de la moto. Bajó primero Mena, sola en la plaza, con su vestido rojo abierto por la espalda. Avanzó despacio como si llevara un peso, como si el destino ralentizara su andar. Se inclinó sobre el niño, lo tocó, alejó las manos pero con la palma en forma de concha sobre él, lo acercó, le tocó la frente, lo acarició, luego le cogió la cabeza y la apoyó en sus rodillas, le cerró los ojos exhalando un suspiro, vio la sangre que se abría paso y oyó que alguien gritaba: «Llamad a una ambulancia.» Nadie se atrevió a dar un paso. Estaba ahogada dentro de su cabellera. Ya no se la veía. Y ella no veía a nadie. Luego oyó que Nicolas gritaba algo, que ordenaba a la gente, inútilmente, que se mantuviera alejada. Oía que decía, como si estuviera en el teatro, que aquél era su hermano y aquélla su madre. Así era, en efecto. Pero a los presentes no se les escapó cómo aquel muchacho de pelo rubio se había vuelto sobre sí mismo e, inclinado, tratando de no ser visto, con el casco contra el estómago, comenzaba a gemir, buscando el llanto o quizá intentando contenerlo. «Dios mío», se le escapó, y una vez pronunciadas esas palabras volvió a repetirlas: «Dios mío, Dios mío, Dios mío», sin saber dónde mirar aparte del suelo. Experimentó un conato de vómito, luego otro, y nunca se había sentido tan solo como en aquel momento, y por eso se liberó del casco haciéndolo rodar lejos y se dobló junto a la madre sobre el cuerpo de su hermano. Del metro ya no salía nadie. El círculo de quienes querían mirar aumentaba, pero debajo del caballero de Toledo sólo estaban Mena, Nicolas y, ahora invisible debajo del carmín rojo de la madre, el pequeño Christian.

En el tiempo que siguió, Mena no vertió una lágrima. Se ocupó del marido, que no dejaba de llorar sentado en chándal en el banco del hospital, en la silla de la comisaría, en el banco de la iglesia. Mena no intercambió una palabra con nadie, más que para despachar asuntos prácticos y responder a los interrogatorios que, obviamente, abrió la policía. De vez en cuando observaba a Nicolas de reojo. Ya sola en casa con el hijo y el marido, se quitó finalmente el vestido rojo y, una vez en combinación, no se puso nada encima, miró aquel traje con sólo dos botones en la espalda, lo alisó sobre la mesa, lo agarró con torpeza y comenzó a rasgarlo, primero las costuras, luego todo el tejido tal como caía, y fue entonces cuando dio un alarido, un grito metálico, herrumbroso, que incluso hizo que su marido dejara de llorar. Los informativos en los días siguientes contaron del «Chico asesinado por la camorra debajo del monumento al caballero de Toledo de William Kentridge».

El funeral se celebró cinco días más tarde en el barrio. Mena no dejaba de pedir flores. Las pedía a los muchachos de la banda. «Quiero muchas flores, ¿entendido?», y los miraba con rabia. «Sabéis cómo conseguirlas. Quiero las mejores flores de Nápoles. Blancas, muchas flores blancas. Rosas, calas, lo más caro.» Inspeccionó la iglesia y con un gesto echó al cura y a las pompas fúnebres: «¿No habéis entendido? Quiero flores. Quiero tantas que la gente se desmaye por el perfume.» Y así fue. Y detrás del coche hubo mucha gente del barrio y otra que nadie conocía, que quién sabe de dónde venía, y hacía bien en estar, pensaba Mena, que aquí nadie tiene que olvidarse de mi pequeño, mi criatura.

Nicolas estaba detrás de su madre. Obedecía. Observaba. No se perdía una escena, un gesto. Como un verdadero rey, que sabe quién está y quién no está y quien no debe estar. Los suyos estaban a su lado, hacían el duelo. Lo hacían como sabían. Se perdían en medio de toda aquella montaña de flores blancas que había querido la madre de Christian.

Había compañeros de escuela de Christian, un enjambre de niñitos acompañados por el profesor, y estaban también los compañeros de Nicolas y el profesor De Martino, callado y pensativo.

Blanco fue también el ataúd. El ataúd de los niños. Las novias de los muchachos se habían puesto el pañuelo porque conocían la tradición y la respetaban.

Mena, vestida de negro, el pelo recogido dentro de un chal de encaje negro, iba de bracete con su marido profesor. Pidió a todos que esperaran el último viaje en el cementerio de Poggioreale y a Nicolas que reuniera a la banda en la sacristía. «El señor cura nos perdona, si le ocupamos el sitio un par de minutos», dijo impidiendo que el párroco la siguiera a ella y a la banda al completo, con Pichafloja y Briato' que avanzaban uno con muletas, el otro con un bastón ortopédico.

Cuando estuvieron juntos en la poca luz de la sacristía, Mena pareció que se recogía en meditación, pero entonces levantó el rostro, se liberó del velo negro, los examinó uno a uno y dijo:

–Quiero venganza. –Y rectificó–. Quiero la venganza. –Y continuó–: Vosotros podéis hacerlo. Sois los mejores. –Tomó aliento–: Quizá podríais haber hecho que no me mataran a este hijo, pero el destino es el destino, y los tiempos cambian. Ahora es el tiempo de la tempestad. Y yo quiero que vosotros seáis la tempestad en esta ciudad.

Toda la banda asintió con la cabeza. Todos menos Nicolas, que cogió del brazo a su madre y le dijo:

–Es hora de marcharnos.

Delante de la puerta de la sacristía el padre agarró a Nicolas por la camisa, lo habría levantado a pulso si hubiera podido, le clavó en los ojos una mirada sin sombra y comenzó, primero en voz baja, luego en voz alta:

–Eres tú quien lo ha matado. Eres tú. Eres tú. Eres un asesino. Eres tú quien lo ha matado.

Mena consiguió liberar a su hijo y abrazó a su marido.

–Ahora no. Tenemos tiempo –dijo, y le hizo una caricia ligera.

Salieron todos de la iglesia, en medio de la exposición de flores blancas, y fuera esperaba el coche fúnebre.

Pajarito, vestido de negro, se acercó a Nicolas. Lo abrazó con una delicadeza que no sabía que tenía.

–Nico', mis condolencias. De mi parte y de parte de quien tú sabes.

Nicolas asintió con la cabeza, sin decir una palabra, los ojos clavados en el féretro blanco. Trató de dejarlo atrás, quería alcanzar a su madre y su brazo, pero Pajarito lo detuvo con una mano en el hombro.

–¿Habéis visto? –dijo–. Hablan de vosotros. –Y le pasó el periódico. Un artículo en primera página relacionaba la muerte de Christian, la muerte de Roipnol y el nuevo tifón que se abatía sobre el centro histórico, y decía que quien lo había iniciado había sido una nueva banda.

Ahora el ataúd estaba cerrado dentro del coche fúnebre, y Nicolás posó la mirada sobre el periódico que Pajarito le tendía:

–Chavales –dijo a los suyos que estaban más cerca–, nos han bautizado: somos la banda de los niños.

De pronto empezó a llover, a llover fuerte y sin truenos. La calle se ennegreció de paraguas abiertos como si toda Forcella y los Tribunali hubieran esperado aquel chaparrón como una liberación. Entre la marea de paraguas el coche se abrió paso con fatiga. Sólo la banda recibió el agua encima.

La muerte y el agua siempre son una promesa. Y ellos estaban listos para atravesar el Mar Rojo.

ÍNDICE

Primera parte

EL BALANDRO VIENE DEL MAR 11

El enmierdamiento 15

Nuovo Maharaja. 20

Malos pensamientos 39

La boda. 50

La pistola china. 63

Globos 80

Atracos 86

Pandilla. 95

Soldador 102

El Príncipe 124

Segunda parte

JODIDOS Y JODEDORES 129

Tribunal 133

Escudo humano 145

Todo está en orden 156

Madriguera. 167

Que se muera mi madre 171

Capodimonte 178

Ritual 190

Zoo. 200
La cabeza del turco 211
Adiestramiento 228
Champán 245

Tercera parte
TEMPESTAD 269
Vamos a mandar. 273
Plazas 283
Vamos a joderlos a todos 293
Walter White 306
Camión cisterna 312
Seré bueno 330
Hermanos. 338
El mensaje 363
Mar Rojo 367